香港文學大系

文學史料卷

陳智德 主編

商務印書館

《香港文學大系一九一九—一九四九》編輯委員會已盡力查究相片刊載權的資料。如有遺漏之處，請版權持有人與本編委會聯絡。

香港文學大系一九一九—一九四九・文學史料卷

主　　編：陳智德
責任編輯：洪子平
封面設計：張　毅
出　　版：商務印書館（香港）有限公司
香港筲箕灣耀興道 3 號東滙廣場 8 樓
http://www.commercialpress.com.hk
發　　行：香港聯合書刊物流有限公司
香港新界大埔汀麗路 36 號中華商務印刷大廈 3 字樓
印　　刷：中華商務彩色印刷有限公司
香港新界大埔汀麗路 36 號中華商務印刷大廈
版　　次：2016 年 2 月第 1 版第 1 次印刷

ISBN 978 962 07 4515 7

#《香港文學大系一九一九—一九四九》人員名單

編輯委員會

總　主　編　陳國球

副總主編　陳智德

編輯委員　危令敦　陳國球　陳智德　黃子平
黃仲鳴　樊善標（按姓氏筆畫序）

顧　問

王德威　李歐梵　許子東　陳平原
黃子平（按姓氏筆畫序）

各卷主編

1	新詩卷	陳智德
2	散文卷一	樊善標
3	散文卷二	危令敦
4	小說卷一	謝曉虹
5	小說卷二	黃念欣
6	戲劇卷	盧偉力
7	評論卷一	陳國球
8	評論卷二	林曼叔
9	舊體文學卷	程中山
10	通俗文學卷	黃仲鳴
11	兒童文學卷	霍玉英
12	文學史料卷	陳智德

總序

陳國球

香港文學未有一本從本地觀點與角度撰寫的文學史，是說膩了的老話，也是一個事實。早期出現多種境外出版的香港文學史，疏誤實在太多，香港學界乃有先整理組織有關香港文學的資料，然後再為香港文學修史的想法。由於上世紀三〇年代面世的《中國新文學大系》被認為是後來「新文學史」書寫的重要依據，於是主張編纂香港文學大系的聲音，從一九八〇年代開始不絕於耳。[1] 這個構想在差不多三十年後，首度落實為十二卷的《香港文學大系一九一九—一九四九》。際此，有關「文學大系」如何牽動「文學史」的意義，值得我們回顧省思。

一、「文學大系」作為文體類型

在中國，以「大系」之名作書題，最早可能就是一九三五至三六年出版，由趙家璧主編，蔡元培總序，胡適、魯迅、茅盾、朱自清、周作人、郁達夫等任各集編輯的《中國新文學大系》。「大系」這個書業用語源自日本，指有系統地把特定領域之相關文獻匯聚成編以為概覽的出版物：「大」指此一出版物之規模；「系」指其間的組織聯繫。[2] 趙家璧在《中國新文學大系》出版五十年後的回憶文章，就提到他以「大系」為題是師法日本；他以為這兩字：

既表示選稿範圍、出版規模、動員人力之「大」，而整套書的內容規劃，又是一個有「系統」的整體，是按一個具體的編輯意圖有意識地進行組稿而完成的，與一般把許多單行本雜湊在一起的叢書文庫等有顯著的區別。[3]

《中國新文學大系》出版以後，在不同時空的華文疆域都有類似的製作，並依循着近似的結構方式組織各種文學創作、評論以至相關史料等文本，漸漸被體認為一種具有國家或地域文學史意義的文體類型。[4]資料顯示，在中國內地出版的繼作有：

- 《中國新文學大系一九二七—一九三七》（上海：上海文藝出版社，一九八四—一九八九）；
- 《中國新文學大系一九三七—一九四九》（上海：上海文藝出版社，一九九〇）；
- 《中國新文學大系一九四九—一九七六》（上海：上海文藝出版社，一九九七）；
- 《中國新文學大系一九七六—二〇〇〇》（上海：上海文藝出版社，二〇〇九）。

另外也有在香港出版的：

- 《中國新文學大系續編一九二八—一九三八》（香港：香港文學研究社，一九六八）。

在臺灣則有：

- 《中國現代文學大系》（一九五〇—一九七〇）（台北：巨人出版社，一九七二）；
- 《當代中國新文學大系》（一九四九—一九七九）（台北：天視出版事業有限公司，一九七九—一九八一）；

➤《中華現代文學大系──臺灣一九七〇──一九八九》(台北:九歌出版社,一九八九);
➤《中華現代文學大系(貳)──臺灣一九八九──二〇〇三》(台北:九歌出版社,二〇〇三)。

在新加坡和馬來西亞地區有:

➤《馬華新文學大系》(一九一九──一九四二)(新加坡:世界書局/香港:世界出版社,一九七〇──一九七二);
➤《馬華新文學大系(戰後)》(一九四五──一九七六)(新加坡:世界書局,一九七九──一九八三);
➤《新馬華文文學大系》(一九四五──一九六五)(新加坡:教育出版社,一九七一);
➤《馬華文學大系》(一九六五──一九九六)(新山:彩虹出版有限公司,二〇〇四)。

內地還陸續支持出版過:

➤《戰後新馬文學大系》(一九四五──一九七六)(北京:華藝出版社,一九九九);
➤《新加坡當代華文文學大系》(北京:中國華僑出版公司,一九九一──二〇〇一);
➤《東南亞華文文學大系》(廈門:鷺江出版社,一九九五);
➤《臺港澳暨海外華文文學大系》(北京:中國友誼出版公司,一九九三)等。

其他以「大系」名目出版的各種主題的文學叢書,形形色色還有許多,當中編輯宗旨及結構模式不少已經偏離《中國新文學大系》的傳統,於此不必細論。

1 「文學大系」的原型

由於趙家璧主編的《中國新文學大系》正是「文學大系」編纂方式的原型，其構思如何自無而有，如何具體成形，以至其文化功能如何發揮，都值得我們追跡尋索，思考這類型的文化工程的意義。在時機上，我們今天進行追索比較有利，因為主要當事人趙家璧，在一九八〇年代陸續發表回顧編輯生涯的文章，尤其文長萬字的〈話説《中國新文學大系》〉，除了個人回憶，還多方徵引紀錄文獻和相關人物的記述，對《新文學大系》由編纂到出版的過程有相當清晰的敘述。[5] 後來不少研究者如劉禾、徐鵬緒及李廣等，討論《中國新文學大系》的編輯過程時，幾乎都不出《編輯憶舊》一書所載。[6] 在此我們不必再費詞重複，而只揭其重點。

首先我們注意到作為良友圖書公司一個年輕編輯，趙家璧有編「成套文學書」的事業理想；同時，身為商業機構的僱員，他當然要照顧出版社的成本效益、當時的版權法例，以至政治審查等種種限制。[7] 從政治及文化傾向而言，趙家璧比較支持左翼思想，對國民政府正在推行的「新生活運動」，以至提倡尊孔讀經、重印古書等，不以為然。因此，他想要編集「五四」以來的文學作品成叢書的想法，可説是在運動落潮以後，重新召喚歷史記憶及其反抗精神的嘗試。[8]

在趙家璧構思計劃的初始階段，有兩本書直接起了啟迪作用：阿英（錢杏邨）介紹給他的劉半農編《初期白話詩稿》，以及阿英以筆名「張若英」寫的《中國新文學運動史》。前者成了趙家璧「理想中的那本『五四』以來詩集的雛形」，後者引發他思考：「如果沒有『五四』新文學運動的理論建設，怎麼可能產生如此豐富的各類文學作品呢？」由是，趙家璧心中要鋪陳展現的不僅止是歷史上出現過的文學現象，他更要揭示其間的原因和結果；原來僅限作品採集的「『五四』以來文學名著百種」的想法，變成「請人編選各集，在集後附錄相關史料」的比較立體的構想，再進而落實為「一套包括理論、作品、史料」的「新文學大系」。《史料集》一卷的作用主要是為選入的作品佈置歷史定位的座標，提供敘事的語境；而「理論」部分，因為鄭振鐸的建議，擴充為《建設理論集》和《文學論爭集》。這兩集被列作《大系》的第一、二集，引領讀者走進一個文學史敘事體的閱讀框架：新文學好比這個敘事體中的英雄，其誕生、成長，以至抗衡、挑戰，甚而擊潰其他文學「惡」勢力（包括「舊體文學」、「鴛鴦蝴蝶文學」等）的故事輪廓就被勾勒出來。其餘各集的長篇〈導言〉，從不同角度作出點染着色，讓置身這個「歷史圖象」的各體文學作品，成為充實「寫真」的具體細部。

《中國新文學大系》的主體當然是其中的《小說集》、《散文集》、《新詩集》和《戲劇集》等七卷。劉禾對《大系》作了一個非常矚目的判斷；她認定它「是一個自我殖民的規劃」（“self-colonizing project”），證據之一是《大系》按照「小說、詩歌、戲劇、散文」的文類形式四分法（“four-way division of generic forms”）組織「所有文學作品」，而這四種文類形式是英語的“fiction”，“poetry”，“drama”，“familiar prose”的對應翻譯，《大系》把這種西方文學形式的「『翻譯』的基準」（“‘translated’ norms”）典律化，使自梁啟超以來顛覆古典文學之經典地位的想法得成具體（crystallized）；所謂「自我殖民化」的意思是，趙家璧的《中國新文學大系》視西方為「中國文學」意義最終解釋的根據地。[9] 衡之於當時的歷史狀況，劉禾這個論斷應該是一種非常過度的詮釋。首先西方的文學論述傳統似乎沒有以「小說、詩歌、戲劇、散文」的四分法來統領「所有文學作品」。[10] 而現代中國的「文學概論」式的文類四分法可說是一種糅合中西文學觀的混雜體；其構成基礎還是中國傳統的「詩文」分類，再加上受西方文學傳統影響而致「文學位階」得以提升的「小說」與「戲劇」，統合成文學的四種類型。這四種文體類型的傳播已久；翻查《民國時期總書目》，我們可以看到以這些文類概念作為編選範圍的現代文學選本，在《大系》出版以前或約略同時，就有不少，例如《新詩集》（一九二〇）、《現代中國詩歌選》（一九三二）、《當代小說讀本》（一九三二）、《短篇小說選》（一九三四）、《近代戲劇集》（一九三〇）、《現代中國戲劇選》（一九三三）等等。[11] 趙家璧的回憶文章提到，他當時考慮過的「文類」是：「長篇小說」、「短篇小說」、「散文」、「詩」、「戲劇」、「理論文章」，[12] 而不是四分文類的定型思考。因此，這種文類觀念的通行，不應該由趙家璧或《中國新文學大系》負責。事實上後來出現的「文學大系」亦沒有被趙家璧的先例所限囿，例如：《中國新文學大系一九二七—一九三七》增加了「報告文學」和「電影」；《中國新文學大系一九三七—一九四九》的小說類再細分「短篇」、「中篇」和「長篇」，又另闢「雜文」集；《中國新文學大系一九七六—二〇〇〇》的小說類除長、中、短篇以外，增設「微型」一項，又調整和增補了「紀實文學」、「兒童文學」、「影視文學」。可見「四分法」未能賅括所有中國現代文學的文類。

劉禾指《中國新文學大系》「自我殖民」——完全依照西方標準（而不是中國傳統文學的典範）來斷定「文學」的內涵——更是一種「污名化」的詮釋。如果採用同樣欠缺同情關懷的批判方式，我們也可以指摘那些拒絕參照西方知識架構的文化人為「自甘被舊傳統宰制的原教主義信徒」。無論是哪一種方向的「污名化」，都不值得鼓勵，尤其在已有一定歷史距離的今天作學術討論時。近代以來中國知識份子面對西潮無所不至的衝擊，其間危機感帶來的焦慮與徬徨，實在是前古所未有。正如朱自清說當時學術界的趨勢，「往往以西方觀念為範圍去選擇中國的問題，姑無論將來是好是壞，這已經是不可避免的事實」；[13] 在這個關頭，有責任感的知識份子都在思考中國文化「如何應變」、「自何自處」的問題。無論他們採用哪一種內向或者外向的調適策略，都有其歷史意義，需要我們同情地了解。

胡適、朱自清，以至茅盾、鄭振鐸、魯迅、周作人，或者鄭伯奇、阿英，這些《中國新文學大系》各卷的編者，各懷信仰，尤其對於中國未來的設想，取徑更千差萬別；但在進行編選工作時，其相同的思路還是明顯的——就是為歷史作證。從各集的〈導言〉可見，其關懷的歷史時段長短不一；有只駐目於關鍵的「新文學運動第一個十年」，如鄭振鐸的《文學論爭集‧導言》，或者朱自清的《詩集‧導言》；也有由今及古、上溯文體淵源，再探中西同異者，如郁達夫的《散文二集‧導言》。[14] 當然，其中歷史視野最為宏闊的是時任中央研究院院長的蔡元培所寫的〈總序〉。〈總序〉以「歐洲近代文化，都從復興時代演出」開篇，將「新文學運動」比附為歐洲的「文藝復興」運動；此時中國以白話取代文言為文學的工具，好比「復興時代」歐洲各民族以方言而非拉丁文創作文學。蔡元培在文章結束時說，「歐洲的復興」歷三百年，「我國的復興，自五四運動以來不過十五年」：

> 新文學的成績，當然不敢自詡為成熟。其影響於科學精神民治思想及表現個性的藝術，均尚在進行中。但是吾國歷史，現代環境，督促吾人，不得不有奔軼絕塵的猛進。吾人自期，至少應以十年的工作抵歐洲各國的百年。所以對於第一個十年先作一總審查，使吾人有以鑑既往而策將來，希望第二個十年與第三個十年時，有中國的拉飛爾與中國的莎士比亞等應運而生呵！[15]

我們知道自晚清到民國，歐洲歷史上的"Renaissance"是一個重要的象徵符號，是許多文化人的迷思；然而這個符號在中國的喻指卻是多變的。有比較重視歐洲在中世紀以後追慕希臘羅馬古典著述之「古學復興」的意義，認為偏重經籍整理的清代學術與之相似；也有注意到十字軍東征為歐洲帶來外地文化的影響，謂清中葉以後西學傳入開展了中國的「文藝復興」；又有從歐洲「文藝復興」時期出現以民族語言創作文學而產生輝煌的作品着眼，這就是自一九一七年開始的「文學革命」的宣傳重點。[16]蔡元培的〈總序〉也是這種論述的呼應，但結合了他對中西文化發展的觀察，使得「新文學」與「尚在進行中」的「科學精神」、「民治思想」及「表現個性的藝術」等變革相互關聯，從而為閱讀《大系》中各個獨立文本的讀者提供了詮釋其間文化政治的指南針。[17]

《中國新文學大系》的結構模型——賦予文化史意義的「總序」、從理論與思潮搭建的框架、主要文類的文本選樣，經緯交織的導言，加上史料索引作為鋪墊——算不上緊密，但能互相扣連，又留有一定的詮釋空間，反而有可能勝過表面上更周密，純粹以敘述手段完成的傳統文學史書寫，更能彰顯歷史意義的深度。

2「新文學大系」的繼承

《中國新文學大系》面世以後，贏得許多的稱譽；[18]正如蔡元培和茅盾等的期待，趙家璧確有意續編第二、第三輯。[19]一九四五年抗戰接近尾聲時，趙家璧在重慶就開始着手組織「抗戰八年文學」的第三輯編輯工作，並邀約了梅林、老舍、李廣田、茅盾、郭沫若、葉紹鈞等編選各集。[20]但時局變幻，這個計劃並未能按預想實行。一九四九年以後，政治氣氛也不容許趙家璧進行續編的工作；即使已出版的第一輯《中國新文學大系》，亦不再流通。

直至一九六二年及一九七二年香港文學研究社先後兩次重印《中國新文學大系》；[21]香港文學研究社還在一九六八年出版了《中國新文學大系・續編》。這個《續編》同樣有十集，取消了《建設理論集》，補上新增的《電影集》。至於編輯概況，《續編・出版前言》故作神秘，說各集主編名字不適宜刊出，但都是「國內外知名人物」，「分在三地東京、星加坡、香港進行」編輯，以四年時間完成。事實上《續編》出版時間正逢大陸文化大革命如火如荼，文化人備受迫害；各種不幸的消息，相繼傳到香港，故此出版社多加掩蔽，是情有可原的。據現存的資訊顯示，編輯的主要工作由在大陸的常君實和香港文學研究社的譚秀牧擔當；[22]然而兩人之間並無直接聯繫，無法互相照應。另一方面，二人各因所處環境和視野的局限，所能採集的資料難以全面；在大陸政治運動頻仍，顧忌甚多；在香港則材料散落，張羅不易；再加上出版過程並不順利，即使在香港的譚秀牧亦不能親睹全書出版。[23]這樣得出來的成績，很難說得上完美。不過，我們要評價這個「文學大系」傳統的第一任繼承者，應該要考慮當時的各種限制。無論如何，在香港出版，其實頗能說明香港的文化空間的意義，其承載中華文化的方式與成效亦頗值得玩味。[24]

《中國新文學大系》的「正統」繼承，要等到中國的文化大革命正式落幕。從一九八〇年到一九八二年，上海文藝出版社徵得趙家璧同意，影印出版十集《中國新文學大系》，同時組織出版《中國新文學大系一九二七—一九三七》二十冊作為第二輯，由社長兼總編輯丁景唐主持，趙家璧作顧問，一九八四年至一九八九年陸續面世；隨後，趙家璧與丁景唐同任顧問的第三輯《中國新文學大系一九三七—一九四九》二十冊於一九九〇年出版，第四輯《中國新文學大系一九四九—一九七六》二十冊於一九九七年出版。二〇〇九年由王蒙、王元化總主編第五輯《中國新文學大系一九七六—二〇〇〇》三十冊，繼續由上海文藝出版社出版；二十世紀以前的「新文學」，好像都有了「大系」作為相照的汗青。這「第二輯」到「第五輯」的說法，顯然是繼承、延續之意。然而第一輯到第二輯之間，其政治實況是中國經歷從民國到共和國的政權轉換，在大陸地區社會文化曾經發生翻天覆地的劇變。「嫡傳」、「正宗」的想像，其實需要刻意忽略這些政治社會的裂縫。當然趙家璧的認可，被邀請作顧問，讓這個「嫡傳」的合法性增加一種言說上的力量。不過，這後四輯對其他「大系」卻未必有明顯的垂範作用；起碼從面世時間先後來說，比起海外各大系之承接「新文學」薪火，反而是後發的競逐者。

在這個看來「嫡傳」的譜系中，因為時移世易，各輯已有相當的變異或者發展。在內容選材上，最明顯的是文體類型的增補，可見文類觀念會因應時代需要而不斷調整；這一點上文已有交代。另一個顯而易見的形式變化是：第二、三、四輯都沒有總序，只有〈出版說明〉。《大系》原型的第一輯每集都有〈導言〉，即使是同一文類的分集，如「小說」三集分別有茅盾、魯迅、鄭伯奇的論述；「散文」兩集又有周作人和郁達夫兩種觀點。其優勢正在於論述交錯間的矛盾與縫隙，可以生發更繁富的意義。第二、三輯開始，同一文類只冠以一位名家序言，論述角度當然有統整齊一之效。再看第二、三兩輯的〈說明〉基本修辭都一樣，聲明編纂工作「以馬克思列寧主義，毛澤東思想為指針，堅持從新文學運動的實際出發」，前者以「反帝反封建的作品佔主導地位」，後者的主導則是「革命的、進步的作品」；毫不含糊地為文學史的政治敘事設定格局；這當然是第一輯以「新文學」為敘事英雄的激越發展；第二、三輯的理論集序文，大概有着指標的作用，據此可以推想：第二輯的主角是「左翼文藝運動」，第三輯是「文藝為政治（戰爭）服務」。

第四輯〈出版說明〉的文字格式與前兩輯不同，逗漏了又一種訊息。這一輯出版於一九九七年，形勢上無論出於外發還是內需，有必要營構一個廣納四方的空間：「對那些曾經遭受過錯誤批判和不公正對待，或者在『文革』中雖未能正式發表、出版，但在社會上廣泛流傳產生過較大影響的作品，都一視同仁地加以遴選」；「這一時期發表的臺灣、香港、澳門作家的新文學作品，一並列選。」於是少不了臺灣余光中的一縷鄉愁、瘂弦掛起的紅玉米；異品如馬朗寄居在香港的焚琴浪子，也得到收容。第五輯〈出版說明〉繼續保留「這一時期發表的臺灣、香港、澳門作家的新文學作品，一並列選」的句子，其為政治姿態，眾人皆見；尤其各卷編者似乎有很大的自由度決定他們對臺港澳的關切與否。因此我們實在不必介懷其所選所取是否「合理」、是否「得體」。

只不過若要衡度政治意義，則美國華裔學者夏志清、李歐梵和王德威之先後入選四、五兩輯，或者有需要為讀者釋疑，可惜兩輯的編者都未有任何說明。

第五輯回復有〈總序〉的傳統，共有兩篇。其中〈總序二〉是王元化生前在編輯會議上的發言；因此王蒙撰寫的一篇才是正式的〈總序〉。這一篇意在綜覽全局的序文，可與王蒙在第四輯寫的《小說卷・序》合觀；兩篇分別寫於一九九六年及二〇〇九年的文章，都表示要以正面、積極的態度去面對過去。王蒙在第四輯努力地討論「記憶」的意義，說「記憶實質是人類的一切思想情感文化文明的基礎和根源」，其目的是找到「歷史」與「現實」的通感類應。在第五輯〈總序〉王蒙則標舉「時間」；說時間是「慈母」，「偏愛已經被認真閱讀過並且仍然值得重讀或新讀的許多作品」；又說時間如「法官」：「無情地惦量着昨天」：

> 時間法官同樣有差池，但是更長的時間的回旋與淘洗常常能自行糾正自己的過失，時間的因素同樣能製造假象，但是更長的時間的反復與不舍晝夜的思量，定能使文學自行顯露真容。

《中國新文學大系》發展到第五輯，其類型演化所創造出來的方向、習套和格式已經相當明晰。不過，我們還有一系列「教外別傳」的範例可以參看。

3 「文學大系」的「教外別傳」

我們知道臺灣在一九七二年就有《中國現代文學大系》的編纂，由巨人出版社組織編輯委員會，余光中撰寫〈總序〉，編選一九五〇年到一九七〇年的小說、散文、詩三種文類作品，合成八輯。另外司徒衛等在一九七九年至一九八一年編輯出版《當代中國新文學大系》十集，沿用《中國新文學大系》原型的體例，唯一變化是《建設理論集》改為《文學論評集》，而取材以一九四九年到一九七九年在臺灣發表之新文學作品為限。兩輯都明顯要繼承趙家璧主編《大系》的傳統，但又要作出某種區隔。司徒衛等編委以「當代」標明其時間以國民政府遷臺為起點，與止於一九二七年的趙編《大系》並非線性相連。余光中等的《大系》則以「現代文學」之名與「新文學」區辨。他撰寫的〈總序〉非常刻意的辨析臺灣新開展的「現代文學」與「五四早期新文學」之不同。相對來說，余光中比司徒衛更長於從文學發展的角度作分析；司徒衛的論調卻多有迎合官方意志之嫌。然而我們不能說《當代中國新文學大系》水準有所不如；事實上這個《當代大系》各集的編者大都具有文學史的眼光，取捨之間，極見功力；各集都有導言，觀點又起縱橫交錯的作用。其中瘂弦主編的《詩集》視野更及於臺灣以外的華文世界——從體例上可能與全書不合，但從概念上卻是當時的「中國」概念的一種詮釋；香港不少詩人如西西、蔡炎培、淮遠、羈魂、黃國彬的作品都被選入。余光中等編《現代文學大系》的選取範圍基本上只在臺灣，只是朱西甯在「小說輯」中收錄了張愛玲兩篇小說，另外（張）曉風編的「散文輯」又有思果三篇作品，但都沒有解釋說明；張愛玲是否「臺灣作家」是後來臺灣文學史一個爭論熱點；這些討論可以從此出發。論規模和完整格局，《當代中國新文學大系》實在比《中國現代文學大系》優勝，但後者的編輯團隊——余光中、朱西甯、洛夫、曉風——也是有份量的本色行家，所撰各體序文都能照應文體通變，又關聯到當時臺灣的文學生態。其中朱西甯序小說篇末，詳細交代《大系》的體例，其中一個論點很值得注意：

> 我們避免把「大系」作為「文選」，只圖個體的獨立表現，精選少數卓越的小說家作品中的菁華，而忽略了整體的發展意義。這可以用一句話來說，我們所選輯的是可成氣候的作品。如此「大系」也便含有了「索引」的作用，供後世據此而獲致從事某一小說家的專門研究資料蒐集的線索。[25]

朱西甯這個論點不必是《中國現代文學大系》各主編的共同認識，[26] 但卻為「文學大系」的文類功能作出一個很有意義的詮釋。

「文學大系」的文類傳統在臺灣發展，余光中最有貢獻。在巨人出版社的《中國現代文學大系》以後，他繼續主持了兩次「大系」的編纂工作：由九歌出版社先後於一九八九年出版《中華現代文學大系——臺灣一九七〇—一九八九》，二〇〇三年出版《中華現代文學大系（貳）——臺灣一九八九—二〇〇三》。兩輯都增加了《戲劇卷》和《評論卷》；前者涵蓋二十年，共十五冊；後者十五年，十二冊。余光中也撰寫了各版《現代文學大系》的〈總序〉。在臺灣思考文學史或者文學傳統，難免要連繫到「中國」這個概念。在巨人版《大系・總序》，余光中的重點是把一九四九年以後臺灣的「現代文學」與「五四」時期的「新文學」相提並論，也講到臺灣文學「與昨日脱節」——對三、四〇年代作家作品的陌生——帶來的影響：向更古老的中國古典傳統和西方學習。他又解釋以「大系」為名的意義：「除了精選各家的佳作之外，更企圖從而展示歷史的發展，和文風的演變，為二十年來的文學創作留下一筆頗為可觀的產業。」他更曲終奏雅，在〈總序〉的結尾說：

> 我尤其要提醒研究或翻譯中國現代文學的所有外國人：如果在泛政治主義的煙霧中，他們有意或無意地竟繞過了這部大系而去二十年來的大陸尋找文學，那真是避重就輕，一偏到底了。[27]

這是向「國際人士」呼籲，也可以作為「中國」二字放在書題的解釋：真正的「中國文學」在臺灣，而不在大陸；這是文學上的「正統」之爭。但從另一個角度來看，對臺灣許多知識份子而言，「中國」這個符號的意義，已經慢慢從政治信念變成文化想像，甚或虛擬幻設；我們知道，中華民國於一九七一年退出聯合國，一九七二年美國總統尼克遜訪問北京。在司徒衛等編成《當代中國新文學大系》之前不久，一九七八年十二月美國與中華民國斷絕外交關係。

所以，九歌版的兩輯「大系」，改題《中華現代文學大系》，並加註「臺灣」二字，是國際政治形勢使然。「中華」是民族文化身份的標誌，其指向就是「文化中國」的概念；「臺灣」則是具體的地理空間。余光中在《臺灣一九七〇——一九八九》的總序探討《中國現代文學大系》到《中華現代文學大系》前後四十年的變化，注意到一九八七年解除「戒嚴令」後兩岸交流帶來的文化衝擊，從而思考「臺灣文學」應如何定位的問題。「中國的文學史」與「中華民族的滾滾長流」，是當時余光中和他的同道企盼能找到答案的地方。到了《中華現代文學大系（貳）》，余光中卻有另一角度的思考，他說：

> 臺灣文學之多元多姿，成為中文世界的巍巍重鎮，端在其不讓土壤，不擇細流，有容乃大。如果把……非土生土長的作家與作品一概除去，留下的恐怕無此壯觀。[28]

他還是注意到臺灣文學在「中文世界」的地位，不過協商的對象，不再是外國研究者和翻譯家，而是島內另一種文學取向的評論家。

究之，余光中的終極關懷顯然就是「文學史」或者「歷史上的文學」。在他主持的三輯「文學大系」中，他試圖揭出與文學相關的「時間」與「變遷」，顯示文學如何「應對」與「抗衡」。「時間」是「文學大系」傳統的一個永恆母題。王蒙請「時間」來衡量他和編輯團隊（第五輯《中國新文學大系》）的成績：

> 我們深情地捧出了這三十卷近兩千萬言的《中國新文學大系》第五輯，請讀者明察，請時間的大河、請文學史考驗我們的編選。[29]

余光中在《中華現代文學大系（貳）・總序》結束時說：

> 至於對選入的這兩百多位作家，這部世紀末的大系是否真成了永恆之門、不朽之階，則猶待歲月之考驗。新大系的十五位編輯和我，樂於將這些作品送到各位讀者的面前，並獻給

漫漫的廿一世紀。原則上，這些作品恐怕都只能算是「備取」，至於未來，究竟其中的哪些能終於「正取」，就只有取決定悠悠的時光了。[30]

4 「文學大系」的基本特徵

以上看過兩個系列的「文學大系」，大抵可以歸納出這種編纂傳統的一些基本特徵：

一、「文學大系」是對一個範圍的文學（一個時段、一個國家／地域）作系統的整理，以多冊的、「成套的」文本形式面世；

二、這多冊成套的文學書，要能自成結構；結構的方式和目的在於立體地呈現其指涉的文學史；「立體」的意義在於超越敍事體的文學史書寫和示例式的選本的局限和片面；

三、「時間」與「記憶」、「現實」與「歷史」是否能相互作用，是「文學大系」的關鍵績效指標；

四、「國家文學」或者「地域文學」的「劃界」與「越界」，恆常是「文學大系」的挑戰。

二、「香港的」文學大系：《香港文學大系一九一九—一九四九》

1 「香港」是甚麼？誰是「香港人」？

葉靈鳳，一位因為戰禍而南下香港然後長居於此的文人，告訴我們：

> 香港本是新安縣屬的一個小海島，這座小島一向沒有名稱，至少是沒有一個固定的總名……。這一直到英國人向清朝官廳要求租借海中小島一座作為修船曬貨之用，並指名最好將「香港」島借給他們，這才在中國的輿圖上出現了「香港」二字。[31]

「命名」是事物認知的必經過程。事物可能早就存在於世，但未經「命名」，其存在意義是無法掌握的。正如「香港」，如果指南中國邊陲的一個海島，據史書大概在秦帝國設置南海郡時，就收在版圖之內。但在統治者眼中，帝國幅員遼闊，根本不需要一一計較領土內眾多無名的角落。用葉靈鳳的講法，香港島的命名因英國人的索求而得入清政府之耳目；[32] 而「香港」涵蓋的範圍隨着清廷和英帝國的戰和關係而擴闊，再經歷民國和共和國的默認或不願確認，變成如今天香港政府公開發佈的描述：

> 香港是一個充滿活力的城市，也是通向中國內地的主要門戶城市。……香港是中華人民共和國成立的特別行政區。香港自一八四二年開始由英國統治，至一九九七年，中國政府按照「一國兩制」的原則對香港恢復行使主權。根據《基本法》規定，香港目前的政治制度將會

> 維持五十年不變，以公正的法治精神和獨立的司法機構維持香港市民的權利和自由。……香港位處中國的東南端，由香港島、大嶼山、九龍半島以及新界（包括二六二個離島）組成。[33]

「香港」由無名，到「香港村」、「香港島」，到「香港島、九龍半島、新界和離島」合稱，經歷了地理上和政治上不同界劃，經歷了一個自無而有，而變形放大的過程。更重要的是，「香港」這個名稱底下要有「人」；有人在這個地理空間起居作息，有人在此地有種種喜樂與憂愁、言談與詠歌。有人，有生活，有恩怨愛恨，有器用文化，「地方」的意義才能完足。

猜想自秦帝國及以前，地理上的香港可能已有居民，他們也許是越族輋民。李鄭屋古墓的出土，或許可以說明漢文化曾在此地流播。[34] 據說從唐末至宋代，元朗鄧氏、上水廖氏及侯氏、粉嶺文氏及彭氏五族開始南移到新界地區。許地山，從臺灣到中國內地再到香港直至長眠香港土地下的另一位文化人，告訴我們：

> 香港及其附近底居民，除新移入底歐洲民族及印度波斯諸國民族以外，中國人中大別有四種：一、本地；二、客家；三、福佬；四、蛋家。……本地人來得最早的是由湘江入蒼梧順西江下流底。稍後一點底是越大庾嶺由南雄順北江下流底。[35]

「本地」，不免是外來；香港這個流動不絕的空間，誰是土地上的真正主人呢？再追問下去的話，秦漢時居住在這個海島和半島上的，是「香港人」嗎？大概只能說是南海郡人或者番禺縣人；再晚來的，就是寶安縣人、新安縣人吧。因為當時的政治地理，還沒有「香港」這個名稱、這個概念。然而，換上了不同政治地理名號的「人」，有甚麼不同的意義？「人」和「土地」的關係，就會有所改變嗎？

2 定義「香港文學」

「香港文學」過去大概有點像南中國的一個無名島，島民或漁或耕，帝力於我何有哉？自從上世紀八〇年代開始，「香港文學」才漸漸成為文化人和學界的議題。這當然和中英就香港前途問題進行談判，以至一九八四年簽訂中英聯合聲明，讓香港進入一個漫長的過渡期有關。「香港有沒有文學」、「甚麼是香港文學」等問題陸續浮現。前一個問題，大概出於與「香港文學」、或者所有「文學」都無甚關涉的人。香港以外地區有這種觀感的，可以理解；值得玩味的是在港內同樣想法的人並不是少數；責任何在？實在需要深思。至於後一個問題，則是一個定義的問題。

要定義「香港文學」，大概不必想到唐宋秦漢，因為相關文學成品（artifact）的流轉，大都在「香港」這個政治地理名稱出現以後。[36]只便如此，還是困擾了不少人。一種定義方式，是以文本創製者為念：說文學是性靈的抒發，故「香港文學」應是「香港人所寫的文學」。這個定義帶來的問題首先是「誰是香港人」？另一種方式，從作品的內容着眼，因為文學反映生活，如果這生活的場景就是香港，當然就是「香港文學」。依着這個定義，則不涉及香港具體情貌的作品，是要排除在外了。再有一種，以文本創製工序的完成為論，所以「香港文學」是「在香港出版、面世的文學作品」。此外，與出版相關的是文學成品的受眾，所以這個定義可以改換成以「接受」的範圍和程度作準：「在香港出版，為香港人喜愛（最低限度是願意）閱讀的文學作品。」先不說定義中還是包含未有講明白的「香港人」一詞，而且「讀者在哪裏？」是不易說清楚的。事實上，由於歷史的原因，以香港為出版基地，但作者讀者都不在香港的情況不是沒有。[37] 因為香港就是這麼奇妙的一個文學空間。[38]

從過去的議論見到，創作者是否「香港人」是一個基本問題；換句話說，很多討論是圍繞着「香港作家」的定義來展開。有一種可能會獲得官方支持的講法是：「持有香港身份證或居港七年以上，曾出版最少一冊文學作品或經常在報刊發表文學作品」；[39] 這個定義的前半部分是以「政治」和「法律」論文學的一例，很難令人釋懷；[40] 兼且「法律」是有時效的，這時不合法並不排除那時的「非違法」。我們認為：「文學」的身份和「文學」的有效性不必倚仗一時的統治法令去維持。至於「出版」與「報刊發表」當然是由創作到閱讀的「文學過程」中一個接近終點的環節，可以是一個有效的指標；而出版與發表的流通範圍，究竟應否再加界定？是可以進一步討論的。

3　劃界與越界

我們在歸納「文學大系」的編纂傳統時，第一點提到這是「對一個範圍的文學（一個時段、一個國家／地域）作系統的整理」；第四點又指出「國家文學」或者「地域文學」的「劃界」與「越界」，恆常是「文學大系」的挑戰；兩點都是有關「劃定範圍」的問題。上文的討論是比較概括地把「香港文學」的劃界方式「問題化」(problematize),目的在於啟動思考,還未到解決或解脫的階段。

以下我們從《香港文學大系》編輯構想的角度,再進一步討論相關問題。首先是時段的界劃。目前所見的幾本國內學者撰寫的「香港文學史」,除了謝常青的《香港新文學簡史》外,[41] 其餘都是以一九四九或一九五〇年為正式敘事起始點。這時中國內地政情有重大變化,大陸和香港兩地的區隔愈加明顯;以此為文學史時段的上限無疑是方便的,也有一定的理據。然而,我們認為香港文學應該可以往上追溯。因為新文學運動以及相關聯的「五四運動」,是香港現代文化變遷的一個重要源頭。北京上海的波動傳到香港,無疑有一定的時間差距,但「五四」以還,直到一九四九年,香港文學的實績還是班班可考的。因此我們選擇「從頭講起」,擬定「一九一九年」和「一九四九年」兩個時間指標,作為《大系》第一輯工作上下限;希望把源頭梳理好,以後第二輯、第三輯……,可以順流而下,進行其他時段的考察。我們明白這兩個時間標誌源於「非文學」的事件,卻認為這些事件與文學的發展有密切的關聯。我們又同意這個時段範圍的界劃不是確切不能動搖的,尤其上限不必硬性定在一九一九年,可以隨實際掌握的材料往上下挪動。比方說「舊體文學卷」和「通俗文學」的發展應可以追溯到更早的年份;而「戲劇」文本的選輯年份可能要往下移。

第二個可能疑義更多的是「香港文學」範圍的界劃。我們在回顧《中國新文學大系》各輯的規模時,見識過邊界如何「彈性」地被挪移,以收納「臺港澳」的作家作品。這究竟是「越界」還是隨「非文學」的需要而「重劃邊界」？這些新吸納的部分，與原來的主體部分如何，或者是否可以，構成一個互為關聯的系統？我們又看過余光中領銜編纂的《大系》，把張愛玲、夏志清等編入其中。前者大概沒有在臺灣居停過多少天，所寫所思好像與臺灣的風景人情無甚關涉；後者出身上海北京，去國後主要在美國生活、研究和著述。[42]他們之「越界」入選，又意味着甚麼樣的文學史觀？

《香港文學大系》編輯委員會參考了過去有關「香港文學」、「香港作家」的定義，認真討論以下幾個原則：

一、「香港文學」應與「在香港出現的文學」有所區別（比方說瘂弦的詩集《苦苓林的一夜》在香港出版，但此集不應算作香港文學）；

二、（在一段相當時期內）居住在香港的作者，在香港的出版平台（如報章、雜誌、單行本、合集等）發表的作品（例如侶倫、劉火子在香港發表的作品）；

三、（在一段相當時期內）居住在香港的作者，在香港以外地方發表的作品（例如謝晨光在上海等地發表的作品）；

四、受眾、讀者主要是在香港，而又對香港文學的發展造成影響的作品（如小平的女飛賊黃鶯系列小說；這一點還考慮到早期香港文學的一些現象：有些生平不可考，是否同屬一人執筆亦未可知，但在香港報刊上常見署以同一名字的作品）。

編委會各成員曾將各種可能備受質疑的地方都提出來討論。最直接意見的是認為「相當時期」

一語太含糊，但又考慮到很難有一個學術上可以確立的具體時間（七年以上？十年以上？）。各項原則應該從寬還是從嚴？內容寫香港與否該不該成為考慮因素？文學史意義以香港為限還是包括對整體中國文學的作用？這都是熱烈爭辯過的議題。大家都明白《大系》中有不同文類，個別文類的選輯要考慮該文類的習套、傳統和特性，例如「通俗文學」的流通空間主要是「省港澳」（廣州、香港、澳門），「新詩」的部分讀者可能在上海，「戲劇」會關心劇作與劇場的關係。各種考慮，林林總總，很難有非常一致的結論。最後，我們同意請各卷主編在採編時斟酌上列幾個原則，然後依自己負責的文類性質和所集材料作決定；如果有需要作出例外的選擇，則在該卷〈導言〉清楚交代。大家的默契是以「香港文學」為據，而不是歧義更多的「香港作家」概念，尤其後者更兼有作家「自認」與他人「承認」與否等更複雜的取義傾向。歷史告訴我們，「香港」的屬性，從來就是流動不居的。在《大系》中，「香港」應該是一個文學和文化空間的概念：「香港文學」應該是與此一文化空間形成共構關係的文學。香港作為文化空間，足以容納某些可能在別一文化環境不能容許的文學內容（例如政治理念）或形式（例如前衛的試驗），或者促進文學觀念與文本的流轉和傳播（影響內地、臺灣、南洋、其他華語語系文學，甚至不同語種的文學，同時又接受這些不同領域文學的影響）。我們希望《香港文學大系》可以揭示「香港」這個「文學／文化空間」的作用和成績。

4 「文學大系」而非「新文學大系」

《香港文學大系》的另一個重要構想是，不用「大系」傳統的「新文學」概念，而稱「文學大系」。這個選擇關係到我們對「香港文學」以至香港文化環境的理解。在中國內地，「新文學」以「文學革命」的姿態登場，其抗衡的對象是被理解為代表封建思想的「舊」文化與「舊」文學；為了突出「新文學」，於是「舊」的範圍和其負面程度不斷被放大。革命行動和歷史書寫從運動一開始就互相配合，「新文學」沒有耐心等待將來史冊評定它的功過，文學革命家如胡適從《留學日記》、〈文學改良芻議〉、〈建設的文學革命論〉到《五十年來中國之文學》，都是一邊宣傳革命、實行革命，一邊修撰革命史。這個策略在當時中國的環境可能是最有效的，事實上與「國語運動」同時並舉的「新文學運動」非常成功，其影響由語言、文學，到文化、社會、政治，可謂無遠弗屆。[43] 十多年後趙家璧主編《中國新文學大系》，其目標不在經驗沈澱後重新評估過去的新舊對衡之意義，而在於「運動」之奮鬥記憶的重喚，再次肯定其間的反抗精神。

香港的文化環境與中國內地最大分別是香港華人要面對一個英語的殖民政府。為了帝國利益，港英政府由始至終都奉行重英輕中的政策。這個政策當然會造成社會上普遍以英語為尚的現象，但另一方面中國語言文化又反過來成為一種抗衡的力量，或者成為抵禦外族文化壓迫的最後堡壘。由於傳統學問的歷史比較悠久，積聚比較深厚，比較輕易贏得大眾的信任甚至尊崇。於是通曉儒經國學、能賦詩為文（古文、駢文），隱然另有一種非官方正式認可的社會地位。另一方面，來自內地——中華文化之來源地——的新文學和新文化運動，又是「先進」的象徵，當這些帶有開新和批判精神的新文學從內地傳到香港，對於年輕一代特別有吸引力。受「五四」文學新潮影響的學子，既有可能以其批判眼光審視殖民統治的不公，又有可能倒過來更加積極學習英語文學及文化，以吸收新知，來加強批判能力。至於「新文學」與「舊文學」之間，既有可能互相對抗，也有協成互補的機會。換句話說，英語代表的西方文化，與中國舊文學及新文學構成一個複雜多角的關係。如果簡單借用在中國內地也不無疑問的獨尊「新文學」觀點，就很難把「香港文學」的狀況表述清楚。

事實上，香港能寫舊體詩文的文化人，不在少數。報章副刊以至雜誌期刊，都常見佳作。這部分的文學書寫，自有承傳體系，亦是香港文學文化的一種重要表現。例如前清探花，翰林院編修，官至南書房行走、江寧提學使的陳伯陶，流落九龍半島二十年，編纂《勝朝粵東遺民錄》、《明東莞五忠傳》等，又研究宋史遺事，考證官富場（現在的官塘）宋王臺、侯王廟等歷史遺跡；他的所為，和葉靈鳳捧着清朝嘉慶二十四年刊《新安縣志》珍本，辛勤考證香港的前世往跡有甚麼不同？一個傳統的讀書人，離散於僻遠，如何從地誌之「文」，去建立「人」與「地」與「時」的關係？我們是否可以從陳伯陶與友儕在一九一六年共同製作的《宋臺秋唱》詩集中，見到那上下求索的靈魂在嘆息？他腳下的土地，眼前的巨石，能否安頓他的心靈？詩篇雖為舊體，但其中的文心，不是常新嗎？[44] 可以說，「香港文學」如果缺去了這種能顯示文化傳統在當代承傳遞嬗的文學記錄，其結構就不能完整。[45]

再如擅寫舊體詩詞的黃天石，又與另一位舊體詩名家黃冷觀合編「通俗文學」的《雙聲》雜誌，發表鴛鴦蝴蝶派小說；後來又是「純文學」的推動者，創立國際筆會香港中國筆會，任會長十年；又曾辦《文學世界》，支持中國文學研究；影響更大的是以筆名「傑克」寫的流行小說。這樣多面向的文學人，我們希望在《香港文學大系》給予充分的尊重。這也是《香港文學大系》必須有《通俗文學卷》的原因之一。我們認為「通俗文學」在香港深入黎庶，讀者量可能比其他文學類型高得多。再說，香港的「通俗文學」貼近民情，而且語言運用更多大膽試驗，如「粵語入文」，或者「三及第化」，是香港文化以文字方式流播的重要樣本。當然，「通俗文學」主要是商業運作，產量多而水準不齊，資料搜羅固然不易，編選的尺度拿捏更難；如何澄沙汰礫，如何從文學史的角度與其他文類協商共容，都極具挑戰性。無論如何，過去《中國新文學大系》因為以「新文學」為主，把影響民眾生活極大的通俗文學棄置一旁，是非常可惜的。

《香港文學大系》又設有《兒童文學卷》。我們知道「兒童文學」的作品創製與其他文學類型最大的不同是，其擬想的讀者既隱喻作者的「過去」，也寄託他所構想的「未來」；當然作品中更免不了與作者「現在」的思慮相關聯。已成年的作者在進行創作時，不斷與自己童稚時期的經驗對話，時光的穿梭是一個必然的現象；在《大系》設定一九四九年以前的時段中，「兒童文學」在香港還有一種「空間」穿越的情況，因為不少兒童文學的作者都身不在香港；「空間」的幻設，有時要透過在香港的編輯協助完成。另一方面，這時段的兒童文學創製有不少與政治宣傳和思想培育有關。部分香港報章雜誌上的兒童文學副刊，是左翼文藝工作者進行思想鬥爭的重要陣地。依照成年人的政治理念去模塑未來，培養革命的下一代，又是這時期香港兒童文學的另一個現象。可以說，「兒童文學」以另一種形式宣明香港文學空間的流動性。

5 「文學大系」中的「基本」文體

「新詩」、「小說」、「散文」、「戲劇」、「文學評論」，這些「基本」的現代文學類型，也是《香港文學大系》的重要部分。這些文類原型的創發與「新文學運動」息息相關，是由中國而香港的「現代性」降臨的一個重要指標。[46] 其中新詩的發展尤其值得注意。詩歌從來都是語言文字的實驗室；尤其在移走可以依傍的傳統詩詞的格律框之後，主體的心靈思緒與載體語言之間的纏鬥更加激烈而無邊際。朱自清在《中國新文學大系・詩集》的〈選詩雜記〉中提到他的編選觀點：「我們要看看我們啟蒙期詩人努力的痕跡。他們怎樣從舊鐐銬解放出來，怎樣學習新言語，怎樣尋找新世界。」香港的新詩起步比較遲，但若就其中傑出的作家作品來看，卻能達到非常高的水平。[47] 這可能是因為香港的語言環境比較複雜，日常生活中的語言已不斷作語碼轉換，感情思想與語言載體互相作用的頻率特別高，實驗多自然成功機會也增加。相對來說，小說受到寫實主義思潮的引導，而香港的寫實卻又是中國內地小說的再模仿，其依違之間，使得「純文學」的小說家難以無障礙地完成構築虛擬的世界。例如理應展現香港城市風貌的小說場景，究竟是否上海十里洋場的複製，就需要推敲。與包袱比較輕的通俗小說作者相比，學習「新文學」的小說家的道路就比較艱難了，所留下繽紛多元的實績，很值得我們珍視。

散文體最常見的風格要求是明快、直捷，而這時期香港散文的材料主要寄存於報章副刊，編者重回「閱讀現場」的感覺會比較容易達成。《大系》的散文樣本，可以更清晰地指向這時段香港的世態人情，生活的憂戚與喜樂。由於香港的出版自由相對比中國內地高，報章檢查沒有國內嚴苛，只要不觸碰殖民政府「當局」，成為全中國的「輿論中心」是有可能的。報章上的公共言論，有時也會超脫香港本地的視野；香港報章轉成內地輿情的進出口。所以說，「香港」作為一個文化地理的空間，其功能和作用往往不限於本土。《大系》兩卷散文，少不免對此有所揭示。類似的情況又可見於我們的《戲劇卷》。中國現代劇運以動員羣眾為目標，啟蒙與革命是主要的戲碼；這時期香港的劇運，不計由英國僑民帶領的英語劇場，可謂全國的附庸，也是政治運動的特遣。讀《香港文學大系》的戲劇選輯，很容易見到政治與文藝結合的前台演出。然而，當中或許有某些不求外揚的藝術探索，或者存在某種本土呼吸的氣息，有待我們細心尋繹。至於香港出現的「文學評論」，其來源也是多元的。越界而來的文藝指導在中國多難的時刻特別多；尤其抗日戰爭和國共內戰期間，政治宣傳和鬥爭往往以文藝論爭的方式出現；其論述的面向是全國而不是香港；這就是「全國輿論中心」的貢獻。[48] 然而正因為資訊往來方便，中外的文化訊息在短時間內得以在本地流轉；由此也孕育出不少視野開闊的批評家，其關注面也廣及香港、全中國，以至國際文壇。這也是「香港」的一個重要意義。

6 小結

綜之，我們認為「香港」是一個文學和文化的空間，「香港」可以有一種「文學的存在」；「香港文學」是一個文化結構的概念。我們看到「香港文學」是多元的而又多面向的。我們以一九一九到一九四九為大略的年限，整理我們能搜羅到的各體文學資料，按照所知見的數量比例作安排，「散文」、「小説」、「評論」各分「一九一九－一九四一」及「一九四二－一九四九」兩卷；「新詩」、「戲劇」、「舊體文學」、「通俗文學」、「兒童文學」各一卷，加上「文學史料」一卷，全書共十二卷。每卷主編各撰寫本卷〈導言〉，説明選輯理念和原則，以及與整體凡例有差異的地方和差異的理據。編委會成員就全書方向和體例有充分的討論，與每卷主編亦多番往返溝通。我們不強求一致的觀點，但有共同的信念。我們不會假設各篇〈導言〉組成周密無漏的文學史敘述，所有選材拼合成一張無缺的文學版圖。我們相信虛心聆聽之後的堅持，更有力量；各種論見的交錯、覆疊，以至留白，更能抉發文學與文學史之間的「呈現」與「拒呈現」的幽微意義。我們期望這十二卷《香港文學大系一九一九－一九四九》能夠展示「香港文學」的繁富多姿。我們更盼望時間會證明，十二卷《大系》中的「香港文學」，並沒有遠離香港，而且繼續與這塊土地上生活的人對話。

三、餘話

最後，請讓我簡單交代《香港文學大系一九一九—一九四九》編輯的經過。二〇〇九年我和同事陳智德開始聯絡同道，組織編輯委員會，成員包括：黃子平、黃仲鳴、樊善標、危令敦、陳智德以及本人。又邀請到陳平原、王德威、黃子平、李歐梵、許子東擔任計劃的顧問。在籌備階段，我們得到李律仁先生的襄助，私人捐助我們一筆啟動基金。李先生對香港文學的熱誠，對我們的信任，在此致上衷心的感謝。經過編委員討論編選範圍和方針以後，我們組織了《大系》各卷的主編團隊：陳智德（新詩卷、文學史料卷）、樊善標（散文卷一）、危令敦（散文卷二）、謝曉虹（小說卷一）、黃念欣（小說卷二）、盧偉力（戲劇卷）、程中山（舊體文學卷）、黃仲鳴（通俗文學卷）、霍玉英（兒童文學卷）、陳國球（評論卷一）、林曼叔（評論卷二）。編輯委員會通過整體計劃後，我們向香港藝術發展局申請資助，順利通過得到撥款。因為全書規模大，出版並不容易，我們有幸得到聯合出版集團總裁陳萬雄先生的幫忙；陳先生非常熱心香港文化事業，一直關注香港文學史的編撰；經過他的鼎力推介，《香港文學大系一九一九—一九四九》由香港商務印書館出版。期間總經理葉佩珠女士與副總編輯毛永波先生全力支持，《大系》編務主持人洪子平先生專業支援，讓《大系》順利分批出版，編委會成員都非常感激。此外，我們還要向為《香港文學大系》題籤的鍾育淳先生敬致謝忱。《大系》編選工作艱巨，各卷主編自是勞苦功高；搜集整理資料的細務，有賴香港教育學院中國文學文化研究中心的成員：楊詠賢、賴宇曼、李卓賢、雷浩文、姚佳琪、許建業等承擔，其中賴宇曼更是後勤工作的總負責人，出力最多。我們相信，《香港文學大系》是一項有意義的文化工作，大家出過的每一分力，都值得記念。

二〇一四年六月三十日定稿

註釋

1 例如一九八四年五月十日在《星島晚報》副刊《大會堂》就有一篇絢靜寫的〈香港文學大系〉，文中說：「在鄰近的大陸，臺灣，甚至星洲，早則半世紀前，遲至近二年，先後都有它們的『文學大系』由民間編成問世。香港，如今無論從哪一個角度看，都不比他們當年落後，何以獨不見自己的『文學大系』出現？」十多年後，二〇〇一年九月廿九日，也斯在《信報》副刊發表〈且不忙寫香港文學史〉說：「在編寫香港文學史之前，在目前階段，不妨先重印絕版作品、編選集、編輯研究資料，編新文學大系，為將來認真編寫文學史作準備。」

2 日本最早用「大系」名稱的成套書大概是一八九六年十一月出版的《國史大系》。日本有稱為「三大文學全集」的《新釋漢文大系》（明治書院）、《日本古典文學大系》（岩波書店）、《現代日本文學大系》（筑摩書房），都以「大系」為名，可見他們的傳統。

3 據趙家璧的講法，這個構思得到施蟄存和鄭伯奇的支持，也得良友圖書公司的經理支持，於是以此定名《中國新文學大系》。見趙家璧〈話說《中國新文學大系》〉，原刊《新文學史料》，一九八四年第一期；收入趙家璧《編輯憶舊》（一九八四；北京：三聯書店，二〇〇八再版），頁一〇〇。

4 在此「文體類型」的概念是現代文論中"genre"一詞的廣義應用，指依循一定的結撰習套而形成書寫傳統的文本類型。作為一個文體類型的個別樣本，對外而言應該與同類型的其他樣本具有相同的特徵；對內而言則自成一個可以辨認的結構。中國文學傳統中也有「體」的觀念，其指向相當繁複，但也可以從這個寬廣的定義去理解。

5 〈話說《中國新文學大系》〉，以及〈魯迅怎樣編選《小說二集》〉等文，均收錄於趙家璧《編輯憶舊》。此外，趙家璧另有《編輯生涯憶魯迅》（北京：人民文學，一九八一）、《書比人長壽》（香港：三聯書店，一九八八）、《文壇故舊錄：編輯憶舊續集》（北京：三聯書店，一九九一）等著，亦有值得參看的記述。當然我們必須明白，這是多年後的補記；某些過程交代，難免摻有後見之明的解說。

6 Lydia H. Liu, "The Making of the 'Compendium of Modern Chinese Literature,'" in Liu, *Translingual Practice: Literature, National Culture, and Translated Modernity-China, 1900-1937* (Stanford University Press, 1995), pp. 214-238; 徐鵬緒、李廣《〈中國新文學大系〉研究》（北京：社會科學文獻出版社，二〇〇七）。

7 據國民政府一九二八年頒佈的《著作版權法》，已出版的單行本受到保護，而編採單篇文章以合成一集則沒有限制；又一九三四年六月國民黨中央宣傳部成立圖書雜誌審查會，所制定的《修正圖書雜誌審查辦法》第二條規定：社團或著作人所出版之圖書雜誌，應於付印前將稿本送審。第九條規定：凡已經取得審查證或免審證之圖書雜誌稿件，在出版時應將審查證或免審證號數刊印於封底，以資識別。均見劉哲民編《近現代出版社新聞法規彙編》（北京：學林出版社，一九九二）頁一六〇、二三二。

8 據趙家璧追述，阿英認為「這樣的一套書，在當前的政治鬥爭中具有現實意義，也還有久遠的歷史價值和學術價值」。〈話說《中國新文學大系》〉，頁九八。

9 *Translingual Practice*, 235.

10 自歌德以來，以三分法——抒情詩（lyric）、史詩（epic）、戲劇（drama）——作為所有文學的分類才是「共識」。西方固然有"familiar essay"作為文類形式的討論，但並沒有把它安置於一種四分的格局之中。事實上西方的「散文」（prose）是與「詩體」（poetry）相對的書寫載體，在層次上與現代中國文學的四分觀念並不吻合。現代中國文學習用的四分法，在理論上很難周備無漏，需要隨時修補。參考陳國球〈「抒情」的傳統：一個文學觀念的流轉〉，《淡江中文學報》，第二十五期（二〇一一年十二月），頁一七三—一九八。

11 這些例子均見於《民國總書目》（北京：書目文獻出版社，一九九二）。

12 〈話說《中國新文學大系》〉，頁九七。

13 朱自清〈評郭紹虞《中國文學批評史》上卷〉，載《朱自清古典文學論集》（上海：上海古籍出版社，一九八一，頁五四一）。

14 觀夫郁達夫和周作人兩集散文的〈導言〉，可以見到當中所包含自覺與反省的意識，不能簡單地稱之為「自我殖民」。

15 蔡元培〈總序〉，《中國新文學大系》，頁一一。又趙家璧為《大系》撰寫的〈前言〉亦徵用「文藝復興」的比喻，說中國新文學運動「所結的果實，也許不及歐洲文藝復興時代般的豐盛美滿，可是這一羣先驅者們開闢荒蕪的精神，至今還可以當做我們年青人的模範，而他們所產生的一點珍貴的作品，更是新文化史上的瑰寶。」《中國新文學大系》，頁一。

16 參考羅志田〈中國文藝復興之夢：從清季的「古學復興」到民國的「新潮」〉，載羅志田《裂變中的傳承——二十世紀前期的中國文化與學術》（北京：中華書局，二〇〇三），頁五三—九〇；李長林〈歐洲文藝復興在中國的傳播〉，載鄭大華、鄒小站編《西方思想在近代中國》（北京：社會科學文獻出版社，二〇〇五），頁一—四八。

17 蔡元培有關「文藝復興」的論述，起碼有三篇文章值得注意：一、〈中國的文藝中興〉（一九二四）；二、〈吾國文化運動之過去與將來〉（一九三四）；三、《中國新文學大系·總序》（一九三五）。幾篇文章對「文藝復興」或者「文藝中興」的論述和判斷頗有些差異，第一篇演講所論的「文藝中興」始於晚清；但二、三兩篇則專以「新文學／新文化運動」為「復興」時代；又頗借助胡適的「國語的文學，文學的國語」的論述。然而胡適個人的「文藝復興」論亦不止一種：有時也指清代學術（如一九一九年出版的《中國哲學史大綱（卷上）》〔北京：商務印書館，一九八七影印〕），頁九—一〇）；有時具體指新文學／新文化運動（如一九二六年的演講："The Renaissance in China,"《胡適英文文存》，頁二〇—三七）。他曾認為 Renaissance 中譯應改作「再生時代」；後來又把這用語的涵義擴大，上推到唐以來中國歷史上幾次大規模的文化變革。有關胡適的「文藝復興」觀與他領導的「新文學運動」的關係，參考陳國球《文學史書寫形態與文化政治》（北京：北京大學出版社，二〇〇四），頁六七—一〇六。

18 姚琪〈最近的兩大工程〉，《文學》，五卷六期（一九三五年七月），頁二二八—二三二；畢樹棠〈書評：《中國新文學大系》〉，《宇宙風》，第八期（一九三六），頁四〇六—四〇九。都非常正面；又趙家璧〈話說《中國新文學大系》〉指出《大系》銷量非常好，見頁一二八—一二九。

19 茅盾回憶錄中提到他把《大系》稱作第一輯，「是寄希望於第二輯、第三輯的繼續出版」；轉引自趙家璧《書比人長壽——編輯憶舊集外集》（北京：中華書局，二〇〇八），頁一八九。

20 〈話說《中國新文學大系》〉，頁一三〇—一三六。

21 李輝英〈重印緣起〉，《中國新文學大系·續編》（香港：香港文學研究社，一九七二再版），頁二；〈再版小言〉，無頁碼。

22 常君實是內地資深編輯，一九五八年被中國新聞社招攬，擔任專為海外華僑子弟編寫文化教材和課外讀物的工作，主要在香港的上海書局和香港進修出版社出版。譚秀牧，曾任《明報》副刊編輯，《南洋文藝》主編，香港文學研究社編輯等。

23 參考譚秀牧〈我與《中國新文學大系・續編》〉，《譚秀牧散文小說選集》（香港：天地圖書公司，一九九〇），頁二六二—二七五。譚秀牧在二〇一一年十二月到二〇一二年五月的個人網誌中，再交代《續編》的出版過程，以及回應常君實對《續編》編務的責難。見 http://tamsaumokgblog.blogspot.hk/2012/02/blog_post.html（檢索日期：二〇一四年五月三十日）。

24 羅孚〈香港文學初見里程碑〉一文談到《中國新文學大系續編》說：「《續編》十集，五六百萬字，實在是一個浩大的工程，在那個時時要對知識分子批判，觸及肉體直到靈魂的日子，主編這樣一部完全可以能被認為是替封、資、修『樹碑立傳』的書，該有多大的難度，需要多大的膽識！真叫人不敢想像。誰也沒有想到，這樣一個偉大的工程竟然在默默中完成了，而香港擔負了重要的角色，這實在是香港在中國新文學運動史上一個重要的貢獻，應該受到表揚。不管這《續編》有多大缺點或不足，都應該得到肯定和表揚。」載絲韋（羅孚）《絲韋隨筆》（香港：天地圖書公司，一九九七），頁一〇一。又參考羅寧〈《中國文學大系續編》簡介〉，《開卷月刊》，二卷八期（一九八〇年三月），頁二九。此外，大約在香港文學研究社籌劃《大系續編》的時候，在香港中文大學任教的李輝英和李棪，也正在進行另一個《中國新文學大系》的續編計劃，由中大撥款支持；看來構思已相當成熟，可惜最後沒有完成。見李棪、李輝英〈《中國新文學大系・續編》的編選計劃〉，《純文學》，第十三期（一九六八年四月），頁一〇四—一一六。

25 《中國現代文學大系・小說第一輯》序，頁一九。

26 曉風的序「散文」從開篇就講選本的意義，視自己的工作為編輯選本，明顯與朱西甯的說法不同調，見《中國現代文學大系・散文第一輯》，頁一—四。

27 《中國現代文學大系》，頁一一。

28 《中華現代文學大系（貳）——臺灣一九八九—二〇〇三》，頁一三。

29 《中國新文學大系一九七六—二〇〇〇》，頁五。

30 《中華現代文學大系（貳）——臺灣一九八九—二〇〇三》，頁一四。

31 〈香港村和香港的由來〉，載葉靈鳳《香島滄桑錄》（香港：中華書局，二〇一一），頁四。現在我們知道「香港」之名初見於明朝萬曆年間郭棐所著的《粵大記》，但不是指現稱香港島的島嶼，而是今日的黃竹坑一帶。見郭棐撰，黃國聲、鄧貴忠點校《粵大記》（廣州：中山大學出版社，一九九八），〈廣東沿海圖〉，頁九一七。

32 又參考馬金科主編《早期香港研究資料選輯》（香港：三聯書店，一九九八），頁四三—四六。葉靈鳳又提醒我們，根據英國倫敦一八四四年出版的《納米昔斯號航程及作戰史》（*Narrative of the Voyages and Services of the Nemesis*），早在一八一六年「英國人的筆下便已經出現『香港』這個名稱了」。見葉靈鳳《香港的失落》（香港：中華書局，二〇一一），頁一七五。

33 香港特區政府網站：http://www.gov.hk/tc/about/abouthk/facts.htm（檢索日期：二〇一四年六月一日）。

34 參考屈志仁（J. C. Y. Watt）《李鄭屋漢墓》（香港：市政局，一九七〇）；香港歷史博物館編《李鄭屋漢墓》（香港：香港歷史博物館，二〇〇五）。

35 許地山《國粹與國學》（長沙：嶽麓書社，二〇一一）頁六九—七〇。

36 《新安縣志》中的《藝文志》載有明代新安文士歌詠杯渡山（屯門青山）、官富（官塘）之作。我們今天應如何理解這些作品，是值得用心思量的。請參考程中山《舊體文學卷》的〈導言〉。

37 例如不少內地劇作家的劇本要避過國民政府的審查，而選擇在香港出版，但演出還是在內地。

38 上世紀八〇年代以來，為「香港文學」下定義的文章不少，以下略舉數例：黃維樑〈香港文學研究〉（一九八三），收入黃維樑《香港文學初探》（香港：華漢文化事業公司，一九八八二版），頁一六—十八；鄭樹森《聯合文學・香港文學專號・前言》（一九九二），刪節後改題〈香港文學的界定〉，收入黃繼持、盧瑋鑾、鄭樹森《追跡香港文學》（香港：牛津大學出版社，一九九八），頁五三—五五；黃康顯〈香港文學的分期〉（一九九五），收入黃康顯《香港文學的發展與評價》（香港：秋海棠文化企業出版社，一九九六），頁八；劉以鬯主編《香港文學作家傳略》（香港：市政局公共圖書館，一九九六），〈前言〉，頁iii；許子東《香港短篇小說選一九九六——一九九七・序》，載許子東《香港短篇小說初探》（香港：天地圖書公司，二〇〇五），頁二〇—二二。

39 《香港文學作家傳略》，〈前言〉，頁iii。

40 在香港回歸以前，任何人士在香港合法居住七年後，可申請歸化成為英國屬土公民並成為香港永久居民；香港主權移交後，改由持有效旅行證件進入香港、連續七年或以上通常居於香港並以香港為永久居住地的條件，可成為永久性居民。參考香港特區政府網站：http://www.gov.hk/tc/residents/immigration/idcard/roa/verifyeligible.htm（檢索日期：二〇一四年六月一日）。

41 謝常青《香港新文學簡史》（廣州：暨南大學出版社，一九九〇）。

42 夏志清長期在臺灣發表中文著作，但他個人未嘗在臺灣長期居留。又《中華現代文學大系（貳）——臺灣一九八九—二〇〇三》由馬森主編的小說卷，也收入香港的西西、黃碧雲、董啟章等香港小說家。

43 參考陳國球《文學史書寫形態與文化政治》，頁六七—一〇六。

44 參考高嘉謙〈刻在石上的遺民史：《宋臺秋唱》與香港遺民地景〉，《臺大中文學報》，四十一期（二〇一三年六月），頁二七七—三二六。

45 羅孚曾評論鄭樹森等編《香港文學大事年表》（一九九六）不記載傳統文學的事件，鄭樹森的回應是：「雖然有人認為《年表》可以選收舊體詩詞，但是，恐怕這並不是整理一般廿世紀中國文學發展的慣例。」《年表》後來再版，題目的「文學」二字改換成「新文學」。分見《絲韋隨筆》，頁一〇〇；鄭樹森、黃繼持、盧瑋鑾編《香港新文學年表（一九五〇——一九六九）》（香港：天地圖書公司，二〇〇〇），頁五。

46 英國統治帶來的政制與社會建設，也是香港進入「現代性」境況的另一關鍵因素。

47 鄭樹森等在討論香港早期的新文學發展時，認為「詩歌的成就最高」，柳木下和鷗外鷗是「這時期的兩大詩人」。見鄭樹森、黃繼持、盧瑋鑾編《早期香港新文學作品選》（香港：天地圖書公司，一九九八），頁三一—四二。

48 參考侯桂新《文壇生態的演變與現代文學的轉折——論中國作家的香港書寫》（北京：人民出版社，二〇一一）。

凡例

一、《香港文學大系一九一九—一九四九》共十二卷，收錄一九一九年至一九四九年之香港文學作品，編纂方式沿用《中國新文學大系》以體裁分類，同時考慮香港文學不同類型文學之特色，分別為新詩卷、散文卷一、散文卷二、小說卷一、小說卷二、戲劇卷、評論卷一、評論卷二、舊體文學卷、通俗文學卷、兒童文學卷、文學史料卷。

二、作品排列是以作者或主題為單位，以作者為單位者，以入選作品發表日期先後為序，同一作者入選多於一篇者，以發表日期最早者為據。

三、入選作者均附作者簡介，每篇作品於篇末註明出處。如作品發表時所署筆名與作者通用之名不同，亦於篇末註出。

四、本書所收作品根據原始文獻資料，保留原文用字，避免不必要改動，部分文章礙於當時報刊審查制度，違禁字詞以X或□代替，亦予保留。

五、個別明顯誤校、字粒倒錯，或因書寫習慣而出現之簡體字，均由編者逕改；個別異體字如無法顯示則以通用字替代，不另作註。

六、原件字跡模糊，須由編者推測者，在文字或標點外加上方括號作表示，如「不以為〔然〕」；原件字跡太模糊，實無法辨認者，以圓括號代之，如「前赴（　）國」，每一組圓括號代表一個字。

七、本書經反覆校對，力求準確，部分文句用字異於今時者，是當時習慣寫法，或原件如此。

八、因篇幅所限或避免各卷內容重複，個別篇章以〔存目〕方式處理，只列題目而不收內文，各存目篇章之出處，將清楚列明。

九、《香港文學大系一九一九——一九四九》之編選原則詳見〈總序〉，各卷之編訂均經由編輯委員會審議，惟各卷主編對文獻之取捨仍具一定自主，詳見各卷〈導言〉。

導言

陳智德

一、文學史料之範圍、理念及文化需要（上）

文學史的編撰，無論新舊古今，關鍵是史料、史識和史筆，其中最基本的無疑是史料，此所以黃繼持說：「沒有史料或史料不足的『歷史』只能是『神話』」[1]，史料構成認知消逝事物的客觀基礎，文學史料可包括書刊、手稿、書信、單張、照片、影像、錄音，這是從「載體」的形式着眼，若從內容及性質而言，更須着眼於近代以來，文學作品的傳播和接受主要通過印刷物呈現的本質，即以報紙期刊和單行本為最主要呈現載體。如此範圍仍相當寬泛，史料雜亂繁多，但關鍵者不是量的問題，而是對史料的判斷、鑑別、整理，是「史識」的一部分。

基於不同的方法、目的和取向，史料的價值會有所差別，單單把所見資料集合在一起是沒有意義的；文學史學者謝冰提出：「有甚麼存世的中國現代文學史料不是關鍵，關鍵是你要找甚麼樣的中國現代文學史料，這就是史料的問題意識」[2]，對香港文學來說，特別把香港文學的整理放在《中國新文學大系》的體系脈絡當中，我們一方面依照《中國新文學大系》按體裁編選作品，並以一九一九至一九四九年為期，但亦考慮香港文學的歷史本質，因而上溯一九一九年以前的晚清時期；而在《文學史料卷》來說，着眼的是香港過去有甚麼讓文學傳播的刊物，舊體文學和新文學在其間的演化、作者的生平資料以及他們與羣體和時代的關係，由文學作品發表所衍生的活動，以及作家回應時代的方式。後人藉此了解一種時代文化的進程、建構發展的脈絡，也了解發展當中的問題，避免重複問題引致誤解和停滯，以至建立傳統、典範，為後世所參考、鑑照。文學史料有別於文學作品，在於史料一般缺少可讀性，狀態零散，我們很容易忽視史料，直至它終於被編整起來，成為了「史料」。

史料的整理建基於文化需要和歷史意識，中國第一套《中國新文學大系》，一九三五至三六年在上海出版，共十卷。當其時，從一九一七年的新文化運動發展至一九三〇年代中期，不過十多二十年，但對新文學新一代作家來說，已頗有經驗斷裂、史料散失之感。《中國新文學大系》的主催者趙家璧，在回憶文章中多次提及，當時人對於歷史斷裂的共感：「為甚麼當年轟轟烈烈、席捲全國的五四新文學運動，如今人們都已把它看得如此遙遠了呢？為甚麼如劉半農自己所說『當初努力於文藝革新的人，一擠擠成了三代之上的古人』了呢？」[3]阿英也在〈《中國新文學大系・史料・索引》編輯感想〉一文提出類似說法。[4]

《中國新文學大系》之編輯，建基於歷史斷裂的焦慮，共見於鄭振鐸、朱自清、劉半農、阿英等人的文章。朱自清編《中國新文學大系・詩集》在〈選詩雜記〉提到三〇年代中，已面世的詩選本水準參差，整理史料的工作不受重視，新詩熱潮減退，早期的詩作者如朱自清本人已不再寫，他明確提出編選的動機：「我們現在編選第一期的詩，大半由於歷史的興趣：我們要看看我們啟蒙期詩人努力的痕跡。他們怎樣從舊鐐銬裡解放出來，怎樣學習新語言，怎樣尋找新世界」[5]，阿英編的《史料索引》，也提出新文學史料之編整，出於一種歷史斷裂的焦慮：「中國的新文學運動，是已經有了二十多年歷史。在這雖是很短也是相當長的時間裡，很遺憾的，我們竟還不能有一部較好的《中國新文學史》。」[6]。

除了經驗斷裂、史料散失的焦慮，他們更面對同路人分化、運動成果之抹殺和倒退，鄭振鐸在《文學論爭集》痛心地提出不少當年新文學運動參與者之分化，以及由於經驗斷裂，引致新文學運動理念不彰，而不斷重複申述：

> 他們不僅和舊的統治階級，舊的人物妥協，且還擠入他們的羣中，成為他們裡面最有力的分子，公然宣傳着和最初的白話文運動的主張正挑戰的主張的。
>
> 祇有少數人還維持鬬士的風姿，沒有隨波的被古老的舊勢力所迷戀住，所牽引而去。
>
> 更可痛的是，現在離開「五四運動」時代，已經將近二十年了，離開那「偉大的十年間」的結束也將近十年了，然而白話文等等的問題也仍還成為問題而討論着。彷彿他們從不曾讀過初期的《新青年》的文章或後期的《國語》週刊的一類文字似的。許多精力浪費在反覆，申述的理由上。[7]

在新文化運動將近二十週年的一九三〇年代中期，昔日的參與者仍須浪費唇舌，重複為當年的信念申辯，難怪鄭振鐸提出編輯《文學論爭集》，把舊文重刊的意義在於「至少是有許多話省得我們再重說一遍！」當然箇中有着文學以外的因由，三〇年代的新文學作家實也面對着國民政府審查、壓制左翼文藝的刊佈，以及在「新生活運動」之名下種種尊孔讀經的復古舉措，如趙家璧所說：「實際上都是對五四文學革命的一種反動，也是國民黨文化『圍剿』的一個組成部分。」[8]

無論如何，從種種當年記載以及後來的憶述可知，《中國新文學大系》之編纂不純是一項把舊文重刊的工作，更基於文學內部和外部因素造成的歷史斷裂，他們編纂史料，不為編纂而編纂，而是以史料作為理念的證言，也修補斷裂、抗衡反制、超越焦慮。是的，史料一般缺少可讀性，我們真的很容易忽視史料，直至了解它被編纂的文化需要和歷史意義。

二、文學史料之範圍、理念及文化需要（中）

在《中國新文學大系》第一輯出版的三〇年代中，香港文壇也經歷一波小規模的歷史回顧，當中的追憶、鉤沉或遺忘，在在牽涉香港文學身份的思考。在較早時期的一九二八年，吳灞陵在《墨花》發表〈香港的文藝〉，對二〇年代中期香港文壇情況記述頗詳，特別把當時文壇分為新舊兩派：「香港的文藝是在一個新舊過渡的混亂，衝突時期」[9]，作者視新文學為新時代潮流，即將動搖舊文學保守的基礎，該文對「新」的追求和認同本身，實際上是承接五四新文學強調新舊對立的觀念。

吳灞陵〈香港的文藝〉主要談現狀，未涉歷史的回顧整理，至一九三六年，貝茜（侶倫）在《工商日報・文藝週刊》發表〈香港新文壇的演進與展望〉，有意建構歷史，仿效民國後諸種中國歷史、哲學史、文學史的寫法，提出歷史分期，把一九二七年至一九三〇年劃分為「前期」，一九三〇年以後為「近期」；在「前期」的論述中，貝茜引用時人說法，指一九二八年創辦的《伴侶》為「香港新文壇之第一燕」，而在「近期」論述中，特別讚許《激流》的〈香港文壇小話〉，並指《激流》的出版「才顯然地把香港文壇劃分新舊兩個壁壘」[10]。貝茜〈香港新文壇的演進與展望〉也是承接五四新文學強調新舊對立的觀念，但與吳灞陵〈香港的文藝〉不同的是其歷史意識，期望追溯香港新文學的源頭，而其所根據的史料，主要是報紙副刊和文學雜誌，並以三〇年代報紙副刊的變化作為「前期」與「近期」的轉折。

另一方向的歷史回顧，是一九三六年馬小進在《工商日報·市聲》連載發表的〈三十年香江知見錄〉系列文章，記述三十年前即一九〇六年前後的文壇故事，提及潘蘭史（潘飛聲）、鄭貫公等作家，其中〈三十年前之香江新歲竹枝詞〉記錄鄭貫公所著〈香江新歲竹枝詞〉十二首以外，亦在文中強調香港今昔風物之異，〈岑春萱嚴禁港報進口札文〉則記述一九〇六年清廷兩廣總督岑春萱，因《公益報》、《中國日報》、《香港少年報》、《珠江鏡報》、《有所謂報》、《商報》等六家香港報紙報道、批評清廷將粵漢鐵路收歸官辦以及其對美國華工禁約事件的態度，因而被清廷禁止進口內地。[11]馬小進在文中引錄岑春萱禁港報進口札文全文，讓史料流傳，暗示香港舊文化中的顛覆與革命性，再記述被禁進口的六家香港報紙的報社位置及其變遷，亦強調今昔之別，追懷失落的文化，提出一種從現在回望過去的歷史觀。

即使有〈三十年前香江知見錄〉、〈香港新文壇的演進與展望〉等史料憶述和初步整理，但很明顯這種歷史未受重視，一九三〇年代的南來文化觀預設香港純然是一個商埠，文化上一片空白。當中固然帶有大中原主義，但香港本土文化歷史不彰，戰亂加劇經驗斷裂、史料零散，後來者鮮能得見前人之文化履痕，也是箇中因素。

一九三七年抗戰爆發，十一月上海淪陷後，大量人口播遷香港，三八年武漢、廣州等地先後失守之後，香港已雲集大批內地作家。一九三九年，由內地來港作家牽頭成立了中華全國文藝界抗敵協會香港分會和中國文化協進會，而在此之前的一九三七年五月，香港中華藝術協進會（藝協）成立，成員主要是來往於省港兩地的作家，創會成員包括吳華胥、李育中等，稍後再有杜埃、黃楚青、梁上苑、勁持、何涅江等人加入，會員有一、二百人。藝協下分文藝組、音樂組、美術組等，該會於一九三八年創辦附設於《大眾日報》副刊的「文化堡壘」作為機關刊物。藝協成立初時未標舉抗日口號，但到「文化堡壘」創辦時，已是一份以抗戰文藝為主要內容的刊物。李育中在後來的回憶文章形容該會是「統戰性的進步團體」，維持了三、四年。[12]

一九三八年七月十三日，香港中華藝術協進會與中國詩壇社聯合舉辦「香港詩歌工作者初次座談會」，出席者包括藝協方面的黃楚青、梁上苑、呂覺良，中國詩壇社方面的陳適懷、吳舒煌、陳豹變等二十多人，會上首先討論香港詩歌工作者的聯合組織，商議完畢後，由主席梁上苑提出先回顧香港詩壇的歷史：

主席：好了，我們很快的就算組織好了，現在我們開始談詩歌在當前任務的問題。我以為在先，有誰可以略述香港詩壇的過去呢？

停了一會。

慢慢的，呂覺良站起來說：我只談一個斷片。民國廿一廿二年之間，曾有一些愛好詩歌的青年，如張弓、劉火子、李育中、侶倫，和死去了的易椿年等寫過一些當時流行的「現代詩派」的詩歌，發表於南華副刊的「勁草」上面，後又出版過一兩詩刊，「詩頁」、「今日詩歌」。還有「紅豆」也常刊載這幾個人的詩。這大概可算是香港詩壇的萌芽吧。以前可不知道，以後也一直沉寂下來。[13]

當主席問及「有誰可以略述香港詩壇的過去」時，記錄者特別另起一行寫上「停了一會」，可以想像當時會場一片沉默的氣氛，與會者除了呂覺良外，都不清楚香港詩壇的歷史。

呂覺良述說的是一九三二至三三年前後的情況，提到當時的《詩頁》、《今日詩歌》、《紅豆》、《南華日報・勁草》等刊物，以及張弓、劉火子、李育中、侶倫、易椿年等詩人，指他們都「寫過一些當時流行的『現代詩派』的詩歌」。呂覺良對當時的香港詩壇具一定認識，資料亦大致準確，他所提到的名字都是活躍於三〇年代的香港詩人，李育中和劉火子等曾創辦《詩頁》和《今日詩歌》，易椿年曾主編《時代風景》，侶倫早在一九三〇年與友人創辦過《島上》，三四至三五年間在《南華日報》主編副刊「勁草」。然而呂覺良所憶述的三〇年代初香港新詩歷史距離座談會當時（一九三八年）並非年代久遠，但最後卻說「這大概可算是香港詩壇的萌芽吧。以前可不知道，以後也一直沉寂下來」[14]，實際情況是，一九三三年創辦的《紅豆》於一九三六年出版至四卷六期才停刊，三五年有《時代風景》，三七年另有《南風》，都曾刊登新詩及詩論，何以事隔不過一、兩年，香港詩壇便被視為「以後也一直沉寂下來」呢？重點也許不在於記述者掌握史料的多寡，而是對於歷史的態度和需要，藝協成員和中國詩壇社成員許多是從廣州南來，在該次座談中，回顧香港詩壇歷史談不上是文化需要，尤其比起抗戰，聯合力量、團結組織力量的需要更大，由此也見史料的意義及其在不同時代的位置。

三、文學史料之範圍、理念及文化需要（下）

回看貝茜（侶倫）〈香港新文壇的演進與展望〉，該文發表後剛巧五十年，即一九八六年，在《香港文學》第十三期首次重新刊登，鈎沉該文並加以介紹的楊國雄說：「筆者偶然在《工商日報》發現了由署名「貝茜」所撰的《香港新文壇的演進與展望》……以往研究香港文學發展史的，還未有引用過這一篇文章。因此，現在轉錄下來，以作為研究香港早期文學史的一個參考」[15]。整整五十年沒有人提起過這篇文章，後世研究者不知「貝茜」的真正身份，甚至貝茜即侶倫本人都忘記了這篇文章，讓讀者更感弔詭的是，《香港文學》第十三期作為「一周年紀念特大號」，以「香港文學的過去與現在」為專輯主題，廣邀作家學者回顧香港的文藝期刊，當中侶倫受邀撰寫了〈我的話〉一文，該期《香港文學》出版後，侶倫讀了重新刊登的貝茜〈香港新文壇的演進與展望〉，感覺如見故人，卻是自己遺忘了五十年的文章，他再撰〈也是我的話〉一文，交給《香港文學》第十四期發表，他說：

由於「貝茜」這署名喚起我的記憶，我把楊國雄先生好意地介紹出來的這篇文章讀了一遍，意外地「發現」這竟是我的拙作。因為戰爭關係，所有在戰前所寫文章的剪存稿件，都在香港淪陷時全部燒燬，我根本忘記了自己曾經寫過這樣一篇東西。如今重讀起來，真有恍如隔世之感了。[16]

這可說是香港文學鈎沉史上富有戲劇性的一幕，侶倫曾在《大公報》撰寫專欄「向水屋筆語」回顧文壇掌故，一九八五年由三聯書店結集為《向水屋筆語》，所收文章不限於原「向水屋筆語」專欄文章，也包括一些較長篇散文，其中有原刊《海光文藝》的〈香港新文化滋長期瑣憶〉一文，[17]提到許多在〈香港新文壇的演進與展望〉都述及的早期香港文學故事，例如兩篇文章都提到一九二八年的《伴侶》創刊之時，被時人稱許為「香港新文壇之第一燕」[18]，不過兩篇文章的動機和針對點很不同，〈香港新文化滋長期瑣憶〉主要出諸回憶、話舊的筆法，〈香港新文壇的演進與展望〉則透過歷史分期確立香港新文藝的歷史地位。

〈香港新文化滋長期瑣憶〉在一九六六年初刊於《海光文藝》時，是一篇回憶話舊文章，當它在一九八五年收錄於《向水屋筆語》出版時，對新舊讀者來說都有着很不同的意義，因為七、八十年代「香港文學」作為一門學科漸受重視，相關研究，特別是有關早期香港文學的研究開始增加，其間史料的發掘和整理至為關鍵，侶倫《向水屋筆語》從過來人角度留下珍貴記錄，亦為後世人追溯歷史留下可靠線索。

八十年代幾位學者的早期香港文學研究，以史料的考掘和分析為重點，盧瑋鑾〈香港早期新文學發展初探〉、〈統一戰線中的暗湧——抗戰初期香港文藝界的分歧〉從刊物和團體的角度，奠定研究早期香港文學的基礎，楊國雄〈清末至七七事變的香港文藝期刊〉、黃傲雲（黃康顯）〈從文學期刊看戰前的香港文學〉二文亦據原始資料，從文藝期刊角度作出有系統的整理和綜述。[19]早期香港文學的基本圖像，已在八十年代給重繪出來，而更完整的成果，可說是黃繼持、盧瑋鑾和鄭樹森三位在九十年代編成《早期香港新文學作品選（一九二七——一九四一年）》、《早期香港新文學資料選（一九二七——一九四一年）》、《國共內戰時期香港本地與南來文人作品選（一九四五——一九四九年）》、《國共內戰時期香港文學資料選（一九四五——一九四九年）》四書，以及二〇一三年出版，盧瑋鑾、鄭樹森主編、熊志琴編校的《淪陷時期香港文學作品選：葉靈鳳、戴望舒合集》，這五部選集以系統方法編整、重刊早期文學史料，使大量封存在絕版書刊和微縮菲林（微縮膠片）的文字首次重見天日，開拓研究領域，黃繼持、盧瑋鑾和鄭樹森三位編者所使用的方法及處理文獻的嚴謹態度，成為日後從事同類工作的指標。

《早期香港新文學作品選（一九二七——一九四一年）》等五書的重要性，更由於三位編者對原始史料處理的自覺和謹慎，並自省到其間的限制。盧瑋鑾曾在〈香港文學研究的幾個問題〉一文提出方法不當的史料編輯有可能製造混亂和謬誤，而在史料未能充分掌握之際，未可輕言修史。[20]黃繼持在〈關於「為香港文學寫史」引起的隨想〉提出史料的本質以及如何處理運用的問題，更指出闡釋史料「不宜打歸一路，官收定本」[21]，史料闡釋的空間之得以開放，前提正是對史料有序而系統化的處理，為整全的歷史視野架橋鋪路。

四、晚清報刊與思想革新

尋索香港文學的歷史軌跡，必經追尋早期報刊歷史之途。報刊之流變，對近代文學變革影響鉅大，文學之流佈，須有載體，一般先在報刊發表，再有單行本印行，然而報刊於文學的作用不止於發佈，更包括報刊的思想立場，五四運動時的《新青年》可說是其中著名例子。由晚清至民國之後，報刊一直是革命和改革思潮的搖籃，香港以其地理及政治條件，在這方面發揮重要作用，亦由此締造獨特的文化空間。

香港本為近代華文報刊發源地之一，早於一八五三年英國傳教士麥都思（Walter Henry Medhurst，1796—1857）在香港創辦了第一份中文月刊《遐邇貫珍》。其後再有《中外新報》及《華字日報》之設，分別為英文報紙《孖刺報》及《德臣西報》之中文版，一八七四年二月四日王韜與黃勝在香港創辦《循環日報》，被視為首份由華人獨資創辦之中文報紙。一八六二年，王韜以「黃畹」之名上書太平天國，勸太平軍避免強攻上海而被清廷緝捕，因而從上海避走香港，[22]其後他一度前赴歐洲，一八七〇年返回香港。王韜在《循環日報》刊發的時評社論中提出維新改革思想，[23]他把一八七四年至一八八二年間在《循環日報》撰寫的時評社論，結集為《弢園文錄外篇》，其中〈論日報漸行於中土〉一文，提及前述之《遐邇貫珍》、《中外新報》、《華字日報》及《循環日報》，並提及香港刊發的報紙與上海報刊的分別。〈論日報漸行於中土〉一文成於《循環日報》創立後二年，即大約一八七六年，相信是最早回顧現代報紙歷史之文，雖然文中有些有關年份的資料不盡確實，但該文之重要性在於一種回顧報紙發展的歷史角度。

報紙與文學關係最深者，莫過於其副刊，而香港報紙副刊之重要性亦不只作為文學載體，更由於位處清廷權力範圍外，常以文學盛載不容於清廷之維新以至革命思想。一八九九年，孫中山先生派陳少白到香港籌辦《中國日報》，旨在宣傳革命，一九〇〇年一月創刊，在香港出版了十一年，其後遷廣州再辦了二年多。[24]除日報外，另出十日刊《中國旬報》，馮自由在〈陳少白時代之中國日報〉說：「此報除日報外，兼出十日刊一種，定名《中國旬報》。篇後附以鼓吹錄，專以遊戲文章歌謠雜俎譏刺時政，由楊肖歐、黃魯逸任之。是為吾國報紙設置諧文歌謠之濫觴」[25]，這段文字實道出《中國旬報》在副刊發展史上之先驅位置，林友蘭說：「這是香港中文報設副刊之始，但當時不叫它做『副刊』，而稱之為『諧部』」。[26]

一九〇一年初，《中國旬報》出版至第三十七期後停刊，其副刊「鼓吹錄」則移入《中國日報》繼續出刊。[27]曾任《中國旬報》編輯的鄭貫公在一九〇三、〇四年間創辦《世界公益報》、《廣東日報》及《唯一趣報有所謂》，均特別着重諧部即副刊之內容，其中以《唯一趣報有所謂》（通稱《有所謂報》）最具特色，設有「題詞」、「落花影」、「滑稽魂」、「金玉屑」、「官紳鏡」、「新鼓吹」、「他山石」、「格化談」、「社會聲」、「小說林」等欄目，文體形式包括粵謳、南音、班本以及詩詞、小說、駢文等，創作以外亦有翻譯小說，內容強調社會教化作用。

二十世紀初年，香港多份報紙的副刊內容已十分多元豐富，除《中國旬報》、《世界公益報》、《廣東日報》及《有所謂報》外，《循環日報》及《華字日報》亦改革版面，增設諧部。香港報紙的諧部，即早期舊式副刊的文藝作品，文體以文言文為主，內容性質多為通俗之文，但不純以娛樂讀者為限，更強調當中的潛移默化功能，未可單以通俗一概而論。

報紙之外，晚清時期，香港至少已出版過小說期刊《中外小說林》、《小說世界》和《新小說叢》三種，都是傳播新思想的載體。《中外小說林》前身是一九〇六年在廣州創刊的《粵東小說林》，一九〇七年遷往香港，易名為《中外小說林》，編者包括黃伯耀（耀公）和黃世仲（小配）兄弟。據陳平原、夏曉虹編《二十世紀中國小說理論資料・第一卷》所收錄原刊《中外小說林》第一年第一期的〈小說林之趣旨〉，該刊宗旨如下：

> 處二十世紀時代，文野過渡，其足以喚醒國魂，開通民智，誠莫小說若。本社同志，深知其理，爰擬各展所長，分門擔任，組織此《小說林》，冀得登報界之舞臺，稍盡啟迪國民之義務。詞旨以覺迷自任，諧論諷時，務令普通社會，均能領略歡迎，為文明之先導。此《小說林》開宗明義之趣旨也。[28]

文中提及的「喚醒國魂」、「開通民智」、「啟迪國民」、「諧論諷時」，可說與之前的《中國旬報》、《有所謂報》的形式內容一脈相承。《中外小說林》於一九〇八年出版至第十七期後，易名為《繪圖中外小說林》，[29]期數承前沒有另起，但增加不少插圖，包括漫畫和攝影，更以香港上海銀行、香港皇家公園、香港大花園等風景攝影作封面，香港大學孔安道紀念圖書館藏有《中外小說林》一九〇七年出版的第十四期，另有二〇〇〇年由夏菲爾國際出版公司出版、包括《粵東小說林》、《中外小說林》和《繪圖中外小說林》部分期數的影印本。

《小說世界》今未見，據史和、姚福申、葉翠娣編《中國近代報刊名錄》著錄如下：

《小說世界》（香港）

資產階級革命派創辦的文藝雜誌。一九〇七年二月（光緒三十三年一月）創刊，在香港出版。旬刊。逢五出版。

主要欄目有：社說、小說、戲曲、傳記、散文、詩、詩話、聯話等。這個雜誌刊登的大多是反帝反清的作品，以鼓吹民族獨立為中心內容。刊有述徐錫麟、秋瑾事的《復仇槍》，述史可法、阮大鋮事的《神州血》等。[30]

除了「資產階級革命派創辦的文藝雜誌」的形容外，《中國近代報刊名錄》在「《小說世界》」這項條目的資料來自阿英（錢杏邨）《晚清文藝報刊述略》之著錄，阿英在該書「《小說世界》」條目下指：

一九五五年十月，汕頭梁心如先生熱心地寫告訴我，他訪求到香港出版的《小說世界》第四期一冊，據廣告，知道是旬刊，逢五出版。第四期是光緒丁未（一九〇七）年二月印行，那麼，創刊期當是一月了。這樣，我們至少可以知道，當時香港出版的小說報，有《小說世界》和《新小說叢》二種。[31]

可知阿英亦未見《小說世界》實物，他據梁心如來信，引錄《小說世界》第四期內容包括〈神州血〉、〈復仇鎗〉等小說，〈圖南傳奇〉、〈救國女兒〉等戲曲及其他詩詞創作，並總結如下：「據說，全冊『多為反帝、反清作品』，說所載詩詞，『並非吟風弄月，無病呻吟，而多為鼓吹民族獨立意識者。』」[32]

《新小說叢》一九〇八年創刊，[33]林紫虬主編，《新小說叢》香港中文大學崇基學院牟路思怡圖書館和香港大學孔安道紀念圖書館分別有藏，但缺創刊號，阿英在《晚清文藝報刊述略》提到該刊「光緒三十三年（一九〇七）十二月始刊，月一冊，所得只首三期。創刊號並有林文驄祝詞，黃恩煦敘，和LSL英文敘」[34]，如果句中的「十二月」是指舊曆的話，則該刊創刊日應為一九〇八年一月。阿英另於《晚清文學叢鈔・小說戲曲研究卷》收錄《新小說叢》創刊號所載之林文驄〈《新小說叢》祝詞〉，文末署「光緒丁未十月之望，新會林文驄撰」，光緒丁未十月之望，是為光緒三十三年十月十五日，則可知〈《新小說叢》祝詞〉撰於公元一九〇七年十一月二十日。

林文驄〈《新小說叢》祝詞〉提出新小說的職志，有別於傳統小說，在於它面向時代憂患：「矧在今日，萬國駢羅，列強虎視，而猶蹈常襲謬，蕩志誨淫，將何以照法炬於昏衢，轟暴雷於聾俗乎？」在二千多字以駢體文寫成的〈《新小說叢》祝詞〉中，林文驄除了提到多位西方科學家、哲學家著作，亦提及引進西學的晚清學者：「近者遯叟記述，為西學之先河；又陵博聞，登文壇而奪席」，句中「遯叟」是指王韜（王韜別署天南遯叟，亦作天南遁叟），「又陵」是指嚴復（嚴復字又陵），可見林文驄一直關注西學之流佈，而整篇文章最重要是以下這段：「然某以為小說之作，體兼雅俗，義統正變，意存規戒，筆有褒貶，所以變國俗，開民智，莫善於此，非可苟焉已也。」林文驄以此勉勵《新小說叢》編輯同人以新小說為「變國俗，開民智」的載體，阿英在《晚清文藝報刊述略》「《新小說叢》」條目下亦引錄這段文字，並提出評價：「蓋有激於晚清內政之腐，外交之失而有言也」，最後總結《新小説叢》的價值時説「此志之可珍，在於説明當時香港已有文藝刊物，並足見當時文藝界之傾向，成就則殊難言也。」[35]

香港文化本具催生革新的成分，其舊有的文學傳統當中，不完全是守舊。一般讀者受五四以來現代文學史論述強調新舊對立之影響，以為舊文學就一定是守舊、落後，其實並不盡然。清代以至更早以前的香港，一直不乏文人雅集之團體唱和，晚清文人在香港創辦報刊後，使香港一地之文學進入公共空間，部分與晚清之新小説、維新和革命思潮呼應，《小説世界》中的反帝、反清作品，以「喚醒國魂，開通民智」為宗旨的《中外小説林》，提出「變國俗，開民智」的《新小説叢》，王韜創辦《循環日報》以及其時評社論中的維新改革思想，還有《中國旬報》、《有所謂報》等諧部副刊以遊戲筆墨譏諷時政，相信都是晚清主張革命或改革的文人，利用香港相對自由的文化環境，以文學作為新思想的載體。該等文學不僅是在香港發表刊布之義，而實具有因應香港角度和位置才能催生的內容，或有助我們討論香港文學的本質。

五、新文學源頭與新思想載體

一九一九年五四新文學運動開展後，香港透過上海和廣州輸入新文藝報刊，與自身的文化傳統互相激盪，形成二〇年代新舊文化並存夾雜的局面。五四運動之後的數年，相對於中國內地大城市如北京、上海、天津等地來説，香港整體文化面貌仍然相當保守，中文教育以舊式書塾形式為主，大部分報刊仍使用文言，新文學的起步較內地為晚，不過現在回顧新文學運動在整個中國的發展，二〇年代新舊文化並存夾雜之局以及對新文學的保守態度，並非香港獨有。

五四新文學運動的影響，早期集中在北方，沒有即時遍及全國，在一些城市如河南省開封，五四運動之後六、七年所出版的十數種報紙當中，仍以文言為主，沒有新文學副刊，直至一九二五年才有《豫報》印行首份刊登新文學作品的《豫報副刊》。[36]一九二四年上海《文學週報》亦登載了一則河南、江西、上海等地學校批評白話文以至禁止學生使用白話文，而獎勵文言文寫作的報道。[37]在有關貴州新文學的研究中有以下說法：

> 五四時期在貴州境內還沒有公開出版的新文學報刊，就連公開出版的報紙也極少，較有影響的是軍閥勢力控制的《貴州公報》和貴陽學術界的《鐸報》，這兩家報紙經常有散文、詩歌、小說發表，但以文言文居多，以白話文形式發表的散文、小說也有，但極少，新詩還未見到。到了三〇年代，貴州的新文學才開始發展。[38]

類似的現象其實普遍見於二〇年代的南方地區，在二〇年代的香港，新文學運動的影響也沒有即時取代既有傳統，香港的新文學和許多中國南方城市一樣，最初都是在新舊夾雜和爭論之中慢慢建立，並非五四運動後立即從一面跳到另一面。[39]

一九二一至二八年間，香港有《雙聲》、《小說星期刊》、《墨花》等文學雜誌，以文言小說、舊體詩詞為主，亦間中刊登新詩和白話小說，屬新舊交替時期刊物，一九一九年至一九三〇年出版的英華書院學生刊物《英華青年》則經歷由全用文言、文白並存至全用白話的階段，一九二八年八月創刊的《伴侶》被時人稱譽為「香港新文壇之第一燕」[40]。貝茜（侶倫）〈香港新文壇的演進與展望〉一文認為，一九二七年前後是香港新文學發展的關鍵時期，除了多份報紙增設新文學副刊，內地時局風潮亦帶來文化與思想衝擊：

一九二七年的期間，正是中國國民革命狂飆突進的時代，為幾件慘案牽起來的當地的罷工潮又應時而起。在政治上是個興奮的局面，在文壇上，又正是創造社的名號飛揚的時期；間接受了國內革命氣燄的震動，直接感着大風潮的刺戟，不能否認的是，香港青年的精神上是感着相當的振撼。[41]

此外，一九二七年魯迅應邀來港，二月十八和十九日在香港基督教青年會禮堂分別以〈無聲的中國〉和〈老調子已經唱完〉為題，發表演說，提出「保存舊文化」背後的蒙蔽，勉勵青年揚棄陳言舊調，發出「真的聲音」，以新文學和新文化為走向進步的出路，亦對當時文化界有一定影響。本卷收錄《華僑日報》一九二七年二月十四日刊載的〈著名學者來港演講消息〉及二月十九日刊載的〈魯迅先生來港〉兩篇報道，報道了魯迅來港演說的消息，[42]另外，本卷收錄袁水拍一九三九年十月十九日在香港《立報・言林》發表〈香港紀念魯迅先生〉一文，亦提及一九二七年魯迅來港演說的事。他提到「一九二七年二月十六日魯迅先生在青年會的演說辭報紙上就沒有刊登」[43]，應更正資料，魯迅分別在一九二七年二月十八和十九日在青年會演講，二月十八日的演說辭刊於《華僑日報》，二月十九日的演說辭則未有刊登。

一九二〇年代中後期，經歷過一九二五年的省港大罷工，以及一九二七年魯迅來港演說後，多份報紙陸續增設新文學副刊，新一代青年作者亦乘時崛起，他們包括劉火子、李育中、李心若、侶倫、謝晨光、張吻冰、岑卓雲、杜格靈、戴隱郎、張弓、魯衡、易椿年等等，他們一部分在香港出生、成長、學習，一部分從廣東省來港讀書、工作，在香港的書店接觸到來自廣州、上海等地的新文學書刊，在一九二〇年代中期開始投稿到香港的《小説星期刊》、《大光報》、《大同日報》、《南強日報》、《天南日報》等雜誌報刊，以至後來投稿到內地的刊物如上海的《現代》。一九二〇年代後期至三十年代中，他們自資創辦了多份文藝刊物，如《島上》、《鐵馬》、《時代風景》、《詩頁》、《今日詩歌》、《小齒輪》、《南風》等等，也有一些刊物如《字紙簏》、《紅豆》見證省港兩地的文學連繫。

二、三十年代活躍於香港的青年作者亦仿傚內地新文學風氣及文學結社傳統，自發建立不同的文藝團體，包括紅社、同社、香港文藝協會、島上社、三三社、白茫文藝社、邱社、文藝研究會、香港中華藝術協進會等，其社團所辦刊物，部分附設於報紙中，部分獨立出版，如三三社主編《南強日報・電流》，白茫文藝社主編《南強日報・繁星》、島上社出版《島上》、同社出版《今日詩歌》、香港中華藝術協進會主編《大眾日報・文化堡壘》等等。

本卷在「刊物史料」部分選錄了《英華青年》、《文學研究錄》、《小説星期刊》、《藝潮》、《字紙簏》、《鐵馬》、《島上》、《激流》、《紅豆》、《南風》以及多份報紙文藝副刊的發刊詞或編者語等資料，除了刊物歷史，亦多見當時辦刊物者創造文化空間的努力以及其理念，如《小説星期刊》第一期有黃守一〈我對於本刊之願望〉提出他們辦刊物的理想在於「瀹民智。陶民情」，《激流》

的〈卷頭語〉提到要把沙漠變為平原，《島上》的〈編後〉提到要「使這島上的人知道自己所缺少的是甚麼」，《南風》的〈刊前贅語〉提到要「獻身於締造文化」，《南強日報・電流》之〈前奏〉提到要「建立革命文學的大纛」，《工商日報・文學週刊》發刊詞提到要「促進鑑賞文藝的工作」；由此種種，我們大略可見戰前香港文學期刊的取向，實多元而紛陳，具體目標各異，但總歸於改善社會的理想，視文學為新思想、新理念的載體，編者作者同具開創時代的大志。我們作為後世研究者，透過助理或親身從脆弱欲裂的紙頁間，從一格一格字粒破損不清的微縮菲林間，以拍照、影印、抄寫而苦苦鉤沉發掘出的，不僅是一份一份被遺忘的香港舊刊物，更是一段一段被遺忘的時代理想。

六、戲劇與時代

香港另一股文藝力量是戲劇，包括傳統粵劇、二十世紀初的文明戲，以及五四運動後的現代話劇，相關活動的報道記載，留下不少值得注意的史料。據馮自由〈廣東戲劇家與革命運動〉一文所述，一九一〇年代，活躍於省港兩地的文明戲劇團有「振天聲」、「琳琅幻境」、「清平樂」及「天人觀社」等，均重視革命和新思想之傳播，他稱當時的戲劇形式為「白話配景劇」：

庚戌（一九一〇）後振天聲社諸同志得陳少白之助，另組一白話配景新劇社，剔除舊套，眼界一新，極受社會欣賞，是為白話配景劇之濫觴。繼起者復有「琳琅幻境」及「清平樂」、「天人觀社」諸社，均屬話劇團之錚錚者。此種劇團咸對腐敗官僚極嬉笑怒罵之能事，卒能引起人心趨向於革命排滿之大道。[44]

文中提及的「清平樂」，小進（馬小進）〈香港清平樂之新劇觀〉以圖文記述了其在香港太平戲院之演出，指「香港清平樂社者，實吾粵新劇之先河。其劇壇景色之美備，藝員言動之優長，久已膾炙人口。……聞該劇同人，日求進步，思以美感教育，締造共和國民之資格。」[45]

此外，曾加入同盟會、被譽為「香港電影之父」的黎民偉，在其日記亦曾指出「清平樂」與革命之關係，可與前述馮自由和馬小進兩篇文章互相參照引證，黎民偉在日記指，一九一一年廣州黃花崗革命起義失敗後，黎民偉與陳少白、馬小進、謝英伯、岑學侶、梁沛霖等等五十多人「在香港大道中一四七號和玉燒臘店三樓，組織『清平樂白話劇社』，粉墨登場，鼓吹革命，其社名乃胡展堂、陳少白所定。後遷中國街□號四樓。第一劇為《戲中戲》，其他有《黃花影》、《偵探毒》、《愛河潮》等劇均大受社會歡迎，但為清廷所忌，屢為粵吏張鳴歧等請港政府禁演也。」[46]由以上資料而可略知，二十世紀初香港戲劇活動與辛亥革命的關係，並其在形式和思想上之求新，留下創建文化、回應時代的軌跡，不應被遺忘。

三〇年代，香港有現代劇團、時代劇團、青年戲劇社等本地劇團，抗戰爆發後由於國防戲劇運動的需要以及中國旅行劇團（中旅）、中華藝術劇團（中藝）、中國救亡劇團（中救）、中華業餘劇團（中業）、中國新興劇社等內地劇團留港活動，使劇壇更趨蓬勃，收錄在本卷的任穎輝〈看了現代劇團公演「油漆未乾」後〉、馮勉之〈香港的戲劇〉、茅盾〈祝「時代劇團」〉、盧敦〈關於「前夜」

——「時代劇團」第一次公演台本〉、洛兒〈說到「時代劇團」〉、辛英〈建樹香港戲劇統一陣綫〉、無署名〈活躍的香港劇壇〉、胡春冰〈由「黃花崗」的公演說起〉、李殊倫〈香港的戲劇藝術〉等文章，記述了以上劇團演出的日期、地點、參演人員以至戲團的理念路線等等細節，留下第一手記錄，亦可與後來的戲劇史研究互相引證。[47]

七、抗戰報刊與文化活動

一九三七年抗戰爆發，大批內地作家避亂南來，同時利用香港的文化空間，繼續抗戰宣傳的工作。有幾份先後來港復刊的報紙，聘用知名作家為副刊編輯，支援抗日文藝，包括由蕭乾和楊剛先後主編的《大公報・文藝》、茅盾、葉靈鳳先後主編的《立報・言林》，另有一九三八年創刊，由戴望舒主編的《星島日報・星座》，以及一九四一年創刊，由陸浮、夏衍先後主編的《華商報・燈塔》等等。

當時的香港政府對報刊實施嚴格審查，不可印出「敵」、「日寇」等字眼，有風骨的報人不甘文章被刪，每以「x」或「□」代替違禁字詞，以至「開天窗」（原本刊登文章的版位完全空白，只有「全文被檢」四字）表示不滿。本卷收錄的陸丹林〈續談香港〉、〈香港的文藝界〉、〈在香港辦刊物〉三文和戴望舒〈十年前的星島和星座〉均提到香港政府的報刊審查措施，陸丹林〈續談香港〉更透露：「日本駐香港的領事，常常和香港當局交涉，取締抗日文字」[48]，陸丹林在〈續談香港〉及〈在香港辦刊物〉二文都抄錄出港府華民政務司標示的違禁字詞，極具史料價值。[49]當時的報刊編輯以「x」或「□」代替違禁字詞而不是任由文字段落刪去，實帶無聲抗議之意，本卷為存文獻原貌，如〈凡例〉所示，文獻原有用以代替違禁字詞的「x」或「□」，均予逐格保留。

雖然港府對報刊有嚴格審查限制，但在一九三七至一九四一年十二月底的抗戰上半期，相對內地大片已淪陷地區，香港仍是抗戰宣傳的重要據點，且成為了戰時報刊的中轉站。一九三九年，中華全國文藝界抗敵協會香港分會、中國文化協進會相繼成立，文協香港分會的機關刊物《文協》分別於《大公報》、《星島日報》、《珠江日報》、《申報》、《華僑日報》、《立報》、《國民日報》及《大眾日報》輪流刊載，而由文協香港分會主編、與重慶總會合作出版之英語刊物《中國作家》（*Chinese Writers*）創刊號於一九三九年八月六日出版，「將抗戰文藝作品譯成英文向外國介紹」[50]，編者包括戴望舒及徐遲。

一九三七至四一年間香港的抗戰文藝不單在歷史上有位置，對當時人來說也是一段深刻經歷，並有不少記錄留下，本卷收錄的袁水拍〈詩朗誦——記徐遲「最強音」的朗誦〉記錄了一九四〇年三月十七日在香港孔聖堂舉行的一場詩朗誦會，會上徐遲朗誦長詩〈最強音〉，更配合舞台燈光、幕後的插話式女聲朗誦，徐遲本人朗誦的聲調則撇除了常見的誇張腔調和動作，改以「詩句本身的聲調和色彩，自然流露的感情，有節制地，同時又坦白地傳達給了聽眾。」[51]

袁水拍〈香港的詩運〉提到香港在抗戰詩運中的作用，因應原在廣州的《中國詩壇》在香港復刊及其他詩歌活動，「一個中斷的詩歌運動彷彿又開始了它的甦蘇，而且正在向着廣大的路途跑」[52]。拉特〈關於文章義賣〉記錄一九三九年文學界支援抗戰的活動，為紀念七七事變，文協香港分會發起「文章義賣」，《工商日報》、《立報》、《星島日報》、《大公報》等多份報紙的作者把稿費捐出以支援中國內地的抗戰，除本卷選錄的拉特〈關於文章義賣〉一文外，多份報紙亦有報道這事。

豐（相信即是葉靈鳳）〈「文協」成立文藝通訊部〉一文報道「文協」成立文藝通訊部，目的之一是「提拔新的文藝工作後備軍」[53]。一九三九年成立的文藝通訊部（簡稱「文通」），吸納香港青年為「文藝通訊員」，導師包括徐遲和袁水拍，曾舉辦「八月文藝通訊競賽」及文藝講習班，成員包括彭耀芬、陳善文、李炳焜、葉楓、王遠威等。一九四〇年由文通創辦的《文藝青年》，在其創刊詞〈我們的目標——代開頭話〉中提到，該刊是以培育本地青年成為「文藝戰線的尖兵」、團結文藝青年，提供發表園地為目標。[54]

有關抗戰時期香港文學的重要記載還有陸丹林〈香港的文藝界〉、蕭天〈香港文藝縱橫談〉以及無署名的〈周恩來關於香港文藝運動情況向中央宣傳部和文委的報告〉。陸丹林〈香港的文藝界〉記載多個文藝團體的資料，又提及當時刊物審查問題，他另於〈在香港辦刊物〉一文較集中地記述審查制度的細節。蕭天〈香港文藝縱橫談〉很詳細地提及抗戰之後香港文壇的發展，記述文協的成立，也提及文協內部問題，另述多份刊物的資料。〈周恩來關於香港文藝運動情況向中央宣傳部和文委的報告〉一文收錄於南方局黨史資料徵集小組編《南方局黨史資料・文化工作》一書，該文原件無署日期，《南方局黨史資料》的編者據文章內容定為一九四二年六月二十一日；周恩來時任位於重慶的中共中央南方局書記（該局最高領導人），該文相信由中共駐香港負責文化工作的人員收集資料並撰初稿，再由周恩來審定並向中共中央匯報，提及抗戰初期至一九四一年十二月底香港淪陷為止，中共駐香港負責文化工作的組織（文委）及香港文藝界的概況，是認識抗戰期間中共在港的文化工作，以及相關人員對香港文藝界如何觀察的重要文獻。

八、日治時期的文學事業

一九四一年十二月，日本發動太平洋戰爭，至十二月底攻佔香港。一九四一年十二月二十五日至一九四五年八月十五日，為香港史上的「日治時期」（或稱「日佔時期」或「淪陷時期」）。這段時期的香港文學，常予人一片空白的印象，但實際上仍有若干空間，只是戰後相關史料隨着時局變化而湮沒。

香港淪陷之前，汪精衛陣營已在香港發動反對抗戰的「和平運動」宣傳，源於一九三八年十二月二十九日，汪精衛在香港《南華日報》發表親日立場的「豔電」（「豔」為中文電碼中表示日期為「二十九日」的代碼），至一九三九年再提出「和平運動」的口號，其後於一九三九年底至一九四〇年初起，在香港和上海都有汪派陣營文人推動稱為「和平文藝」的理論和創作（或稱「和平文學」或「和平建國文藝」），主要是為配合「和平運動」的宣傳製造輿論，分別在香港《南華日報》和上海《中華日報》發表評論和創作。[55]

汪派陣營文人提出與日本合作、「建設東亞新秩序」、「和平反共」、反對抗戰等主張，在當時已引來抗戰文藝陣營很大反響，香港《星島日報》、《立報》、《大公報》、《文藝青年》等刊物都刊登不少文章指摘汪派陣營的親日主張，《星島日報》且組織過「肅清賣國文藝特輯」，撰文者包括有戴望舒、施蟄存、徐遲、馬蔭隱、葉靈鳳等作者，以強硬措詞指出和平文藝的謬誤，以致內文被港府新聞檢查機關大幅抽檢刪除。

香港淪陷之後，一九四二年初，三百多名文化界人士，包括茅盾、鄒韜奮、金仲華等，在中共策劃下，由東江縱隊經水陸兩路護送離港，為抗戰史上著名的「秘密大營救」事件，[56]但也有許多作家沒有離港，如戴望舒、葉靈鳳、黃魯、陳君葆等。在這時期，抗日言論自然完全被禁，許多刊物都停刊，不過一九四二至四五年間，仍有《南華日報》、《香島日報》、《香港日報》、《華僑日報》、《東亞晚報》以及《新東亞》、《大同畫報》、《大眾週報》等刊物可以出版，裡面固然有不少委曲求存以至親日言論，汪派陣營文人亦在香港淪陷初期即一九四二年間繼續發表「和平文藝」理論和創作，但亦有許多不屬於汪派陣營的作家，在「和平文藝」以外的可能範圍中，以曲筆或避免觸及禁忌或通俗文學的方式，繼續發表創作。

本卷收錄〈本報史畧〉一文，記載《南華日報》成立的歷史，也包括其如何「成了和平運動初期宣傳的重心」的過程。一九四〇年發表的葉靈鳳〈再斥所謂「和平救國文藝運動」〉和馮延〈南海的一角〉都有提到抗戰文藝陣營對汪派陣營文人「和平文藝」論的批評。刊於一九四〇年五月十四日《星島日報》的「肅清賣國文藝特輯」則由於多篇文章被查禁，留下太多空白和天窗，亦考慮篇幅問題，故本卷列作「存目」處理。

進入日治時期，〈創刊獻辭〉是一九四二年八月創刊的《新東亞》發刊詞，一方面說「眼見友邦人士對待華僑之誠」，又同時指出「遙望着烽火未熄的中原大陸，也不無家國之感，黍禾之思」[57]；〈給讀者〉一文原刊一九四四年一月三十日香港《華僑日報・文藝週刊》，提及「兩年以來，南國文藝園地實在太荒蕪了」，最後指出該刊的願望是「燕子來了的時候，他自會將我們的消息帶給海外的友人，帶給遠方的故國」[58]，以上兩篇無署名的文章，隱約可以讀出不得已屈從以及曲筆言志的心聲，雖無實證，但作者身份有可能就是葉靈鳳或戴望舒。[59]

刊於《大眾週報》的〈編者的話〉提及該刊設立《南方文叢》作為增刊，刊登散文、小說等文藝作品。日治時期的《大眾週報》，有葉靈鳳以本名及其他筆名發表多種散文，有戴望舒以「達士」為筆名，發表「廣東俗語圖解」多篇，也有靈簫生發表多篇通俗小說，本卷收錄了靈簫生在《大眾週報》發表的〈「我在寫小說」〉一文，略述他為不同報刊寫通俗小說的情況。靈鳳〈編輯後記〉一文提到「神田先生」（神田喜一郎）與「島田先生」（島田謹二）兩名日本學者受聘來港，葉靈鳳作為《華僑日報・文藝週刊》編輯向他們約稿之事。[60]

儘管時局艱難而且矛盾重重，以上文獻至少可證，日治時期的香港，文學事業慘淡維持但未有真正斷絕。此外，當時作家處於戰時艱險混亂之局勢中，有許多不由自主之事，戴望舒和葉靈鳳雖然擔任由日人控制下的報刊編輯，戰後一度受到指摘，但及後有不少資料和研究顯示，二人實在沒有背棄應有之義。本卷收錄的馬凡陀〈香港的戰時民謠〉一文，提及戴望舒在淪陷期間暗中創作抗日民謠，將其隱去作者姓名後在民間流傳。一九四六年，戴望舒曾被港粵兩地一批作家指為附敵，並向中華全國文藝協會重慶總會檢舉，為此戴望舒作出申述，可參收錄於盧瑋鑾、鄭樹森主編、熊志琴編校《淪陷時期香港文學作品選：葉靈鳳、戴望舒合集》的〈我的辯白〉一文。[61]葉靈鳳亦被證實為潛入日方之地下情報人員，可參收錄於《淪陷時期香港文學作品選：葉靈鳳、戴望舒合集》的羅孚〈葉靈鳳的地下工作和坐牢〉、趙克臻〈趙克臻一九八八年六月二十四日致羅孚信件〉、朱魯大〈日軍憲兵部檔案中的葉靈鳳和楊秀瓊〉等文。

九、戰後報刊與革命現實

戰後初期至一九四九年底的報刊，見證另一段文化思潮歷史。一九四五年八月，抗戰勝利，香港重光；同年下旬起，淪陷之後停刊的《星島日報》和《國民日報》先後復刊，再有《新生日報》和《正報》的創辦，副刊重新得以自由刊載文藝作品，開始了香港戰後的文學時期。

抗戰勝利後，國共有過短暫的和談，至一九四六年下半年，和談破裂，爆發全面內戰，國民政府鎮壓反內戰運動及緝捕左翼人士，上海《新詩歌》、廣州《文藝生活》、《中國詩壇》等刊物先後遭禁，編輯和作者遭通緝，部分人逃往解放區即中共控制的延安等地，亦有不少逃往香港，臧克家在〈長夜漫漫終有明〉一文記述一九四八年他被通緝的罪名之一是「寫諷刺詩，辦左傾刊物」[62]，其後輾轉到達香港，直至一九四九返回內地。收錄在本卷的黃藥眠〈香港文壇的現狀〉一文提到政治形勢促使內地作家南下，他說：「國民黨統治區的政治情形一天天惡化，對文藝界同人的迫害一天天加烈，於是作家們一部分是到解放區去了，而有一部分人不能不南走香港，因此香港成了極大的文藝中心」[63]。

逃避國民政府鎮壓通緝的左翼作家，利用香港相對自由的文化環境，復辦《新詩歌》、《文藝生活》、《中國詩壇》等內地遭禁的刊物，也創辦《海燕文藝叢刊》、《大眾文藝叢刊》等刊物，展開左翼文藝問題的討論，為培植本地文藝青年，透過戰後復會的文藝通訊部（「文通」）舉辦文藝創作比賽；針對粵籍讀者而推動方言文學運動，由中華全國文藝協會香港分會成立「廣東方言文藝研究組」，再改組為「方言文藝研究會」，以至針對少年和兒童讀者，由文協成立「兒童文學研究組」，都是戰後從內地來港作家推動的工作。出版機構方面，有新民主出版社、南方書店、智源書局、求實出版社、人間書屋等等，與本地作者一起促成一九四六至四九年間香港左翼或稱左派文壇的勃興。

收錄在本卷的林煥平〈文藝節在香港〉一文記錄了中華全國文藝協會香港分會於一九四八年紀念五四運動的聚會上，有七十多名文協香港分會會員出席，以及郭沫若，茅盾，鍾敬文，繆朗山，宋雲彬等人的發言，亦報道了在孔聖堂舉行的文藝節紀念大會的熱鬧場面：「未到開會時間，整個會場已被擁塞得水洩不通，四邊走廊站滿了人，台前地板也坐滿了人。盛況也可算是空前的」，[64]在該次大會上的演講者包括有郭沫若、茅盾、陳君葆、歐陽予倩等。一九四九年，文協香港分會出版《文藝三十年》，紀念從一九一九年至一九四九年的中國新文學運動，其中針對國共內戰形勢的戰後左翼文學着墨尤多，重申「作家向人民學習」、「到羣眾中去」的口號和要求。收錄在本卷的〈一九四八年度全年會務概況〉，原刊文協香港分會出版的《文藝三十年》，具體記錄了該會從出版、研究、徵文和工作對象等各方面的工作。

四十年代末左翼文藝陣營在香港的出版活動十分活躍，除了《華商報》、《正報》、《文匯報》等報紙的副刊，《新詩歌》、《文藝生活》、《中國詩壇》、《野草》、《青年知識》等雜誌，另有新民主出版社、南方書店、智源書局、求實出版社、人間書屋等出版社出版多種文藝叢書，例如南方書店的「南方文藝叢書」，智源書局的「文藝生活選集」，人間書屋的「人間文叢」、「人間詩叢」、「人間譯叢」和「青年學習叢書」，求實出版社的「求實文藝叢刊」等。其中，收錄在本卷的谷柳〈編者的話〉是南方書店的「南方文藝叢書」編者黃谷柳所撰，他提到這套叢書的目標如下：

> 新的革命現實，向文藝界提出新的任務——為工農兵的文藝；無產階級領導的人民大眾反帝反封建的新民主主義的文藝；土生土長的具有民族風格中國氣派為人民所喜見樂聞的文藝；這就是我們追求的方向和要達到的目標。[65]

其目標包含呼應「新的革命現實」，可說是有着純文藝以外的任務。又如華嘉在〈向前跨進一步——一九四七年的香港文藝運動〉一文所說：「正確的文藝思想在這裏起了積極的領導作用，使得香港文藝運動在這一年朝着這兩個方面去努力：一方面是文藝工作者的思想改造，一方面是文藝運動走羣眾路線」[66]，頗能概括出戰後初期至一九四九年底香港左翼文藝的內容方向。

最後再值得一提的，是收錄在本卷的文藝生活社總社〈歲暮獻詞〉一文所透露的訊息及其背後故事，該文刊於一九四九年十二月二十五日出版的《文藝生活》海外版最後一期，《文藝生活》

本於一九四一年由司馬文森在桂林創辦，戰後在廣州復刊六期後，一九四六年被禁，同年遷至香港繼續出版，直至一九四九年底出版總第五十三期後，一九五〇年一月起遷回廣州出版。《文藝生活》自一九四六年遷港出版，至一九四九年底的三年間，出版了大約二十九期。時勢轉變，從前被禁的刊物，終於完成它在香港的任務，返回廣州出版，其間的流轉過程，可說是見證着、也象徵着一個時代的終結。

十、編輯餘話

本卷的準備工作，相關文獻的蒐集、整理，自「香港文學大系編纂計劃」成立後已開始，而具體的組稿、撰寫導言工作則自二〇一四年五月我完成《香港文學大系・新詩卷》後開始，歷時一年有半，其間多次改易、增刪，我將最後選取出的一百七十三種文獻，分為「刊物史料」、「題記與序跋」、「書信與日記」、「作家史料」、「記錄與報道」五輯，各輯再分別按發表日期排序，以見歷史軌跡。「刊物史料」、「題記與序跋」二輯涉及書刊載體之歷史、精神理念，以及作品單行本之出版源起，以見當時文化空間之本質，以書刊（包括報刊和作品單行本）為主體；「書信與日記」、「作家史料」二輯涉及作家之生活記載、感受觀察和相關記錄，以人物為主體，「記錄與報道」涉及文學團體、文學活動之記載，以事件為主體。以上由書刊、人物、事件三大項構成《文學史料卷》所形塑的歷史圖像。[67]本卷所收各文獻之重點內容、歷史背景與香港文學發展上的位置，已於前文分別闡述，編輯體例問題詳見〈凡例〉之說明，並有如下補充。

本卷涉及大量六十多年至一百多年前的文獻，許多原件本來模糊不清，字體難以辨認，內文所涉人名、刊名亦須查證，由打字到校對，所耗費心力和時間多倍於一般書刊、選集之編輯。大系重視文獻原貌，盡量保留原始文獻原有用字，但個別情況必須改動原文，例如文藝生活社總社〈歲暮獻詞〉一文，原件「以後為了節看過大的開支」一句，「節看」應改為「節省」，柳亞子〈我和許地山先生的因緣〉原文「我記還得」應改為「我還記得」，O.K〈香港詩歌工作者初次座談會剪影〉一文，原件「劉必子」應改為「劉火子」。除了明顯的字粒倒錯，另有部分源於舊刊之印刷問題，如本卷所收丘亮〈茅盾先生印象記〉一文，原件有以下一句：「壁鐘堂堂（二字口旁）地敲了七響」，這是因為早期印刷廠所用字粒不齊備，遇原稿文字未有相配字粒則以折衷方法處理，「堂堂（二字口旁）」應改為「嘡嘡」，才是原文作者本意。此外，原文中有時「裡」、「裏」，「于」、「於」雜用，本卷對同篇內之異體字作同篇內統一，而不作全書統一。

改動原文情況僅限於很明顯的錯字，此外絕大部分保留文獻原件用字，其中若干用語，或者今天有讀者會以為是錯字，但其實只是時代不同使然，例如志絃〈藝壇筆錄〉一文，「抗建大合唱」驟看似應作「抗戰大合唱」，但在抗戰歷史文獻中，本有使用「抗建」一詞，本卷收錄的志絃〈藝壇筆錄〉、陸丹林〈落華生許地山〉和薩空了〈關於光明報的回憶〉三文皆有「抗建」一詞，〈關於光明報的回憶〉一文有這說法：「根據抗戰建國綱領完成抗建大業之旨」，可見「抗建」為「抗戰建國」之簡稱，因此「抗建大合唱」不應改動為「抗戰大合唱」。此外，也有情況疑為錯字但存而未改，例如馬小進〈三十年前香江知見錄·猛進畫約、亞斧寫字〉一文，「五為勞慧公、即勞慧孟」，「現任華字日報總編輯」，句中「勞慧孟」疑應作勞緯孟，是《華字日報》總編輯，但當時文人別號、筆名很多，馬小進所錄之「勞慧孟」未能確定為勞緯孟之另一名號，或純是筆誤，故存而未改。

本卷已據編者所能閱覽之書刊，在盡量可容之篇幅中，選錄香港文學重要史料，如前文所述，以書刊、人物、事件三大項為主體，具體時期由一八六二年起至一九四九年底止，共收錄文獻一百七十三篇（未包括「存目」部分）。本卷限於編者所見，當中難免有所遺缺，讀者宜一併參閱黃繼持、盧瑋鑾和鄭樹森所編之《早期香港新文學資料選（一九二七——一九四一年）》及《國共內戰時期香港文學資料選（一九四五——一九四九年）》，以獲更全面之文學史料。本卷之工作十分艱鉅，過程耗時甚多，非一人之力所能致，其間，文獻蒐集、作者資料及校對工作得賴宇曼、李卓賢之協助，謹此致謝。

二〇一五年十一月

註釋

1 黃繼持〈關於「為香港文學寫史」引起的隨想〉，鄭樹森、黃繼持、盧瑋鑾編《追跡香港文學》（香港：牛津大學出版社，一九九八），頁八十。

2 謝冰《中國現代文學史料的搜集與應用》（台北：秀威資訊科技股份有限公司，二〇一〇），頁五八。

3 趙家璧《編輯憶舊》（北京：生活・讀書・新知三聯書店，一九八四），頁一六六—一六七。

4 參考阿英《阿英文集》（北京：生活・讀書・新知三聯書店，一九八四），頁二三六。

5 朱自清〈選詩雜記〉。收錄於朱自清編《中國新文學大系・詩集》（上海：良友圖書印刷公司，一九三五）（上海文藝出版社一九八一年影印本），頁一五。

6 阿英〈序例〉，收錄於阿英編選《中國新文學大系・史料・索引》（上海：良友圖書印刷公司，一九三六）（上海文藝出版社一九八一年影印本），頁一。

7 鄭振鐸編選《中國新文學大系・文學論爭集》（上海：良友圖書印刷公司，一九三五）（上海文藝出版社一九八一年影印本），頁二〇—二一。

8 趙家璧《編輯憶舊》（北京：生活・讀書・新知三聯書店，一九八四），頁一五九。

9 吳灞陵〈香港的文藝〉，《墨花》第五期，一九二八年。

10 貝茜〈香港新文壇的演進與希望〉，《工商日報・文藝週刊》，一九三六年八月十八至九月十五日。

11 有關這事件的始末可與馮自由的〈香港同盟會史要〉互相參照，參馮自由《革命逸史・中》（北京：新星出版社，二〇〇九），頁五三四—五五三。

12 李育中〈我與香港——說說三十年代一些情況〉，輯於黃維樑主編《活潑紛繁的香港文學：一九九九年香港文學國際研討會論文集》上冊（香港：香港中文大學新亞書院、中文大學出版社，二〇〇〇），頁一三一。

13 O.K〈香港詩歌工作者初次座談會剪影〉，《大眾日報・文化堡壘》，一九三八年七月二十日。

14 O.K〈香港詩歌工作者初次座談會剪影〉，《大眾日報・文化堡壘》，一九三八年七月二十日。

15 楊國雄〈一點說明〉，《香港文學》第十三期，一九八六年一月。

16 侶倫〈也是我的話〉，《香港文學》第十四期，一九八六年二月。

17 該文署名林下風，原刊《海光文藝》第八至十期，一九六六年八月至十月。

18〈香港新文壇的演進與希望〉對《伴侶》的用語是「香港新文壇之第一燕」，〈香港新文化滋長期瑣憶〉裏是「香港新文壇的第一燕」。

19 盧瑋鑾〈香港早期新文學發展初探〉原刊一九八四年一月二十五日及二月四日《星島晚報》，〈統一戰線中的暗湧——抗戰初期香港文藝界的分歧〉原刊一九八六年十一月、十二月及一九八七年一月《香港文學》第二十三、二十四、二十五期。楊國雄〈清末至七七事變的香港文藝期刊〉、黃傲雲（黃康顯）〈從文學期刊看戰前的香港文學〉二文原刊一九八六年一月《香港文學》第十三期。

20 盧瑋鑾〈香港文學研究的幾個問題〉，收錄於鄭樹森、黃繼持、盧瑋鑾編《追跡香港文學》（香港：牛津大學出版社，一九九八），頁五七—七五。

21 黃繼持〈關於「為香港文學寫史」引起的隨想〉，收錄於鄭樹森、黃繼持、盧瑋鑾編《追跡香港文學》（香港：牛津大學出版社，一九九八），頁九十。

22 參忻平《王韜評傳》（上海：華東師範大學出版社，一九九〇），頁七一—七二；李家園〈《循環日報》與王韜〉，《香港報業雜談》（香港：三聯書店，一九八九），頁十五—十六。

23 參李少南〈香港的中西報業〉，收錄於王賡武編《香港史新編》下冊（香港：三聯書店，一九九七），頁五〇二—五〇三。

24 李谷城《香港《中國旬報》研究》（香港：華夏書局，二〇一〇），頁三。

25 馮自由〈陳少白時代之中國日報〉，收錄於馮自由《革命逸史・上》（北京：新星出版社，二〇〇九），頁五九。

26 林友蘭《香港報業發展史》（台北：世界書局，一九七七），頁二〇。

27 李谷城《香港《中國旬報》研究》頁七及頁四二均指「一九〇三年三月，《中國旬報》出版第三十七期後停刊」，當中「一九〇三年」應為一九〇一年。另據收錄於羅家倫主編「中華民國史料叢編」之《中國旬報》影本（台北：中國國民黨黨史史料編纂委員會，一九六八），《中國旬報》第三十七期無出版日期，但內容報道一九〇一年之事，可證在該年停刊。

28 〈小說林之趣旨〉原刊一九〇七年出版之《中外小説林》第一期，原文未見，二〇〇〇年由夏菲爾國際出版公司出版之《中外小説林》影印本亦未有收錄該期，此據陳平原、夏曉虹編〈二十世紀中國小説理論資料・第一卷〉（北京：北京大學出版社，一九八九），頁二〇四。又，方志強編著《小説家黃世仲大傳》一書亦有引用〈小説林之趣旨〉一文，見《小説家黃世仲大傳》（香港：夏菲爾國際出版公司，一九九九），頁六九。

29 《繪圖中外小説林》第十七期署出版日期為「丁未年十二月十五出版」，即一九〇八年一月。見夏菲爾國際出版公司出版的《中外小説林》影印本（黃伯耀、黃世仲編著《中外小説林》，香港：夏菲爾國際出版公司，二〇〇〇）頁七七九。

30 史和、姚福申、葉翠娣編《中國近代報刊名錄》（福州：福建人民出版社，一九九一），頁六一。

31 阿英《晚清文藝報刊述略》，《阿英全集》第六冊（合肥：安徽教育出版社，二〇〇三），頁二六〇。按《晚清文藝報刊述略》單行本於一九五八年出版。

32 阿英《晚清文藝報刊述略》，《阿英全集》第六冊（合肥：安徽教育出版社，二〇〇三），頁二六〇。阿英並未得見《小說世界》原書，引文中括號，是阿英引錄自提供資料者來信的說話。《小說世界》未能見，《新小說叢》仍可見於香港中文大學崇基學院牟路思怡圖書館和香港大學孔安道紀念圖書館。

33 《新小說叢》創刊號未能得見，據阿英《晚清文藝報刊述略》所述，創刊號光緒三十三年十二月出版，另據阿英《晚清文學叢鈔》收錄創刊號所載之林文驄〈《新小說叢》祝詞〉，文末署「光緒丁未十月之望，新會林文驄撰」，光緒丁未十月之望，是為光緒三十三年十月十五日，即公元一九〇七年十一月二十日。

34 阿英《晚清文藝報刊述略》，《阿英全集》第六冊（合肥：安徽教育出版社，二〇〇三），頁二六二。

35 阿英《晚清文藝報刊述略》，《阿英全集》第六冊（合肥：安徽教育出版社，二〇〇三），頁二六四。

36 參周啟祥〈河南現代詩歌從二〇年代到三〇年代的發展〉，周啟祥編《三十年代中原詩抄》（重慶：重慶出版社，一九九三），頁五一七—五一八。

37 玄珠（茅盾）〈四面八方的反對白話聲〉，《文學週報》第一〇七期，一九二四年六月二十三日（據上海書店一九八四年影印本）。

38 陳銳鋒〈抗戰時期的貴州文學〉，艾築生、王蔚樺主編《燃燒的希望——中國現當代文學新探》（貴陽：貴州民族出版社，一九九八），頁二一五。

39 五四時期香港文學之相關討論可參黃仲鳴〈文白相抗——五四時期的香港文學〉，《香江文壇》第五期，二〇〇二年五月；陳智德〈五四新文學與香港新詩〉，《三四十年代香港新詩論集》（香港：嶺南大學人文學科研究中心，二〇〇四），頁一五六—一五七。

40 貝茜（侶倫）〈香港新文壇的演進與展望〉，《工商日報・文藝週刊》，一九三六年八月十八日至九月十五日。

41 貝茜（侶倫）〈香港新文壇的演進與展望〉，《工商日報・文藝週刊》，一九三六年八月十八日至九月十五日。

42 由黃之棟、劉前度記錄的〈無聲的中國〉演說辭刊於一九二七年二月二十一日《華僑日報》，收錄於鄭樹森、黃繼持、盧瑋鑾編《早期香港新文學資料選（一九二七——一九四一年）》（香港：天地圖書有限公司，一九九八），有關魯迅來港的其他相關文獻亦可參閱該書。

43 袁水拍〈香港紀念魯迅先生〉，《立報・言林》，一九三九年十月十九日。

44 馮自由〈廣東戲劇家與革命運動〉，《大風》第十期，一九三八年六月五日。

45 小進〈香港清平樂之新劇觀〉，《真相畫報》第一卷第九期，一九一二年。

46 黎錫編訂《黎民偉日記》（香港：香港電影資料館，二〇〇三），頁六。黎民偉在該段日記中提及的「粵吏張鳴岐」時任清廷兩廣總督。

47 可參羅卡、法蘭賓、鄺耀輝編著《從戲台到講台：早期香港戲劇及演藝活動一九〇〇——一九四一》，盧偉力〈香港戲劇遲來的西潮及其美學向度〉，收錄於盧偉力編《香港戲劇學刊》第七期，二〇〇六年，以及張秉權、何杏楓編《香港話劇口述史：三十年代至六十年代》等著作。

48 陸丹林〈續談香港〉，一九三九年八月上海《宇宙風（乙刊）》第十一期。另見盧瑋鑾編《香港的憂鬱》，香港：華風書局，一九八三。

49 陸丹林〈續談香港〉、〈香港的文藝界〉、〈在香港辦刊物〉三文內容略有重複而重點不同，因同具史料價值而收錄在本卷，〈續談香港〉部分內容不涉文學史料，故節錄。又，陸丹林這三篇文章都在香港境外發表，故能顯示當時的違禁字詞。

50 〈「中國作家」出版〉，《立報・言林》，一九三九年八月七日。

51 袁水拍〈詩朗誦——記徐遲「最強音」的朗誦〉，《星島日報・星座》，一九四〇年三月二十二日。關於該次朗誦會尚有仿林中學學生李炳焜的記錄，見李炳焜〈朗誦詩拉雜〉，《星島日報・星座》，一九四〇年三月二十三日。李炳焜是文協香港分會所屬的青年組織「文藝通訊部」成員。據該文記載，徐遲在孔聖堂的朗誦會於一九四〇年三月十七日晚上舉行。

52 袁水拍〈香港的詩運〉，《星島日報・星座》，一九三九年六月六日。

53 豐〈「文協」成立文藝通訊部〉，《立報・言林》，一九三九年八月十一日。

54 本社〈我們的目標——代開頭話〉，《文藝青年》創刊號，一九四〇年九月十六日。

55 有關日治時間的「和平文藝」，可參陳智德〈日佔時期香港文學的兩面：和平文藝作者與戴望舒〉，《東亞現代中文文學國際學報》第二期（香港號），二〇〇六年，頁三二〇—三三三。

56 可參黃秋耘、夏衍、廖沫沙等《秘密大營救》（北京：解放軍出版社，一九八六），以及陳敬堂《香港抗戰英雄譜》（香港：中華書局，二〇一四）。

57 〈創刊獻辭〉，《新東亞》創刊號，一九四二年八月。

58 〈給讀者〉，《華僑日報・文藝週刊》，一九四四年一月三十日。

59 葉靈鳳曾任《新東亞》編輯，而葉靈鳳和戴望舒都曾擔任《華僑日報・文藝週刊》的編輯工作。

60 陳君葆在一九四三至四五年間的日記中，多次提及就工作與圖書館等事務，與神田喜一郎、島田謹二往還之事。可參謝榮滾主編《陳君葆日記全集・卷一》（香港：商務印書館，二〇〇四）。

61 參〈留港粵文藝作家為檢舉戴望舒附敵向中國全國文藝協會重慶總會建議書〉及戴望舒〈我的辯白〉二文，收錄於盧瑋鑾、鄭樹森主編、熊志琴編校《淪陷時期香港文學作品選：葉靈鳳、戴望舒合集》（香港：天地圖書，二〇一三）。

62 臧克家〈長夜漫漫終有明〉，收錄於臧克家《詩與生活》（香港：三聯書店，一九八二），頁二一八。

63 黃藥眠〈香港文壇的現狀〉，《文藝報》第四期，一九四九年五月二十六日。

64 林煥平〈文藝節在香港〉，《展望》第二卷第三期，一九四八年五月十五日。

65 谷柳〈編者的話〉，收錄於陳殘雲《小團圓》（香港：南方書店，一九四九）。

66 華嘉〈向前跨進一步——一九四七年的香港文藝運動〉，收錄於華嘉《論方言文藝》（香港：人間書屋，一九四九）。

67 文學論爭、作品評論亦涉文學史料，但不入本卷範圍，相關作品另見陳國球編的《評論卷一》及林曼叔編的《評論卷二》。

香港清平樂之新劇觀

（小進）

香港清平樂社者實吾粵新劇之先河其劇塲景色之美備藝員言動之優長久已膾炙人口最近排演哀情艶劇愛河潮一本猶爲異彩以日前出現於太平戲院座因之滿幕甫下而掌聲雷動蓋此劇乃家庭敎育之借鑑自由戀愛之針砭深合社會心理也我國文藝界洎乎晚近漸露頭角欲與世界列邦抗衡洵是盛事聞該社同人日求進步思以美感敎育締造共和國民之資格此寥寥數幕其爲異日中華民國劇壇史之旭日乎尚希勉旃

香港清平樂社之新劇

The New and Reform Performance of the Ching Ping Loh Troup, Hongkong.

(1) 香港清平樂社愛河潮之藝員

● 小進（馬小進）〈香港清平樂之新劇觀〉，刊於一九一二年上海《真相畫報》第一卷第九期，作者以圖文記述了一九一〇年代的文明戲劇團「清平樂」在香港太平戲院之演出

乙巳年五月初二日 禮拜日

唯一趣報有所謂

總發行所荷理活道七十九號開智社

總編輯兼督印人鄭貫公

新聞紙第一號

西一千九百零五年六月四號

一九〇五年六月四日創刊的《唯一趣報有所謂》（通稱《有所謂報》）報頭，該報以「諧部」（副刊）內容豐富而著名

香海濤聲

第一號

中華民國十四年六月五日 星期五

乙丑年閏四月十五日

香海濤聲的出版宣言

一九二五年六月五日出版的《華僑日報．香海濤聲》第一期。當日也是《華僑日報》創刊之日

一九二八年十月，吳灞陵在《墨花》第五期發表〈香港的文藝〉，對二〇年代中期香港文壇情況記述頗詳

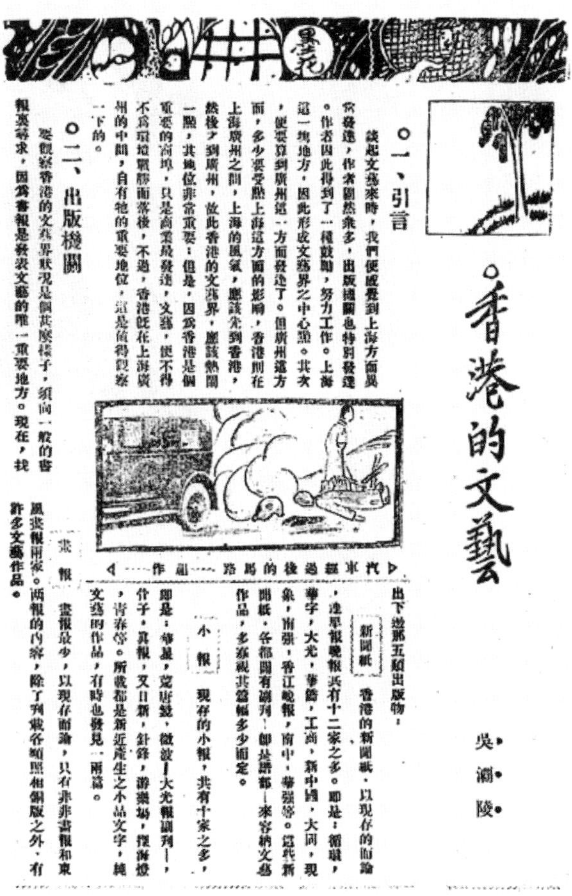

墨花

香港的文藝

吳灞陵

〇一、引言

談起文藝來時，我們便感覺到上海方面異常發達，作者固然衆多，出版機關也特別發達。作者因此得到了一種鼓勵，努力工作。上海這一塊地方，因此形成文藝界之中心點。其次，便要算到廣州這一方面發達了。但廣州這方面，多少要受點上海這方面的影響，香港則在上海廣州之間，上海的風氣，應該先到香港，然後才到廣州，故此香港的文藝界，應該熱鬧一點，其地位非常重要；但是，因爲香港是個重要的商埠，只是商業最發達，文藝，便不得不爲環境戰勝而落後，不過，香港既在上海廣州的中間，自有牠的重要地位，這是値得觀察一下的。

〇二、出版機關

要觀察香港的文藝界狀況是個甚麼樣子，須向一般的書報裏尋求，因爲書報是發表文藝的唯一重要地方。現在，找出下邊那五類出版物：

新聞紙　香港的新聞紙，以現存的而論，連早報晚報共有十二家之多。即是：循環，華字，大光，華僑，工商，新中國，大同，現象，南强，香江晚報，南中，華强等。這些新聞紙，各都闢有副刊——即是諧部——來容納文藝作品，多寡視其篇幅多少而定。

小報　現存的小報，共有十家之多，即是：華星，竟唐鏡，微波——大光報副刊——，竹子，真報，又日新，針鋒，游樂場，探海燈，青春等。所載都是新近產生之小品文字，純文藝的作品，有時也發見一兩篇。

畫報　畫報最少，以現存而論，只有非非畫報和東風畫報兩家。兩報的內容，除了列載各類照相銅版之外，有許多文藝作品。

▷汽車經過後的馬路——祖作——◁

- 一九三七年五月，香港中華藝術協進會成立，成員主要是來往於省港兩地的作家，創會成員包括吳華胥、李育中等，稍後再有杜埃、黃楚青、梁上苑、勁持、何涅江等人加入，會員有一、二百人。藝協下分文藝組、音樂組、美術組等，該會於一九三八年創辦附設於《大眾日報》副刊的「文化堡壘」作為機關刊物

文化堡壘

第一期

主編者：香港中華藝術協進會

創刊的話

端人

在我們國土中，包括東北四省在內，現在有成百萬敵軍在進侵；在我們的後方，從大城市到農村，每天有千百架敵機在來回往復的轟炸，掃射和施放毒品。而我們二百多萬的國防軍，也在這種危急關頭中動員起來，無論在前線或後方，都以[illegible]的姿勢將槍口對着敵人，全國民眾，也一天天團結起來與動員起來，來保衛祖國，來保衛世界和平與正義而抗戰到底，在這時候，我們發刊這個「文化堡壘」，我們建立這個「文化堡壘」，無疑的，牠的任務是保衛我們的文化，保衛中華民族光榮燦爛的文化。

自七七事件以來，敵人對我們文化事業文化機關的破滅與摧殘，是沒有一刻停止過，而且是一天加甚一天！無數學校的被焚燒炸毀，無數科學儀器的被劫奪，無數青年學生的被殺害，一切一切擺在眼前與一天天展開的事實，都在說明敵人怎樣來對付我們的文化！

連最近被炸毀的長沙湖南大學和清華大學在內，我們的教育文化機關，被炸毀焚燒的已達一百三十餘所。在斷壁頹垣中，在儀器標本的瓦礫中，是無數青年學生的血肉，是中華民族優秀份子的學者屍骸。

在東北，華北，上海和其他淪陷的地方，各種的書籍——中華民族而至全人類的文化遺產被焚燒了和刧掠了；千千萬萬的兒童，被強迫着讀日文，念古書，使他們忘記了祖國，和現代文化絕了緣，「回到沒有文化的原始時代去」。

敵人對我們的文化侵略政策，是一[illegible]永遠使我們沒有翻身的政策。

「最好的防守是進攻。」我們要保衛我們的文化，不獨要堅壁高壘的「守」，而且要勇猛向前的「攻」。一方面我們對敵人的陰謀由認識而戳穿，另一方面要運用我們文化的利器——特別是文藝，戲劇，詩歌來直接間接打擊敵人與進攻敵人。

文化的範疇是十分廣大的，包括哲學社會科學與自然科學藝術各部門，不過因為客觀環境的限制，我們打算側重在藝術這一面。

現在讓我們伸出我們粗糙的手，願與每一個願意參加我們守和攻的朋友握起來，使這個堡壘一天天的堅固，發揮強大的戰鬥力。

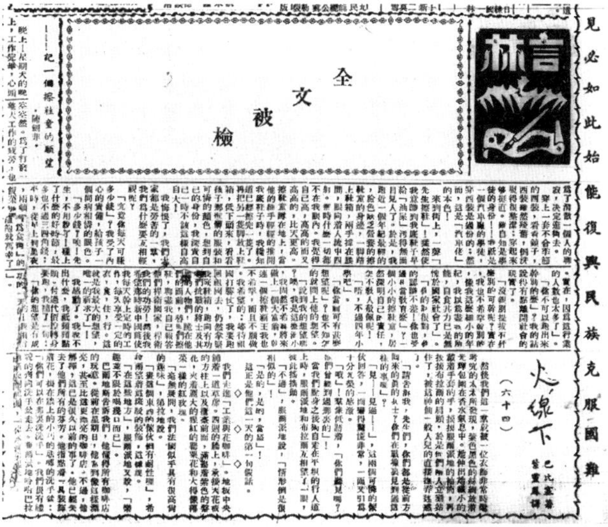

• 一九四〇年年五月一日出版的《立報·言林》。抗戰期間，香港政府對報刊實施嚴格審查，不可印出「敵」、「日寇」等字眼，有風骨的報人不甘文章被刪，每以「x」或「□」代替違禁字詞，以至「開天窗」（原本刊登文章的版位完全空白，只有「全文被檢」四字）表示不滿

（一）葉聖陶先生，在達德學院文學系學生歡迎會上講話。

（二）參加者之一，從左到右：楊晦，黃藥眠，樓棲，林林，陳敬容，蔣天佐，周鋼鳴。

（三）參加者之二，端木蕻良（左）臧克家（右）

芳園盛會

芳園是香港達德學院的院址，原爲蔡廷鍇將軍的別墅，後來大家一談到芳園，無形中就等于指這個民主的學校了。在達德被取銷註册以前，經常由文學系舉行了「作家招待會」，「遊園會」等等，因此到香港來的作家，少有不到芳園去，也少有不對這個民主學校留有深刻印象的。這兒所刊的三張照片，是達德在被取銷註册前，舉行作家招待會後，作家們留影紀念的一部份。

• 一九四九年四月十五日出版的《文藝生活》總第四十七期，報道了端木蕻良、臧克家、葉聖陶、黃藥眠、陳敬容等作家出席香港達德學院的活動

● 一九四九年，文協香港分會出版《文藝三十年》，紀念從一九一九年至一九四九年的中國新文學運動，其中針對國共內戰形勢的戰後左翼文學著墨尤多

目錄

一、刊物史料

二、題記與序跋

三、書信與日記

四、作家史料

五、記錄與報道

一、刊物史料

有所謂發刊辭／駿男

竊以沈沈大夢。獅酣睡而未醒。墨墨群盲。鹿雖失其誰見。白權日漲。曷勝西力之雄。黃禍風傳。否有東鄰之妒。縱觀大陸。盡是愁城。千重之毒霧長霾。半角之斜陽有限。新亭未坐。哭已失聲。故國瀕危。言其無罪。起孟軻於今日。閎辯應詳。憶列子之當年。寓言有以。邇者社名開智。闢蒼莽之荊榛。人集同魂。結因緣於文字。特是美人香草。靈均皆寄意之詞。豚蹄篝車。阿髡半諷時之語。莊周説幻。理隱諸微。曼倩善諧。道衷於正。此有所謂所以取名也。或曰。賈生痛哭。徒託空言。王郎悲歌。何裨實濟。今日者力倡民族。疾喚國魂。文主激而不平。鋒過剛而易折。志士抒救時之策。堅主民權。少年編革命之書。卽成黨獄。旗固難夫獨立。版曷出夫自由。不知七尺之軀尚存。方寸之心忍昧。文章寫恨。著作鳴愁。問天而首難搔。避地而身焉託。風沈雨晦。呼始祖其哀余。火熱水深。問同胞其何主。江南已矣。庾子山揮淚成文。薊北凄然。劉越石嘔心鍊句。以宣尼變魯之思。為莊舄悲越之吟。有託而成。無微不到。發談言之公是。借題目以子虛。措詞則胸臆直抒。動聽則心脾漸沁。張華鷦鷯之賦。豈徒然哉。杜陵戎馬之吟。良有故也。若夫白香山之體。以近俗而彌精。江文通之詞。以移情而見誦。惟老嫗而可解。豈大雅之是嗤。縱非錦繡之能工。要亦轆轤之自運。而況萬流歸海。眾壑朝山。奇才多入彀中。異采定騰嶺表。或演大觀于文界。或鳴新籟于舞台。或擅諧譚。或長小説。或譜文明之謳曲。或裁風雅之詩詞。務使善善從長。聲聲入聽。五光十色。如覽寶船。古味今香。似游名院。又豈特篇成博議。誇耀東萊。文列短評。步趨司馬已也。嗟乎。江山異色。撰述何心。怕聞亡國之杜鵑。憐渠泣血。最惱能言之鸚鵡。撩我傷情。誰鳴警世之鐘。獨樹登壇之戲。王仲宣傷亂之作。著之以哀。章炳麟憤時之文。濺之以淚。古人已往。小子云然。請看出報之驚人。疇謂命名之我欺。

選自一九〇五年六月四日香港《唯一趣報有所謂》

本社要告

閱報諸君。鑒本報出世以來。一紙風行。荷蒙刮目相看。惟資本棉薄。故定例報費告白。按月清收。不設年賬。以資週轉。計出報至今。已將一月。凡本港內。請憑花邊收條。照數清交。社伴外埠等處。請就近交各代理人經手收訖。彙轉本報可也。特此佈達。統冀鑒原。

五月初一日啟

選自一九〇六年六月二十二日香港《香港少年報》

小説林之趣旨

處二十世紀時代，文野過渡，其足以喚醒國魂，開通民智，誠莫小説若。本社同志，深知其理，爰擬各展所長，分門擔任，組織此「小説林」，冀得登報界之舞台，稍盡啓迪國民之義務。詞旨以覺迷自任，諧論諷時，務令普通社會，均能領略歡迎，為文明之先導。此「小説林」開宗明義之趣旨也。有志之士，盍手一編。

選自一九〇七年香港《中外小説林》第一年第一期

（原文未見，據陳平原、夏曉虹編《二十世紀中國小説理論資料・第一卷》收錄）

《新小說叢》祝詞／林文驄

吾家紫虬文學，與其友數君，合組《新小說叢》一書，予尚未寓目及之也，而知其必有以饜飫海內之人望者矣，因泚筆爲之祝曰：某聞來離登得，纂齊、魯之方言；象寄譯鞮，備職方之外紀。自茲以降，虞初周說，黃車綜其舊聞；漢武遺事，彤管甄其別錄。莫不侔色揣稱，抽秘逞妍。小山叢桂之談，夙推《淮南鴻烈》；中郎虀臼之喻，實爲枕中秘寶。固已家握靈蛇，人吐白鳳，未有識通古今，學貫中西，網羅徧於五大洲，撰述極乎九萬里，語其託興，是寄奴益智之粽；諷以微詞，作仲任《潛夫》之論，如諸君所組《新小說叢》之善者也。自昔說部之流傳，半屬文人之好事，則有《拾遺》作記，《外傳》成書，元微之《會眞》含情，陸魯望《小名》摘豔，紅綃金合，田郎之跋扈依然；紫玉燕釵，李益之妒情斯在。南部煙花之錄，午夜香温；北里狹斜之遊，丁年夢熟。《桃花扇》裏，豈有意於興亡；《長生殿》中，拾墜歡於佳麗。甚或柯古徵異，干寶搜神，支諾皋炫其怪聞，王清本恣其誕說。靈均逐客，東皇無續命之絲；長春幻人，《西遊》豈金丹之術？留仙麗藻，多說鬼與說狐；曉嵐辯才，姑妄言而妄聽。下至《列國》、《三國》之演義，哲理無存；《隋唐》《殘唐》之贅編，穢鄙特甚，大雅之士，蹙焉憫之。凡斯下里之謳，等之自檜而已。或謂郢書善附，燕說無徵，禍棗災梨，汗牛充棟，大都螘安槐國，虱誦阿房，縱享帚以自珍，只胡盧之依樣。蓋無進化開明之識，則夏蟲固不足語冰；非有專科通譯之才，則井蛙亦難測海。矧在今日，萬國駢羅，列強虎視，而猶蹈常襲謬，蕩志誨淫，將何以照法炬於昏衢，轟暴雷於聾俗乎？夫摶摶大地，蒼蒼彼天，擾擾吾生，漫漫長夜，黃彨碧眼，隱取締於瓜分，黑水白山，等浮蹤於萍散。《霓裳》曲罷，舊內春銷，《玉樹》歌終，吟邊句冷。皇輿敗績，痛南渡之君臣；行役劬勞，憫東周之禾黍。蒼鵝出地，亹本兆於翟泉；白馬淸流，禍且成乎鈎黨。遂使國士流涕，心傷豫讓之橋；酒人悲歌，目斷慶卿之里。此何時哉？嘻其酷矣！而況元瑜書記，仲宣流離，嶺陟愁思，灘過惶恐。倂命有獨搖之樹，索笑無稱意之花，窮愁著書，不可說也。然而自公退食，謀國是者何人；皆醉獨醒，實鍾情於我輩。諸君自傷身世，甘作舌人，以瑰奇屹特之資，肩起發砭頑之職，廣譯善本，啓迪羣蒙，亮符鄙頌，然某以爲小說之作，體兼雅俗，義統正變，意存規戒，筆有褒貶，所以變國俗，開民智，莫善於此，非可苟焉已也。竊不自揣，輒有所貢，幸垂察焉。慨自閣龍探險，恣艦隊之東來；盧騷著書，倡《民約》於西筮。自是潛吹颸毒，伏厲豺牙，甚蹂躪於晉庭，受歲幣於宋室。夫傳檄而擒頡利，奮刀以斬郅支，在彼古人，實操勝算。今則大開海禁，漸失藩籬，苟有人焉，鬬我心兵，敵彼毛瑟，孫武之智，九天而九地；孟獲之服，七縱而七擒；足使生亮却步，說岳慚顏；拿波倫遂戢其野心，惠靈吞亦失其戰略，斯曰禦侮，其善一也。往者甲午之役，喪敗實多，既利益之均沾，又締盟而協約。夫貞德女傑，尙發憤以救亡，羅蘭夫人，亦慷慨而致命。今既民權漸茁，女學將興，豈無娘子之軍，足佐壯夫之績。況杯葛主義，實行於拒約，炸藥暗殺，激厲於輿情。將使黃衫豪客，不獨成匕首之勳；紅拂麗姬，並堪作同仇之侶。則又未嘗不可潛消禍水，共上強台，斯曰振武，其善一也。若夫測象元模，探奇大塊，剛柔輕重，既殊其習，陰陽燥濕，復異其宜。於是露紒而謁祆神，焦頂而親梵唄，摩西十誡，呼阿拉以稱尊；基督一神，抱救世之宏願。類皆膺華效卑之美譽，則宗教自居，聞嬰匪毒之辞聲，則慘顏不懌。然而獨雄衆雌之俗，不徒三女爲姦；蹶頤羯首之蠻，大抵肝人若脯。茵陳蹻捷，唯畋獵以遂生；踢躂遊居，去牛羊而弗樂。此外如冰天雪海，死谷炎荒，固難與桑港良島、巴黎名都，較短量長，相提並論，然則跨麥哲倫之艦，不足罄其形容；乘張博望之槎，更莫窺其萬一。斯曰采風，其善一也。至如理想高尙，藝術朋興，奈端探賾於天文，哈敦研精於地質，斯賓塞闡理於人羣，達爾文縱心於物競，極之鈲驗精醫，方維工算，磺強合化，螓蝶效形。以至兩冷相和，或成涫熱，二淸忽雜，乃呈濁泥，罔不思入混茫，妙參造化。是以錐刀必競，富踰犂鞬之琛；藥彈橫飛，雄長屠耆之族。蓋其鉤深索鑰，通幽詣微。羅萬有於寸心，鏡二儀於尺素。奚止女媧鍊石，誌幻於補天；魯陽揮戈，談空於返日。斯曰濬智，其善一也。至於身毒吉貝，墨加胡椒，薯蕷種於英倫，葡萄產於希臘，與夫忒斯瑪之豨狒，澳大利之袋鼠，使犬馴鹿，交說於窮邊；海豹白熊，棲息於寒帶，是雖名物之紛如，亦必研求之有自。而徐松龕《瀛寰志略》，疏漏居多；魏默深《海國見聞》，搜羅未悉。今欲窮形象物，妙手寫生，倘備指揮，亦供點綴。衣披氊氇，輕描綠毯之妝；杯號留犂，沈醉白蘭之酒。是則燈前遇俠，月下傳嬌，流目送波，添毫欲活，又況獅子虎勢極猛厲，軓首鶯能作歌謠，固騰於《爾雅》之箋蟲魚，稽含之狀草木，斯曰博物，其善一也。抑又聞之，鍾儀君子，惟操土音；桓氏參軍，乃工蠻語。然未免鴃舌難知，鉤唇鮮效。加以佉盧左行之字，撒遜連犿之書，以版克爲公司，以毘勒爲盾劑，葛必達爲丁口之賦，狼跋氏是典庫之名，喝特爾斯，實廛丁之釋義，薩白錫帝，問佽助以誰知。又況優底公尼，印度標其樹布，拓都么匿，歐西言其多寡。則雖讀空四部，富有五庫，亦恐路入迷陽，燈昏漆室。自非熟習希伯來文字，何以繙猶太教經？深諳拉體諾名詞，未必通羅馬掌故。斯曰績學，其善一也。近者遯叟記述，爲西學之先河；又陵博聞，登文壇而奪席。望扶桑之靈窟，薈萃英華；得琴蘭之嗣音，藻繪絢爛。斯已沾溉藝林，別開境界。而諸君翩翩絕世，槃槃大才，吹噓芳馨，綜釆繁縟，日月合璧，昭雲漢以爲章，笙磬同音，融律呂以湊矩。士得知己，庶無憾焉。所可悼者，歐美騰踔，風潮激盪，楚歌非取樂之方，胡笳是銷魂之曲。嗟乎！河山半壁，豈仙人刼外之棋；金粉六朝，裂王者宅中之地。健兒之軀號七尺，寧帖伏若粥雌；金石之壽不百年，忍摩挲此銅狄。固知揮毫寫恨，對酒當歌，金鐵皆鳴，聲淚俱下，伊鬱善感，非得已已。若徒摹擬閨情，掇拾里諺，既落窠臼，殊少別裁，揆厥下忱，絕非所望。嗚呼！虬髯客扶餘一去，誰能興海外之龍；丁令威華表重來，我將化遼左之鶴。光緒丁未十月之望，新會林文驄撰。

選自一九〇九年七月香港《新小說叢》第一期

（原文未見，據阿英《晚清文學叢鈔·小說戲曲研究卷》收錄）

發刊詞／周夏明

民國八年。仲夏之月。香江英華青年會。舉行開幕禮。禮成。僉議創辦一雜誌。顏曰英華青年。或叩以立意立言之所在。僕不文。謹為粗淺直捷之辭而答之曰。夫國家之最可寶貴者。莫如此莘莘青年之學子。學生之最可寶貴者。莫如此金玉時間之青年。何者。學子所以為國家異日棟樑之選。而青年者。學子最珍貴之時也。溯自歐風美雨。飄洒亞東。新舊思潮。澎湃蕩漾。思互相融合。以成一種文明偉大之學問。司其責者。舍吾輩青年之學子。其誰屬哉。然成就之道。非大眾同學。交換析賞。觀摩砥礪。不足以資深造。而成其事功也。是以有本校青年會之建立焉。然觀摩砥礪。末由表示也。於是有本雜誌之創辦焉。蓋以會集羣賢。文徵眾好。則校中之學藝成績。可得而觀。世界之大勢。與乎本國本港。暨本校之紀聞。可得而覽。加以研經所得。所以發揚上帝之奧理名言。雜以小說諧著文苑等欄。亦頗具娛目騁懷之雅趣。凡此種種。無非出自同學之珠璣文字所駢羅。竊本於以文會友之旨。藉收敬業樂羣之效云耳。國家可愛。青年可貴。則砥礪觀摩之道。尤可寶也。斯雜誌也。謂之為吾輩同學切磋學問之表示亦可。謂之為同學修業之成績亦無不可。

選自一九一九年七月香港《英華青年》第一期

序二／黃炎培

余以南洋之遊。數數過香港。每以倉卒未獲與港中教育界同志接談。此行以程君之紹介。見示羅五洲君發起中國文學研究社章程。并徵意見。以港地而有此研究國學機關。以羅君執業郵局。而有志提倡國學。炎培敢掬君一片欽佩之誠。敬祝斯社成立與發達。為吾國學前途放曙光於南海焉。更欲進一言者。昌文學。非僅繫乎作文存國粹。又非僅繫乎作國文。吾望羅君厚集同志。創一圖書館。立一閱書會。使有志研究國學者。從閱書入手。有所得然後筆之為文。以相質證。圖書館規模不遽求大。儘可從小做起。閱書會同志不遽多。但須結合得好。更進一層。則研究一國文學。必須與他國文學相參攷。則此間有大學定必有大圖書館。可借閱也。倚裝貢此數語。質之羅君。以為何如。中華民國十年二月二十四日黃炎培。

選自一九二二年一月十五日香港《文學研究錄》第四期

序一／羅士

中國文學研究社行將成立於香港。乃問序於余。余固知斯社之設。確無阻力。其發達成功是余之所深望也。一九二一年。四月六日。香港華民政務司羅士。

選自一九二二年二月二十日香港《文學研究錄》第五期

我對於本刊之願望／黃守一

報紙之種類。綦且繁矣。有日報。有週報。有旬報。有月報。有季報。有年報。或紀世界之事。或紀壹國之事。或紀壹地方之事。或紀壹團體之事。要其旨歸。不外溝通文化而已。自陋者為之。藉報紙為政爭之利器。藉報紙為私人之揭櫫。於是議論偏宕。紀載失實。是非莫辨。黑白混淆。使人目眩神迷。意移志蕩。甚者作詖詞浪曲。以導世人於驕汰淫逸。尤為世道人心之憂。彼辦報者馳鶩於勢利。而未嘗折衷於正誼。故其流弊。不可紀極。向所藉以為溝通文化之旨。不亦與世道人心大相刺謬乎。是眞可為長太息者也。夫報紙之為用。將以瀹民智。陶民情。而納斯民於軌物。故登載事實。如史官之記錄。勝求確能臧否人物。如老吏之斷獄。務求持平以衡良歹。卽小說閒談。雖屬詼諧。無關宏旨。然鑒物寓意。猶存風雅之懷。方於閱者有所裨補。然必學識兼備。而又志行純潔者。始能為也。守一非學識兼備與志行純潔之人也。但殷鑒前途。因與羅澧銘君等。有世界編譯廣告公司之創設。小說星期刊之出版。文字則撰自名人。紀聞則撮登重要。廣告術之研究有素。出版界之空前特色。範圍雖視他報有廣狹之殊。幸無黨派氣味。又非私人機關。與馳鶩勢利者。不啻相隔天壤。求其可以瀹民智。陶民情。納斯民於軌物。廣招徠於商場已也。將來一紙風行。固願有裨當世。豈猶守一個人之樂云乎哉。

選自一九二四年九月二十七日香港《小說星期刊》第一期

香海濤聲的出版宣言／天聲

本報今天出版了。本報所持的是什麼宗旨。在那論説欄裡頭。另有發刊詞宣佈。閱報的先生們。看看那發刊詞。便曉得了。可不煩小子贅述哩。但是本欄的性質和宗旨。少不得也要説出來。告訴閱報的先生們知道呵。

本欄的命名。喚做香海濤聲。顧名思義。內容當然和新聞紀載有別。那麼。下文所列舉的。就是本欄的性質和宗旨了。

一　撰著　本欄的撰著。和論説哩。時評哩。宗旨雖同。然而性質是不同的。因為論説和時評。用筆是莊嚴的。和那堂堂之陣正正之旗的一般。本欄的撰著。是莊諧並用的。用莊則直言不諱。用諧則文主譎諫。而且無論甚麼撰著。所説的都是本地風光。與論説和時評的範圍。是大大不同的。

二　紀述　本欄的紀述。和新聞紀述。不同之點很多。新聞紀述的。是中外各地的時事。本欄紀述的。是本港今昔的風土人情。社會文物習慣崇尚。及各界人類舊日和現有的生活。按日分類紀述出來。和有社會觀念的閱報先生們研究研究。

以上所説的。就是本欄內容的概要。至於宗旨哩。是對於不良的社會。痛下鍼砭。務求有益於本港風俗人心。不徒以嬉笑怒罵為快。那就是本欄的宗旨了。閱報的先生們。想必是很贊成的呵。

選自一九二五年六月五日香港《華僑日報・香海濤聲》

序／功拔

中國人們的生活素來是枯燥的，乏味的，在物質上既不能得了十分滿足，而在精神上也不能得着充分的安慰；若使長此下去，中國的前途豈不是危險嗎？要挽回這危機，就要在物質上，精神上改造：要改造物質，科學是唯一的良法；要改造精神，除了藝術以外，再沒有第二的問題了。悲哀的時候，得到了意外的同情；痛苦的時候，得到了意外的喜悅；無聊的時候，得到了意外的安慰；……這都是藝術給我們的。所以提倡藝術的聲浪一天高了一天啦。

「藝術」這個名詞，在古時只供一般高雅之士消遣，與一般平民是沒有關係的；自「五四」運動以後，牠的潮流，才向平民泛濫，這也是人們需要牠的原故。

現在，藝術的潮流一步一步地湧到本校，所以本校纔有「藝術研究團」的組織，本團為實現人們的——尤其是青年學生的——快樂，活潑，安慰起見，而這「藝潮」，為着時勢所需，不得不出版了。牠——「藝潮」——的文字雖是粗俗而淺近，但牠所負的使命卻是重大。她的使命是求人類的美滿，社會的進化。

末了，編者很恭敬地再說一句話，這部小小的「藝潮」，第一次的產生，難或不免有缺陷的地方，這是很望讀者們不吝賜教罷。

十六，十一，廿五。於衛之學校。

選自一九二七年十二月香港《藝潮》第一期

賜見／同人

我們執筆者——不問其為寫畫的或是寫字的——都是徘徊於十字街頭的青年。（這「十字街頭」四箇字，新近給人家用膩了，可是為着下文總不免要提到象牙之塔的原故，所以，在這裡，似乎不得不牽來一用。希望，不久便會有一批同義的清新的詞句從石縫裡爆出來，給我們使用。對不起。）

我們感盡十字街頭的煩囂，捱過多少煩囂裡的寂寞。我們消受慣了這十字街頭的悵惘，與乎系乎悵惘的苦悶。

在這二三十年生下來的弟兄們呵，有多少不和我們站在相像的處境的呢？

我們經過幾番思索，以為既不能夢死於象牙塔中，難道便須醉生於街頭路尾？這裡，總當有條出路。

我們相信這出路不須帶我們離去「街頭」，這條出路應該就在這煩囂和寂寞裡面。

我們終日的試着，試試於此骯髒胡鬧裡，看出許多許多美麗的小「塔」來。

這樣的「塔」不一定要是象牙製成，更不一定要我們鑽頭進去。水溝的色調就絕對的沒箇和諧嗎？何須定拘於淡黃的光澤？旋塵的摽掠有時實在很值得一瞧的。

人家說過，「一花一世界，一葉一如來」；我們能否就以摩托車之輪為花，以商店的招牌為葉呢？

都得試試。

大家可有同感嗎？我們願作伴侶。

選自一九二八年八月十五日香港《伴侶》第一期

字紙簏底

困在一個地方，不到外邊去看看大世面的人，無論他念了多少書，寫了多少字，做出來的東西總免不掉許多滯氣。這是我們從小孩時就聽私塾先生們說慣了的話：到現在，成了大孩子，也許會自省了，於是從字紙簏出版以來的滯運中悟起了從前私塾先生們的話。對了，一班㳄友，什麼地方也不出去逛逛，整年整月的住在家裏同老婆睡覺，睡了覺便蓬頭垢面的在那寫文章，寫畫。如果這樣也能夠創作出好東西來，那人家的汗漫遊中所寫的文章或畫還有地位嗎！？又有些人說，什麼娛樂也要沾惹，無論正當不正當，才能心懷開朗，感情流露，創作出來的自然是優美的東西。這在我們身上可不靈驗了；在廣州，有幾個㳄友努力地天天過江到戒煙藥室去，而結果他們衹寫出幾篇什麼大煙文學的時代性之類的文章來，不單是不見得優美，而且極下流！又有一個㳄友去逛窰子，結果也衹寫了一幅「我亦尋春去」，看他的氣派，大概還要算是美術作品呢！現象是如此其可悲，勢不能不設法補救，於是在廣州河南某戒煙藥室開會，一致議決要換空氣，整個㳄社要出洋，想來外國地方之最近莫如香港，於是跑到這裏來。

大家都想，如今見見大世面了，作品以後也許好一點了罷！誰想，唉，一到這裏，剛進新屋的門口，一個㳄友忽地吐了幾口血，繼起的，在三天內帶兩個。幸而這兩知還可以吃飯。但那一個終日躺在帆布床上，氣如絲，面如紙的鬧了整個月的已儘夠做衰㳄運的表徵了！這麼一鬧就叫我們不敢更有什麼異想，連顫慄也不敢顫慄！雖然現在已虔誠地安好了五方土地脉龍神和前後地主財神，但我們仍未肯庇佑，今天廚子又弄破了一個碗，晚飯擺開，一碟菜上有一條小百足虫！

以後的事情怎樣，有誰敢説！？預算就本來以後月出一期，決決不讓再誤的，因為現在在印刷方面已有了辦法了；可是，誰敢保印機不會明天從後門飛逃了，更誰敢保汷友不會在明天全患了梅毒，至於不能執筆呢?!

喃無啊彌陀佛！觀世音菩薩！大慈大悲！開恩降福！保祐汷社諸信男信女！無病無痛！無災無難！

選自一九二九年八月一日香港《字紙簏》第二卷第二號

Adieu 告別之辭——並說幾句關於本刊的話／編者

今晚從喧騰的夜的市場歸來，扭着了電燈，赫然放在我的臺上的是宏藝送來待校的「鐵馬」的稿子，把它畧畧的翻過一回，心中騰地感到了無限的快慰，朋友和自己年來的希望，來了它的實現的時候了！

在香港，慢些説及文藝罷，眞沒有東西可以説是適合我們這一羣的脾胃的，有許多應該是很藝術的地方都統統的給流俗化了；小之則如咖啡店，你想在薄寒的晚上，一個兒坐在咖啡店的角落，喝罷了娉婷的女侍們端來的綠酒，靠了椅優游的吸着紙烟，瓦斯牆燈的朦朧光線底下，斜睨着曳了闊裙隨着單簡的樂聲，輕盈慢舞的舞姬們的旋影，聽聽窻外夜遊者的漸去漸遠的歌聲，一直到疲倦的夜闌，才又一個兒的拖了外褸，穿了沉悄的石街，酡了醉顏，歸途中帶着寫不出來的詩意，你想領畧這些情味，在這樣的充盈了立體方形的建築物和烟突與汽車的香港，就唯有永遠的失望着的，讀了郁達夫的「文藝論集」，關於薄命詩人 Ernest Dowson 的叙述，他那流連酒肆的飄泊生涯，看了 La Boheme 中的那貧苦文人失意後在咖啡店消磨永夜的一幕，心中留下極深的印象，其中還參與多少羨慕的意味，「貧窮點又算得什麼呢？如果能夠有酒錢，能夠住在巴黎的 Latin Quarter!」這樣的想像也有過了。

在這塊萬皆庸俗的地方，談起文藝，用不着看實在的情形，只憑我們的想像罷，已可知道是達到什麼的程度了！

香港有了算盤是因了做生意，香港有了筆墨也因了做生意的！

如果不是有了那可咒詛的文學的嗜好，和不有了僻性的能夠對于隨俗呢，我們倒很可以漠視一切而享樂了這一生，然而我們這一群偏是那樣的怪脾氣的人，在社會中不能有半刻的安份，沒有錢的時候叫着苦，有錢（？）的時候也叫着苦，心靈是不曾有過一次滿足的充實似的，隨處都不是感到窒息就感到空虛，有些時候倒可以寫點文章發洩一回幽悶在內心的抑鬱，此外就幾乎沒有其他的出路了！然而我們試看看：香港的文壇現在是什麼情狀的呢？如果香港還有那所謂文壇的話。

我們不得不自尋我們的出路了！

聚居在這萬山環繞的海島上，不能否認的是我們這一羣還算年輕，而且也有點聰明，還有我們努力的時候，想到年華逝水，轉眼成秋，我們就不敢漠視了這時候而輕輕的放過了，而且憑藉着數年來努力經營的校友會，從中我們也有了點聯絡，那我們是更比較容易于辦事的，于是以我們的熱誠，趁這時機，我們都很想努力一回我們的工作，在文藝上做點工夫，如果這一期的「鐵馬」還能成個樣子，在荒涼的空谷裏能夠引起一點應聲，那這小小的一本東西就算我們第一回的蓋獻，我們的努力是不曾白廢了的！

到今日，什麼什麼文學的提倡可說是甚囂塵上的一回事了，同時，固守不變的也大有其人，然而從新也好，守舊也好，文學夠竟不比我們的服裝，不能任意跟隨着去學時髦的，所以我們都犯不着去勉強從事，我們的主張是第一我們的說話要由衷，我們不求半點的虛飾，用不着打起什麼冠冕堂皇的旗幟，我們的說話都在我們的文章裏，我們想寫什麼便寫下什麼了！

我們的文章犯不着在這裏吹噓，讀者們自有他們讀後的定評，所以在這裏我不想多說關於這一期的文章的話，但侶倫的「爐邊」我却希望讀者們注意一下，「用不着發表，文章寫了出來便覺無限的爽快了！」這是作者自己的話。

這期的封面和許多的襯畫都是出自侶倫手筆的，它們給了我們什麼美感我們會知道，雖然作者很自謙的說過那是他的學作。

「鐵馬」的出版是沒有定期的，時候和經濟都很成問題，後一者似乎尤為重要，雖然我們都默許了一個月左右便出版一回的，至於能否如願以償，則在這樣無聲的島上，天也不能保証的喲！

這幾天來，在大清早起了床和用過了晚飯後的黃昏，偶然在騎樓間凭欄小立，微颸過處，每教我驀地感到了無限肅條的秋意，想起三伏暑天過了未久，這才交了孟秋的新涼，然而，天時的變遷，轉瞬間便呈了那樣衰頹的情狀了，雖然就素性都偏愛着秋，到此也難禁生了無限的感慨。讀者的青年朋友喲，請你們好自珍惜着年華！

秋夜幽涼，願多佳夢，Adieu！

一九二九，八，卅一編校後記

選自一九二九年九月十五日香港《鐵馬》第一期

編後／編者

在和讀者們相見的第一回，我們是說不出的喜悅。固然，本誌並不是了不得的東西，同人等也並不是了不得的人物，不過盡了自己一點棉力來做一件自己認為應該做的事，「私衷」不自禁「竊慰」而已。

香港，在外表看來，是一個富有詩意的所在：四週是綠油油的海水，本身是一個樹木葱蘢的小島。不過倘若你踏進去細細考察一下，你將發現你自己的幻滅。充盈於這個小島的只有機詐，虛偽，險毒……。如其你是還清醒的話呢，你會感到窒息，你會感到牠缺少了些什麼。

我們沒有多大的希望，只願盡了我們自己微弱的力量，使這島上的人知道自己所缺少的是什麼而已。

關於這一期，編者不想多說，因這應讓諸君自己評判。不過為了篇幅短少許多約定了的文章不能給諸君先覩，是應該道歉的事。在編排上，我們也感到有點不妥，以後自當在可能內改善。

侶倫君的「Piano Day」，柴霍甫的「親愛的人兒」和哀倫女士的「心痕」雖都是寫女性，但是各屬不相同的模的。這三種女性，可算是我們近代中最熟見的了。

晨光君的「去國之前」，是去年九月離國赴日時所作的。雖然是舊作，但仍可玩味。

倘若一切無阻礙時，我們兩月後再見。

一九，三，二十。

選自一九三〇年四月香港《島上》第一期

編輯室談話／編者

一個北平的朋友，寫過一封信來問：「什麼是香港的文化？」他的意思是說，香港華僑於精神方面的活動，到底有什麼顯著的表現呢？這眞是一個非常的難題。

如果我們列舉事實，描出那香港的縮影，來公開答覆他，恐怕對於許多人不方便，自己有失，「忠厚之道」；如果要勉強恭維，則目前在辭源書上又找不出適當的字句。結果，我們沒有回覆他。

聰明的人，大概可以從學校，社團，報紙和出版這幾方面，看出了一個地方的文化程度的。

本刊因為稿酬薄，很難羅致佳作。有一位名作家接到編者徵稿的信，看見「香港」兩個字，簡直發了怒，說他的心血不能賤沽到那十六世紀的城堡，雖然還有幾位熱心幫忙，但本刊在質的方面，編者不曾感到滿意。地位目前是不能擴充了，現在打算多採登短篇的散文，隨筆，與及文壇消息，最好讀者能表示一點意見。

編輯室每星期收到的來稿很不少，可惜本刊面積很小。不能盡登，來稿若經決定採用，有時還要等到一二星期後纔能發表出來，這是無可設法，現在刊登的稿，也許是積壓過一兩個月。編者在可能的範圍內，仍然不會使惠稿諸君失望的。

許多讀者，投稿者，要求編者和他通訊，態度非常誠懇，使我們難以推却，不過在我們大都忙於閱稿編輯和兼顧其他事務的人，能令他們如願的機會大概很少，最後是希望他們原諒。

選自一九三一年二月二十五日香港《工商日報・文庫》

卷頭語／魯蓀

「沙漠在這裡！

沒有花，沒有詩，沒有光，沒有熱，沒有藝術！……」——任它是平沙無垠的大戈壁，我們都要發一個最微的小願，在這沙漠中培植一朵鮮豔的薇薔！

水是一切自然力中最大的一個，它會把岩石沖碎，海變成陸地。幽深的山谷，廣大的平原，美麗的湖沼，都是水的創造！

人類的文明，世界的進化。那一不是水的功勞！

水會把海變成陸地，當然亦會把沙漠變了平原！

選自一九三一年六月二十七日香港《激流》創刊號

編輯後記／編者

閒談的事情，常常會成為事實，我們這個刊物，就是在閒談中產生來的。

有很多朋友，見到我們要辦「激流」，他們還未知道我們的內容怎樣，他就伸着舌頭，大有「那還了得」「見而生畏」之慨！並且他們還警告我們：「老友，請當心一點」！這當然是很關情我們的忠告，我們也當然要「感激涕零」！然而我們回顧自己一下，呸，我們是什麼東西，也值得人們這麼大驚小怪麼？忠告我們的朋友，不是「無病呻吟」麼？但是我們又再回顧一下，忠告我們的朋友，未必盡是「無病呻吟」，他們忠告儘有他們忠告的理由，這大約是他們見到我們這刊的定名叫做「激流」，他們就聯想到「激烈分子」或「過激黨」這一類的名詞，就以為我們是「激烈分子」，或「過激黨」員這一類的人物辦的刊物，所以他們才向我們盡其忠告之義！假如是這樣，我們不特「感激涕零」，簡直要「含環結草」！可是其實，顧名思義，朋友們也該曉得「激流」與什麼「激烈」「過激」就有「天淵之別」了！

我眞佩服我們大中國的國民的想像力這麼敏銳，見到女人露着臂胳，他就會想到令人陶醉的高乳，見到女人的底裙，他就馬上更敏銳的想到女人的性器。那又何怪乎他們見到「激流」會想到「激烈」或「過激」這一類的事情呢？

然而我們可不計較這些，口是誰人都有的，誰人愛說什麼，他就說什麼，儘有他自己的自由。我們在閒談中成功了一件事實，難保不在閒談中惹了一樁殺身的大禍！

我們之所以有今日能和閱者相見的機會，這固然是得到很多朋友幫忙才能臻此的，但是我們不能不感激我們自己的面皮和「脚板」！

「激流」從閒談而至籌辦，更而出版，時間前後不過個半月頭。而這個半月頭當中，只能有十分之四的時間顧及「激流」，而現在居然能成功了這麼一個刊物。在質的方面，我們固然不敢自滿，但在量的方面，我們則可以敢誇一句：幾個窮鬼小子，而能出版一本成本比賣價高出幾倍的刊物！

我們并不是在誇耀我們的能力，不過也得聲明一句，我們全靠我們的告白主顧的幫忙。「激流」之所以能低廉到這樣，那就是他們的力量，并不是有什麼「背景」，「津貼」，老實說，我們也希望能在這裏找得一口茶！

「茶」與不茶，又姑勿論，更老實的說一句：我們借助他人的力量，吐自己的惡氣！

這一期因為各樣事情都很忙，畫的創作方面，只得德尊，麥芽，魯德，春川，緝文，LL，六君的作品，未能多多的創作更好的，實在極為慚愧的事。不過我們稍可自慰的，就是德尊的「十八歲」麥芽的「舞」，和緝文的「力與美」！我想我們的閱者都是和我一樣的具這樣的觀感吧？

至於介紹方面呢，那可不用說了，我相信我們的眼光或許不至會令人可憐！

侶倫的「向水屋隨筆」的詞句和他的繪畫一樣的細膩美麗，與其說是一篇散文隨筆，無寧說他是一篇美麗的散文詩還好！

星河和蕾的翻譯，都是值得一讀的，而且譯者自己說：「譯筆可保忠實，和原意沒有兩樣的。」不過編者沒有看過原文，責任還該譯者負担。

在朋友中很多人說：「一齋私淑沈從文的筆調」。我很反對這話，我想一齋自有一齋的作風，沈從文自有沈從文的作風，萬不能說一齋的作風像沈從文，就說他是私淑沈從文的。

我們不願意揩有名作家的油，更不願意崇拜一般有名的作家！我們得要有我們自己的能力！中國文壇所以從古及今沒有突飛猛進的現象，和不能與世界文學有名的國家「并駕齊驅」，就是有某人私淑某人的作梗。我們一定要根本除掉「私淑」他人的劣根性。那麼才有希望！

「一篇未完成的詩」是一篇長篇小說，以後打算續期刊登，至於它的內容怎樣，為要顧全讀者的興趣起見，現在未便宣佈。

「心與血」是一篇作者自己內心的呼喊，或許有人會找不到它的中心是什麼的。

在文章介紹方面，我不想講話太多，閱者自己去批評罷。

我們見得香港文壇太沈寂了，而且充滿了一種沉悶的氣氛，所以我們特地設一部門叫做「香港文壇小話」。什麼人都可以參加的，只要關於香港文壇的事情就可以了。不特這一部門可以參加，其他各部門也當然是歡迎的，希望愛護我們的識與不識的朋友，多多救濟我們的貧乏的能力！

這期本來打算刊登一篇長期漫畫，但已來不及了，衹可希望下期能夠如願。負責畫長期漫畫的是魯德，要是他沒有什麼發生，或許儘可以給讀者多一點的興趣。

攝影有黃英，駱光，陳孀明，李崧四君的幫忙，我們眞是感激萬分，特在這裏向他們謝謝！

這次我想要講的說話，大約已講完了，我們在不久的將來再見罷。

附帶幾句閒話：

這一期原定六月十五日出版的，但因告白和印刷兩方面阻滯了可些時日，所以到現在才能和閱者相見，令我們自己覺得太過低能了，不能達到原定的計劃！

這一期在印刷方面是有很多錯誤的，如第十四頁第十七行的「中國簡直沒有一個」之下脫去「可以比得上」五字，第十六頁第十一行「顛簸」誤「巔播」……等未能校出，在責任上實在太過疏忽了，沒有什麼話可說，其餘的當然還有許多，不過現在校正亦無補於事，且為篇幅所限，不能校正了。

閒話的尾巴：

我們還得來報告一件香港新文壇的消息，是我們的友軍刊物「島上」快要復版了。

島上社的幾個作者，正如我們一樣，大家都是願意向新的路去努力的青年。可是他們却帶着不安定的顛簸的命運，所以去年出版了一期「島上」，便因人事變動中止出版了。這是無可如何的事。現在呢，他們恰巧叙集回來，而且也很興奮地要把「島上」復版。在寂寞的園地裏，這未嘗不是一個好的消息。

魔鬼的舞蹈該到了牠們落幕的時候了，讓我們大家撐起我們的光明罷！

六，二十五・小（一）・

選自一九三一年六月二十七日香港《激流》創刊號

卷頭語／亞子

「鷄旣鳴矣，東方始白」，響了五下的晨鐘，似告訴我們的黑夜已過，晨早來臨了。有意無意的白璧無瑕底太陽，似給衆生們長進的開始機會喲！

趁着這如氈似錦的陽光，在出世第一天的——新命——啼聲，如波紋式似的聲浪，掀動到社會裡去。此薄如紙而且無色彩的一片，能撼動觀衆們的耳鼓和眼睛，留點印象的，或者得到同情和効力。我們惟有絞盡腦汁，以貫徹主張，而酬報閱者與本刊相見的雅意。

我們感覺到人生的痛苦，是在惡劣環境底下支配着的，我們所以不斷地拼命，不是想在惡環境裡苟延殘喘的，仍望出惡環境外死灰復燃，為人生爭回點志氣！不論環境怎樣，我們惟有秉着萬刧不覆的精神，和熱情的勇氣，衝出重圍。從事整理陣容，站在創作之鄉，求到做人和解決人生的觀念！這點熱望和志願，是與讀者互相砥勵的。

元月九日

選自一九三二年一月香港《新命》創刊號

前奏／湘

香艷的薔薇。不會生長在枯燥的沙漠裏。
清脆的黃鸝和好些不知名的小鳥。它們是很和悅的。自然地表現着春色的景象。

文學的抒發也像這樣。無意而有意的。生長在人類實際生活的要求。同時因為時代不斷地進化。那麼人類底生活也不斷地變化起來。文學本是最靈感不過的。它當然無意地。隨時代的要求。來表現它的姿態。正如自然界的——花和島——「及時」地受着大自然的演變來表現它們的藝術。所以在波斯捏特的「文學比較」裏也有說過。「文學是根據在當時代的生活和思想」這話到很確實。是無須爭論的。

人類生活的開展。是拿時代的變化作重心。同時都是根據經濟基礎的開展作它的前提。但是經濟基礎的發展。就離不開它所用底「工具」的原素。現在想分判社會的時代。就不能從別方面去找。無一不根據它們社會上所通用的「工具」來判斷。這不但是現代一般的對於社會史論戰的焦點。也正是我們新興和未來文學思想的中樞。

一切的一切。都是資本主義社會的殉葬物。絕不能「殘餘」地遺留它的死灰。更不能苟延它底階級的命運。將來代替而生存的一切。必然是「普羅列塔利亞特」的社會。它生長的前夜。也必然的表現普羅列塔利亞文學的新作風。但是構成這種社會思想的。仍不出經濟基礎的妙諦。仍不可須臾忘卻它發展上的「工具」。「工具」是什麼。無疑地答覆它「就是電」，電的發動體就是「電流」。「電流」這雖然是物理學上的名稱。也可代表將來文學的思想所構成底根本原素。我們三三文藝社所以考慮再三。終於採用這部名稱。也就在這一點。

「電流」的用意既然是這樣。它露佈着慈祥的歌聲。表現着自然的純美。也正如春來的時節——薔薇和小鳥——含着笑容的意態一樣喲。

「電流」要作時代的前路。它纔是構成未來社會的武器。它是普羅文藝的中樞。

「電流」作時代的前路。它最神速的感應和傳遞。到最下層的民間去。

「電流」作時代的前路。它可以化分社會階級的利益。宣判資本主義社會的死刑。

「電流」作時代的前路。它不但象徵人們的苦悶。還是勞苦大眾的甘露。

負時代使命的青年們。您要認識階級的全部。要確立革命文學的意識。要篤信敵人底必然的潰敗。建立革命文學的大纛。

像「電信」一般的神速。

像「電火」一般的強烈。

像「電光」一般的明晳。

像「電流」的出現。為大眾文藝的呼聲。

為暫存一切制度的死神。

前進啊。踏上時代前進的路。同唱我們的前奏曲。

四月十日

選自一九三三年四月十九日香港《南強日報・電流》

寫在停刊前／霖臨

電流不經不覺出到十七期了。現在我們為了幾種重要的事故，不能不辜負了各界盛意，而就在本期上搖出牠底葬鐘。

這一個小小的刊物，以過往的情形而論，在本港裏佔着怎樣的位置，和讀者究竟根本上需不需這些，我們都是非常之明瞭的；不過事情既然是這樣做出來，那我們也就束手無策而不得不忍痛地把它宣告壽終正寢。

不過在「電流」未和各界絕別之前，我倒有幾句話想向各界說一說。

時代是漸次演進的，自然的階段，一定是催使舊的一切沒落，而培養新的形成。胚胎在社會裏的一切文化也是這樣。馬克斯說：「問題底解決，只有在解決那個問題底條件具備的時候，至少也應在形成底過程中」。根據這些，一切的浪費論爭都可以迎刃而解。至於普羅文學底存在問題，也就最好不過的是運用這一個（一）定的事實來對付那些盲目的否認。大抵一個能夠清晰地觀察社會現象的人，怕不會說客觀的條件現時還沒有成熟吧。

所以我們從事於普羅文學動機，並不是「人云亦云」的效人時髦，也不是投機地來想得到些利益，更不是想藉此而掩飾其某種政治上的活動：這不過在社會變革底過渡期底一種必然的吶喊呀。

然而這裏却有很多人對我們底努力起了懷疑，這真是使我們不禁感慨係之了！

本島保持着特殊的政治制度，一般人對於新興文學的觀念更是謬誤萬分，因而把普羅文學看成一件非常令人恐怖的東西，認為多少總帶着一種特殊的使命而每每流露出危險的煽動的色彩。於是乎在這方面努力的同志，就不能不互相都感覺到努力的不易。

要知道：電流是附着報館的驥尾的，我們總要顧忌到報館方面的營業和名譽；但是我們又不能夠委曲以求全，更不能泯滅了本心而迎合一些般來寫一些所為「幽默」的作品，我們是須要粗俚地吽吶的。照着自己的意思去寫嗎？那客觀的形勢又禁絕你這樣做，我們有什麼辦法呢？甚至前兩期「愛的犧牲」底作者餘生君，他來函也說着感受到同樣的苦痛，所以他竟拒絕繼續登載，連續稿也索回了。我們因為看見了這樣情形，所以近數期來，我們都是噤若寒蟬的不敢放量說話，大抵從「詩的專號」出版後，試把近數期來和以前的比一比，讀者就不難知道這裏已劃分一度很明顯的和很深廣的鴻溝了。我們內心底苦痛，希望讀者能夠體諒一下為好。所以我們看見這樣惡劣的環境，就只有斬釘截鐵地來把電流作一回總結束。

這就是我們之所以停刊的最大原因，不過也有些因為我們的力量薄弱之故，我們先前的幾位同志，因為升學的原故，早就如廣陵散了。

這裏又要有說明的，就是「電流」並不是一個同人的刊物。我們素來的宗旨，就是很歡迎各界助稿的，只要意識能够堅確些，技巧純熟不純熟也不要緊，我們都很願意把牠登載；而且「電流」在創作這方面的幼稺，我們也承認，所以我們常常渴望着有多些能够滿意的關於這一類的稿。不過讀者通常都把意識弄不清，不是嘆窮的便是發出「資本家之仁慈」底叫聲，甚是更怨起天公來，好像普羅文學就是「窮文學」一樣，看到了這些情形，我們也就只好割愛了。就是這樣，我們便沒有得到多大滿意的收效，其中只有認識到冰琴女士和梁桑子君而已。這是多麼的令我們失意啊！

我們先前原想交代給「良友社」的，後來不知怎樣，他們竟不敢接手；而我也曾和冰琴桑子兩君商量，他們也拒絕的回答說是沒有多大的空閒來白做這種吃力的工作，我們只好讓這一幅園地丟空罷了。

電流既然在風雨飄搖中能够滋長到現在，而一旦竟這樣無情地把它摧折下來，這煞是可惜的。我也非常的替它飲恨，不過自己也弄到筋疲力盡，再沒有能力去支持，實在不能不下決心去拋棄。

大約在十三期左右，三三社的同志早已動身往各地升學了。我恰巧有點事逗留在港，所以靠着遺稿的助力，這一個小生命，竟然能够延挨到十七期，這裏是值得慶辛的。可惜我現在也要動身，而且行期是非常的逼近，我不得不結束這一條小生命而啓程的。我原先大大不想去停刊，不過後繼無人，我一番的熱情，就只有付之流水而已。

我親愛的讀者啊！你們該體諒我們的苦衷吧。

末了，我很感激黃嗇名先生，「電流」是全靠着他底提携的，並且我以編者的關係，特向各界致謝愛護的盛意。

廿二，八，六日

選自一九三三年八月九日香港《南強日報・電流》

香港文藝界情報／白冰

激流雜誌：是激流出版社編的，已出版到第三期，現在還沒有出版，聽說因經費無着而停刊。以它的內容來說，有點精采。

島上雜誌：是香港文藝出版物中可以讀的一種，內容精采，都能給予讀者永遠不能忘記的印象！已出版到第二期，編者是島上社，現在大概還存在。

文化村：是香港的曾一度播傳着出版一種純文藝的刊物，由幾個嗜好文藝青年組織出版的，現在因為種種原因還沒有實現咧。

暖流半月刊：是火山文藝社編的，聽說附刊於香港某日報。除此之外，還籌備出版火山雜誌。

紅豆月刊：是香港新出現的一種文藝的刊物，南國出版社出版的，一個三十二開的小本頭，內容還倒可觀，寫文的人儘是一般嗜好文藝青年。它已出版到第二期，現在還出版着。

人間漫刊：是永英廣告社出版的，內容多〔半〕是些（）作，插圖（）可觀，已出版到第四期，因為某種原因而停刊，現在有再度出版的。

文藝提供：是提供出版社醞釀出版一種純文藝的刊物，現在積極部署策劃出版的辦法，將在不久的期間可就實現了。聽說它的本身決不作任何的政治背景或工具，只側重反映人間情事，竭力高倡現代文學。

選自一九三四年三月六日香港《工商日報・文藝週刊》

發刊詞／編者

王爾德（Oscar Wilde）說：「所謂生活是在這世界上稀有的事，一般人是生存著；然而祇是生存罷了。」要把生存轉變為生活，除了謀物質壓迫的解除——這涉及別的大問題——外，文學的鑑賞和陶冶實為一要著。

我們的「生活」（通常用法）有緊張的時候，也有弛鬆的時候，正如戰場上的士卒，有衝鋒陷陣的時候，也有吸煙談笑的時候。我們不相信除了肉的宣洩，酒的陶醉，便沒法走向生活之路。文學的創作和鑑賞也可以「宣洩」和「陶醉」。事實上已有不少人以文學為宣洩，為陶醉，並且証明這種趣味更為雋永。

般內脫（Arnold Bennett）說：「文學研究的目的並不是消遣閒暇時間的，那是為了使人對于快樂同情認識的作用活潑和深刻化的，那是能夠把人對于世界的關係完全變化的。」這話，當我們憶起文學之得為社會的工具時，最能深切了解。

我們的南國，原有明媚的風光，如今我們所見的多是矗立的烟通，所聽的多是數銅錢的聲音。工商業的氣息濃于文藝學術的。在這種環境裏，我們以為有人來做點促進鑑賞文藝的工作，似乎並不是無聊之事。

對于文藝，我們不想帶上什麼眼鏡，也不願有什麼成見，抱殘守缺不是我們的理想，騖新斥舊也不是我們的態度，我們不會貿然以為中土的文學是「嘆觀止矣」，也不會貿然以為只有西洋的作品才值得欣賞。

這初闢的園地是公開的，因為是初闢，自難免雜草叢生，有待于大家的經營愛護，蘇舜欽詩云：「栽培剪伐須勤力，花易凋零草易生！」我們不敢忘記這個教訓。歌德有個題名「毅力」的小詩給了我們最好的指示；且引在這裏作結：

「我們莫想做割刈的人，
去收拾那金黃成熟的穗，
除非是先去做播種的人，
灌溉那田溝用我們的淚。」

選自一九三四年十月十六日香港《工商日報・文學週刊》

第一天——關於本刊的話／編者

「一年之計在於春。」

新春是循例要講好話，至少就得在這時候，立下一個心願，一個希望，人就是這樣子的，目的能否達到，是另一事情，希望却不妨有，但是如果希望僅是止於希望，目的依然是目的。則無論怎樣宏大的一番心願，到頭來也只成了毫無結果的「出師表」。

因此，在這裏，希望之類的話大概用不着說的，我們要希望，我們就要作。空泛的「希望」不需要有，切實的「作」的決心，却不妨豎起來。

要怎樣豎起我們作的決心呢？

本刊出版至今，匆匆達到二百多期，這裏面，在時間上是經過兩個年頭，在形式上也有過幾番面目，然而精神方面，却仍是一條直綫貫澈下來，在沉着的態度之下，進行着我們要進行的工作，貢獻着我們要貢獻的熱誠！跟住南國文壇活躍的演進，漸漸獲得許多讀者們與作者們的好感與愛護，不吝他們的指正與精神上的幫忙，這些事實都是不曾欺騙我們；這感激不是尋常的筆墨寫出來的。

我們不敢說，這小小的地位足夠影響什麼文壇的興衰，但是可以說的是，我們有幸運湊上一點熱鬧，縱然是那麼微薄的。——至少從愛護者羣中，看出了已達到的初願，取得小小的慰安。

為了這樣，我們覺得我們的篇幅不應該浪費。

二年前，在本報三週年紀念日，本刊曾說過如下的話：

「本刊一向是（在）沉着的態度之下，在這無聲的島上，開展新文學的生命，並不曾追慕時尚地打起過什麼堂皇的旗幟，也不高興打起什麼旗幟。因為空言是無補於事，時尚往往是一現的曇花。時代，我們不能忘記，但高調唱得不適應環境，唱了也是徒然。所以，本刊從未放棄過固有的態度。……不過，文藝總有它眞實的歷史的生命與使命，本刊在環境許可之內，也當然不忘記向它應該走的路上走去。但却不是自己塗上什麼顏色，只願把本刊移上一條嚴正的軌道上前進。這裏固然不願做成時代逃避者的天堂，但也不願做成什麼立場與工具。……」

直到現在，本刊的態度依然沒有改變，態度既是如此，本刊又不是同人刊物，因此，在可能範圍內，總願有更多人的力量，把這小小的地位強固起來。說到這一點，我們便要請熱誠的作者們，認清楚了本刊的態度，和本刊的需要，才不致白費了心力。

這裏，把本刊內容固有的和今後計劃辦到的，列在下面——

（一）短篇創作（二）文藝短論（三）隨筆雜感（四）詩（五）作品批評（六）國內外文壇情報（七）文壇逸話（八）一切學術問題的研究與討論，等等。

本刊每週期數不多，而且篇幅所限，除了不得已的情形之外，稿件精短為最適合，寄稿時至好附以郵票，以便不合用時退回，合用時預先通知。

除了把上述的條件公開徵文之外，還歡迎着讀者們對於本刊的意見，俾可在能力可及的情形下，改善起來。在大約一星期前一個晚上，有一位讀者來過電話，對於本刊的內容提出一點意見，當時因為編者不在，由別一位同事替代接了電話，轉告編者時，不很盡詳，為了避免這樣的缺憾，以後如果有同樣的機會，希望熱誠的讀者把他（她）們的意見用書面商量。

祝作者們和讀者們新春幸福！

選自一九三五年一月五日香港《南華日報・勁草》

本刊重要啟事

本刊自前期起復版月刊專載詩與散文希望造成獨特風格幸荷各地作者贊助使創始號內容特別充實并承讀眾紛函嘉勉同人等正圖竭我棉薄以報盛意不謂最近忽因登記手續發生問題不得不遵照香港出版條例由本期起暫行停刊一俟完滿解決再與讀者相見

選自一九三六年八月香港《紅豆》第四卷第六期

「時代風景」／魯衡

當「時代風景」付印的時候，我就開始懷着很大的希望等候它出版。我希望它能夠與國內各地出版的並駕齊驅，替南中國的洗脱「落後」的恥辱；然而，它被遞到我的手上之後，我的希望就消失了一半了。我呆呆的瞪住它的灰面覺得很難過。

雖然，我還異常的愛護它，當作它是我的良伴。我希望每個讀者都如此。

「時代風景」是一種純文藝的刊物，初刊號已於一月出版，編者是易椿年，張任濤，侶倫，盧敦。初刊號一五八頁，內容計開：論文五篇，小説四篇，詩七家，共十首，散文隨筆兩篇，和特載的一篇。

那篇特載的是關於新聞教育的文章，很重要的，但登在純文藝的刊物上似乎有點「礙眼」不應該的，如編者有特殊的緣因，我就沒有什麼話可説了。

「時代風景」最使人失望的就是那幾篇創作，因此，致使愛護它的讀者搖頭太息。如果編者能夠找幾篇比較好的，它對社會必定有更大的影響，而且給讀者的印象不容易消滅。

在那幾篇創作中，張稚盧的「夫妻」還可以過得去。這篇「夫妻」是描寫一個文人的窮苦的狀態，很使一般賣文的人同情。希望，每個人都有的，如果沒有希望，那個人就會麻木了。那個文人的妻所做的夢，就是她的希望。她的希望雖是那麼的微小，但她的命運不好，嫁錯一個文人，想實現是很難的事。在現實界不能實現，惟有在夢中填補這個缺陷而已。這是何等的可憐啊！然而，這種可憐的事，編輯老爺是不會知〔道〕的；比這更可憐可悲的事，編輯老爺更不會知道了。那個文人在夢中打編輯老爺一巴掌，真是痛快之至，文人的境遇十居其九都是惡劣的，生活過得非常的清苦，雖然可以在紙上打人家巴掌，也沒法子改善。作者衹能如此的報復，衹能如此的洩氣，沒有別的手段，也覺得很可憐。

如果作者不嘗過投稿的滋味，他必定不會寫成「夫妻」這篇文章。所以，我相信它是作者自己的故事。把自己身邊什事寫成小說，即使非常的平凡，比之那些虛構的故事還感動人。

「黑夜的行伍」是最壞的一篇。它給與讀者的印象很模糊。這篇題材不壞，但作者沒有描寫它的能力，作者如努力的寫下去，不久就可以成功。

譚浪英的「老甲子」，題材也是很好的，但作者收束太過匆忙，不能把老甲子的心理充份的描寫出來。作者寫作如此的馬虎，眞是可惜。

侶倫的「像之憶」，是一篇美麗的小品文。因為作者的文章帶有多少沉鬱，所以我愛讀它。愛讀作者的文章的人一定不會否認的吧。能夠寫出像作者的文章一樣美麗流暢的，在香港不易多觀。

那篇胡雁秋的「關於辛克萊」，是一篇重要的史料。我們不要忽略它。

最後，我希望編者不要對「時代風景」灰心，努力的辦下去，以免使我對它的希望沒有實現的日子。那麼，我和一般讀者就萬二分的感謝了。

選自一九三五年二月二十日香港《南華日報・勁草》

追悼魯迅先生專號編後

魯迅先生的死，差不多震動了中國全國智識份子的心靈，這是不能否認的事，我們在三四日間，連接着接到了十多篇對魯迅先生的死表示着極痛切的哀悼的文章，都是寫得極沉痛的，這是一個明証。因為篇幅的關係，我們現在祇能選了四篇來發表，其他祇得割愛。我們對於這點，眞是表萬分二的抱歉，尤其是愛護本報讀者顧章君，寄給我們一篇長達四千字的文章，也無法發表。不過，我們應該知道，這個巨人眞是差不多吸引着我們的，我們對於他的死，誰都會發生無限的悲痛和發生無限的感想的，我們事實上無法把各人對於這個巨人的傷痛的意思統統發表出來，反正這位巨人的偉大是經已給時代判定的，他斷不會因為少數人對他的景仰的意思少表露一次，而損去了絲毫的價值。——關於這點，我想，大家和我是有同感的吧？

選自一九三六年十月二十七日香港《工商日報·文藝週刊》

刊前贅語

一個刊物初初露面，照老例是有些話說的，起先我嫌它俗氣，想着什麼發刊話都不寫了吧，覺得做一個編輯人，他的責任只應盡力於編輯，刊物好醜的造就，是靠着他從各方面去努力。出版完成之後，他便可告一段落了，不必饒舌，一切要等讀者去評判，那才得體。

什麼冠冕堂皇的話不必說了，這方面我們是最沒有能幹的，即使要裝也裝不來，那或者是根性使然吧。卷首語到付排後才忽然想到要寫，倒像獃語了，我想的是說說牠的經過和牠所欲達到的願望，也許對於同情我們的讀者，或可由此得到一些微的瞭解吧。

我們這班人，身羈南國，因為志趣與年齡的關係便能連結起來，常常都是想怎樣才能夠在這海之一隅豎立起一點事業，那說得大方些，就是意圖怎樣來獻身於締造文化。那班朋友什麼也寒傖，純靠着那一點青春的勇氣，年年是在重圍裡突擊與掙扎，為各種各樣刊物的出版，已不知費盡幾多氣力了。如果會說那社會眞的一邊是荒淫縱慾與無恥，一邊會是嚴肅的工作，那末，我們這班無能者，也可告無愧吧。因為我們還不曾忘記我們的工作，收成不願太早去說它了，只是耕耘下去。

我們幸而得到這一個封面的木刻，覺得愜意極了，原來的題名是「十一月」，那正好象徵辛勤與移植，兩個工人這樣艱難地嚴肅地在邁進着，前頭無疑地是光明的。那是勞働者的世界，頭腦與體力結合起來的世界呀！

辦雜志一向成為我們這班朋友夢寐不忘的事了，未實行前當然理想太高，既實行後便發覺到諸多不滿意，不過想做成一個較合理的刊物，循住自己的意向的刊物，是存着許多困難條件的。這雜志的孕育，一切完全由於魯衡君，他是一個在肉體上有不可彌補的缺陷的人，但是他的精神是非常健旺的，他要成全一個雜志，好表示他生命火之熾熱，他是想把他自己的火去燒炙他的朋友和其他的人的。果然這個雜志長成起來了，雖然前途光明抑或黯淡，實未可卜，不過，掙扎的勇氣是要有的。

我們特別要辨的是這樣的雜文雜志，覺得篇幅限制和客觀需求等關係，辦雜文的似較實際。而且這時候雜文應該像匕首或投槍才對，然而有沒有做到呢？我們却不敢這樣説，不過那是應該向這方面接近的。我們可以一再聲明，我們的態度是嚴肅的，不無聊，不假作昇平，更不歪曲現實。我們不忘記是客觀地被決定了我們是中國人的資格，我們對於當前的危難不是無關心的。

有許多預約稿經過屢次的催促還是延岩，我想下次必定能夠得到各方面不再吝惜的幫助，使這刊物更有生氣些，更充實些，那不怕會成為一個奢望吧。（編者）

選自一九三七年三月香港《南風》出世號

獻辭／編者

我們不該忘記自己，自己現在踏着的是怎樣的一個時代；每一呼吸，都會使我們懷念着祖國和祖國的同胞。

祖國的憂鬱，也應該是我們的憂鬱；祖國的艱難，我們會勇敢地負起了這艱巨的責任？

我們——香港學生文藝協會的一羣，於沉默許久之後，重新拿起我們的筆，願把力所及的一切獻給祖國！

我們也不忘記在「南島」那一個時代，朋友的鼓勵與同情。現在是重新吶喊的時候，願把熱情，獻給親愛的讀者。

檢討過往，策劃未來：「南島」的光榮，我們將以怎樣的努力來繼續保持；以往的失敗，願在諸高明者鼓勵之下改進。敢不奮勉！

舊的完結，新的又開始了。

選自一九三八年三月六日香港《東方日報・學生園地》

大風起兮／簡又文

暴日肆虐，逞其炎威，壓迫大起，荼毒生民。地面熱氣被蒸上升，外層冷氣衝進，空氣流動，因而成風。苦熱之極，空氣流動至強至烈，成為大風。同人仰觀天文。下察地理，中則適應人心，遂本此意而擬辦「大風」旬刊。

或曰：大風起，樹拔英落，屋倒船沈，為害最劇，〔殆〕破壞勢力之至兇者也；奈何以此不祥之名而名此新刊耶？則爽然答曰：是片面之見也。夫大風所破壞者，僅枝無基礎，不鞏固，與乏準備之花樹屋船耳。其於根深蒂固，建設充實，與準備妥適者固無損也。再從積極的和有利益的一方面觀之，則大風一起，吹散萬丈紅塵，掃除烏煙瘴氣，洗滌腥膻臭穢，而其功力之尤偉者，厥在銷滅烈日之炎威，抵抗烈日之侵略，使人世間頓然得有清涼世界。熱帶中之居民，得此一張一弛一鬆一緊的天氣之調（），生活能力，因得增加，而適應環境亦愈得優勝。此蓋大自然奧妙無窮的造化作用也。美矣哉，妙矣哉，泱泱大風。

「大風」旬刊之產生，籌備之經過，簡略報告，數言可盡。溯自蘆溝橋事變發生，民族存亡之大決戰開始。平津察晉滬杭以及首都相繼失陷。文化事業，最受摧殘。我同人等既從事文化事業，何能袖手旁觀而輕卸為國民之責？更觀在此全面抗戰期間，社會人士，尤其智識階級，對于精神上智識上之滋養料當感飢荒，而亟欲找得高尚的健全的培養補品。內迫于責任之宣召，外感於時勢之需求，同人爰有在香港（）辦「大風」旬刊之籌劃。經過港粵滬漢川滇湘鄂贛閩各地文友之數月函商，大計以決。我與友人先期在港草作預備，而陶陸諸君則于上月由滬南來，會同切實積極籌備，各種問題，滿意解決，是故這一個國難中的文化甯馨兒應時誕生。

本刊係由宇宙風與逸經兩社在港聯合主辦，資源與權責均由兩社同人平分，非個人私產也。月來四方通訊，各地作家担任撰述者都五十餘人。務使「大風」得成為國難期間最偉大和最有效的文藝集團，共同努力合作于這一件以文章報國的大事業，此則同人之旨趣也。

本刊係文友自由結合的超然團體，並無政治背景，亦無黨派色彩，故不作主義的，個人的，或政治運動的宣傳。其實本刊自身及文友同人並無一致的和統一的政治主張，有之其（一）「擁護中央，抗戰到底」兩大原則而已。此為凡屬中華民國愛國的國民今日人人所應同抱的主張也。違背此兩原則者，乃吾人之敵；共守此兩原則者，皆吾人之友；其實行此兩原則而確能為民族增光榮，為國家爭勝利，是則吾人所欽崇敬佩，所謳歌稱頌之民族英雄矣。

本刊內容，與吾人以前所辦之數刊物相比較，有同有不同之點。概而言之，取其長處，使有性質相近價值相等之風格，此其相同之點也。其相異之點則以為適應時勢的需求計，「大風」文章之選錄由一元的（如純文藝，或文史等，）而演為多元的——分門別類，興味多種。同人幾經商榷，決定大風旬刊將有十三門類：

（一）以簡約之文字，犀利的筆調，評論國家大事，或社會要事。「風雨如晦，鷄鳴不已」，芻蕘之言，容或可對時代作小小的貢獻，故有「風雨談」一門。

（二）特約專家或名家或學者撰述文章以供國人，在朝者或在野者——之研究，討論，及參考，故有「專著」一門。

（三）介紹外國名著或特寫文章以增益讀者，故有「譯叢」一門。

（四）智識階級中雅好研究「史實掌故」者，大不乏人，故特闢此門，惟內容限於非遠古而為比較近今者，非乾枯晦澀而為興味濃厚者。

（五）又有「文藝」一門，包括詩歌，小說，劇本，或（一）譯或創作，或長篇或小品，無一定式，每期必有幾頁。

（六）各地文友有以當地之社會及人生之實在狀況或重要事件，作翔眞的描寫，寄來本刊宣之國人者，特闢「通訊」一門，可作今代史料讀也。戰地通訊，抗戰實錄等，尤為歡迎。

（七）「民為邦本」，古有明訓。「人本主義」，今之至理。人為萬物之主，亦宗教眞諦，本刊另闢「人鏡」一門，以誌或忠或奸之人物，用適應此人生的中心興味。

其餘門類有（八）抒情小品，（九）書評，（十）國畫，——插圖，漫畫，（十一）新聞屑——蒐集中西今古奇逸趣妙的小新聞以作補白用。（十二）天下事，暢論國際大事。另有殿軍一門，（十三）耳邊風——欲知其詳，請閱將來大華烈士的自序。

以上所列，實同人所擬定本刊之範圍。但為篇幅所限，每期或不能門門俱備，取捨詳略，因時而異。所望各方文友，各界人士，投寄佳稿，或惠賜批評，與同人合作，造成「大風」旬刊為一個極好的期刊。乃為之歌曰：

大風起兮雲飛揚。
雲蔽日兮日無光。
仁風及所兮世界清涼。
全民其努力兮守四方。

選自一九三八年三月香港《大風》第一期

新張的話／薩空了

立報在滬出「最後一版」的時候，我曾在小茶館中寫了我「最後的希望」。我說「盼望很快的我們能夠捲土重來，如果短期內這一點作不到，在其他可以叫我們努力的環境中，我們還是要去繼續努力。」現在香港立報發刊，我們算是履行了後一點。

在上海，「小茶館」為了讀者的愛護，它有過一些很光輝的歷史，它成為上海大眾討論各種問題的中心場所。今天本欄下方刊載的競文君的文章中所給予的讚許，在我看來當然是有點過於誇張，不過它對社會確曾有過影響，這一點我也不想為了表示我的謙虛，而完全抹煞。

只是我要特別聲明，過去那一點點成績，的確一大半是屬於讀者的，在去年九月二十日，立報兩週年紀念時，我曾說：我對小茶館，確實只像是一爿茶館中的老板，我只為茶客們備辦了桌椅與茶水，叫他們可以藉我的幫助得到談論一切問題的方便，至於茶客們在我的茶館中，討論出來多少對社會國家，有偉大的貢獻的結果，那是不能寫在我的功勞簿上的。

也就為此，在今天我又在香港來開這爿茶館的時候，我第一要說明，今後這一個茶館能否繼續着對社會國家有些貢獻，至少有一半責任，在今後本欄讀者的身上。我所以第一天就在下方把競文君的文章發表，也就因為他是一個老茶客對這個茶館的建議，我想應當早點叫華南的新茶客知道，以期大家共同來為這個新茶館捧場。

在香港住下來兩個月，我知道華南同胞的吃茶習慣，是比北方的同胞們要普遍得多，我希望他們也能把我開的這一爿茶館，當作每天他們要上的茶館一樣，能夠很熱情的愛護幫助他發揚光大。

這個茶館決無「莫談國事」的揭帖，反之且鼓勵大家作上下古今談，願意暢談的朋友，請都到這裏來！

選自一九三八年四月一日香港《立報・小茶館》

創刊的話／端人

在我們國土中，包括東北四省在內，現在有成百萬敵軍在進侵；在我們的後方，從大城市到農村，每天有千百隻敵機在來回往復的轟炸，掃射和施放毒品。而我們二百多萬的國防軍，也在這種危急關頭中動員起來，無論在前線或後方，都以瞄準的姿勢將槍口對着敵人，全國民眾，也一天天的團結起來與動員起來，及保衛祖國，保衛世界和平與正義而抗戰到底，在這時候，我們發刊這個「文化堡壘」，我們建立這個「文化堡壘」，無疑的，牠的任務是保衛我們的文化，保衛中華民族光榮燦爛的文化。

自七七事件以來，敵人對我們文化事業文化機關的毀滅與摧殘，是沒有一刻停止過，而且是一天加甚一天！無數學校的被焚燒炸毀，無數科學儀器的被刦奪，無數青年學生的被殺害，一切一切擺在眼前與一天天展開的事實，都在說明敵人怎樣來對付我們的文化！

連最近被炸毀的長沙湖南大學和清華大學在內，我們的教育文化機關，被炸燬焚燒的已達一百三十餘所。在斷壁頹垣中，在儀器標本的瓦礫中，是無數青年學生的血肉，是中華民族優秀份子的學者屍體。

在東北，華北，上海和其他淪陷的地方，各類的書籍——中華民族而至全人類古文化遺產被焚燒了和刦奪了；千千萬萬的兒童，被強迫着讀日文，念古書，使他們忘記了祖國，和現代文化絕了緣，回到沒有文化的原始時代去。

敵人對我們的文化侵略政策，是一（ ）永遠使我們沒有翻身的政策。

「最好的防守是進攻。」我們要保衛我們的文化，不獨要深壑高壘的「守」，而且要勇猛向前的「攻」。一方面我們對敵人的陰謀由認識而戳穿，另一方面要運用我們文化的利器——特別是文藝，戲劇，詩歌來直接間接打擊敵人與進攻敵人。

文化的範疇是十分廣大的，包括哲學社會科學與自然科學藝術各部門，不過因為客觀環境的限制，我們打算側重在藝術這一面。

現在（一）伸出我們粗糙的手，願與每一個願意參加我們守和攻的朋友握起來，使這個堡壘一天天的堅固，發揮強大的戰鬥力。

選自一九三八年五月十一日香港《大眾日報・文化堡壘》

前致辭／李迫樊

感謝本報的編輯先生，使我們在這國家患難的時候，得以發刊一個周刊。我們感到非常的榮幸，也非常的惶恐。

一個大時代的人應該如何適應大時代而生活着呢，祖國的憂鬱也是我們的憂鬱，「所」以我們應毫不猶豫地担負了這艱巨的工作。

時間會迅速地抹去一切而成為歷史，但血的痕迹却永遠活在我們底心裏。朋友，請聽遍地哭泣的暗聲。這些哭泣會變成怒吼的巨雷！

朋友，一切親愛的讀者，請你舉目一看遍野的荒涼，這些恥羞，血腥是時間永遠抹不去的喲！那是祖國的紀念碑，里程石。

xxxxx，xxxxxxx，築就新的長城吧！紀念着在偉大時代的犧牲者！

xxxxxx，死的代價是什麼？朋友，你我都不應該忘記——xx，xx！

在曙光將來的時候，我們謹以純潔的心，拿起筆鋒，應付目前的巨變。而我們能做比這更少的事麼？

等候着一切同道者的幫助，進行。

選自一九三八年六月六日香港《天演日報·文藝》

創刊小言

連日陰霾，晚間，天上一顆星也看不見，但港岸周遭明燈千萬，也彷彿是繁星之羅佈。倘若你眞想觀賞星，現在是，在這樣陰霾的氣候，祇好權且拿這些燈光來代替了。

沉悶的陰霾的氣候是不會永遠延續下去的，牠若不是激揚起更可怕的大風暴，便是變成和平的晴朗天。大風暴一起，非但永遠沒有了天上的那些星星，甚至更會毀滅了港島上的這些權且代替星星的燈光，若是這陰霾居然有開霽的一天，晴光一放，夜色定然比往昔愈為清佳，不但有燦爛的星，更有奇麗的月，那時，港灣裏的幾盞燈光還算得什麼呢。

「星座」現在是寄託在港島上。編者和讀者當然都盼望着這陰霾氣候之早日終了。晴朗固好，風暴也不壞，總覺得比目下痛快些。但是，若果不幸而還得在這陰霾氣候中再掙扎下去，那麼，編者唯一的渺小的希望，是「星座」能夠為牠的讀者忠實地代替了天上的星星，與港岸周遭的燈光同盡一點照明之實。

選自一九三八年八月一日香港《星島日報・星座》

「文協」留港會員通訊處編委會啟事

「文協」週刊定五月一日創刊，內容計分︹一︺文藝短論︹二︺作品批評︹三︺會員通訊︹四︺文壇消息︹五︺會務報告，每逢星期一分別在︹一︺大公︹二︺珠江︹三︺申報︹四︺星島各副刊依次輪流附刊，請各會員踴躍寄稿，每篇文字，勿超過一千二百字。稿寄香港郵箱七一號。

選自一九三九年四月七日香港《大公報‧文藝》

創刊詞／胡好

星島日報自從創刊至今，已有九個多月，在這期間，我們已先後發刊了晚報和晨報。現在我們決定再發刊週報，把我們的新聞出版計劃，再推進一步。

星島週報的發刊，其意義有幾種：

第一，日報，晚報，晨報，均為每日出版，其中所載新聞，重在時間性，而不在系統性，換言之，新聞都求其新鮮，迅速，而不能求其充分有系統的析述。這種有系統的析述，可以求之於週報。在歐美各國的著名報紙，如英國的泰晤士報與孟乞斯脱導報，美國的紐約時報與紐約論壇報，蘇聯的莫斯科日報等，都有週刊出版，其銷行之廣，較之日報，有過之，無不及，原因即在於能夠有系統地析述時事，以補日刊的新聞報導之不足。這次我們的發刊週報，也是以同樣的理由，希望在新聞工作方面，能有所補助。

第二，星島日報在港出版，其行銷區域，主要在於港澳及華南海岸一帶，不能普及於更遠的地域。這原因，一者由於日報篇幅過多，寄遞不便，一者由於船期無定，遠地收到者時間不準。但本報為一僑胞的新聞事業，希望能夠廣銷於南洋及他處僑胞所在的地方，因此本報曾有發行海外版的計劃，擬以本報所載重要文字，每週集為一冊，行銷於南洋及其他海外各地。這次週報的發刊，一半仍依照該項計劃，即選取本報所載的最重要文字，刊入週報，俾遠地讀者，即使不能見到本報，也能從週報中見到本報言論文字的一部分。

第三，在抗戰爆發以後，香港已蔚為華南文化的中心，而尤其要重的，這裏已成為國內與海外文化工作連繫上的一個轉接站。本報出版地點，恰在這個文化轉接站上，我們願以這點地利上的方便，把國內抗戰建國的眞實情況，以及著名作家的重要文字，充分介紹於我僑胞讀者；同時，也將以僑胞對於祖國抗戰的熱烈情緒，以及僑胞所感到關切的問題，隨時在本刊發表，使國內同胞得有充分之認識。

週報創刊伊始，準備未周，希望各界人士，多所教正，使本刊對於國內與僑胞的文化連繫上，能盡其應有的貢獻。

選自一九三九年五月十四日香港《星島週報》創刊號

「中國作家」出版

為實現「文章出國」這口號，加強對外文化宣傳工作，「全國文協香港分會」利用此地環境的便利，與重慶總會合作，出版英文月刊「中國作家」（Chinese Writers）將抗戰文藝作品譯成英文向海外介紹，創刊號已於昨日出版，有茅盾之文藝論文，野蕻等人之小說，袁水拍的詩，以及書評報導等。並有木刻插繪多幅。這月刊係由戴望舒，徐遲，馬耳等所主持，並聘有旅港英美文化人多名為顧問。

英文的對外宣傳刊物本有溫源寧等主持之「天下」月刊，「中國作家」出版後，在同一戰線上可說又多了一位鬥士了。

選自一九三九年八月七日香港《立報・言林》

香港華文報紙的沿革／天軾

〔存目〕

選自一九四〇年一月九日至十四日香港《國民日報》

我們的目標——代開頭話／本社

朋友：我們或是相熟的，或是陌生的，或是神交已久的，但無論如何，在這塊地盤裏總算是第一次；所以少不免也循例敲兩下鑼，道一下來意。「憑良心，說眞話」，我們的眞話如下：

做成文藝戰線的尖兵

文藝戰線是全民戰線裏重要的一條。但我們不懂得燒「卡龍」，駛坦克，手中有的只是刺刀匕首；所以我們甘願在配合整個戰線的進退下，做一名尖兵，在「艱苦階段」裏，靈活輕便的尖兵是更「方便」的，而且也適合于青年人！

二　做成文藝青年學習及戰鬥的園地

「七七」後，這塊被稱為文化荒漠的海島，也長出了綠草，尤其是走入文藝領域的青年，更一天比一天活躍。但另方面卻園地稀少，使躍躍欲試的青年羣沒有學習與戰鬥的園地。在另方面來說，在文藝戰線就是失去了一批力量。來吧，朋友！

三　團結廣大的文藝青年羣

這塊園地，目的是供給大家學習，供給大家戰鬥。同時也冀圖把我們——文藝戰線的青年羣團結起來；因為團結了，才能夠戰鬥，而戰鬥才有力量；因為團結了，才能夠學習，而學習才是集體。所以，讀、作、編需要打成一片！來吧，朋友！

選自一九四〇年九月十六日香港《文藝青年》創刊號

檢討與願望／馬蔭隱

民族革命戰爭重新檢定了一九二五——二七年的民主革命戰爭所不曾檢定的中國舊文化上的一切價值，推翻了在民族革命戰爭以前的智識階級那種對布爾喬亞的死的文化的傾向，清除了封建時代殘存的渣滓而奠下了新民主主義的活的文化的基礎；在這種活的文化的基礎上，那活的文學上的一個部門的詩的工作者，和在火線上作戰的士兵一樣，廣泛地展開了他們嶄新而活潑的突擊姿態。

在海外，成為戰爭爆發後的海外文化活動中心的香港，它是不會為詩歌運動者所忽視的。當這個在帝國主義統治下的而受封建意識支配着一切的文化落後的商埠裏，那種數十年來殖民地政策下形成了差不多是固定的文化形態，被民族危機刺激起香港的居民的民族意識而發生變動以後；當戰爭給與它整個生活的重大的影響——那種奴隸的機械生活方式和淫樂的布爾喬亞的生活態度為數倍於原有的居民的避難者的樸素而嚴正的生活同化了以後；詩歌工作者便展開其狂熱的詩歌運動了。

詩是不能離開生活而獨立；詩是成了生活的一個構成部份，一個機體式的延長；詩是現實的反映而又把握緊現實的演變的這一點上；在香港和所有的被統治着的地方一樣，詩是為羣眾所需要的。（更為數十萬落難的羣眾所需要的。）羣眾需要能刺激他們的情感的揭櫫侵略者的野蠻的詩；羣眾需要照耀着他們的思想的詩，需要與他們的生活相關連的詩。香港，有這種有利於詩歌運動的客觀條件，香港的詩歌工作者便更其狂熱的工作了。

香港的詩歌運動，在中國整個詩歌運動上說它是記下了不能抹掉的功績；以民族革命戰爭為外型而以民主革命鬥爭為內容的詩歌創作，總比中國內部任何地方皆佔為優越——它反映悲壯的偉大的戰爭場面比國內為空泛，但它表現濃厚的戰鬥意識與戰鬥的情緒是較國內為明顯而有力的。有一個時期——一個詩歌運動的狂熱的時期，那些挂在驚嘆號上的，口號化了的詩的浮誇與簡陋的筆法是不為香港讀者所歡迎；不能向深與廣兩方面盡量地表現出革新時代的豐富內容是不能和香港的羣眾解放了的思想相調和的。

可是，現在香港詩歌運動沉寂下去了，像我們不曾想像過政治退潮一樣的出乎我們的想像外沉寂下去了；香港的詩壇不能供應香港的羣眾對於詩的要求，這種不能供應羣眾對於詩的要求是表現在羣眾對於詩歌的癡愛上，差不多每個羣眾團體的壁報上都是剪貼着報紙上同一的詩稿；大約這種沉寂的原因一方面是由於客觀環境的急激的轉變——帝國主義之間保持裏矛盾的妥協。一方面是詩歌運動本身的力量的低減——詩歌工作者部份的遷徙以及一部份詩人小心的遠離。

以過去香港詩歌運動的狂熱來看，當前香港詩歌運動的沉寂有些使人不易輕信的；生活於那種炫赫的孤獨裏的詩人固沒有實踐詩歌理論上之接近羣眾的這一點，而且也沒有什麼好的創作產生出來！為了帝國主義與帝國主義的「矛盾的妥協」的影響，植詩的園地逐漸少了，除了三數家報紙的副刊上間或有些詩作發表外，沒有一個詩歌雜誌，就以前刊出十日新詩的星島日報文藝副刊，現在每月刊登的新詩不超過十篇，大公報的詩特輯無定期出版。

我們認為香港詩歌運動的停滯在今日是一個必然階段，正如今日國內政治形勢傾向於惡劣是一個必然階段一樣的，因為存在我們的周圍仍有不少正在進行破壞工作的反動份子，因為存在我們的周圍仍有不少動搖的甚至準備投降的民族敗類。這停滯並不使我們感覺到可怕，這停滯衹是說明擺在我們的面前的依然是一個艱苦的重負；這停滯是要求我們有更大的勇氣和堅決的。我們看清楚這一點，我們理解清楚這一點。

許多時間來，我們為着自己不能担負起自己所在地的詩歌運動是有我們自己說不出的苦悶的；然許多時間來，我們無時無刻不在籌劃組合一個堅強的突擊隊伍，以備加強我們的戰鬥効能，至於這個始終未有行動實現出來是因為我們不能支持從精神上及物質上支付出的賬；在這兒，我願望全國各地的詩人及同情詩歌運動的任何人士能給我們這班詩歌工作者以緊密的聯絡，給我們這班詩歌工作者以實際的幫助。使香港的詩歌運動能跟國內的詩歌運動有一種平衡的發展，使中國整國詩歌運動能在民族解放過程中配合政治上的要求而完成民主革命運動的主要任務。

選自一九四一年四月十日香港《中國詩壇・號外》

本報史畧

本報創刊於民國十九年二月一日，是華僑同志在　汪先生領導下，從事於革命宣傳而創辦的日報。在創辦的時候，人力物力，都在極度缺乏的狀態中，但在　汪先生的感召之下，各工作同志，一致刻苦的精神，克服這種缺憾，創辦的時候，社址設在香港荷李活道二十五號二樓，地方逼狹極了，在那時候，我們的編輯部，撰述部，營業部，乃至工友們住宿的地方，都因陋就簡的在這一層樓中分配起來。在進門口方橫不及一丈的地方，還佈置著一個會食堂，上至社長，下至工友，都一塊兒在那裏會食。我們除了在工作的崗位上有等第之外，在平時，是以同志的地位彼此無拘束地談笑的。

在那時候，我們沒有自己的機器和鉛字，由中華日報（不是現在上海的中華日報，該報早在民十九年秋間結束了）承印，後來改由民信印務公司承印，排印的地方并不是和我們在一起，但相距也不甚遠。

我們除了出版日報之外，還出版一張小報，叫做「胡椒」，是本報的附刊。這胡椒小報，原來是在民國十八年十一月十六日創辦的，初名「參緣」，後來改名胡椒，其任務是揭發軍閥官僚的黑幕，很得一般讀者的歡迎。後來本報籌組成立，這小報就與本報合併，其工作同志，也就是本報創辦的工作同志，這小報一直到民廿四年纔因事停刊。

由於讀者與各方的愛護，本報逐漸獲得發展的機緣了。民國十九年十月，因為荷李活道的社址不敷用，於是遷到雲咸街七十五號。那是一間兩樓一底的樓宇，我們就將樓下作編輯部與營業部，二樓作為電版部與排字部，三樓作為工作同志的宿舍。同時并在鄰近的砵甸乍街租一舖位，安裝機器。民國二十一年一月，再遷往荷李活道四十九號至五十一號的社址。那時我們已經自己有機器和鉛字，無須委託別人代印了。荷李活道四十九號是一樓一底的樓宇，五十一號則只是二樓，我們的排字間就設在五十一號的二樓，四十九號的二樓是編輯部和工作同志的宿舍，其樓下是營業部，機器是平版機三部，然而都是很陳舊的，其中年齡最老的一部，是六十年前的出品。

由二十年起，我們已經有自己的鉛字和機器了。當時香港報章，星期日是例假停刊的，本報為了便利讀者，使新聞不致中斷，於是刊行「南華星期報」及「南華星期畫報」，（後來因為各報一致的取消星期休刊，故本報的星期刊也歸併到日報出版）。同時，為了擴大宣傳領域起見，出版「南華評論」週刊，並在本報故董事長曾仲鳴先生主持之下，出版「南華文藝」週刊。雖然在物質極度缺乏之下，這時期本報經常出版的定期刊物，計有六種。

除了上述的六種定期刊物之外，我們還編印了一本「汪精衛先生言論集」，這是護黨救國運動的一本主要的文獻，也是十六年分共以後　汪先生言論的第一次編纂。這書刊行之後，很得到各界讀者的歡迎，銷流甚廣。

然而物質缺乏的現實是嚴肅的，到了民國廿四年，我們就遭遇著不可避免的經濟不敷的厄運，我們辦報，所恃的只是同志工作的能力與精神，經濟的基礎可說是沒有的。為了環境的需要，我們將「南華評論」與「南華文藝」移在上海出版，為了經濟不敷，我們不能不從事緊縮，「星期畫報」早就在不得已的情況之下停刊了，然而日報仍在極度的經濟緊縮的狀態下，繼續出版。在那時候，我們的工作同志，僅能得到最低限度的生活費，每得到一個錢，都先用在維持日報出版的前提上，大家茹苦含辛的在極度困難中工作著。雖然是遭遇著這樣困難環境，但我們并不因此而自餒的。反之，我們同志工作的精神與工作的效率，反而緊張，增進。我們早就認定這種工作是要艱苦的，我們同志的生活，自始就沒有舒適過，七七事變以後，我們經濟的困難更極度的增加，工作同志每月僅能支領十元至三十二元的生活費，報紙也不能不權宜的改為小型報，然而并不因此而灰心餒志仍然是大家咬緊牙根掙扎著，因為我們相信我們的主張是絕對正確的，而革命的成功，除了艱苦奮鬥之後，決沒有第二條路。

在我們困苦的階段開始之際，我們同志，不但沒有因生活困難而灰心，反之，我們更加緊在香港的市場尋求立足點。由於各同志的努力，我們在這一方面是有了相當的成效了。足球的比賽，在香港是一種普遍熱烈的運動，所謂「球迷」，幾乎可以說是香港居民的別稱。我們在革命遭遇退潮，本報遭逢厄運當中，特別注其力於體育版。此其用意，一方面固然欲藉提倡體育，以造成國民堅強的體魄，同時也以此為吸引讀者的注意力，一以推廣銷路，一以由此而引起一般人對政治的興趣。經過長期間的努力，我們的體育新聞，在香港報紙中，已有其不可否認的地位了。每遇有重要的足球比賽，球場上的「南華體育」，幾是人手一張，中間雖然經過幾次同業的競爭，仍是屹然不動。這一點微績，至今還是保存著的。

民國廿七年，我們在極度掙扎中，稍獲支援，日報也由小型報逐漸恢復為每日出紙兩大張，是年十二月，汪先生發表艷電，本報首先揭載，首先嚮應，而本報也就成了和平運動初期宣傳的重心。在那時候，本報除了盡力闡發和平的理論外，并編纂有關和平理論的小冊，大量刊行，而日報的銷路，也日有增益。本報在和運這一時期中，固未足言勞，但國內外對於和平運動的注視，也有其不可諱言的影響的。

和平運動是革命的運動，惟其是革命的運動，其遭受反革命勢力的嫉忌與仇視，是必然的。本報自担負和運的宣傳以後，除了要加緊作理論的鬥爭以外，還要抵受兇暴的打擊。因此之故，本報董事長曾仲鳴先生於民國廿八年三月廿一日在河內殉國了，本報社長林柏生先生於民國廿八年一月十七日在香港德輔道中天行門口遇兇徒狙擊，身受重傷了，曾先生的殉國，雖然是我們無可補償的一大損失，林先生的受傷，於我們的工作也是一個打擊，但我們是決不接受這種暴力的威脅的，反之，我們更加鼓起我們的勇氣，一秉其過去的精神，為更積極的奮鬥。

反革命者對我們的威迫既不能收效，乃不惜更出其更卑劣的手段，以金錢的魔力，利誘一部認識不清意志不定的工人。企圖破壞本報，廿八年八月十三日。本報排字間一部份工友，受其利誘，突告罷工，其餘工友，及機印間之工友，亦在威迫之下，不能不脅從。同時，香港的報販，也有受其利誘而拒售本報者。本報對於工友，感情素洽，初不虞有他，而竟有此一部份甘受反革命者之利用，言念及此，殊屬痛心。當此時際，情勢殊為嚴重，據調查所得，反革命者曾靦顏聲言，謂將不惜任何代價，務令本報停版而後快。處於這種環境之下，本報除了一面另僱工友之外，並臨時改用電版，以代鉛字，繼續出版，不及一週，各部工友，已相繼工作，報販方面，亦於曉以大義之下，恢復販售，所謂罷工風潮，卽告解決，反革命者的陰謀，終於破滅。計自罷工以至於解決，其間未嘗停版一天，且在各同志及深明大義的工友協力之下，出版時間從未延阻，反革命者於此，可謂心勞日拙了。

在那時候，本報還面對著一個相當嚴重的問題，那就是機器生產力不能與現實需要相適應。本報所有的只是陳舊的平版機，機齡早已超過了使用時間，每小時的產量，最高不過一千份至一千三百份，而香港報紙市場，恆以每日上午六時為集散的時間，本報銷數既增，而機力不足以供應市場的需要，於是更換機器，遂成急切的需要。所謂更換機器，在香港來說，也不是簡單的，因為依於港例，凡安裝機器的謂之工廠，凡工廠必須是三合土的建築物。當時本報社址，并不是三合土建築的，只因為安裝機器時，在上述港例頒行之先，因此可以暫維現狀，一旦更換機器，則上述的港例，不能不顧及。這就是說，要更換機器，必須遷至一可視為三合土建築的舖址。換言之，除了要籌措購置機器的費用之外，還須要籌備遷鋪的費用，在那時候，香港的租值是飛騰的。經過了長時間籌措之後，我們終於在上海購得舊式的輪轉機一部，并於廿九年六月十六日，遷至現址。

現在的社址，是在干諾道中六十三號，是一間四層的樓宇，寬度僅得十三英尺，因為事實的需要，工作人數已有增加，所以還是不敷應用的。然而我們回溯過去，我們在配備上已隨著我們的工作而逐漸進步，這一點，我們不能不引為自慰。

選自《南華日報概況》（香港：南華日報社，一九四一）

創刊獻辭

一陣大雨過後，空氣中充滿了清快的涼意，從滴着水珠的葵樹葉中望過去，平靜的海面上駛出了第一艘的帆船。在這樣的意境下，獨自計算着時日，我忽然感悟，本刊編輯的過程，不僅已經到了該在卷頭寫幾句話的階段，而且目前這境界正是恰當的執筆寫這幾句話的時候。

我們已慣於領受「未雨綢繆」的教訓，反而對於在雨中便去計算天晴之後應該做甚麼事情的這種積極精神，有一點隔閡，若不是因了籌劃這本刊物的體驗，我想，對於眼前這大膽的第一個揚帆出海的舟子的心境，自己恐怕也不容易領會吧。

香港的戰火雖已熄了半年以上，可是戰爭還在祖國的大陸，乃至整個世界上繼續進行着。現代戰爭是沒有前綫和後方的，在戰爭還不曾整個結束的場合下便來開始純粹的文化工作，從環境上説似乎有一點太早，可是一想到世界大戰已進入第三週年，中日事變也滿六週年，沒有不結束的戰事，和平早遲總有一天能實現，人類文明的進步更不會因戰爭而停頓，則在目前這環境下來開始出版事業，縱不能認為最恰當，至少也不能説是太早了。

對於目前正在進行中的世界戰爭，尤其是包括「中日事變」在內的大東亞戰爭，不管從不同的立場有不同的看法，但是誰都不能否認，二十世紀的五十年代，已經開始了歷史的新頁，戰爭正倒踏着人類文明發展的履跡前進：六年以來，從黃河揚子江流域蔓延到原人的塔斯馬尼亞島，從現代都市文明的尖端巴黎蔓延到人類文化搖籃地尼羅河三角洲，從北極蔓延到赤道；歐洲戰爭摧毀了過去二十五年間苟安的和平，大東亞戰爭驅逐了英美在東方百年的勢力，清算着中日六十年來的舊賬。可是歷史是不會倒退的，不管結果怎樣，戰爭一面摧毀着歷史的舊軌道一面又建立了歷史的新軌道。醞釀中的戰後新世界決不再是舊世界，這是一定不可移的事實。置身現戰爭中的我們，對於未來世界，乃至東亞的新局面，不僅在事先要有澈底的認識，而且應有不辭艱辛，參加締造的精神。我們如果不想再處於被支配的地位，我們便該負起共同建造的責任。大同世界未必一定是烏托邦，實現時期的遠近全視乎我們自身的努力，而可供給我們趨向這目標的最安全的道路，不外是文化的傳播和知識的提供。

這就是本刊創刊的動機；我們願在風雨未停息之前便着手於雨過天青，晴朗天氣後的工作的準備。半年以來，置身海外，眼見友邦人士對於華僑相待之誠，我相信誰都十分感激，同時遙望着烽火未熄的中原大陸，也不無家國之感，黍禾之思。我們謹願中日雙方有識人士能珍視六年以來用血肉所換取的教訓，早日謀得合理解決的途徑，則集合中日兩大民族的力量，從事新東亞的建設，我相信目前開始了的這二十世紀歷史的新頁，必將更為輝皇燦爛。

如果能在這一方面有所推動，則本刊在目前這艱辛時期中所投置的人力和物力，將一點也不是虛擲的。

選自一九四二年八月香港《新東亞》創刊號

給讀者

近來，時常從報紙上見到文藝愛好者所發出的要求，說是南國的文藝園地荒蕪了，寂寞得一點可看的東西都沒有。這呼聲，就是從朋友們的口中也時常可以聽到。

不知怎樣，每聽見這樣的呼聲，自己心上總感到有一點沉重。說這是責任感，那是太僭越了，因為我們明晰的知道，文藝園地荒蕪的原因，決不是由於任何人的疏懶，而是戰爭向文化伸出了手。像一位慈母毫不躊躇的獻出了她的愛子一般，文藝也呈獻了她的所有。

說是寂寞，那倒是實在的。兩年以來，雖無時不在忙廹之中，但內心有時實在也寂寞得難受。寂寞的原因很簡單，正如許多文藝愛好者所呼喊的一樣：兩年以來，南國文藝園地實在太荒蕪了！

現在，我們大胆的開闢了這一塊小小的園地。我們敢於嘗試的原因，就是知道有許多文藝愛好者正和我們一樣，沉默得太久，有一點不甘寂寞了。

春天來了，正是播種的時候。親愛的讀者們，在這南方一隅的小島上，我們一起來辛勤的栽培這一塊園地罷。但知耕耘，莫問收穫，燕子來了的時候，他自會將我們的消息帶給海外的友人，帶給遠方的故國。

選自一九四四年一月三十日香港《華僑日報・文藝週刊》

編輯後記／靈鳳

神田先生與島田先生兩位此次受聘來港，使得我們能有接近日本學者的機會，實在是一件十分榮幸的事。島田先生是去年曾經見過一面的，神田先生則是初次見到。連日以來，我們向兩位先生請教之餘，不僅在學問上獲益不少，同時兩先生的態度謙沖誠摯，也使我們年來寂寞的心上感到一種溫暖。我們不敢自私，便乘這機會要求兩先生在紙面上與本港文化界人士相見。兩先生留港日期無多，公私又很忙碌，可是仍爽快的答應了，而且還如期交稿。今天本刊所發表的這兩大作，便是兩位先生在旅居中漏夜為我們趕成的。從編者的立場說，我們除感到光榮之外，謹代表本刊千萬讀者在這裏向兩位先生表示我們的謝忱。同時，對於在百忙中趕着為我們翻譯的賴君，也在這裏表示我們的謝意。

僅從文化方面說，中國與日本的關係也幾乎是不可分割的，中國的唐朝文化曾很深的影響了日本文化，而現代日本的新文化，又很深的給與我們以影響，同時還使我們從現代日本學者對於中國文物所作的精密研究上，得以重行見到我們已煙沒的上代文化的面目。從新文藝運動方面說，我們從日本所受的影響也是不容否認的。當代中國最優秀的作家，大部份是日本留學出身，其餘也都是日本文藝作品愛好者。我們每讀日本文藝作品，總感到有一種異乎其他外國作品的親切。中日事變已相持了六七年，但無論在怎樣的情形下，中國文藝者從不曾在文化上將日本當作過敵人。這一種信賴，我相信日本文藝家聽了之後和我們一樣從這上面會感到無限慰藉的。

若是戰爭使得兩國在文化的連繫上有了什麼阻隔，現在該是繼存續絕的時候了。就是一點微弱的努力也好，在這南海一隅的小島上，讓我們就從這裏來開始罷。

選自一九四四年三月二十六日香港《華僑日報・文藝週刊》

編者的話——本刊創刊週年紀念

本刊創刊於一年前的今天。在當時的創刊詞上，我們曾說明本刊創辦的動機：「我們認為身居香港，沐受當局的愛護，香港市民百分之九十九是僑胞，怎樣使過去受盡英美思想毒害的僑胞認識現實，認識祖國，乃至認識日本，正是留在香港的中國文化人所應盡的責任」。至於內容，我們在當時也曾說明：「我們的編輯方針是以一般讀者為對象，尋求大眾的趣味核心所在，值得提倡的便加以保留和鼓勵，有害的或歪曲的便加以淨化和糾正。」

基於這樣的信念和方針，本刊便開始牠的旅程，在過去的一年中，我們也許走了不少冤枉路，有時甚或故意繞了幾個圈子或倒退幾步，但我們的信念始終不曾動搖，我們始終望着我們的目標前進。當然，在這一年的旅程中，我們接到了不少熱忱的鼓勵，可是也遭遇了不少卑污的冷箭，但我們決不是為了計較於眼前的毀譽才來肩負這工作的，鼓勵固然足以增加我們的勇氣，冷箭也毫不曾減削我們的自信。

一年以來，隨着新香港各方面建設的長進，本刊總算奠定了初步的基礎。今日的讀者已不再是昨日的讀者了。對於時局，對於祖國，對於日本，讀者的認識已迥非昔比，為了適應這樣的需要，今後的本刊決意將作更進一步的努力。關於這一切的改進，我們將在戰時物資節約可許允的範圍內，逐步謀其實現。

目前所能奉告於愛讀本刊諸君之前者，約有兩點，一為自本期起，本刊將增闢兩專欄，其一係關於映畫娛樂方面者，另一為關於新文藝讀物方面者，輪流每隔一週刊出一次，前者定名為「大眾映畫」，後者定名為「南方文叢」。另一改革，則為本刊今後將加強時局讀物及趣味讀物之陣容，這雖是陳言，但是和讀者是直接有關係的，所以特地提出來先行奉告了。

選自一九四四年四月一日《大眾週報》第五十三期

啟事／白浪、呂一湘等

同人等前在華僑日報附鐫之「文藝週刊」，共出版七十二期，因該報社不允提高編者稿酬，不得已廢刊。事前並無讀者要求改革，事後亦未推任何人續編。現該報雖仍襲用「文藝週刊」舊名繼續出版，但已與同人等無涉，特此聲明，謹希讀者亮察。

白　浪　呂一湘　任眞漢　吳　濤　林之源　陳百壽　臧　生　黃　魯　黃啟阜　葉靈鳳

戴望舒　羅玄囿等同啟

選自一九四五年七月一日香港《香島日報・日曜文藝》

「文協」復刊小語

「文協」這個小小的刊物，戰前在本港「大公報」，「星島日報」，「華僑日報」，「珠江日報」等報每週輪流出版，一共出版了九十餘期，在本港文藝運動以及打擊敵偽工作上，始終作着最大的努力，一直到戰爭起來後，香港為敵人鐵蹄所蹂躪，社員紛紛赴內地工作，就不得不停刊了。

現在香港重見天日，而本會會員也陸續歸來，從文藝建設的觀點看來，認為這個小刊物的復刊是一件急不容緩的事，所以商請「新生日報」給與這點篇幅，再來和讀者相見。本刊今後的目標，將是：促進本港新文藝的復興以及與全國文藝界作密切的連繫。從我們的崗位上去推進中國的復興，繁榮。

選自一九四五年十二月十七日香港《新生日報・文協》

關於光明報的回憶／薩空了

光明報是我參加過的報紙中壽命最短暫，設備最簡陋，經濟最困難，但却是影響最廣大的一家。

光明報創刊於一九四一年九月十八日，出版後僅兩個月又廿天（至十二月八日）太平洋戰爭卽爆發，在炮火中又支撐了六天，終被迫於十二月十四日起停刊，前後發行了只兩個月零廿六天。

光明報自始至終都是託新新印務公司代印，平日印刷已不能令人滿意，戰爭起後，該公司排字房在三樓又為舊式木樓，在交熾的炮火下，不只全樓震動，甚至鉛字都在字架上跳躍，工友受不住這種精神上的威脅，鬥志全失，光明報停刊的前一日十二月十三日，只出了四開一小張臨時刊，就是為了夜中工友屢屢停工下樓避彈，到了上半七時字仍不能把編緝部發好的稿件檢完，只好臨時改出縮小了篇幅的臨時刊，所以光明報之停，雖停在印刷設備優越的香港大公報之後，但是光明報全體同人却仍都以未能再多堅持幾天為憾。

光明報的經費是要靠在國內籌了國幣滙來香港換成港幣維持的，一九四一年國幣港幣的兌換差率雖尚未懸殊到今天這樣大，但也已相當的大，所以在國內籌欵來香港辦報，確實是一樁非常艱難的工作，尤其困艱的是那時候卽使在國內籌到錢，滙來香港還要經過外滙平準基金委員會核准這一關，當時是陳光甫在香港主持平準會，在香港淪陷前不久，為了一筆滙欵我曾和梁漱溟先生到滙豐大樓平準會去和陳光甫辦交涉，大家爭執到面紅耳赤，陳最後的表示是「好，這次給你們，下次希望你們和孔部長那裏先搞好！」所以如果香港不淪陷，光明報的經濟困難，也將永遠是威脅着它的難關。

可是這個報雖然壽命這麼短。存在時困難也那麼多，然而它給中國政局的影響確實太大了。

現在世界人士都已耳熟能詳的中國民主同盟是靠了光明報才有機會公開出來的。中國民主同盟（那時候還叫中國民主政團同盟）一九四一年在渝成立，但是在國民黨專政的局勢下，想把這個政團成立的消息，在國內告訴世人都沒有可能，於是梁漱溟（民盟當時的宣傳部長）先生才潛來香港籌辦光明報，光明報發刊於九月十八日，首先揭櫫加強國內團結，根據抗戰建國綱領完成抗建大業之旨，更進一步則說明民主精神為團結之本，而言論方面的自由民主風氣之養成，實為民主政治的確實基礎。到十月十日正式宣佈中國民主政團同盟在渝成立，發佈成立宣言及對時局主張綱領十則。告訴世人中國在國共兩黨之外其他抱民主思想的各小黨派已團結在一起，並提出來了共同的對時局的主張綱領。其最主要的主張是對外反對對日中途妥協。對內主張結束黨治：反對政黨利用政權在學校及其他文化機關中〔推〕行黨務；反對政府機關為一黨壟斷及利用政權吸收黨員；反對以國家及地方收入支付黨費；主張取消縣參議會及鄉鎮代表考試條例。（因其為加強一黨壟斷的條例）並第一次喊出來反對以武力從事（）爭而主張軍隊國家化，政治民主化。

在一九四一年全世界法西斯氣燄高漲之際，光明報所發表的言論對全世界都應是「空谷足音」，而對於專政了多年的國民黨則不異投下了一顆原子彈。所以光明報在當時立即成為國民黨反動派進攻的對象。一面利用中央社否認重慶有中國民主同盟存在，一面在香港發動其機關報及外衛報紙大喊中國民主同盟是「空中樓閣」，一面大罵主張民主的人士為漢奸第五縱隊，希圖達成其借刀殺人政策。雖然因此梁漱溟先生的住所曾受了以搜查鴉片為名的搜查，我自己曾受警政當局請去盤問了許多話，但是香港這殖民地畢竟還是有法律的地方，所以光明報仍〔能〕屹然不動的繼續發表牠的主張，並很快的取得了廣大民眾的同情和國際間的注意，當時美國駐港領事和民盟負責人的頻頻接觸，及徵詢民盟對中國問題的意見，就說明了事實決非讕言所能掩沒。

香港戰事爆發，香港當局也遂進一步希望得到民盟方面的助力，使香港的保衛戰能夠支持得更長久。到一九四一年十二月廿五日下午三時，香港全部淪陷的前三小時，梁漱溟先生，第三黨的張靈川先生和我還在和當時港督所派的臨時負責處理華民事務的羅旭龢及華民政務司那魯麟（North）在華人行商談如何使中國軍隊增援香港的問題。光明報在香港的時間雖然不久，在法西斯毒霧迷漫着世界的日子裏，它曾盡過指示途徑的燈塔的責任，是不容否認的。

光明報的同人及其合作精神也是我永遠難忘的。在擺花街的一角小樓上由第一次我到那裏和梁漱溟先生（一）談參加光明報工作時起，到敵人佔領香港我和光明報副經理李炳海把一切文件銷毀後離開那裏時止，光明報內部從未有過所謂人事糾紛，大家眞像一家人，梁先生則是大家公認的家長。

當時在光明報的工作人員每一個人都被當作幾個人應用。總編緝兼每週寫三篇社論的是俞頌華兄。專欄編緝，譯電，兼寫社論的是羊棗兄，全報的新聞編緝只一個人，前一時期是潘公昭，後一時期是施白蕪，副刊前一段是我自己編，後一段是施兼編，而我之為「鷄鳴」（副刊的名稱）寫文章則是自始至終每天至少一篇，多時兩篇乃至三篇。和國民黨反動派所作的不大忠厚的筆戰，都是在鷄鳴上進行的。就是梁漱溟先生，也是每天要寫幾千字。他的「我努力的是什麼」一文，每天在光明報連載，說明他抗戰以來為國共團結，為發動民眾而努力的經過，又在副刊上闢中國問題一欄，闡述他個人對中國問題尤其是中國和民主的關係這一問題的見解。甚至在報社沒有正式名義的張靈川兄也常常要寫社論，寫副刊的文章。編部同人之忙如此，經理部的同人也無不同，李炳海王家振黃瓚等不過五六個人負起了由印刷到發行廣告的全部責任。

因為大家都是身兼多個任務，所以可以說是生了病也沒有辦法休息，但是當時大家的精神是愉快的，到今天回想起來，那一段的艱苦工作，更成了今天難忘的，值得懷念的往事。

轉瞬間五年過去，香港重光，可是國內的情況，不只沒有比五年前進步，且比五年前更壞了，五年前梁漱溟先生認為好轉了的國內情形——「由於同仇敵愾而表現出來的卅年中未有的全國統一現象」（見光明報發刊詞）現在是又幻滅了，而當時代表民盟的光明報所深深憂懼的團結破裂，竟重現於今日。對日戰爭雖勝，却成為慘勝，那麼今後中國應當怎麼辦呢？我想再抄幾句光明報發刊詞來答復這一問題吧：

「奔走國事多年的我們同人早不敢自逸，況承執政黨相邀共商國家，對此誰能旁觀，亦曾本嚴正之主張為宛轉之盡力。無耐事終無成，只有自慙力量太小，不足以推動大局而已。

歇手何能歇手，力量是沒有力量——這是我們的苦況，我們又當怎樣辦？

我們更無他辦法只有向全國人呼籲了。好像痛極呼天哀則呼父母一樣，全國父老們，我們是沒有力量的，但廣大的社會羣眾不能說是沒有力量……無限偉大力量在潛藏着是無疑的，我們要呼籲他表現出來，這便是我們發刊本報的動機來由……」

因為我們對時局的辦法只有「喚起民眾」這麼一個，所以光明報又在香港復刊了。今天的中國局勢比五年前更為危急，我這段回憶希望它能幫忙今天我們光明報的同人，自為鞭策，繼續下去過去同人的奮鬥精神，再為「爭大局之好轉」而努力。

選自一九四六年九月十八日香港《光明報》新一號

十年前的星島和星座／戴望舒

一九三八年五月中，那時我剛從變作了孤島的上海來到香港不久。「吉訶德爺」的翻譯工作雖然給了我一部份生活保障，但是我還是不打算在香港長住下來。那時我的計劃是先把家庭安頓好了，然後到抗戰大後方去，參與文藝界的抗敵工作，因為那時中華文藝界抗敵協會已開始組織起來了。可是一個偶然的機會却叫我在香港逗留了下來。

有一天，我到簡又文陸丹林先生所主辦的「大風社」去閑談。到了那裏的時候，陸丹林先生就對我說，他正在找我，因為有一家新組織的日報，正在物色一位副刊的編輯，他想我是很適當的，而且已為我向主持人提出過了，那便是「星島日報」，是胡文虎先生辦的，社長是他的公子胡好先生。說完了，他就把一封已經寫好了的介紹信遞給我，叫我有空就去見胡好先生。

我躊躇了兩天纔決定去見胡好先生。使我躊躇的，第一是如果我接受下來，那麼我全盤的計劃都打消了；其次，假使我担任了這個職務，那麼我能不能如我的理想編輯那個副刊呢？因為，當時香港還沒有一個正式新文藝的副刊，而香港的讀者也不習慣於這樣的副刊的。可是我終於抱着「先去看看」的態度去見胡好先生。

看見了現在這樣富麗堂皇的星島日報社的社址，恐怕難以想像，當年初創時的那種簡陋吧。房子是剛剛重建好，牌子也沒有掛出來，印刷機剛運到，正在預備裝起來，排字房也還沒有組織起來，編輯部是更不用說了。全個報館祇有一個辦公室，那便是在樓下現在會計處的地方。便在那裏，我見到了胡好先生。

使我吃驚的是胡好先生的年輕，而更使我吃驚的是那慣常和年輕不會合在一起的幹練。這個十九歲的少年那麼幹練地處理着一切，熱情而爽直。我告訴了他我願意接受編這張新報的副刊，但我也有我的理想，於是我把我理想中的副刊是怎樣的告訴了他。胡好先生的回答是肯定的，他告訴我說，我會實現我的理想。接着我又明白了，現在問題還不僅在於副刊編輯的方針和技術，却是在於使整個報館怎樣向前走，那就是說，我們面對着的，是一個達到報紙能出版的籌備工作。我不得不承認，我的經驗祇是在於整個報館的一部份，但是我終於毅然地答應下來，心裏想，也許什麼都從頭開始更好一點。於是我們就說定第二天起就開始到館工作。

一切都從頭開始，從設計信箋信封，編輯部的單據，一直到招攷記者和校對，佈置安排在閣樓的編輯部，以及其他無數繁雜和瑣碎的問題和工作。新的人材進來參加，工作煩忙而平靜地進行，到了七月初，一切都準備得差不多了。

然而有一個問題却使我不安着，那便是我們當時的總編輯，是已聘定了樊仲雲。那個時候，他是在蔚藍書局當編輯，而這書局的敗北主義和投降傾向，是一天天地更明顯起來。一張抗戰的報怎樣能容一個有這樣傾向的總編輯呢？再說，他在工作上所表現的又是那樣庸弱無能。我不安着，但是我們大家都不便說出來，然而，有一天，胡好先生却笑嘻嘻地走進編輯部來，突然對我們宣說：樊仲雲已被我開除了。胡好先生是有先見的，第二年，他便跟汪逆到南京去作所謂「和平救國運動」了。

那個副刊定名為「星座」，取義無非是希望牠如一系列燦爛的明星；在南天上照耀着，或是說像星島日報的一間茶座，可以讓各位作者發表一點意見而已。稿子方面一點也沒有困難，文友們從四方八方寄了稿子來而流亡在香港的作家們，也不斷地給供稿件，我們竟可以說，沒有一位知名的作家是沒有在「星座」裡寫過文章的。在編排方面，我們第一個採用了文題上的裝飾插圖和名家的木刻，漫畫等（這個傳統至今保持着）。

這個以嶄新的姿態出現的報紙，無疑地獲得了意外的成功。當然，胡文虎先生的號召力以及報館各部份的緊密的合作，便是這成功的主因。我不能忘記，在八月二日胡好先生走進編輯部來時的那一片得意的微笑或熱烈的握手。

從此以後，我的工作是專對着「星座」副刊了。

然而「星座」也並不是如所預期那樣順利進行的。給與我最大最多的麻煩的，是當時的檢查制度。現在，我們是不會有這種麻煩了，這是可慶賀的事！可是在當時總總你想像不到的嚕蘇，都會隨時發生。似乎「星座」是當時檢查的唯一的目標。在當時，報紙上是不准用「敵」字的，「日寇」更不用說了。在「星座」上，我雖則竭力避免，但總不能躲過檢查官的筆削。有時是幾個字，有時是一兩節，有時甚至全篇。而他們的「違禁」的範圍又越來越廣。在這個制度之下，「星座」不得不犧牲了不少很出色的稿子。我有時不得不索興在「星座」上「開天窗」一次，表示我們的抗議。可是這種空言抗議，後來也辦不到了，因為檢查官不容我們「開天窗」了。這種麻煩，一直維持到我編「星座」的最後一天。三年的日常工作便是和檢查官的「冷戰」。

這樣，三年不知不覺的過去了。接着，有一天，一九四一年十二月七日的清晨，太平洋戰爭爆發起來了。雖則我的工作是在下午開始的，這天我却例外在早晨到了報館。戰爭的消息是證實了，報館裡是亂烘烘的。敵人開始轟炸了。當天的決定，「星座」改變成戰時特刊，雖則祇（出）了一天，但是我却慶幸着，從此可以對敵人直呼其名，而且可以加以種種我們可以形容他的形容詞了。

第二天夜間，我背着棉被從薄扶林道步行到報館來。我的任務已不再是副刊的編輯，而是譯電了。因為炮火的關係，有的同事已不能到館，在人手少的時候，不能不什麼都做了。從此以後，我便白天冒着炮火到中環去探聽消息，夜間在館中譯電。在緊張的生活中，我忘記了家，有時竟忘記了飢餓。接着炮火越來越緊，接着電也沒有了。報紙縮到不能再小的大小，而新聞的來源也差不多斷絕了。然而大家都還不斷地工作着，沒有絕望。

接着，我記得是香港投降前三天吧，報館的四週已被炮火所包圍，報紙實在不能出下去了。消息越來越壞，館方已準備把報紙停刊了。同事們都充滿了悲壯的情緒，互相望着，眼睛裏含着眼淚，然後靜靜地走開去，然而，這時候却傳來了一個欺人的好消息，那便是中國軍隊已打到新界了。

消息到來的時候，在報館的只有我和周新兄。我們想這消息是不可靠的，但是我們總得將牠發表出去。然而，排字房的工友散了，我們沒有將牠發表出去的方法。可是我們應該盡我們最後一天的責任。于是，找到了一張白報紙，我們用紅墨水儘量大的寫着：「確息：我軍已開到新界，日寇望風披靡，本港可保無虞」，把牠張貼到報館門口去。然後兩人沈默地離開了這報館。

我永遠記憶着這離開報館時的那種悲慘的景像，牠和現在的興隆的景像是呈着一個明顯的對比。

選自一九四八年八月一日香港《星島日報・星座》

十年及其他／歐陽白水

十年，在一個世紀的份量上說，實在不算是一段很長的日子。比如「星座」，在抗戰開始不久的時候閃耀着光芒，到現在已是十週年了。當中除了打八年的苦仗，再加上勝利後苦難的時光，就是十年！這十年，像一場惡夢！然而在一個人或一件事上說，十年實在也不算是一段很短的日子。只要將十年來的人及事的變遷檢點一下，一切浮沉，善惡，興替，成敗，及生滅，眞是「十年世事幾翻新」，變得太大，也變得太厲( )了。

檢視民國廿八年八月一日（星島週歲）的星座：蔡元培題有兩句話，「師直為壯，歲計有餘」；傅東華題有「南國之英」；此外有袁水拍的詩，馬國亮的「普列茲的晚年」，和端木蕻良的連載小說「大江」等等，內容是相當有斤兩的。而十載之後，蔡元培已作古，看着他的話（「師直為壯」自然是指抗戰軍興的理直氣壯，「歲計有餘」，是星島週年的頌語），環顧現在週遭的事情及遙首北望，對外戰爭已變為內爭，恐怕可說是「師曲不壯」了。說歲計，在國計及民生上，不特「歲計無餘」，而且早陷於仰仗借債度日的窮困境地——別的不說，只就上述兩事論，十年來，已足顯示出今昔之間大大的變易與差異。

再檢視一下當日的篇幅，覺得很有趣，也感慨系之。計除了張羣，邵力子，白崇禧，俞鴻鈞，吳鐵城，陳立夫，董顯光，潘公展……等，皆有鴻文巨著或嘉言懿詞之外，并有李濟琛的「必須遵守蔣委員長指示」的論文；馮玉祥的「復九世之深仇，揚國光於海外」的題詞；及千家駒的「我們應否維持外匯黑市」的專論。舉凡上述其人，其事，其主張及作風，等等種種，與眼前的事實比較一下，涇渭清濁之間，有分毫不變的，有相去千里的，有利害關係而分道揚鑣的，有擇善固執而十年如一日的。

十年，就像浪淘沙，浮的浮，沉的沉，有些隨波逐流而飄浮不定，有些隨着巨流激蕩起來，有些則早已變為腐霉臭爛的渣滓了！

這些舊事，本來不要重提；也絕對不是像白頭宮女談開天盛事一樣，綣戀陳迹而感到迷惘及悲嘆。相反的，在一件事情上面説，正是溫故可以知新；而在一個人的立場説，正是時不我與；如果在一個搖筆桿的人説，那就是把握時代的重要。回憶星島創刊之日，筆者恰在本港讀書，當時看到電車上張掛着星島的告白：在大副的白布上寫着鮮紅的大字：Funding Paper 這情景，猶如在眼前，但轉瞬已是十年了；這十年，眞是一個驚心動魄偉大的時代！

時代是紅爐，眞金不怕紅爐火；而爛鐵則不能煉成鋼，必至燒成灰。時代是洪流，投機的逐流者被揭案，弄潮者，混水摸魚者及把舵不定者，沒頂！從十年來幾翻新的世態或個別的事例看，這是絲毫不爽的。因為時代是唯一偉大的證人，在這證人面前，誰也不能逃避或歪曲。誰有經得起考驗的，才能站得穩，向前進，從沒有例外的。因此也沒有以模稜的手法及苟安的態度而企圖獲得僥倖的事情。

但是，十年之後的今日的情形怎麼樣呢，就大多數的報紙説，我們又從蟄居所走出了所謂現代化的大城市的街上，或者又從流放地回到了這些大城市的街上。我們投進了浩漫的小市民的海，他們喜歡輕鬆，就送給他們輕鬆；他們喜歡趣味，就送給他們趣味；甚至他們喜歡色情，就送給他們一些色情。這情形，大抵是東家們要販賣這些貨色，而南北行的客人們也喜歡採購這些貨色，那完全不是西家的事。結果是：「好熱鬧的風景，然而好悶人的迷霧啊！從這裡，最基本的東西遭到了遺棄，最堅貞的東西遭到了湮沒；被遺棄被湮沒在這一片五色繽紛的迷霧裡面。」（同上）東西南北許多報紙的副刊大都有這些情形。——在越黑暗的夜空裡，星光越容易顯現及閃耀！以此祝禱星座的十年。

選自一九四八年八月一日香港《星島日報・星座》

編者告白／韋蕪

「文藝」，在今日，被人漠視的事實，已有目共睹；因國內物價狂漲，烽火遍地，大家都在操心柴米油鹽，操心戰事：這是個混亂的時代。連搞文藝的人，有的自己也承認：我們不中用。在這樣情形下，我們不但未將「文藝」取消，反而增出一期，按理好像是多此一舉。

然而，不。

我們增出一期「文藝」是應該的。以往歷史證明：時代越混亂，人們要說的話越多。讀者來稿的踴躍，正是上邊那句話的好註脚。截至今日為止，我們一共收到百餘篇作品。百餘篇作品，沒有一篇是無病呻吟的；我們自然不忍退給他們，然而，如「文藝」每週仍發刊一次，我們可也無法刊登。這使我們為難，可是也使我們興奮；我們從每篇作品中，觸摸到這大時代的脈搏，我們能從那裏看出受苦難者的血淚！在混亂時代裏的讀者，幾乎每一個人都有所控訴！他們的作品，應該出現在人們眼前，因此，本刊決定增出一期。

我們認為，這絕非多此一舉，希望寄過稿子的人，再接再厲寄來，沒有寄過稿子的人，以後也儘可寄來，不必嫌我們的篇幅過小了。

選自一九四八年六月六日香港《大公報・文藝》

歲暮獻詞並致本刊讀者和全體社員／文藝生活社總社

海外版出完了這一期，從一九五〇年二月份起，國內版就在廣州復刊了，並決定把篇幅擴大到十萬字左右。

在海外出了三年多，蒙海外讀者，特別是遍佈在國外各處的社員同志，在精神上物質上給了我們不少支持。我們除了衷心的感謝外，並願加緊努力，來進一步替大家服務。

國內版在版樣和內容上，都有多少改變，但我們的方向不變，還是毛主席在「文藝座談會」上的談話中所告訴我們的，普及的方向，工農兵文藝的方向。我們希望能配合華南的建設，把新華南的文藝陣線建立起來，多培植華南的文藝新軍，多反映華南人民的鬥爭生活！這工作，是要在大家支持下來完成的。我們向大家伸手，請求更多的支助！

文生社的社員同志，是我們這個社，這個雜誌的骨幹。在這個新的開始的時候，舊同志我們要求保持非常密切的聯繫，新同志還要吸收。同志們，你們常常來信，表示要用更大的力量來支持社，我們現在也請求你們積極的推動文藝通信員運動，用實際行動來支持我們！這是我們目前的中心工作之一，大家要用全力來支持！

徵求文藝通信員的啟事刊出後，來信應徵的同志已有不少，至于大家所提的「怎樣做個文藝通信員」的問題，我們不再在這兒解釋了，要是大家想更詳細的知道，不妨去找本刊四十九期，五十期及五十二期等三期，關于文藝通信員的意見參攷參攷，在那幾篇文章中所提出的，雖只是作者初步的見解，但我們的做法大體上是不會變的。

總社直到目前為止，還是那樣的不健全，許多負責同志，都因為參加了祖國的實際工作離開了，這影響了和大家聯絡，特別是通信聯絡的工作，我們十分抱歉。而社內的經濟狀況，依然是那麼困難，出海外版時，我們還能勉強和書店合作下去。而在出國內版時，因為印數及份量加大了，經濟支出更大，不能不全權委託書店發行。有些社員收到社裡寄出的雜誌達二十餘期，應繳納的費用，又遲遲不來。說句實在話，過去我們就是靠大家交來的這麼一點費用來支持的。以後為了節省過大的開支怕不能不把一些人的雜誌停了，至于新參加不久的，我們還是要維持下去，以免大家損失，這是要大家原諒的。

當這一期「文生」出版時，已是一九四九年歲暮，全國解放了，人民政權空前的強大和鞏固了，我們用了歡欣心情送走一九四九年，迎接一九五〇年的到來，這時祖國到處正在自由的歌唱着，人們在互相祝賀偉大的中華人民，在毛澤東的旗子底下得到勝利。讓我們也用同樣心情，來祝賀海外的讀者和社員同志們，并希望大家用更堅決更勇敢的步伐，來鞏固我們的勝利，新中國的勝利！熱愛我們的人民祖國，支援我們的人民祖國！

一九四九年十二月十日

選自一九四九年十二月二十五日香港《文藝生活》總第五十三期

二、題記與序跋

自序／王韜

自中外通商以來。天下之事。繁變極矣。見所未見。聞所未聞。一切奇技瓌巧。皆足以鑿破天機。斵削元氣而洩造化陰陽之秘。其間鬥智鬥力。情偽相感而利害生。交際相乘而得失生。強弱相形而凌侮生。誠詐相接而悔吝生。四十餘年中。所以駕馭之者。竊謂未得其道也。草野小民獨居深念。惄然憂之。時以所見達之於日報。事後每自幸其所言之輒驗。未嘗不咨嗟太息而重為反復以言之。無奈言之者諄諄而聽之者藐藐也。今春忽患風痺。幾於手足拘攣。杜門却埽。習靜養痾。因取歷年來存稿。稍加釐次。授諸手民。自愧言之無文。行而不遠。必為有識之士所齒冷。惟念宣尼有云。辭達而已。知文章所貴在乎紀事述情。自抒胸臆。俾人人知其命意之所在。而一如我懷之所欲吐。斯即佳文。至其工拙。抑末也。鄙人作文。竊秉斯旨。往往下筆不能自休。若於古文辭之門徑。則茫然未有所知。敢謝不敏。曰外編者。因其中多言洋務。不欲入於集中也。光緒九年夏四月浴佛前二日。天南遯叟王韜序於香海。

選自王韜《弢園文錄外編》（光緒九年鉛印本，《續修四庫全書》第一八五八冊，上海：上海古籍出版社，一九九七）

徵設香海藏書樓序／王韜

〔存目〕

選自王韜《弢園文錄外編》，光緒九年鉛印本（《續修四庫全書》第一八五八冊，上海：上海古籍出版社，一九九七），內文可參《舊體文學卷》頁一一六

自序／陳鏸勳

大學一書。首言格致。誠以物格則理無不察。知致則識無不周。故格致為誠正之基。而齊家治國與平天下。卽根於此。此小物克勤。周公之戀德所由稱。夫人於日用之間。大而持己待人。小而起居出入。俱不能須臾或離。矧其為中國之外。地界中西則其例殊。人雜華洋則其情殊。顧以不識時務者處此。拘迂成性。執滯鮮通。不合人情。不宜土俗。漫謂隨地可行也能乎哉。古人有言。入境問禁。入國問俗。孟子遊齊。未入郊關至境而卽問大禁者。以此故耳。勳有見於此。自肄業香江。卽隨事留心。有聞必錄。公餘之暇。復涉獵西文。累月窮年。或撮其要。或記其事。爰付手民。一以便入世者知所趨。一以備觀風者知所訪焉。至其中要義。則本英人沙君拔平日所記者撮譯居多。用誌弗諼。使閱者無忘沙君拔之意可也。

光緒甲午年孟秋南海曉雲陳鏸勳自序於香港輔仁文社

選自陳鏸勳《香港雜記》（香港：中華印務總局，一八九四）

香海集跋／梁淯

〔存目〕

選自潘飛聲《說劍堂集・老劍文稿》，光緒廿四年（一八九八）廣州仙城藥州刻本，內文可參《舊體文學卷》頁一三五

時諧新集序／鄭貫公

粵自爾雅成書。齊諧有記。閱者競新奇之采。著者矜荒誕之能。他如西廂檀詞。聊齋語怪。人鬼仙空中結構。想入非非。花木草節外生成。牽來種種。幻幾迷鹿。盛有續貂。大都寄情於縹緲之鄉。詩魂酒夢。導世於荒唐之境。海立山飛。或拾鬼董孤之賸言。或承公孫龍之餘唾。雖各逞南華之誕。究難逃東野之譏。（）正人心。奚開民智。祇造半空樓閣。草草編成。安知大地山川。芸芸待化。可憐黃種。被誘黑甜。戶誦家絃。淫亂何殊鄭衛。世風國政。肥瘠視等越秦。是以司馬片言。皆出正大。毋乃祖龍（）炬。實惡縱橫。僕幾度東游。半生西學。執世上新聞之筆。隱豹頻年。讀人間未有之書。斬蛇何日。才非倚馬。儘仲正則騷牢。時未獲麟。終切杜陵憂國。續張均之小說。稍任筆勞。學宋玉之大言。成資棒喝。五千直掃。寓褒貶於毫端。十萬橫磨。誅奸貪於紙上。遑計能言鸚鵡。終自囚籠。要之問道驊騮。不甘戀棧。既編日報。復輯時諧。非教世之敢言。亦傷時之難已。博採者釀花為蜜。婉導者求木遷鶯。事本離奇。語都游戲。處草昧未開之世。為花樣翻新之文。別有會心。獨開生面。上關政治。下益人羣。偶誦何忍獨醒之（）激發與民同樂之念。就人人之喜異。聊爾爾以效顰。成一家言。嘔三升血。述耳聞於君宇。知才盡於江淹。安能歷落嶔崎。得晉人奇致。須知嬉笑怒罵。即蘇子雄文。紀陋見以盧胡。質諸有道。寓箴言於諧謔。豈盡無稽。聊破涕以為歡。假長歌而當哭。濟濟多士。袞袞諸公。我罪我知。各持各見。自有公評月旦。益增豪論風生。詎乏知音。引為同調。惟念操觚率爾。蟹愧空螯。不過借箸籌之。（）知枯腹。嗟嗟錦迷指甲。勞逾蘇蕙迴文。白戰唇鎗。苦比木蘭用武。憶漢紀唐書之撰。不棄陳編。倣叢談稗史之成。寧無粉本。爰操寸管。更集咫聞。搜遍眾材。如入錦繡萬花之谷。構成廣厦。敢云琳瑯十笏之齋。何忍私自秘藏。遂以公諸同好。苦心盡我。俟繼者於將來。好事有人。求匡子之不逮。

香山鄭貫公序

選自鄭貫公編《時諧新集》（香港：一九〇四）

宋臺秋唱序／吳道鎔

九龍海汭。巒嶂沓匝。中有崔嵬崎列者。三大書深刻曰宋王臺。臺南平眺綠樹寒蕪。風煙掩抑。有村曰二王殿。居民沿故稱。莫詳所自久矣。辛壬之交。燾公卜居其地。自號九龍眞逸。登覽之暇。鉤攷史乘。知其地為宋季南遷之官富場村。卽以宋故行宮遺趾得名。陵遷谷變。閱七百年。今且淪為異域而久湮之蹟。顧發露於易代避地之遺民。此非偶然也。自是而後。懷古之士。俯仰憑弔。稍稍見之吟咏。丙辰秋眞逸以祝宋遺民玉淵子生日。大集同志於茲臺。酒糈既設。魂招若來。有詩一章。有詞一闋。和者喁喁。遂以盈帙。蓋痛河山之歷刼。懷斯人而與歸。其歌有思焉。其聲有哀焉。昌黎所謂曠百世而相感。誠不知其何心者非耶。其同邑蘇君選樓。雅尚士也。彙而集之。名曰宋臺秋唱。又別為圖徵題弁首。懷古憑弔諸作。輯附卷後。其視杜伯原之谷音。謝晞髮之天地間集。吳清翁之月泉吟社。託旨略殊。體亦差別。然而性情所得。未能忘言。其所感一也。雖然感生於心。亦既不自知何心矣。心之忘何所不忘哉。而有不忘者。存斯可以觀性情焉。噫嘻其忘也。茲其所以未能忘歟。歲在丁巳端節前三日。番禺吳道鎔玉臣序。

選自蘇澤東編《宋臺秋唱》（一九一七年刊本，《近代中國史料叢刊續編》第八十三輯，台北：文海出版社，一九八一）

原序一／稺援

粵中彈詞。向多胡謅。至粵謳出。而風氣為之始遷。至客途秋恨出。而向之癖嗜桃花送藥。閨諫瑞蘭者。聲籟又為之一變。余謂粵謳。土音也。南音。亦土音也。至南音而別之為揚州。則一曲之中。往往千廻百轉。餘音作三日繞梁。由其抑也。以柔曼而取神。其揚也。以清高而致遠。其跌宕多姿也。如浪裏之拋舟。其聲情激越也。如寒泉之咽石。美哉飄飄乎。仙乎仙乎。若梵稿。若談禪。若聽雨。若琴怨。若晴雯別園。若尤二姐辭世。之六曲者。其揚州之絕調也。顧鈞天廣樂。美矣。而弗傳。即傳矣。而一字之差。一韵之舛。正恐別風淮雨。寖假益復茫然。歲己未。勞君夢廬。偶出其手鈔本。詔瞽者鍾德。為之歌以正之。其輾轉訛傳者。則又相與較訂一過。同人慫恿付梓。而以序屬之余。余於歌曲。蓋不知其為何物。然少好讀紅樓夢。比長而顧曲。則又以為此數曲者。其諸情海之寶筏。而顰卿諸人之現身説法者歟。嗟乎。故國聞歌。卅年若夢。昨宵翦燭。一雨成秋。而況白髮嘉榮。話見輕於時世。（按瞽師鍾德年六十矣〔。〕生平以擅唱揚州著〔。〕而時移世易〔。〕知音者稀〔。〕則又與劉禹錫贈歌者米嘉榮詩近來時世輕先輩一語相同〔。〕）青衫司馬。感淪落於天涯。遂使河滿一聲。君前雙淚。替琵琶而作記。未免有情。編笳拍以續騷。無傷大雅。因集蘇軾帖。得今夢曲三字。用以顏其書。跋而還之。世有知音人。或亦於低徊唱歎間。而有如夢如幻之感想者乎。是即紅樓夢作者之旨。雖謂今之一曲。猶昔之一夢可也。然而十年一覺。空餘杜牧狂名。萬事如煙。賸有何戡歌者。某之誌此。其是夢是曲。又烏乎知之。

己未初秋南海穉援序於香港旅次

選自勞夢廬編《增刻今夢曲》（香港：聚珍書樓，一九二〇）

序／林煥平

從這個集子裏的詩來說，當為一個年青詩人的蔭隱，是有他的成功的地方。這成功的地方，就在于他能用優美而簡潔有力的文字，畫出了相當鮮明的生活形象。如「大時代的母親」，「靈魂的舞蹈」，「小木船」，「遙祭」，「航」，等詩篇，便是例子。

但蔭隱到底還是青年，還有他青年人的缺點。這缺點，就是在於還未能很結實完整地組織他的詩篇，還未能靈活而扼要地處理他的題材，致每有陷於混亂的痕跡。如「夜」，「遊吟詩」等詩篇，都多多少少有這種毛病。

所仍須特別指出的，是蔭隱那種小資產階級知識份子的傾向。「港行」是他自己個性和生活的寫照，而「話別」一詩，又是他生活的一側面。

有這種生活傾向的，不只蔭隱一人。許多青年朋友徘徊躑躅在繁華的，使人陶醉的大都市裏頭，一方面和大時代的現實生活日益離得遠，他方面從小資產階級知識份子根性出發的諸種幻想出現了。這容易造成一種個人的空虛的感情，由于這種感情的抒洩，就容易成為如近來在香港討論的新式風花雪月的傾向。

不管我們經常地大聲疾呼詩歌大眾化，不管我們屢曾嚴格地指摘過現代派的傾向應該克服，然而從最近各方詩人的作品看來，這種傾向反有日益發展之勢。這原因，基本地就是在於如上所說的詩人底知識份子根性和與現實生活隔膜所致。生活愈空虛，愈作形式的玄奇的探求，這是必然的。

艾青初期的詩，如收在「大堰河」裏的一部份，就頗帶這種傾向。但他走的正確的道路，「他死在第二次」，就是事實上的證明。這頗資示範。

我願意借此機會，向各方詩人呼籲：面向現實，進一步的面向大時代的現實！

一月十七日，一九四〇年于香港

選自馬蔭隱《航》（香港：中國詩壇社，一九四〇）

前言／望雲

我最初把「人海淚痕」寫成了一本電影劇本，放在抽屜裡兩年多，無人過問。大眾報要我替他們寫一部小說，我覺得該題材不錯，于是我把它寫成一本小說，給他們按日刊登。辦法是每天寫八百字。寫了八十九天，眼看要全部寫完了，却來了一個問題，須在一天之內把應該尚有十天的文章結束，于是好好的一本書，却功虧一簣。然而當大眾報也停版之後，却有人想起可以把它改拍電影，于是草草賣了版權，讓李鐵先生把它改編成電影。

到最近，李華先生主張把這本書也印出來，我乃把那條尾巴續完。夫一書之微，尚有那許多波折，是則茫茫人海，其變幻之多，又可以想見了。

我想以至老實的筆，寫我們本身及鄰居的故事。

讀雷馬克的「三同志」，我發現了我的任海生。及看電影的「三同志」，則那個人物被刪去了。我因為適用，所以把它搬到「人海淚痕」的劇本裏，及後改編為小說，不能因避免掠美之嫌，該把可憐的傢伙刪去，細想也不必固意刪去，于是我向「三同志」一書裏抄襲了這一個人物。

李華先生的主張，徐飛兄的鼎力幫忙，子多的封面設計，趁本書之出版，謝謝他們！

廿九，十，廿五。

選自望雲《人海淚痕》（香港：南天出版社，一九四〇）

「山長水遠」自序／平可

我是學應用科學的，想不到竟寫起小說來。

我怎麼會寫起小說來呢？我得感謝天光報總編輯龍實秀先生，當時他兼理工商日報副刊的編輯事務，一天，他對我說：「你年紀不大，又曾經歷過一些事，何不寫一篇小說給大家看看。」他的意思：年紀不大，則心情必不至太冷；又經歷過一些事，對人生總有多少實感。因此他希望我筆下的東西能夠動人。我本人却沒有這個信心，遲遲不肯答應，遲遲不肯動筆，後來一位朋友鼓勵我，給我勇氣，我才硬着頭皮開始寫「山長水遠」。那是民國廿八年八月間的事。

因為「山長水遠」是我的第一部作品，自不免有些舐犢之情，我不否認我曾很用功的去寫，但因缺乏寫小說的經驗，因而不大會運用技巧，結果賣力不討好的地方很多。

「山長水遠」在工商日報按日發表時，我收到許多讀者的來信，其中還有許多要求跟我見面，我因此認識了不少朋友。這給與我一個大鼓勵，我後來竟接二連三的為各報撰稿，最大的伏線是在這裏。

自這篇小說在報上結束後，我一直沒有把牠印單行本的打算。其中原因很多，最大的一個是我怕出版前後的麻煩。到了最近，工商日報提議把牠編入「工商日報叢書」，徵求我的同意；我除了答應，還表示莫大的感激。因為這個盛意是極足珍貴的。而且沒有該報的幫忙，這篇小說恐怕永遠不能重見世面。

「山長水遠」既能面世，我想借便說兩句話。當「山長水遠」還在報上登載的時候，常有讀者寫信來問：書中所述，是否眞有其事？是否眞有其人？還有人指出某人卽某人，問我是否屬實？我在這裏答覆：「山長水遠」是一篇小說，人名事實若跟某人或某事有雷同的地方，純屬偶然。

同時，我得指出：給我用作背景的時間，離現在已有數年，世事瞬息萬變，說不定關弓已經歸來了。

選自一九四一年七月二十六日香港《工商日報・市聲》

序山城雨景／葉靈鳳

「山城雨景」裏所描寫的山城，毫無問題的是本地風光。說到這裏的雨景，今年可眞讓人欣賞了。我來到香港已經七年，從未經驗過像今年這樣的多雨，而且落得這樣的使人不痛快。屈指算來，今年的雨，連綿不絕的落着，該已經近三個月了。在往年，我雖然從不喜雨，至少是不致苦於雨的。任是怎樣的下雨，走出家門，至多是鑽過一兩家騎樓底，便有車可乘；今年可不同了，電車停止以後，卽使肯坐香港最使人不舒服的人力車，也不得不走相當長的一節路，而在這悠悠的長途上，「天有不測風雲」，你剛以為是紅日當空，孰知轉瞬之間就是一場傾盆大雨，有時率性是一面日頭一面雨，使你啼笑皆非。這樣，在今年最近的兩三個月中，以「落湯雞」的姿態走回家或走進辦事室，眞是一件常事。還有，不特此也，雨具的問題也使我苦惱。「遮」的價錢貴得使你不敢相信而終於不得不相信。有了遮，你以為該「風雨無阻」了，可是以遮代杖，跋涉了三天，三天都「英雄無用武之地」，而在某一天的早上，臨出門的時候望望天色，「這樣的天該不致落雨吧」，這樣想着，便光着手走了出去，而結果——也許讀者之中不少有過這樣的經驗，我不說了。

總之，今年的雨，便這麼的作弄我，苦惱着我。至於因了這樣的雨，而使得水漲，米貴，坍屋，多病，那更是不僅我一個人所經驗到的，更不用我曉舌了。

那麼，今年的山城雨景，該沒有什麼值得令人欣賞的了。其實不然，有許多東西點綴着這雨景，使人值得欣賞。這些新點綴品之一，便是這「山城雨景」中所描寫的鄔先生之流。

當然，這欣賞是要代價的。可是當你渾身淋濕，冒雨在山道上走着，正在怨天尤人的時候，偶然回頭一看，過去的「爵紳」之流，正如「山城雨景」裏所描寫的鄔先生那樣，不坐汽車了，也沒有姨太太攙扶着了，祇是一人淒涼的在路上踽踽獨步，甚至手裏還吊着幾根青菜，和我一樣的被雨淋得透濕。這情景雖然「殘忍」，可是也實在夠痛快。

我相信，「山城雨景」的作者和我一樣，在雨中特別注意鄔先生之流，並不是幸災樂禍，而是欣喜這些渣滓正在被淘汰，正如點綴這雨景之一的是「塌屋」，可是祇有舊的殘破的才要坍，一座基礎穩固的新屋是從不受風雨威脅的。

山城又在大雨中。我自信我的「屋」還不致於舊得要坍，於是我便以泰然的心情，一面讀着「山城雨景」，一面欣賞着淒涼的走在雨中的「鄔先生」之流。

七（）月十二，大風雨之晨。

選自羅拔高《山城雨景》（香港：華僑日報社，一九四四）

序／賀若

朋友們常常談起平可先生的作品，尤其稱道他的第一篇創作：「山長水遠」。三個月前，我跟平可先生在重慶認識，我第一件請求，就是請他把「山長水遠」借給我讀。他答應了，我化了二天工夫，一口氣把這本小說讀完。第二次見他的時候，我立即提出請他把「山長水遠」交給我在重慶出版。

我覺得：在這時候出版這本書是有意義的。而且：我深信讀者必然歡迎這本書。我不打算在這裏評論它的價值，因為讀者讀完了自有定評。

平可先生謙遜地說：「我不是學文學的，寫小說尤其是半途出家。」他說，他一直沒有寫過滿意的東西，「山長水遠」不是例外。可是「山長水遠」的故事實在太動人了，我在社會做過幾年事，越發覺得書中的人物有血有肉，呼之欲出。

這本書寫於民國二十八年，故事的背境是當時的香港社會。那時是七七事變以後，太平洋戰爭以前，這個一向被視為冒險家的樂園，——神秘的香島——以其當時的特殊情勢，變成了一個政治經濟交通的重要據點，集中了各種各式的人物。畸形發展，已達極點，我讀着「山長水遠」，覺得一切又重現在眼前。

現在，一切都成過去，可是「山長山遠」裏面的人物依然在現社會存在着，或許那一類的人物，會不斷地一套一套底在今後的社會間新陳代謝。

雖然故事是這麼生動，人物是這麼栩栩如生，平可先生却指出：「山長水遠」是一篇小說，不是紀實，其中人名地名及其中的故事，若與實際的人地事雷同，純是偶然的巧合。我把平可先生的這句話，在這裏覆述，是怕有人會到海底去撈月。

這篇小說曾按日在香港工商日報發表，後來在香港印成單行本，銷行極廣，為當時華南最享盛譽的長篇說部，這次印行之前，曾請平可先生自行潤飾一次。

三五，三，二〇。於重慶

選自平可《山長水遠》（重慶：進文書店，一九四六）

前記／薩空了

這本書現在拿到香港來付印，完全是我自己都未曾想到過的事。

一九四三年四月二十三日，在桂林把它寫完，想即付印，不料在五月十七日我就被國民黨中央黨部調查統計局廣西支局——廣西省黨部調查統計室——的兩個特務，用汽車給綁架了去，幽囚了兩年零一個多月，到一九四五年六月底，才恢復了自由。在被囚的期間我曾以不同的筆名寫印了幾本書，維持自己和兩個孩子的生活。但是這本書，却因為寫時未曾想到自己會失掉自由，記述的口吻不適于用筆名發表，遂失掉了出版的機會。以後我被特務由桂林押解到重慶，這本書的原稿下落如何，我都不知道了。恢復自由之後，才知道它輾轉了三四個朋友的手，幸得保存。尤其應當感謝的是一個外國朋友，他為我負責由桂林帶了出來，不然，在桂林淪陷時，它也許和桂林的建築一樣，完全化為灰燼了。

我寫這本書的序時，曾說希望它有助于盟軍的收復香港，誰知道它竟要到香港收復後，我又回到香港來，才有付印的可能。時候拖的這麼久，這本書可說是只剩一點史料的價值了，不過這原稿終能倖存的曲折故事，益增了我敝帚自珍的心情。所以決定無論如何要將它印出。

在決定付印前重讀了一次，我個人的感慨不是很短的話所能說完的。當時在香港共同奮鬥的戰友，已死掉了韜奮，羊棗兩兄，一九三八年和我一同離港去新疆的杜重遠兄，也在這期間內被殺于迪化，至今屍身何在都不知道。為民主而戰的自己最熟的朋友，幾年中已失掉了三個，在失掉自由期間從難友口中所聽到的被屠殺的不知名的民主戰士更多到不計其數。不過他們的死亡是有代價的，在這本書中，為求在國內出版而未曾公開寫出的中國民主同盟，現在已在國內成為正式被承認的政團了。這政治協商會議已經開成，中國和平民主建國的計劃可說已經擬定，只等待我們去努力求其實現了。這在中國當然是一種極大的進步。這些民主戰士們，地下有知，知道他們的死亡已換到這樣的代價，他們也會感到安慰吧？到現在感到不安的，倒是我們這些後死者。繼續他們的遺志，推進中國的民主運動，宣揚他們一生的戰斗成績，激勵未來的戰士，這都是我們的責任，可是我們現在所能作出來的却太有限了。我現在印了這本書，但為了遷就寫時的環境，把最初在香港對全世界對全國人民宣告中國民主同盟已經成立的工作者的戰斗事迹，說的太不具體了，很想從新痛痛快快的寫過，可是眼前的工作逼得非常之緊，實在無從如願，只好就叫它這樣與讀者相見。讀者說不定還可以在字裏行間找到一些側影？那麼這本書的印行，也許不算是全無意義，然而在我自己心上，總還是感到非常的遺憾。

希望中國的民主運動能夠在短期內有更大的進展，使我們能夠在戰斗中略有喘息的機會，來好好的寫些紀念戰友的文字吧！但這希望什麼時候才能夠實現？在今日是無從估計的，不過我們努力以赴，想總不會太遠的！

一九四六年三月八日

選自薩空了《香港淪陷日記》（香港：進修出版教育社，一九四六）

前記／薩空了

這本書也是一九四三年在桂林被捕後寫成的，當時的心情認為由香港到新疆這一次橫貫中國腹地的旅行對於我是畢生難忘的旅行，獄中的無聊日子用記述一段最值得回憶的生活來排遣，應說是最好的方法，於是就寫了。寫成無法發表，交給朋友代為保存，直到最近，才重回到我手中來。複讀一次，八年前的舊事都又回到眼前。最敬愛的朋友杜重遠仿佛還在身邊，可是他已永離了這個世界。

回想八年前上海淪陷之後，我們一般朋友撤退來港，大家一點也不沮喪，因為抗戰是我們的主張，我們早就認清了中國只有抵抗日本帝國主義的侵畧才能生存，抵抗雖一時要遭挫敗。但最後必可獲勝。所以我們當時都只抱着一個目標，即如何使戰事拖長轉敗為勝！因此，當很多在內地的達官貴人都想向香港跑以求繼續他們在京滬一帶久享過的享樂生活時，我們却天天計劃着如何離開香港回到大後方去，組織民眾，加強抗戰力量，作反攻的準備。就在這時候我和重遠兄決定了我們要到最遼遠的新疆去，看看那邊是否可以叫我們施展我們的抱負。完成我們的目標。誰想得到為了這一念重遠兄後來竟被法西斯反動份子給謀殺了呢！

我知道重遠兄的噩耗是在去年出獄之前，一個人轉達當時中統局局長徐恩曾的話給我，說：「人有幸有不幸，你並不是最不幸的，但也不是最幸的。最不幸的是杜重遠，他已在廸化被盛世才殺了，勒死的，還用利刀劃破了他因被勒而膨脹了的肚皮。最幸的是茅盾，他因為應蔣委員長之召到了重慶，所以不好意思再把他關起來。你現在，在這裏，只是幸與不幸之間……」

報告重遠死的這段話，我當時還是半信半疑，出獄後適杜太太也回了內地，才知道一個忠寬老誠的朋友竟眞被他們殺了，遺體何在，謀殺情形如何，當時在廸的杜太太都不清楚。

在這八年中，因重遠茅盾張仲實我們幾個人去新疆而也去了，新疆的朋友，大半都受到了不少折磨。史枚、趙丹、王為一、徐韜、朱今明諸兄都是個人在監獄中吃了無數的苦，家庭也多弄的妻離子散。還有一個易烈兄，且在監獄中喪失了生命。甚至跟我去新疆的新疆學院同學，由新疆被盛世才遣送回來之後，也大半都在到渝後當了兩年多政治犯，關在北碚附近興隆場，「戰時青年訓導團」其名集中營其實的地方，被改變過思想，而成為我的先進。這是我到一九四四年由桂轉送到那裏後知道的！

我們這一羣到邊疆去想為國家盡點力量的人，受到的待遇是如此，於是因戰鬥意思不夠而屈服的也有。聽說有一個人在新疆監獄中也受了不少折磨，後來竟又作了盛世才的入幕之賓。給盛寫起來答辯文章，便是一例。不過大多數却都是鬥志極強的，為求中國之解放民主，到今天仍努力着的鬥士。

我想大約也就是為了中國人民大多數都是忠於求中國解放民主事業的，所以在這八年中，就全國言，我們終於拖垮了日本法西斯；就地方言，新疆人民的自治要求，卒於十天前在迪化和張治中成立了三項協議，獲得了一部份的成就。當然無論就全國或地方言，現在距離眞正的解放民主，還是很遠，可是這八年的歲月，反人民的力量總敵不過人民的力量，——這一時代的總趨向，已給了我們以很大的鼓舞。

所以在複讀這旅行記後，我為悼念亡友雖不禁熱心盈眶，但想到我們大部份人都仍在繼續着他們的遺志而努力，心上也感到了一些安慰。讀者也許不會把這本書只看成一本旅行記，而會認識牠是一個整個運動的一個環節的紀錄吧？那麼我希望大家都能由此受到鼓舞，而肯踏着重遠兄等的遺跡前進！

著者一九四六年六月十五日香港

選自薩空了《由香港到新疆》（香港：新民主出版社，一九四六）

後記／黃藥眠

這裡所收集的幾篇文章，從牠們的寫作的時間來說，距離是相當遠的。第一輯「沉思」是在最近寫的，第二輯是在桂林撤退前後寫的，第三輯是在太平洋戰爭發生後，從香港逃難回到故鄉梅縣再轉到桂林的時候寫的。當我寫第二輯第三輯的時候，正是大後方民主運動低落的時期，除了閉戶讀書外，很少活動，也很少和外間接觸，因此寫起文章來也充滿着智識人的憂鬱的調子。但憂鬱並不是悲觀和失望。

十多年來，也許是受的打擊太多，精神上所受的損害太重吧，平居總是很憂鬱的，不大喜愛說話，尤其是一想到自己的母親，過去的朋友以至於愛人，都常常令我感到一種苦痛的懺悔。這也許是一種病態。但我希望這蓬勃發展民氣昂揚的時代能夠醫治我這種病。

放下個人的牧笛，吹起羣眾給予我的號角，應該是這個時候罷。

還有一件痛心的事，就是關於香港淪陷，和桂柳撤退，我都有一篇文章，但由於時局緊張，人事變遷非常急驟，和朋友們並不診視我的稿子，以至今天已沒有辦法再把牠們找回來，現在只得付諸缺如了。

一九四七年一月五日于香港

選自黃藥眠《抒情小品》（香港：文生出版社，一九四八）

後記／黄雨

把這本習作送到讀者的面前，我是帶着慚愧和惶恐的，我衷誠地期待着讀者的指正！

慘勝之後，我回到濶別八年的故鄉，看到了新貴們的貪婪橫暴，和人民在繼續受難，我感到無比的憤恨，我幾次想藉我的拙劣之筆以向社會控訴，但是，那時候眞是「吟罷低頭無寫處」，只好讓它鬱在心裡了。

去年春天，飄流到港。不知何故，這一次，我竟是日夜地眷念着我的家鄉。「憑軒檻以遙望兮，向北風而開襟」，每一吟詠這位流寓江南的詩人的名作，我就更加不勝鄉思的沉重，終於，我把鬱在心裡的陸續抒吐了出來，這就是這本習作的由來。

我知道，現在故鄉的人民，已經不是這個集子裡的人民了。天快光了，從西北方出來的曙光已輝煌輻射，而我還在寫着殘夜的景色，我豈止僅僅感到慚愧！但是，我想，蕭霍洛夫要在歌頌創造新社會的史詩中，給每個人物寫一段悲慘暗澹的往事，以激勵他們更堅決地前進；那麼：寫下這殘夜的景色，對於在迎接曙光的人們，該不會有什麼損害吧！

寫這些詩時，我常常痛苦地懷念起那位心地晶瑩，智慧閃爍的友人。如今，我們再不能像在南山脚下和玉峽坡前的瓦屋子裡，那樣對着如豆孤燈，促膝談詩，直至深夜了！我不揣鄙陋，謹以這本習作，獻給伊的晶瑩的智慧的心靈。

一九四八年初冬於九龍半島

選自黄雨《殘夜集》（香港：新詩歌社，一九四八）

後記／沙鷗

W：很就想寫點什麼給你。

我們很少談到詩歌上的問題，雖然，你是更關懷着我寫詩的。一年了，時間不算短，我也胡亂地寫了一些東西，對於「政治諷刺詩」却始終是外行，從來沒有寫過，讀也讀得少。香港的生活使我與四川農村失去了聯繫，一年的變動中，我已無法去熟悉我的鄉親們，但我們的解放戰爭在這一段日子裏，却得看非常的勝利，眼看着蔣朝那些破船上的海盜們，那種不停的爭吵，那種使人哭笑不得的醜態，使我不能不選擇這種形式，來作一些對那腐爛與臭氣的記錄。

這是一種嘗試，對於我自己，完全是大胆和新奇。

多不安於香港的生活呵！幾次都打算離去，現在是到快離去的時候了，我收集了這些篇章，算是作為感謝你給予我的友誼。

諷刺的對象已臨着他的末日了，明天，我的習作的內容一定是生產熱潮與讚美勝利，我將盡力地鞭策我自己。祝你好！

四八、十一月十日於香港。

選自沙鷗《百醜圖》（香港：新詩歌社，一九四八）

介紹詞／編者

這篇故事「螢燈」是許地山（落華生）在本社在香港出版的「新兒童半月刊」第一，二，三期登載過的。許先生在本刊共寫過兩個故事，「螢燈」和「桃金孃」，都很受小朋友的歡迎。許先生自己也很高興，他常説，「我找到寫文章給孩子們看的地方了，新兒童半月刊該常常多登載我的稿，我決不厭麻煩寫的。」

可是，「新兒童」才出到第五期，許先生已經患病死了。前年九月上午他還在電話中説替「新兒童」下期寫稿。那知那天下午二時他就離去了所愛的孩子們而逝世。以後我們接到許多小讀者對他哀悼的文章，更為着小讀者對他的愛慕，我們徵得許夫人的同意，陸續在本刊發表許先生的撰著「我底童年」。可是不久又因暴日侵略香港，還未曾發表完，本刊又停版了。

為了使許先生的兒童故事達到更多的小朋友，和使許多小朋友都得讀到他底兒童故事，我們便決定在國內先把「螢燈」印單行本，而「桃金孃」和「我底童年」則繼續在本刊復版時重新刊出。

大朋友們是許多都會認識許地山先生，因為他在文化界裏負很大的名望，他有着高深的學識，精鋭的觀察，進步的眼光，和發言無畏的精神，又是很難得的。我却願小朋友們認識許先生的另一方面，他底愛孩子和顧着孩子的進步，瞧瞧他怎樣的有心為孩子們寫好的故事。

落華生，是許先生寫文章的筆名。

三十一年九月

選自落華生《螢燈》（香港：進步教育出版社，一九四八）

「山長水遠」後記／谷柳

這冊小說的寫成，比上兩冊吃力得多。原因是不難明白的。第一、我只能從視界很狹窄的範圍中去逼視我所描寫的事象；第二、小說主人公蝦球躍進了一個新的世界，這過程是不容易把握的。一個人，從被奴役與被損害的舊世界，走進了與人民結合為人民服務的新世界，每一個人都有他各自不同的經驗；一個人覺醒的遲速、深淺、及其過程，也因人而異。但是，無論怎樣，每一個人在人生道途上的躍進，總得通過一個契機。這就是我在小說中所要解決的問題。

在鶴山新會一帶，流傳着一個小鬼計奪機槍的故事。我不知道這個機智的小鬼的眞姓名，我用蝦球的名字代表了他，替他留下一個紀錄。

我想，為人民立功，是今天每一個想獻身於人民事業的人應有的主觀願望，也是今天歷史對我們的呼召，不管是大人或小孩。當蝦球的主觀努力跟客觀生活發展到一定程度的時候，我大胆地安排了這一事件作為他躍進的契機。從此，他就踏進了一個新的世界，為伙伴所信賴和喜愛。雖然他直到這時候，還不十分清楚他做了一件直接有功於人民的事情，但這是不要緊的。他的同年齡的友伴，大多數都是這樣的。

這本小說，跟眾多讀者的精神相通嗎？跟時代的脉搏合拍嗎？想到這，不勝惶恐。由於作者藝術手腕的拙劣，學習經驗的淺陋，這本小說寫得這麼粗糙，不是沒有道理的。但願有更多的機會再學習，再創作。

特偉兄給這本小說精心插畫，在這裏表示衷心的感謝。

一九四八、一二、二七

選自一九四九年一月四日香港《華商報・茶亭》

兩本集子的題記／侶倫

「伉儷」（小說集）

去年秋天。虹運出版社的主幹人請我繼續給他們一個小說集子。我答應了下來。這便是題名「伉儷」的這本小書。

收集在這裏面的幾篇東西，都不全是我的近作；而且，有一二篇在時間的距離還相當長遠；這可以從作品的風格上看得出來的。在「伉儷」總題下包括的六個小故事，是二年前為着適應一個綜合性雜誌的內容而寫的，算不得小說；但是為着題材的關係，我把它收在一起了。

我生活在都市，我只能寫出我的生活範圍內所能接觸到的——也就是眼睛耳和朵所能接觸到的事物。但卽使在這一點上，我的筆所活動的圈子也太狹小，而且也太浮面；不過，「感觸到甚麼就寫甚麼」，是我一向的寫作態度，也許這態度不一定對，但沒有辦法的是，人事和環境都決定了我：只能夠為生活去寫作，而不能夠為寫作去從事生活。

由於我高興按着題材的一致性去輯集我的小說，尤其因為有好些作品在戰時毀掉或散失了，沒法保存下來，便使一些人往往把我所能印出來的作品，當作代表個人作風的根據。在這以前，當我別的兩個集子出版以後，我曾經從報紙和刊物上讀到過好幾篇批評文章，那些珍貴的意見對於我很有益處，我知道該如何感謝和接受的。不過仍舊有使我感到缺陷的地方：却是他們憑直覺去產生對於我的作品的印象。我承認我寫作的取材太單純，可是不很同意一般所想像的，認為我所寫的全是愛情至上的性愛的題材。其實在上述的寫作態度下，在題材方面我根本就沒有一個固定的性質範圍。我對於任何方面的題材都嘗試。也許以題材的傾向來說，是有程度輕重的差異，但至少我所寫的不一定純然屬於性愛。因此，如果拿時間來劃分我的作品的變化階段，即使不是錯誤，至少也是斷章取義的看法，這是未必正確的罷？最明瞭我的還是我自己！

這集子所收的幾篇作品，題材和風格都不一致，我想，這至少可以說明我一向的寫作態度了。

至於把已經不合時宜的作品印出來，解釋為個人生活的需要，這理由是不應成立的。我不願拿這一點替自己辯護。實在，生命就是生命，它是不容渲染，也不須渲染；拿白的蓋上黑的，底裏實際還是黑的；人究竟不是生下來就是完人，那麼，我們有甚麼理由掩藏自己生命的醜惡（如果那算得是醜惡）！我所以讓這些東西印出來，便是因為我曾經寫出這些東西！

不過無論如何，這些都是過去的東西了。在我能夠有一點收獲之前，已往一切的努力都只能算見學習。

這是一個結束。讓我重新展開步子！

「無名草」（散文集）

這本集子收着的二十篇短小的文字，都是幾年來間歇地寫下的。「火與淚」和「生死線」兩輯是戰時在內地所寫的「香港淪陷回憶錄」的斷片。那時候是打算寫給一位留在曲江的朋友籌辦的報紙發表的。因為兩地距離遙遠，只能隨寫隨寄。後來那個報紙沒有辦成功，我的原稿却被一個不負責任的記者硬拿去要用。結果不知怎的沒有發表，却把一部分原稿失落了。當我把寄出的原稿索回之後，已沒有方法再把失落的部份重寫出來；因此也沒有興緻把「回憶錄」繼續寫下去。現在，只能留着這幾個斷片作為事變的一點記憶了。

近年來所寫的散文，自然不止是這麼一些，但自己願意保留下來的却只是這薄薄的幾頁。讓它們印成集子，除了作為對於死去了的生命的一個紀念，是沒有其他意義的，在今天。

選自一九四九年十一月六日香港《華僑日報・文藝週刊》

編者的話／谷柳

新的革命現實，向文藝界提出新的任務——為工農兵的文藝；無產階級領導的人民大眾反帝反封建的新民主主義的文藝；土生土長的具有民族風格中國氣派為人民所喜見樂聞的文藝；這就是我們追求的方向和要達到的目標。

朝着這個方向來編文藝小叢書，只能一步一步地走，有多長的脚就跨多寬的步，同陣的和接力的人多了，終有一天會趕到目的地。

這套文藝小叢書不是「同人」叢書。我們接受外稿，不管作者知不知名，識與不識。祇要作品適用，店方經濟能力轉動得來，我們定會不斷生產，作為精神糧食，輸送上市。

誠意歡迎合作！

選自陳殘雲《小團圓》（香港：南方書店，一九四九）

後記／江萍

馬騮精這個人物的影子，已經在我腦海徘徊很久了。

東縱北撤，我復員廣州，就曾經打算把過去的見聞記錄下來。但因那裏沒有太陽，朋友都在黑暗裏行進，寫文藝也要灣灣曲曲的，我不敢過問報館是否可以刊登我的作品，我只靜悄悄地在夜的氣息中構思。

後來，我又回到另一塊自由的土地，跟工農兵學習在一起；我和他們玩，跟他們睡，很留心觀察每個小鬼的動作，探問他們的過去，把他們的事跡牢牢記在心裏。直到去年底，才在「茶亭」吐出我這壓積已久的東西。

當時因為連載的關係，我寫得很簡單，甚至要顧到讀者的口味，我只片斷地像速記一樣寫，自然是十分草率了。不久，陸無涯先生的插畫跟着發表，好些朋友叫我改寫出版，特別是杜埃和谷柳兩位先生的鼓勵和幫忙，給了我很大的勇氣。

現在，這小冊子總算面世了。我多謝讀者們在我改寫之前給我供獻了許多寶貴的意見。為了避免誤會，我得在這裏聲明：這故事是在部隊整訓之前發生的。記得杜埃先生也曾在「茶亭」寫過一篇關於拙作的文章，他替作者解答了部份讀者對於這些鄉土英雄的缺點問題。事實上正視人民隊伍的弱點，是並不值得大驚小怪的，恐怕那些認為應該把游擊隊寫得絕對「美化」的人，對革命事業想得太天眞了吧？！

選自江萍《馬騮精》（香港：南方書店，一九四九）

「文藝生活」選集序／司馬文森

「文藝生活」在對日抗戰第三年，創刊于桂林，出了兩年多，國民黨反動派企圖背叛民族抗日戰爭，破壞國共團結，壓迫進步文化，結果「文生」就以「節省紙張」名義，被偽中宣部命令停刊了。八年對日戰爭結束後，「文生」又在廣州復刊了，出了六期，也因為國民黨反動派挑起內戰，壓迫進步文化，利用特務打手，搗毀代理「文生」的兄弟圖書公司，跟着查封我們在西湖路的社址，社的財產連同稿件存書全被沒收，工作同人被迫流亡香港。但我們並不向反動派低頭，我們又復第三次在香港復刊了。但由於反動派的封鎖，嚴禁入口，從此「文生」就和內地讀者隔絕。三年來，在廣大讀者羣，特別是海外的社員們的熱心支持下，使我們這個刊物得以支持和發展。我們不敢自滿已對民主文化有若何貢獻，但全社的負責同人們，的確虛心向上，想把自己一點力量貢獻給大家。現在全國總解放已經到了，我們又要回到祖國的土地上，繼續為民主文化盡點棉力。但因為三年來所出的幾十期雜誌，流傳到國內讀者間的很少，我們才有編印選集的意思。一則是，想把三年多工作作個小小結束，再則是，在海外出版期間，有些文章，我們認為對大家在文藝學習和文藝宣傳工作上，有些小幫助，而在國內的讀者却又無法讀到，因而我們才決心把它重印一次。

新中國已經誕生了，中國人民結束了五千年來苦難的日子翻身了，全國軍民正面臨着一個新的歷史任務。「文生」在短短十年間，已完成了過去抗戰和民主革命階段的兩個任務；現在正要追隨在全國民主文化工作者之後，去迎接新的歷史任務。讓我們向舊的苦難日子告別，更堅決更勇敢的迎接未來！

一九四九年七月於香港

選自司馬文森編《報告文學選》（香港：智源書局，一九四九）

序（原日「微言」出刊序言）／潘範菴

這是我年前（一九二九至一九三三年）主編香港大光報副刊時每天寫來發表的小品文。在報上發表過之後，原就沒有把它出版專書的動機與必要；可是它現在却和讀者見面了，這裏，我得畧為說明，作為它的序文，要是每一本刊物都是缺不了它——序文——的話。

一九三三年夏天，我害了個多月很厲害的耳聾和腦病。廣州的張江槎博士給我治愈了，不致流為殘廢者，便得依從他的勸告，並且環境也有點變化，我就決然地脫離了那夜魔生活的新聞事業，跑去就在那年秋季開辦的廣州培正中學香港分校教書。因為在坊間購買的活葉文選有時並不很合用，我曾從這裏的文章選了好幾篇適合學生環境的，給校務油印了去替代，這樣它就有了出版專書的需求；雖然我從來都不曾有過這樣的存想，甚至連文章的底稿也沒有。為了這，所以便要從大光報館那裏借了幾大冊報章合訂本過來叫人繕抄。因為繕抄既需時，編訂也需時，而自己又給冗忙的教務羈絆着，這樣，一抄一編的工夫，整整耗了三個月，所以延到現在才出版。這是要向老早預約本書的讀者道歉的。至於一些文章從前之所以寫成，讀者請從它的「前言」看得出來。

同學陸君宗樾給我繪了一個封面外，黎君冰鴻又給我製了一個剪影，一併在這裏道謝。

一九三三年十一月廿七日於九龍深水埔

選自潘範菴《範菴雜文》（香港：大眾書局，一九五四）

三、書信與日記

蘅華館日記（一八六二年十月十四日）／王韜

二十一日晴。黃勝兄來訪，能官白，曾於癸丑年至上海，偕花旗公使往昆山，見江督怡良，所請未成。後因劉麗川之亂，旋返粵。午後，同李星雲出街啜茗，黃君偕余至英華書院觀活字板，規制略同墨海，惟以銅模澆字，殊捷便。書院創於道光十七年，理君入粵，蓋已二十餘載矣。

選自王韜《蘅華館日記》，上海圖書館藏稿，《續修四庫全書》第五七六冊（上海：上海古籍出版社，一九九七）

伴侶通訊／讀者

「我和伴侶結識還是昨天的事，但一見如舊則斷不是虛話。不知是因為孤獨流浪的我喜歡和這多情的伴侶親熱呢，抑是多情的伴侶的吸引力偉大？我是莫名其妙，我是眞為她傾倒了。……

在我自己估量，詩歌小說未必能夠很出色，山歌倒是容易膾炙人口的。如伴侶願受我的粗野的贈禮時，我是一些也不吝惜……總之我有許多花片預備贈給可愛的伴侶，只恐伴侶因為有了你們更寶貴更美麗的花片，把我的花片棄之如攔搽。」——呂甘心

「貴誌在本港，的確是僅有令我們比較滿意的刊物。——這是在祇曉得印上幾幅「名花」「歌者」的相片，幾篇「名人軼事」「武俠瑣聞」的出版界裡，當然會要我們這樣說的，並不是太懂說恭維的話。……」「貴志印刷很不錯，不過在第二期上有好幾篇東西的後頁連接却在很遠很遠的地方去，我相信讀者是不喜歡這樣的。」「文言化眞是本港許多作者的常病。他們的文章祇曉得要求詞美麗，但內裡情緒空虛得沒有半點意義。本來詞藻美麗是可以用機械式的工夫來取得的，而結果的成績就成為了一種新四六的詞章罷了。我以為這是學幻洲派的葉靈鳳籐剛等所致的流弊，這裡許多青年愛好他們的文章。葉靈鳳輩的作品已經算是纖小了，他們壞得更壞呢。先生看出這是毛病，我很同情。」——龍實秀

「伴侶將來諒可希望大有發展，但不知在南洋方面推銷能否增加？從文希望伴侶能漸進為全國的伴侶。……」——沈從文

「我很佩服貴志能夠向着新的途徑去進展，這恐怕在香港是不會有的……我虔誠地為貴志祝福。」——陳仙泉

「眞的，南方一向是不大重視文學的，特別是香港，這是十分教人婉惜的事。像廣州文學會雖說是沒有什麼大貢獻，但如果能夠長此辦下去，也未嘗沒有進展，無奈如今也停下了，這也值得傷心的！香港向來沒有做過，雖然在某一個時期的以前，有好些朋友都有這個意思，然而因了種種問題和本身的幼稚，有心無力始終不敢嘗試去獻醜。現在得諸先生來指導。眞是喜出望外。況且諸先生的精神與魄力的充足，自然能夠在香港開放從來未有的文藝的鮮花；這是十分可喜而且預祝的。……」——陸旅霜

因為想引起讀者對伴侶能有提出自己的意見來的興味，就把幾位朋友的來信抽了其中關于伴侶的話發表出來。這些話也許贊許得逾量了，但也還是願意聽到的，因為關於伴侶的話我們就喜歡聽聽。自然我們希望讀者能給以較為切實的意見，如實秀君對於編排上的話，雖則以廣告關係沒有更改，但這還是最可感謝的。

以後，讀者給我們的意見，想按期在這裡發表。

選自一九二九年一月十五日香港《伴侶》第九期

答文研會的一封書／三三社

文藝研究會，

敬愛的同志們：

很感謝的蒙你們把「春雷」相贈；而且非常過分的來嘉許「電流」，我們是戴有十二分的慚愧喲！

本島處在特殊的環境，住在這裏而談新興文藝，正如投種子於石田，不輕易博得若何的反響，說到收穫自然更談不上了，這相信任何人都會感覺着的。但事實雖然這樣，而我們却是奉信唯物史觀的青年。從史的變遷，我們不但可以決定舊的潰滅，而且還可以先先檢定它一切的殉葬物。所以我們敢篤信我們底努力，終可以樹建年來的一切。這在敝刊前數期中，都是有意地或無意地暗示着。

我們都是本處的學生，反正是要從學理上來追求，把我們底思想來確定，把我們底理論來尖銳化，和把我們底生活來深刻化。大抵從敝社所生的「（）（）」至如今的「電流」止，總可以追踪出我們計劃底進展。亦為一般同情的讀者所深切洞悉的。

從遠裏說起來，我們底思想和行為，都自然地和貴社吻合，正如物理學上底光和聲的發動，雖然不一定是同時間和空間，可是它底總動體根本就離不開「電」。所以我們雖然沒有和貴社相親相切地携過手，然而在精神上已經非常的接合了。不過，每一個革命的戰士，不應當有過分的幼稺，尤不應從形式上來做工夫，這些怕貴社也曉得的；而我們也希望貴社能體諒我們底致意。

所以敝社很誠懇地答覆，並且希望貴社（一）嚴刻的態度來指導批評，我們都極端需要自我的批判的。

選自一九三三年七月二十六日香港《南強日報．電流》

陳君葆日記（一九三四年一月八日）／陳君葆

一月八日　星期一

今天因為有約，十一點便到辦公室來，天石亦剛於此時來到，大家談了很久，約近正午，謝維礎也來訪，大家又談了些時，原來晨光便是他，他曾到過日本去，對於日本文藝，頗有研究，曩時曾寫過小說，但現在則轉而研究經濟學政治問題等。

選自謝榮滾主編《陳君葆日記全集・卷一》（香港：商務印書館，二〇〇四）

亂離通訊（六）／簡又文

丹林吾兄：來札均悉。聯合旬刊，各期收到，辦法甚佳。稍暇當寫稿或譯戰事小說奉上，以作貢獻。逸經未知何時再行出版，至深馳念，望兄就地與亢德兄等想想辦法，便即示及。弟夫婦現忙於後方工作，在本地各團體，多有服務。最近發起「中國青年救護團」，組織救護隊開赴前方服務，隊員廿人，約週間卽可出發矣。弟困處島國。悶悶不勝。鳳儀已回來，在船染病數天，水米不沾，今已回鄉間去矣。上海各友好近況，盼常惠示。令郎大難不死，後必大貴，戰事完結而後，復興工作正多也。

……又文於香港

選自一九三七年十月十日上海《宇宙風・逸經・西風》第五期

致艾青（一九三九年）／戴望舒

……這樣長久沒有寫信給你，原因是想好好地寫一首詩給你編的副刊，可是日子過去，日子又來，依然是一張白紙，反而把給你的信擱了這麼久，于是只好暫時把寫詩的念頭擱下，決定在一星期內譯一兩首西班牙抗戰謠曲給你——我已收到西班牙原本了。

……詩是從內心的深處發出來的和諧，洗煉過的；……不是那些沒有情緒的呼喚。

抗戰以來的詩我很少有滿意的。那些浮淺的，煩躁的聲音，字眼，在作者也許是真誠地寫出來的，然而具有真誠的態度未必是能夠寫出好的詩來。那是觀察和感覺的深度的問題，表現手法的問題，各人的素養和氣質的問題。

我很想再出《新詩》，現在在籌備經費。辦法是已有了，那便是在《星座》中出《十日新詩》一張。把稿費捐出來。問題倒是在沒有好詩。我認為較好的幾個作家，金克木去桂林後毫無消息，玲君到延安魯藝院後也音信俱絕，卞之琳聽說也去打游擊，也沒有信。其餘的人，有的還在訴說個人的小悲哀，小歡樂，因此很少有把握，但是不去管他，試一試吧，有好稿就出，不然就擱起來，你如果有詩，千萬寄來。……

選自王文彬、金石主編《戴望舒全集・散文卷》（北京：中國青年出版社，一九九九）

香港通訊／柳存仁

xx、xx兩兄：

到了香港已經差不多五個星期了，五個星期以來，東跑西忙的，時間過得眞快，你們兩位的信也已經收到了好些封。宇宙風乙刊，西洋文學，天下事，這幾期在香島都相當的暢銷，我不是當着你們做編輯先生的面前宣傳，這兒的文化水準並不很低，剛纔我還瞧見兩三個穿着這裏的法國聖保祿學校制服的「聖女」，人手一編，相互倚偎的坐在駛到堅尼地城的電車的樓上，一邊唸着一邊批評呢。她們嘴裏說的自然是廣東話，可是我還能夠聽得懂，談的正是吳經熊的譯詩。

我來這裏的第二天（八月三十日）晚上，還來得及到思豪酒店去訪候語堂先生。眞是湊巧，再過一天他就離港乘輪遠遊了。他那晚的談話很多，無拘無束的，喝茶聊天，也很精采。其中至少有兩節我在這裏可以準確奉告的，一件是他自己說決不要作什麼官，「何苦呢？」他用很漂亮，很瀟灑的風度說出，這三個字是他的幽默的闢謠和自嘲。於此也可以看到他的素志，是不會變移的。另外一件事情是跟着談起他的「瞬息京華」而來的。他曾和我詳談該書的結構和技巧，又說黎庵的書評已經讀到了，其實書中還有一個缺憾，也一起告訴黎庵罷，就是把那位忠勇謀國的張自忠將軍寫成了奸貳了，因為著書的時期很早，寫成後交給書店印刷，海外所能夠獲到國內的零碎的消息又很迂遲，所以竟照原稿中穿插的情節印了，來不及預料和更改。當然，他毫不遲疑的說：再版的時候是要特別修改的。語堂盛讚張將軍的偉大人格，認為是第一等的英雄。郁達夫先生的譯稿，聽說已經完成近兩萬多字，不久當可給宇宙風或西洋文學發表。關於西洋文學，這個新雜誌的籌備情形，語堂也感到十二分的興趣。

他說：他在渝市空襲萬分緊張之中，却好整以暇的，替西洋文學寫過一篇稿子用航郵寄出，想已可以刊出了。

此來已晤面的新舊朋友們很多，因為都是文化界教育界的人，多半時常見面，談起來大家沒有什麼拘束，也沒有什麼隔膜，非常的親摯，也非常的熱鬧。除語堂夫婦和林如斯林無雙小姐一面之外，我又見到周新，屠仰慈，戴望舒，糜文煥，張光宇，葉淺予，徐遲，朱旭華，陸丹林，大華烈士（簡又文），許地山，容肇祖，葉譽虎……等幾人。譽虎先生是最近在張善子的歸國畫展的會場上纔初次遇到的，我眞覺得十二分的高興。善子先生剛由美國宣傳回來，那一天的畫展極有興味，大家看到張善子用大畫布油彩繪的廿八隻猛虎飛騰象徵我國偉大的雄姿，「正氣歌」一句一圖的小幅畫描繪的壯烈忠義，無不油然神往。是日觀眾數千人，中外男女老幼都有，大公報還出了特刊、林語堂胡適之都有很好的批評的文字（譯稿）。

這裏文化界給我的印象大體可說是很好的。大約香港固有的文化水準極低，有些本地原來的報紙刊物，無論文字內質，體裁格式，以及印刷編排，我實在都不敢恭維。最近三年的情形，却起了極大的改變。現在這裏的領導的日報（Leading Papers）像大公報香港版，星島日報，立報，國民日報，都並不比上海所常看到的各報壞。在文藝副刊方面，大公報由楊剛女士，星島由戴望舒，立報由葉靈鳳等主持，都擁有很多的青年讀者。今天出版的文藝青年（半月刊）第二期，有楊剛的一篇討論香港的文藝作品的文章，內容是一方面讚美這三年來香港的愛好文藝的青年們已感受新的巨潮的影響，對於創作的特殊的努力，另一方面勸他們避免那種幼稚而且無聊的「新的風花雪月」，懷鄉，閨怨，惜別等軟性的消沉的思想病。這番議論我也是早就同樣的感覺到的。當然，無論何種純正的文藝作品總是正確良好的，有價值有血肉的思想本質，通過了巧妙適宜而且富於感動力量的形式構聯而成的，然而眞正的感動的激起絕不是無病呻吟，也不是亂喊亂叫。第一期的西洋文學，出版距今已一個月了，給這裏的人們一般的印象（如談論或報上評論），都說極好。楊剛曾寫信告訴我，說此刊出得「恰得其時」。因為大家都覺得我們的出版界有這樣的一個很迫切的需要，然而首先揭竿而起，倒要算是西洋文學而已。以我的個人的意見來說，第一期裏李健吾譯的福樓拜的長篇「情感教育」選出的一八四八年法國革命速寫，耿濟之譯的高爾基的「書」，伊笏譯的 Ginvanni Verga 的「羅梭麥柏羅」三篇，都是原作極難譯到信雅達的地步，而讀來竟又各有風格的佳作，更不論其作品內容的動人的眞實性和普遍性。這幾篇的文章似乎都可為我們那一班工愁善病多情多感的新寫家們做參考。瞧瞧福樓拜的速寫，再回過頭來讀我們近來副刊上面的報告文學或抒情詩，互相比較認識，經過了一定的時期，慢慢的溶化洗鍊，也許將來我們的新作品纔不至於太寒酸難看。話說得廣泛了，自己又恰巧列名在該刊的編輯人裏面，就透着有點兒犯「賣瓜者言」的嫌疑；然而悶着不開口却也有點兒像是骨鯁在咽，蹩悶得慌。上海方面的議論怎樣？倒要聽聽！

這裏的風景不多，可是無論是山林或街道，都有非常幽美的區域。您知道，我雖然算是一個廣東人，在十幾年前也在我的名義上的故鄉——廣州——住過一年，然而香港却還是頭一趟來觀光呢。xx兄！您的頭一封信我到港的第三天就收到了，信上說的「足下此去如入仙山，令人羨煞」，其實呢，我是沒有感覺到這樣好的印象的。初來的幾天，住也住不慣，看也看不慣。從九龍乘輪渡過海，遠望對岸香港，一片翠山，上面大大小小的堆疊着不少的白鴿籠式的房子，又難看又齷齪，十二分的討厭。結果呢，船漸行漸近，景色更真，無法退旋，就像飛翔着撞入獵人張着的線網的鴿子似的，不知道是衝動呢還是引誘，不知不覺的愈看愈愛，為着一點貪戀，一點理想，也就不假思索的投進籠去了。我的到香港住下來，大有類此。記得我離滬前兩三天，大家在上海歡聚的時候，你們還問我到香港後是否立刻經沙魚涌入內地，我當時還在豫預不決。誰知道，來到了兩天，就決定不再延長這箇短的旅程了，從此一天到晚的就出入在這紛擾熱鬧的香島上，度着呆板的機械式的「寫字樓」的生活。近來文思愈覺遲滯，常常抽着空兒在稿紙上塗着一團一團的墨潴，老覺得自己一天比一天要退步。比方說，我現在眞想苦搜空腸，多說幾句香港的特別的好處，然而坐着一個多鐘頭，這信紙不還是空着大半截麼？短中取長的說，這裏除了山景清幽美麗之外，再有的唯一的優點，就是鬧中取靜的地方很多。你冒着強烈的日光在萬頭攢動車馬交馳的皇后大道中走着，衣服濕透，滿頭大汗，正在想找一家飲冰室什麼的歇歇腿，忽然抬頭一望，半山腰裏一叢叢濃綠色的樹蔭，綠叢斜坡裏還能夠看到聽到山澗間川流不息的一股白鍊似泉水，時時發出很大的霧騰騰的泡沫和澎湃響聲，不由得你不立刻熱氣頓減，心曠神怡。

然而，在這個火藥瀰漫的整個世界當中，香島也已經穿上了牠的雛形的戰衣了。近來，移民局的籌備設立，由洞防空壕的積極增築，志願受訓人員加入的踴躍，疏散華籍婦孺的聲浪日高，無形中使大家覺得這裏也並不是什麼可以遯世的桃源了。可是，一般的逐流隨波的民眾們是不管這許多的，他們跟在孤島上面的大部分的荒唐的同胞們一樣，都是「今朝有酒今朝醉」的享樂人生哲學的信徒。昨夜我坐電車經過一家酒家，正有人從高高的四層樓上懸吊着一串幾萬頭的鞭砲朝下燃放，烟霧瀰漫，火星四迸，連我這個素來不怕聽的人都覺得有點兒震耳欲聾了。當時在路旁讚美和喝采的，我倘若說有一千多人，你們也不用覺得驚奇。這樣的情形我已經歷不止一次了。難道大家還嫌香港的火藥氣味不重麼？

話說得太多了，聊當面談的娓娓絮語罷。「北大和北大人」的第二篇「漢花園的冷靜」倘若已經登完了，下一期的題目我想叫做「沙灘上的駱駝」。好像從前北大的馮文炳先生（廢名）曾經辦過一個文藝刊物叫「駱駝」罷（?），倘若我記憶得不錯的話，那大約是我們都看重了幾十年來北大的學生們教授們的任重致遠的精神罷：真巧，誰叫北大校址的那一帶地方，又有一個很普遍的地名叫做沙灘兒呢?

廿九年十月七日

選自一九四〇年十月上海《宇宙風（乙刊）》第三十三期

林泉居日記（一九四一年七月三十一日）／戴望舒

三十一日　下午雨

今天是月底，上午到報館去領薪水，出來後便到兑換店換了六百元國幣。五百元是給麗娟八月份用，一百元是還瑛姊的。中午水拍來吃飯，便把五百元交給他，因為他滙可以不出滙費。但是他對我説，現在行員滙款是有限制的，是否能滙出五百元還不知道，但也許可以託同事的名義去滙，現在去試試看，如果不能全滙，則把餘數交給我。

今天是報館上海人聚餐的日子，約好先到九龍城一個尼庵去游泳，然後到侯王廟對面去吃飯。午飯後就帶了游泳具到報館去，等人齊了一同去。可是天忽然大雨起來，下個不停，于是決定不去游泳了。五時雨霽，便會同出發，渡海到九龍，乘車赴侯王廟，可是一下公共汽車，天又下雨了。沒有法子，只好冒雨走到侯王廟，弄得渾身都濕了。菜還不錯，吃完已八時許，雨也停了。出來到深水埔吃雪糕，然後步行到深水埔碼頭回香港。在等船的時候，靈鳳和光宇為了漫畫協會的事口角起來，連周新也牽了進去，弄得大家都不開心。正宇和我為他們解勸。到了香港後，又和光宇弟兄和靈鳳等四人在一家小店裏飲冰，總算把一場誤會説明白了。返家即睡。

選自王文彬、金石主編《戴望舒全集·散文卷》（北京：中國青年出版社，一九九九）

林泉居日記（一九四一年八月二十三日）／戴望舒

二十三日　雨

下午靈鳳找我吃茶，拿出新總編輯給他的信來給我看。那是一封解職的信，叫他編到本月底，就不必編下去了。陳滄波來時靈鳳是最起勁招待的，而且又有潘公展給他在陳滄波面前打招呼的信，想不到竟會拿他來開刀。他要我到胡好那兒去講，我答應了，立刻就去，可是胡好不在。于是約好明天早晨和光宇一起再去找他。

今天徐遲在漫協開留聲機片音樂會，并有朗誦詩。我本來就不想去，剛好馬師奶來請吃夜飯，便下樓去了。客人是勃脱蘭和山繆兒。談至十一時，上樓改譯稿。睡已二時。

選自王文彬、金石主編《戴望舒全集‧散文卷》（北京：中國青年出版社，一九九九）

香港淪陷日記（一九四一年十二月十二日）〔節錄〕／薩空了

十二日　星期五

天明，可是室內還需要有電燈，才看得清楚一切的時候，我起來發見同在這一層樓中的幾個朋友胡繩、吳全衡、喬冠華、楊剛、友漁夫婦，都似乎一夜未睡，坐以待旦。據說這一夜炮聲相當的緊，破曉才漸平靜，他們在用開水沖了罐頭牛乳，作為他們睡前的消夜，也是他們的早餐。

在推想中，大家以為九龍的陷落，緊接着的將是香港的陷落，因為港九的最短距離是七分鐘的渡船，九龍不守，香港還有什麼希望！為了憂心戰局，坐以待旦的朋友，在昨夜也許不只是這幾個人吧？

因為應付報社的日常工作，炳海兄起來便趕回報社，我再到俞寰澄先生家繞了一下，然後到黃泥涌道去訪梁漱溟先生，因為昨日曾經約定他改宿在這個朋友的地方，以防萬一。我到那裏，梁先生已然走了。便回到黃泥涌道電車站搭電車去中環，電車今早已經恢復，因為公司承允了一些關於因公傷亡的醫葯撫恤條件。條件都很低，可是電車員工為顧大局，為維生計竟迅速的復了工。到中環先到中國銀行，照約定換了一張五百元大票，換得的全是十元鈔票。據云因為大家都收藏小額紙幣的關係，港市小鈔太缺，港政府為應急計，已將中國銀行所存一種新印五元法幣加印港幣一元的中英文，作為一元港鈔在港發行。在十二月八日前，香港黑市為一元港幣可兑法幣五元五六角，由票面價值來講也差不多。發行數量不詳，但顯然仍未能解決市場上關于小額鈔票的操縱問題。

由中國銀行到報社，途經廣西銀行，看見在該行大門上約當閣仔的部位，中了一顆炮彈，士敏土的牆門都被擊去一大塊，那一帶像對面的香港移民局等建築玻璃窗大多震碎，馬路上也布滿了玻璃屑。廣西銀行臨時休業，據聞彈是昨夜十二時前後擊中的。到報社後，處理了一些事務，再至贊善里，找到了梁先生，他是由跑馬地一清早便回了贊善里，我告訴了他我和雲川兄昨夜關於報社問題的決定，他也說了為什麼不留在跑馬地住的緣由。這時俞頌華兄也起了床，今天炮戰在日間也劇烈了，敵人的炮多向山上要塞打，山上要塞炮的目標，似在青山道一帶，大約是為了阻止敵人前進。頌華拉了我到附近一家小餐室「麗山」吃飯，這是一個吃七角起碼西餐的地方，人擁擠的不得了，常餐取消了，只有散餐，因為這樣可多敲一點錢。壁上還貼滿了五十元百元大紙找換不開的警告！我們每人吃了兩個散菜，同時商酌了如何應付即來的一切，例如報紙維持出版到最後的時間，萬一敵人攻入，個人的隱藏地點等。飯後回報社，張雲川兄及梁先生亦已到社，又共去樓下五芳齋陪他們吃飯談話，飯後到香港酒店遇見范長江兄并聽到了九龍英軍已全部撤退的消息。在尖沙咀碼頭有一隊印度軍警用手提機關槍掃射掩護撤退，他們掃射的對象是敵偽便衣隊和九龍爛仔，正式敵軍還未到達。這隊軍警由最後的一條渡輪運來香港，許多民眾在干諾道海邊，親眼看見了那景象。

〔……〕

在香港酒店大廳中遇到英文南華早報編者愛潑斯坦（I Epstein）和華商報副刊「燈塔」的編輯郁風，他們告訴我今日下午四時在告羅士打樓的紅十字會辦公室，貝特蘭（James Bertram）要約幾個中國新聞界的朋友談話，談話的目的是想溝通我們和英國情報部香港辦事處的連絡。

郁風又告訴我，她還約了特偉，丁聰，鳳子等，因為她和貝特蘭談過想組織一個藝術宣傳機構，幫助港政府作戰時宣傳，由畫家畫畫，戲劇音樂家播音。她又一定要我在今晚替燈塔寫一篇稿，因為明天的燈塔除了她自己寫了一篇《燈下談》：《號召精神武裝》，該報記者華嘉寫了一篇香港戰時生活特寫外，還差一千多字。她曾向許多人拉稿，都以無寫作情緒和環境，寫不出來。其實我現在又何嘗有心情寫稿。和他們分手，看看錶已近四點，我便一個人留在香港酒店，四時正到告羅士打樓紅十字會辦公室大公報的楊剛等已先在那裏，候到四時一刻，貝特蘭還沒來，這是不常有的事，大家正在疑慮中，愛潑斯坦來了，他說因為九龍撤守，為了增防香港，貝特蘭已應港政府的號召去作了義勇軍。關于與情報部連絡的工作他已交邱茉莉女士（E. Cholmeley）繼續負責。我記得英德戰爭初起，貝特蘭即曾自中國回英投軍，這次他竟又投軍了，我不懂，像他這樣的人，在戰爭中難道也必須拿起槍來，才能對戰爭有貢獻？為了時間，我不能再多等，便向愛潑斯坦說明，先離開那裏。

〔……〕

黃昏，離開榮華台再到報社，報社同人都來述說繼續維持出版之不易，因為光明報的印刷所不是自己置辦的而是由民生印務公司承印。工人的管理權，在該公司。公司一向是靠了剝削工人的血汗而存在，戰時發生，公司不會改變他們的吸血作風，工人對着當前萬端困難，自然工作情緒極壞，這是一個基本問題。我便找來了該公司的負責人和工頭。該公司每月應收的承印費共只港幣五百餘元，我允許當日即借港幣二百元給公司，叫他們先發一部薪金給工人，藉安他們的心，工頭也表示只要有錢，工人一定可以努力幹。印刷問題解決，又和頌華兄與編輯部其他同人研究了堅持下去的步驟。關于梁先生，因為目標太大，怕萬一香港淪陷，問題嚴重，決請社中同人黃瓚兄，送他到黃的族人家裏去住。頌華兄和羊棗兄的躲避地點也已由頌華找好，即日先將頌華的行李又弄了一點米一并送了過去，同時說明如局勢有變，就請他們兩位到這新地點去，這地方除了我和炳海之外，社中同事也沒有一個知道，一切布置就緒，在深夜九時才回榮華台，吃了炳海兄為我留的飯，即入睡。

〔……〕

選自薩空了《香港淪陷日記》（香港：三聯書店，一九八五年重印）

陳君葆日記（一九四三年八月三十一日）／陳君葆

八月卅一日　星期二

從東亞研究所出來順路到大同去走一遭看看望舒，靈鳳已出來了，相見之下不勝感慨，他面色灰白似舉步不大健的樣子，屈指相隔已三個多月了。

午後回家則雲卿説剛接到雲玉八月十日的信，玉述裏邊的物價漲得可驚，這似突如其來，教人真的無奈。她説每天膳食方面都要二十五元，這教我怎為她打算，只有仰天長歎！

下月米證今日尚未頒發，各人都着急了不得，而米價則已宣佈增至每斤三十七錢五分了！

選自謝榮滾主編《陳君葆日記全集‧卷二》（香港：商務印書館，二〇〇四）

陳君葆日記（一九四七年四月四日）／陳君葆

四月四日　星期五

依何建章約，午間到華僑報訪岑維休，他留我午飯，說要我主編他們的「學生周刊」我說這到有實際上的需要，但不能說生意經了。他也同意這一點。

選自謝榮滾主編《陳君葆日記全集・卷二》（香港：商務印書館，二〇〇四）

陳君葆日記（一九四八年五月四日）／陳君葆

五月四日　星期二

本來要去六國飯店參加文藝節紀念會，但因下午要去檢一部片《滿庭芳》只好不去了。檢完片時還下雨，好在到孔聖堂去時雨已晴了。

文藝節開會時人相當的擠擁，許多青年們卻坐在地板上。郭老演講相當好，但激昂一些；他有點聲嘶，不曉是否年紀關係，比較上我還是喜歡他在教師會上的演講。茅盾演講有點因為他自己知道口音是帶江浙的土音，所以難得令人懂，這是一個拖累。但他也無意於做一個演說家，和鄧初民不同。我自己的演講忘卻把關於近事的一段加進去，但一則過於應景本來不大想，二則也覺得時間已不早了，講得太長也不是事，遂也作罷。不然我應把蔣宋二人在南京市的身份證號碼一點作為材料來指出文字的封建性。

瞿白音編的《二加二等於五》起結都好，中間一部份太滯，攝不住聽眾注意。

選自謝榮滾主編《陳君葆日記全集‧卷二》（香港：商務印書館，二〇〇四）

留港粵文藝作家為檢舉戴望舒附敵向中華全國文藝協會重慶總會建議書

〔存目〕

選自一九四六年二月一日桂林《文藝生活》光復版第二期

我的辯白／戴望舒

〔存目〕

選自一九九九年十一月上海《收穫》總第一四〇期

四、作家史料

本報要告／開智社同人

啟者。本報總編輯兼督印員鄭君貫公經已逝世。同人於十五日赴鄉申弔。休業三天。以誌哀思。本報已有傳單佈告。想邀閱報諸君鑒諒。日昨同人等已舉定易俠君為督印員胡駿男君為編輯員以外。本社同人一仍其舊。由今天起報紙照常派送。更力求進步。以竟鄭君醒世智民之志。再者鄭君遺著尚多。容當陸續刊登。此佈。

丙午四月十九。開智社同人啟

選自一九〇六年五月十二日香港《唯一趣報有所謂》

著作家之別號／灞陵

文人多事。往往別其名號。多或十數。少亦一二。今僅就本刊所列撰述言之。其他不及。用以遣興。或亦閱者所樂聞歟。

何恭第　櫻厂
勞緯孟　天夢生
黃崑崙　冷觀　湛盧　大可
黃天石　惜珠生　寂寞黃二
鄭天健　勁草
謝章玉　立人
黃燕清　言情　紘歌
宋翰周　寄禪　的裔
何雅選　亞蓀
羅澧銘　蘿月　憶釵生　三羅後人
黃守一　秀逸　慳緣　誰憐　情子　亞嘅
何筱仙　拈花　無那　冰郎　憶　憶韻　憶園主人
周瘦鵑　紫羅蘭盦主　國賢　情海歸槎客
許厪父　一厂　許二　顏五郎

陳硯池　岡州傻叟
黃曇因　刼塵室主　曇郎
俞競明　棄疑　荒唐室主
梁竹君　痴子
周滌塵　絛鹿
吳灞陵　看月樓主　銷魂　白蓮　解鈴　差利　百勞
（我說、我本來不配做甚麼著作家、不過我也曾拿筆搖出幾篇「覆瓿」的文字、用這幾個名字、登到香江晚報和大光報上去、好把這幾個名字寫出來、填填這篇幅罷、）

選自一九二五年一月十日香港《小説星期刊》第十六期

著名學者來港演講消息

周樹人（即魯迅）孫伏園二先生、為現代吾國學術界泰斗、革新運動先驅、早已海內知名、周先生曾歷任北京大學廈門大學教授、其文藝作品別有風韻、一書刊行、洛陽紙貴、其著名小說集「吶喊」乃銷至數萬部以上、孫伏園先生前曾編輯北京晨報副刊、及京報副刊、於新文化運動、卓著奇勳、後任廈門大學、現周孫兩先生來港演講、并邀得中山大學助教許廣平先生為翻譯、俾便一切不識國語者、聞周孫等先生將於本月十八日（星期五）聯袂來港、至於先生演講時間為十八日晚八時、講題為（新時代的少年）、孫先生演講時間為十九日下午三時、講題為（無聲的中國）、地點為青年會大堂、各界諸君欲往聽者、可先到青年會領取聽講証、無証者不能入座、欲聆周孫兩先生言論者、對此良機、尚望勿交臂失之。

選自一九二七年二月十四日香港《華僑日報・本港要聞二》

魯迅先生來港

周魯迅孫伏園兩先生來港、演講之訊、前曾經本報揭載、聞周先生已於昨日來港、昨晚在青年會演講無聲的中國、聽講者異常擠擁、但孫伏園先生因有要事未克來港、惟周先生已允於今日下午三時再作演講一次、題目與昨日不同、凡持有孫伏園先生演講入場券者、屆時皆可入場云、頃聞周孫兩先昨日係乘西興輪船公司之福安輪船來港矣、

選自一九二七年二月十九日香港《華僑日報・本港要聞二》

三十年前香江知見錄・蘭史酒潤、二百文、四百文／馬小進

「潘蘭史先生示姬人第三首云。倦書早倦十年游。彩筆江湖未肯投。不數旗亭誰畫壁。先教紅袖定千秋。自注云。余不工書。多有以扇子尺頁求書者。余每以為勞。姬笑曰。人重君詩。非重君書也。余為解頤云云。其實先生書法高逸圓厚。書味盎然。固不為詩掩。自來香海。求者益眾。僕等代訂潤例為團摺每箑二百文。絹紙冊頁每頁四百文。此例甚廉。蓋先生不欲多取於人也。只助酒資而已。乙巳冬十月鄭貫一陳樹人啟。扇紙請交華字報館。筆金先惠。三日取件。」

此為蘭史當日在香江鬻書之潤例也。其筆金之廉。僅二百文。四百文。可謂得未曾有。乙巳冬十月為公元一千九百零五年即前清光緒三十一年。去今已三十載矣。為之介紹者。鄭貫一、即貫公。吾粵香山人。陳樹人、卽現在南京任僑務委員會之委員長陳樹人先生。當日與鄭貫公同主唯一趣報有所謂筆政也。蘭史時為香港華字日報總編輯。貫公於丙午年四月間病歿于香山雍陌鄉。（丙子為公元一千九百零六年、清光緒三十二年。）蘭史則前年（甲戌、民國廿三年。）夏曆二月廿六日在上海逝世。其姬人名月子。今尚存。無子。聞自蘭史歿後。已剃髮為尼。蘭史「先教紅袖定千秋」之句。可為詩讖矣。

選自一九三六年九月二十三日香港《工商日報・市聲》

三十年前香江知見錄・猛進畫約、亞斧寫字／馬小進

三十年前香港之書畫文學。遠遜今日。人莫不知之矣。而抑知當年我國名士。亦嘗有於斯地鬻字賣畫者乎。若詩人潘蘭史之酒潤為四百文、二百文。予已記其事矣。玆所錄者。則為猛進畫約與亞斧寫字。猛進乃現任僑務委員會委員長陳樹人先生之筆名。亞斧則現任監察院委員王斧軍先生也。

猛進畫約云「猛進君精美術。尤以花卉為佳。其神韻之超逸。深入南山堂奧。久已馳譽一時。近來索繪者愈繁。酬應不暇。因代擬潤例。以為同志告焉。大金榜三十員。二金榜二十員。三金榜十員。大宣紙十員。二宣紙八員。三宣紙六員。以上破邊條幅折半計。扇子冊頁一員。琴條斗方二員。帳簷六員。限詩作圖。臨摹古本。及長卷另議。金本加倍。墨水折半。筆潤先交。鄭貫公、潘蘭史、黃世仲。馬秀峯代訂。香港荷里活道開智社代收。」今貫公、蘭史、世仲三君皆已作古人。秀峯存亡。吾無而得知之。蓋與此君一別。已逾三紀矣。至於世仲之死。則極冤且慘也。亞斧寫字。代訂潤格者。凡六人。為黃棣蓀。即黃世仲。二為鄭貫公、即鄭貫一。三為胡駿男、即胡子駿。四為陳猛進、即陳樹人。五為勞慧公、即勞慧孟。六為易次乾、又名易俠。今尚存者。僅有胡、陳、勞、易、四君。而仍居香江者。祇慧公一人。現任華字日報總編輯也。潤格如下文。「王君亞斧。予友也。素擅書。其筆法古峭。殆於諸大家別闢蹊徑者。予等相知有素。故為之介紹焉。大四屏六元。小四屏四元。大中堂四元。小中堂二元。八言聯一元。七言聯一元。團摺扇五毫。帳眉三元。名印三毫。寫件交開智社或廣東報代收」。但亞斧不但工書。且收藏古玉。攷據精確。蔚為大家矣。

選自一九三六年十月五日香港《工商日報・市聲》

無盡的哀思——悼詩人易椿年／侶倫

〔存目〕

選自一九三七年三月香港《南風》出世號，內文可參《散文卷一》頁一〇八

騎鶴而去的人／李爾

天宇因無雲而見廓大，太平山下無時不鬧鬧嚷嚷着。

有一個人悄悄地來過這世界，只瞥了一眼，又悄悄歸去了；他，是一個孩子，一個無藉藉名的詩人。因為有一點的情緣，我竟成為他短促生命中的一個朋友，這最後的幾年，我是一個見証者。但是普遍都盲了目的現在，有幾個願睜開眼看一看天角的一顆小小星光呢？在他突而寂寞地殞落的時候，誰會知道這裡缺少些什麼？因為他們從前是空虛的，現在也是一樣空虛，他們一無所有得慣了。在人們正白痴地溺於濁流中，跪拜於權威下面的時候，誰又肯抬起頭來而醒悟起一些虛空的感傷呀？

我曾經禱祝過，願一切逝者都是幸福的旅行人。他們冥冥地高飛了，他們向天外旅行去，他們高傲地扔下可恥的人世生活，而蕭然遠引了。想起他們在世時是呻吟苦淚，受盡奚落與廹害，那不是一回好的解脫嗎？也曾經怒罵過一切被踐踏的靈魂，不快毀滅就應反抗，但是被死神急遽吞去的，多是一些將要反抗而大感無力的人。

這朋友比不上吉茨，他一切也不夠，單是享年也比吉茨少過四歲多。他到來是很吝惜的，當他慷慨地獻呈出來的時候，却沒有人願於接受。終於他或者因為體弱，或是因為恚恨，老早就把筆桿擲去了。我不敢猜想他願不願寶愛他之所作。吉茨創作的年限，共他是差不多的，而吉茨在廿二歲才把天才開花，我這朋友却太早熟了。造物把他的身子拉得很長，却不能把他的壽命也拉得更長些，造物賦與他烱烱的雙眼，而他的生涯却是過份黝暗。

在他的朋儕中，他與吉茨有相似處，而他之外却沒有一個是雪萊；那是說，在他的朋友中，詩的成就，他是高高舉出的。同一樣，他也陷下在可怕的痼疾中，記得吉茨也是帶着一個不健全的肺，因而就過早割斷了生命的，那最適宜於寫詩的孩子不也是一樣嗎？可惜這無名的詩人還無 Miss Fanny Brawne 來傾訴盡他的肺腑，就這樣一無所有地死去了，死去了，……

他是一無所有嗎？那未免辱沒我的朋友了，至少他有幾十首詩是可以輯起來，為香港數年來幼稚文壇不算荒蕪收穫的証物的。我記起那許多個青年，這幾年如何寒傖地努力在島上一隅去建築自己的事業，來點綴別人的奢侈，那就不使人不肅然起敬了。在文化水準低下而普遍是荒淫與無耻的處所，既缺少了一個伙伴，是如何地有寥落之感呀！

「我是一個支那人」，是他擬好了的一冊未出版的詩集底題名，支那人，支那人，為什麼你是支那人呢？在這裡的人民連狗也不如的國度裡，為什麼你不做一個十九世紀裡的英國人？而偏承受起這悲慘的命運。你是如何痛苦地延着殘喘才死去呀！一點好的休養，一點好的慰安，你曾有過麼？你可以向廣大的世界追問去。可是，朋友呀，這裡早已留不着你了，甚至連你的詩章。

如我是一個寫小說的好手，我會把你美麗的面影塑像，但我這時候不能夠瑣瑣碎碎了；如我是一個權威的評價者，我可以把你捧進文藝的史冊裡，但我還是可憐地無能，我只能夠告訴別人，你是：名字叫作易椿年，寫過許多詩，社會沒有給他什麼名譽。因為染了很深的肺病，進醫院才不過四天，便沒有呼吸了。那一個清早，是一九三七年一月十六日，年紀才不過二十二歲。

最後，我覺得：哀悼什麼呢，生時別人對他少冷淡一些不就是更好嗎？

選自一九三七年三月香港《南風》出世號

茅盾先生印象記／丘亮

這是星期六晚上。在「藝協」的辦事室裏。中央放著一張長方桌子，上舖白布，兩旁排列著好些藤椅。這里小小的地方就擁擠著好幾十個青年，散漫地坐著，站著，踱著，談著，或看著書報……好像是一個消遣的俱樂部似的。但實際上，他們是抱著同一的心情而來，為了同一目的而等待著的。不然，他們還肯這樣來消磨時光嗎？

初，大家是悠閒地安詳地在等著的；後來，壁鐘噹噹地敲了七響，空氣斗然變作焦灼了，緊張了，這好像那時鐘就是主管這批青年腦神經似的，且斷續地聽到了這樣的話聲：

「時候到了，怎麼還不見來？」

「x先生去請他啦！」

「大概就快到了！」

時間大約繼續了二十分鐘，室外地板上便響著幾對皮鞋走動的聲音。大家心裏彷彿觸了電流似的，不期的都停止自己的動作，朝向門外望，即見到三四個青年衛士般簇擁著一個中年人進來。我們都一致站起來歡迎他。他是微笑着的，永遠地微笑著的，一踏進門來，便摘下帽子，向各人點頭回禮，忙得什麼似的。這就是我們渴慕著要見的茅盾先生。

我們幾十對眼睛象餓鷹般盯著他，好象想在他身上找尋什麼出來。茅盾先生似乎也感到的；但並不見他顯出什麼（）促的樣子。他心裏也許在說我們這批「孩子」「天眞」吧，我想。

茅盾先生是一個瘦小個子。當晚他身著花紋大衣。清雅灰白的臉孔；下巴尖尖的，表現出中國文人的本色。額頭是低狹的，兩個眼睛，滾溜溜的；閃耀著的光芒，從眼鏡圈裏四射在我們的身上。由這點顯著他認識靈敏，處事鎮靜的特徵。同時，他的説話和態度，常是那麼謙遜，和藹，雍容，使人感到親切溫暖；他絕無名人的架子，十足如一個學者的模樣。要是在街上碰著的話，誰曉得這就是中國文壇上的巨星，大名鼎鼎的第一流小説家呢？

因為那房子狹小而人多，我們就移在一個課室裏開會，暫作了幾個鐘頭的「小學生」——其實茅盾先生（）是導師；我們是文藝學徒。課室里坐得滿滿。在光亮的電燈下，每個人都顯出虔誠肅穆的態度，（）聆著茅盾先生的講演。

這晚演講的題目是，「為什麼沒有偉大作品產生？」他把這問題發揮得很透澈，講了幾乎兩個鐘頭；其中還談到創作方法問題。可惜我沒有筆記下來，演講完畢之後，接著「藝協」各會員提出各項問題來討論：如「公式主義」和「尾巴主義」，「國防文學」和「抗戰文藝」香港題材及創作範圍問題……等，茅盾先生都給予我們很誠懇的解答。

散會後，他又給這班青年包圍了。興奮而愉悦的神色，顯露在我們每個人的面上。茅盾先生給我的印象，我是永遠不會忘記的。

我們希望他在此「沙漠地」的香港培植出好的嫩芽來；至于希望它能于短期間內發榮滋長，那似乎近于奢望了。

一九三八，三，十四。

選自一九三八年三月十七日香港《大眾日報·大眾呼聲》

本欄不日登載平可先生的長篇小說山長水遠

內容描述幾個不同性格不同理想的男性，用各種方式，追求各自認為完美的女性，因而演出了種種的離合悲歡，嘗透了種種的人生滋味，到頭來只感到空虛與疲倦。

到了情海回航，他們得到一個相同的結論：所謂愛情，只是自欺欺人的玩意。當初或許情熱如火，到了環境有所變遷，生理有所變化，男女之間，除了恩義，便無所維繫。

「平可」雖是一個陌生的筆名，但作者早是個寫作老手，與本欄讀者，也不是新交。

選自一九三九年八月二十二日香港《工商日報．市聲》

「中國作家」與穆時英／芬平

中國全國文藝家協會出版的英文誌「中國作家」（Chinese Writers）原在香港出版，由馬耳主編。馬耳離港後，卽由戴望舒，葉靈鳳等人接編。第二期今已出版。該誌僅有的一篇小説，為以前上海圖書審查委員會的檢查官及後來香港星島日報「娛樂版」的編者穆時英所寫，為一篇有關抗戰「描寫人性」之作品。在該誌的第一頁，關于穆時英的介紹有如下一段：

「……著作甚豐，『南北極』和『公墓』最為馳名。他的聲譽一天一天地高起來。在一九三五年他忽然停止寫作，離開了文壇。結婚後他自己放逐到香港去，一直到現在。中日戰爭又把他帶到文壇來了。他現在正努力為他的祖國而寫作，正如他數年前為他的事業而寫作一樣。他能用英文寫作，正如能用中文寫作一樣……」

穆氏最近據說已來上海，為「祖國」有所活動。此次不知是否又是「放逐」而來者。

選自一九三九年十二月二十四日上海《文藝新聞》第八期

關于「強盜孝子」

值得一看的影片

「強盜孝子」在新世界戲院公映了。很受着觀眾們熱烈的歡迎。看過的人。對於這個強有力的劇本。都交口稱譽。無不説是近年來一部值得一看的影片。

為什麼牠有值得一看的價值呢。原因就是牠是一部有意義的影片。牠把現社會的一種（一）病。用一種最動人的情節表現出來。感動人們的心懷。可不是嗎。在現社會中。幾許有學問。有才幹的青年。因為不善於奉迎。不善於拍馬屁。不善於吹牛皮。而至於到處找尋不到職業。弱者自不免流于自殺。強者不免流于為盜。這個問題是怎樣的深刻動人。

介紹侶倫先生

這部影片的劇作者是誰呢。我特地在這兒向讀者們介紹。他就是侶倫。他以前在文藝界上很努力。有不少的作品貢獻出來。讀者如不忘記的話。必定可以記他他那部「紅茶」的小冊。「強盜孝子」是他踏進電影界後最近的產品。全片充份有意義的對白。每句對白都有力。「強盜孝子」之有今日這個成績。一半是他的功勞。一半則應該歸功於仰天樂的導演者。

看了牠以後

在未看這片之前。和看這片之後。給我的印象是深刻不忘的在意料中達到了我的願望。劇本既好。表演者個個極自然地把劇中人的身份表現出來。光線聲音。一樣地在水準綫以上。

同時。我希望電影界中的製作者。當努力於這一類的作品貢獻出來。在現社會中。許多問題隱伏着。裡面有罪惡。有污穢。希望電影全給他們一個赤裸裸地暴露。把他們的醜惡眞面目揭出（一）。

選自一九四〇年十月十四日香港《華字日報・藝壇》

我和許地山先生的因緣／柳亞子

一九四零年十月，我初到香港，聽見人家講起一種特權的老爺們，對於新文字正在造謠污衊，無理廹壓，心中甚為憤憤不平。隔不了幾天，中國文藝界抗日協會香港分會有一個茶話會招待我，當主席的是許地山先生，他要我講話，我就把這不平的話都講了。許先生笑道：「一切正中下懷，造反的就是我。」原來，許先生正是香港新文字學會的主要人物，我當時還沒有知道呢。

以後，我和許先生相敍過幾次：一次，是在他家中面壁齋的茶敍；另一次，是在中英文化協會的年會。茶敍那一天，有十幾位朋友，許先生和許夫人招待殷勤，大送其茶點，喝喝啖啖，心中非常高興。在年會的晚餐席上，大家講的是英語，而我一句也不懂，覺得相當的窘。幸虧許先生是知道我的，他和我同席，便把我的位置排在他自己和許夫人的中間，他倆陪我講中國話，破除我的寂寞。不然，我那一天晚上眞是變成啞吧了。還有一次，是葉淺予先生和戴愛蓮女士的婚禮，地點在保衛中國同盟，許先生是證婚人。那一天，國母孫夫人也出席參加，到的有三十餘人，非常熱鬧。末了，全體拍了一張照片，我和許先生站在一起，這照片現在我還保存着，也可以算是一個紀念吧。

最後一次，也是一個茶話會，大家預備為皖南事件作一個公正的表示。許先生匆匆而來，却又匆匆而去，他說他另外有要緊的事情。當大家正在推敲着宣言的字句時，許先生拿起毛筆來先簽了一個名，便揚長出走了。許先生慈祥的態度，和正義感火熱的心腸，在現在閉了眼睛，還是可以想像出來的。然而，又那裏知道這一次便是我和許先生最後的相見呢！那一天的日子，我還記得，正是一九四一年二月一日。

自從三月旬初以來，政治上的摩擦愈來愈擴大，我的神經衰弱又發作了。杜門謝客，有好幾個月不坐渡海的倒輪，所以和許先生便再也沒有相見的機緣，不過我心中倒是常常罣念許先生的。在七月底還是八月初吧，大公報發表了許先生的論文「國粹與國學」我看了心中非常痛快。我得中國的文化界，正和中國的政治家一樣，被一般開倒車的人們關得太烏烟瘴氣了。許先生是文化的戰士，實際上也就是政治的戰士，他有正確的見地，和偉大的正義感，在現在的局勢下眞是非常的需要呢。

但是，不幸得很，隔不了幾天，在八月四日晚上，許先生猝病去世的惡耗，就突然而來了。茅盾先生說：「幾乎不能相信自己的耳朵。」在我覺得完全是同感。茅盾先生那篇哀悼的文章，寫來非常痛切，也非常正確。茅盾先生是眞眞能夠了解許先生的。此外張英先生的一篇，對於許先生的認識也極其清楚。還有，楊剛先生的一篇，是非常情感的，我讀了幾乎制不住自己的眼淚會流下來。

許先生和魯迅先生一樣，都是五四運動以來提倡新文化新文學以至新文字的老戰士。講到五四的領導人物，到現在殉道的殉道了，變節的變節了，做官的做官了；而許先生還是幹他文化革命的工作，二十年如一日，并且愈來愈進步。中國還在黑暗和受難的時期中，正急切地需要文化的士如思許先生者來艱苦奮鬥，而許先生忽然撒手長逝了，這是何等的重大損失！我們的後死者，如何不有出師未捷之痛呢！尤其是身體上和精神上都有半殘廢的隱痛，像我這一個無用的人。

小而言之，據說香港的文化可說是許先生一年開拓出來的。原來，在許先生來就港大中國文化史系主任之前，香港的國文權威，還是落在一般太史公手上的。讀經尊孔，用文言文，簡直和前清時代看不出什麼分別來。自從許先生主持港大，招生的題目就用白話，那末學生的試卷也自然不能不用白話了。這樣，才把全香港中學校國文課的文言文的鎖完全打破，這是何等偉大的功績呢。又聽說，許先生去世以前，正在計劃着（一）辦業餘學校，答應捐錢的人很多；一方面，許先生又在盡瘁於新文字學會事業的擴張，這樣看來，許先生遺下來沉重的担子，還要後死者堅決着替他挑下去吧。這才是眞眞對於許先生的追悼和紀念。

追悼會預備出特刊，一位許先生的朋友要我寫些東西。我因為腦病的這係，已有半年多不寫長篇文字了。這一篇寫來馬虎得很，不像樣子，我覺得對許先生非常抱歉。不過，我自己相信對於許先生的認識是很正確，而對於許先生的哀悼是很純潔的。

選自《追悼許地山先生紀念特刊》，香港：全港文化界追悼許地山先生大會籌備會，

一九四一年九月二十一日

「我在寫小說」／靈簫生

戰後，我寫許多小說，「梨苑春橫」是先要提出的一部，以某名伶為主角，事蹟香艷，人物生動，豪華場面，不下於現在的「冷暖天鵝」。後以事，草草終場，良堪惋惜。「冷暖天鵝」（現刊香島日報）寫於前年冬，當時我真窮得要命，還沒有錢裝電燈，每晚對住熒熒的火水燈兒，居然能够寫出如席超雲這樣心境優美的人物來，我自己重復看來，也覺得不勝可喜之至！當其時，我替東亞晚報寫「呢喃故燕聲」，是以歌伶小明星為主角的，寫得非常失敗，於是我把它結束了，我覺得，年來所寫的小說，都是偏重於男女愛情，我應改變一下作風，我開始寫「辣手蛇心」，寫善與惡的鬥爭，以反派人物吳立德為中心，關於他的種種罪惡，無不令人目眦變指，現在正寫到他的事業聲名已踏上了隆盛的階段，當他上到峯極的時候，然後把他一交跌下來，至於他是怎樣跌下來？又非看原文不可了。香港日報的「啼笑人生」，以溫柔慈愛的心腸，去觀察種種人生。「橫刀奪愛」則在言情之中，而雜以鬥殺的場面，也頗別開生面。至於其他，我所想寫的還多，祇因篇幅關係就此拉住。附帶說一件事，有一個女讀者每日必打電話勸我，不可把辛如玉說得太淒涼，不可令吳立德太得意，我委實難於應付，最後我想到一句答覆的話，那就是：「小姐，我是在寫小說呀！」

選自一九四四年四月一日《大眾週報》第五十三期

香港，日本與王韜／葉靈鳳

香港的外江佬，在歷史上有名的，王韜大約要算得上一個。他在香港住過多年，是循環日報的創辦人，後來回到上海，又任過申報總編輯。他於光緒五年曾赴日本遊歷，著有「扶桑遊記」三卷。相傳他曾依附太平天國，是天朝的開科狀元，有「長毛狀元」之稱。他在香港創辦循環日報，據說正與今日在香港的許多外江佬文化人一樣，是在太平天國失敗後，逃難來香港的。

王韜是江蘇吳縣長洲人，字紫詮，號子九，又號仲弢，有時也寫作弢園，別天南遯叟，生於道光八年。除了上述的「扶桑遊記」之外，他還著有弢園文集，弢園尺牘，遯窟讕言，瀛壖雜鈔等等。他除了到過日本之外，並且去過歐洲，當時正值普法戰爭（一八七零年，即同治九年）回來時曾寫了一篇「普法戰記」。

關於王韜的為人，據他的女婿錢徵在「甕牖餘談」的跋語說：「先生久居香海，常鬱鬱不自得，又患咯血症，往往風雨一廬，未秋先病。行年五十，尚艱嗣續。客常有以營篷室勸者，輒慨然曰，人豈必以兒孫傳哉，余蓋得以空文垂世，使五百年後，姓名猶掛人齒頰，則勝一盂麥飯多多矣。是故平居恒手不釋卷，見有時事之可傳者，必摘錄之以備參考。……」

甕牖餘談八卷，所摘錄的便都是這些時聞逸事之類，除了一小部份是關於所謂忠臣節婦，可歌可泣之事蹟外，其餘大都關於西洋風俗人情，以及新發明事物的叙述，雖然有不少荒謬臆測的地方，但在當時能留意到這一方面，實在也很難能可貴。關於日本的，這書裏一共有「日本宏光」，「日本風災」，「日本畧記」，「通商日本說」，「日本文字」五則。

「日本風災」記明治四年五月十八日，二十四兩日，大阪一帶發生的颶風事。這風似乎是由我國浙江沿海吹過去的，因為當時在嘉興青蒲一帶也同樣發生了颶風。「日本畧記」記西人理雅各遊歷日本的見聞，「日本文字」談日本字母與中國漢字的淵源，都沒有什麼值得注意的地方。在今日讀起來，使人特別感到有興趣的，倒是作者在「通商日本説」裏所表示的中日關係的見解。此文的寫作年月雖不明白，但據內容看起來，當在明治維新前夜，這時副島種臣固然沒有來，就是李鴻章經手的中日修好條約也還沒有成立，可是兩國的商務交涉，已經漸漸的瀕繁了，但是正式外交關係還沒有成立。關於這點，作者說：

「邇來歐羅巴各國公使，皆奉其國王之書函，前來日本講好修睦，開埠建行。日本亦各遣公使往詣各邦，以敦鄰誼，即如荷蘭一國，於二百年前與中國同在長崎島通商者，近亦遣公使至日本，携其國書，籍於橫濱箱館，往來貿易，日本已許之矣。以此觀之，歐洲絕未通商之國，今皆通書使，立條約。船艦鱗萃，商賈羽集，而中國素來交往者，反絕跡焉。此竊所未解也，且兩國既已通商，設立領事，駐劄公使，一援歐洲各國之例，於中國通商亦甚便焉，何為計不出此耶？順叔所論如此，亦自有見。」

這裏所說的順叔，是指名叫宏光順叔的日本人，他是王韜的朋友，曾到過香港廣州。王韜對他似乎很佩服，在甕牖餘談卷二「日本宏光」條下，作者說：

日本人宏光，字順叔，行三，素居日本京都江戶，為將軍貴冑，世襲華職，年僅二十六歲，瑰奇英偉，超卓不群，固其國中之俊傑也。同治丙寅五月，來遊香港，曾往英京倫敦，覽其山川風物，詳觀各機器水火二力之妙用，而悉會通其旨，於英國之語言文字，皆能洞曉，英人無不羨其聰穎，敬禮有加焉。又嘗遊歷金山，所至輒詢以有用之學，於奇技淫巧，視之蔑如也。既至香港，往來羊城，文人才士，皆樂與之交，順叔亦皆一一延接，務極賓主歡，於是技贈詩章，盈於行篋，求書者戶外屨常滿。順叔於書各體無不工，而尤擅鍾鼎篆隸，固此書名大噪於粵東。此將返，辭於諸故人，祖道東門，自梅觀察以及士大夫，悉贈詩以壯其行色。即下至閨媛，亦以詩歌贈答，順叔之震耀於時如此。吾觀日本近來人才迭出，務在留心經世實學，歐洲文士所譯天文歷算醫術格致各書，無不深研力索，其所著如三語便覽，歷代紀年，於西國情事洞若觀火，而國中亦有輪船炮局，力講富強，嗚呼，志豈在邇哉。今順叔亦如是耳。順叔來訪予於旅舍，與之敷衽論心，嘆相見晚」。

王韜記載順叔和日本的事，似乎很有遠見，但他自己一旦到了日本却怎樣呢？據他自己說，他是「日在花天酒地中作活，幾不知有人世事」，對於當時日本社會文化各方面銳意革新的情形，反而毫不關心。他是於光緒五年春天往日本的，七月秋間回到上海。「扶桑遊記」三卷，有明治十三年東京栗本氏的刊本，所記自光緒己卯閏三月初七日起，至七月十五日止，凡一百二十八日。這書我未見過，周作人先生曾在「關於王韜」一文裏引用過，其四月三十條下有一節云：

「日東人士疑予於知命之年尚復好色，齒高而興不衰，豈中土名士從無不跌宕風流者乎？余笑謂之曰，信陵君醇酒美人，夫豈初心。鄙人之為人狂而不失於正，樂而不傷於淫，具國風好色之心，而有離騷美人之感，光明磊落，慷慨激昂，視貲財如土苴，以朋友為性命。生平無忤於人，無求於世，嗜酒好色，乃所以率性而行。流露天真也。如欲矯行飾以求悅於庸流，吾弗為也」。

從這一段自述看來，王韜實在是一位典型風流自賞的名士。將他的自述與他女婿的跋文對比讀起來，實在是一種很好的對照。王韜晚年又吸上了雅片，他的日本友人岡千仞，於明治十七年來中國遊歷，曾到上海訪問王氏。在所著「觀光遊記」卷四中曾提到王氏云：

「訪紫詮，小酌。曰，余欲再遊貴邦，不復為前回狂態，得買書資則足矣。余笑曰，先生果能不復為故態乎。紫詮大笑。紫詮不屑繩墨局束，以古曠達士自處。李中堂曰，紫詮狂士也，名士也。六字真悉紫詮為人」。又云：

「張經甫葛子源範蠡泉姚子讓來訪，談及洋烟流毒中土。余曰，聞紫詮近亦嗜洋烟。子源曰，洋烟盛行，或由憤世之士借烟排一切無聊，非特誤庸愚小民，聰明人士亦往往嬰其毒」。

王韜與黃公度為同時人，「扶桑遊記」中曾提到黃公度所作的日本雜事詩。王氏歸國時，曾將詩稿携回，由循環日報以活字版印行，於光緒六年春間出版，書前並由王韜寫了一篇序文。

關於王韜中過太平天國狀元的事，大約是一種謠傳。王韜與太平天國諸人有過往來則有之，「長毛狀元」或者是他的綽號，真的中了狀元則未必。關於這傳說，專門研究太平天國歷史的簡又文氏曾力斥其妄，洪琛也曾寫過一篇「申報總編纂長毛狀元王韜考證」，否定了這傳說。

光緒中葉雖距今不過五六十年，循環日報至香港戰前還在繼續出版，關於王韜的著作和他在香港的事蹟，我相信香港一定有不少人知道得很詳細，我所知道的實在太少了，我希望這篇短文能獲得拋磚引玉的效果。

選自一九四四年四月二十五日《大眾周報》增刊：南方文叢（第二號）

為苦難中的人民惋惜！／思慕

杰人在解放區的煙台病逝了，正如一個跋涉長途的香客，才踏到聖地便倒下來那樣。

與杰人同事半年，我還不大清楚他的身世，他給我的印象是：一個畸零的青年，孤獨，沉潛，緘默，但認眞而不驕誇，天眞而不世故。他像是過早地給苦難滲透，但并沒有轗下來。他像是以全力追求着一些甚麼。他的寫作，我看的不多，我只感覺到他是肯念書和認眞的寫。

他到報館工作不久，為着要深入人民中間，過戰鬥的生活，曾請報館派他到東江縱隊去採訪，但因為那時這支人民武裝正被圍勦，他無法成行，他並不因此失望，還是埋頭工作。雖然在幾個月之內，工作崗位調換過四五回，他像是不介意。顯然的，他只求整個工作機構有意義有作用，而不問自己是一口螺絲釘，抑或是一座引擎。

到了東江縱隊北撤有期，杰人得償夙願的機會到來了，他便緊緊地把握這機會，毫不躊躇，堅決地愉快地奔上他的征途。又誰料到新的生活的開始却就是苦難的生命的終結呢！

杰人，今天在這裡追悼你，滿壁掛着的恰是苦力、農民、流浪人、孤兒等等的烙印着貧窮和苦難的面孔。我因想起，你的呼吸，你的脉膊是與他們分不開的，他們正需要像你那樣的青年的人民詩人替他們呼喊，替他們詠歎，一直到自由康樂的新中國的來臨。而你却活不到二十五歲便長逝了！杰人，我為你惋惜，我更為在苦難中的人民惋惜！

選自一九四六年九月十三日香港《華商報》

香港的戰時民謠／馬凡陀

日前在新民報看到朱儒先生一篇關於香港忠靈塔的文章，說是香港被日寇侵入後，為了紀念他們的「勝利」，化了巨大的勞力與金錢，（自然都是香港居民身上插來的），造一座非常神氣的忠靈塔。當然那時被逼去建築的工人是不甘願的，聽說人們口傳着一首民謠：「巍巍乎，忠靈塔，今年造，明年拆。」朱儒先生說，現在香港當局打算要拆去此物了。並且他說，最近才知道這首民謠是名詩人戴望舒先生的傑作。

據香港朋友的證實，這首民謠的確是戴先生寫的。而且當時寫的民謠不只這一首。共有十餘首之多，因為他們單純易懂，富於民謠的特色，立刻為香港民間所接受而流傳了。環境使他不得不隱去作者的姓名，大家以為真是人民自己創造的真貨，只有知識份子也許還知道是一位詩人的作品，至於曉得內情，曉得是戴望舒寫的，則難得一二人而已。

朱儒先生引用這首民謠，起句為「巍巍乎」，實際上原作是沒有這麼文縐縐的。只是「忠靈塔，忠靈塔，今年造，明年拆。」這是更近於民謠，絲毫沒有「文人造作」的毛病了。

還有寫日本的「神風飛機」的一言：

「神風，神風，
隻隻撥空，
落水送終。」

另外兩首是：

「玉碎，玉碎，
那裡有死鬼，
俘虜一隊隊，
老婆給人睡。」

「大東亞，
啊呀呀，
空口說白話，
句句假。」

人們一定會驚奇怎麼一位以「雨巷」等抒情詩出名的前輩新詩人忽然寫出（一）種樸質的作品來？實際上一點不足怪，因為任何認眞地生活在這個時代中的人沒有不受時代的波動的，何況一個敏感的詩人呢，戴先生曾被捕下獄，受盡苦楚，雖然生還，身體大受影响。最近報載他的兩本翻譯詩集將要出版，一是西班牙抗戰謠曲集，一是洛爾加集。愛好詩歌的人將得到兩份結實的食糧。（文聯社特稿）

選自一九四六年十一月十八日香港《華商報・熱風》

紀香港四老報人（節錄）／惜餘生

潘蘭史，鄭貫公，陸伯舟，黃魯逸四君，均為香港老報人，而執於本港報界，則以潘君為較早。不過四君均在民前清末時代，在香港執業，歷史悠久，茲紀四君史實如次：

潘為粵之番禺人，名飛聲，別字蘭史，為海山何館潘德畬之同族，少能文，風流跌蕩，有名士風，清光緒十三年，受德國東方學院方言館之聘，赴柏講學，該館原在中國南北各聘一人，潘卽為華南之受聘者，留歐三年，光緒甲午年返國，主華字日報筆政，目睹甲午中國慘敗，力主變法維新，多為經世之文，編事之餘，鴉好涉足水坑口，〔……〕未幾離華字，倡辦實報，對國事多主張，惜無甚發展，鬱鬱不得志歿年僅五十有七矣。

鄭貫公中山人，梁任公學生，文章多奇氣，所撰諧部作品，人多愛讀，初主世界公益報筆政，後入廣東報，與陳樹人李孟哲盧梭魂等為同事，復又辦唯一趣報，以趣味雋永作品，見稱於時，廣東報之副刊名「無所謂」，渠乃以「有所謂」三字以名一趣報之副刊，文字佳趣，且多幽默諷刺之文，讀者爭購，風行一時，人皆稱為「有所謂」報，而唯一趣報之名反不彰，鄭歿後，唯一趣報主持無人，隨亦停辦矣。

陸伯舟，嘗為中外新報撰論説，立論質樸而穩健，反乎其人之性情，蓋其性情殊浪漫不羈也，陸擅駢體文，時各報副刊，例以諧文一篇冠其首，渠所為諧文，皆駢體，因時世之所尚，頗能吸引讀者。若在今時，此種艱深文字，幾何不為讀者擯棄也。陸好鬥蟋蟀，時香港有鬥蟀之博，陸犯此而被控罰者，年必一二次，又好與黑社會中人遊，劉紳鑄伯與渠為稔交，嘗規勸之，陸曰，報界記者，斯文撈家矣，方方面人，都要結交，何能自高身價，劃地自限耶，後率因此，幾至被遞出境，得劉綏頫始免，陸有名士風，不善治產，得錢輒盡，故垂暮之年，猶藉煮字為生，嘗語人曰：「天天吃魚翅且厭，況絞腦汁嘔心血耶」，後卒絞腦汁嘔心血以終，賣文生活，數十年來未嘗少輟也。

黃魯逸性情不羈，尤其於陸，擅撰戲曲，尤長於粵謳，優天影劇社之組成，黃其主幹也，嘗與李大醒同任公益報副刊撰述，時美國排華潮正盛，省港僑報均鼓吹抵制美貨，前美他輔總統（時未任總統）因事過港，公益報發表一漫畫，繪兩龜扛一美女，題龜扛美人四字，顯示諷刺，港政府以有礙英美邦交，解黃出境，五年示儆，期滿復回，仍執報業，黃嗜吃狗肉，某次赴友約吃之過多，消化不良，遂致殞命，所撰粵謳，遺稿尚多，其後人嘗刊之公世，現無存矣。

選自一九四七年十月十日香港《生活在香港》第一期

落華生許地山〔節錄〕／陸丹林

落華生許地山，於民三十年八月四日下午二時十五分，在香港羅便臣道的寓所逝世，享年四十九歲，回想起來，這是中國文化界的一個鉅大損失！

我還記着，那天的上午，九龍天文台上懸起八號風球，雖然颶風的前哨絕沒有一點聲息，可是人心已經有了一些騷動，好像罡風就要侵襲港九似的。然而在下午二時半，就有一位朋友來說許地山先生剛纔在家逝世了。我聞着不禁有點驚愕，立即打電話到許公館詢問，果然屬實。這一天，颶風沒有襲港，獨是噩耗傳來的損失，較之颶風更加來得厲害。那麼，八號風球的掛起，容許就是地山逝世的象徵吧。

〔……〕

地山對於新舊文學和神哲學，都有相當造詣。燕大畢業後，更求高深的研討，繼續到國外留學，研究文史中宗教學。民十二至十三，在美國哥林比亞大學得文學碩士學位；民十四至十五，在英國牛津大學得文學士學位。民十六，由倫敦返國途中，道經印度，作一度的勾留，從事研究梵文和佛學。返國以後，即在燕京大學任教授，講授中國道學和社會學，並歷任清華大學社會人類學系講師，北京大學哲學系講師。民十九，再度西游，潛心研究印度文學（梵文）和宗教哲學；和譚雲山同以研究印度哲學馳名。

當民國廿四年，胡適之南下香港，接受香港大學頒授的博士學位，當時曾向港大當局建議；港大的中文學院中國文史學系的主任人選，應由中國人担任。他該是從英國的大學畢業，對於中西文史有精深的造詣，有著述的表現，在學術界有相當的權威，而且是華南籍懂得閩粵方言，那就對於環境纔能有深切認識沒有什麼隔膜，有這樣資格的學者來担任此職，纔能適合該系所迫切的需要，而必能有成就的。果然，港大當局接納胡氏的建議，幾經物色，最後還是由胡氏介紹地山到港担任這「人地相宜」的職事。於是他就在民廿四年秋天受聘担任香港大學教授，主任中文學院的中國文史學系。香港大學開辦至今，中國人担任教授的，只有兩個人，第一，是王寵益任醫學院教授，第二，就是地山。

地山雖然是一個基督教徒，但他是另有他的信仰和思想，和普通一般的傳教者不同。從「玉官」小說裏，也可以知道一個輪廓。近年有時也好寫點舊體詩，詩體雖是七絕，而內容却是新的，更不是無病呻吟與嘆老嗟卑的濫調。篆書隸書和梵文，高興的時候，也常揮寫的，當作一種美術來消遣，但同時他絕不鼓勵人家去埋頭埋腦研究書法。

地山兄弟六人，他是第四。他的大哥贊書，曾任廈門同盟會會長。二哥贊元，是黃埔陸軍學校畢業，留學日本，後來投身革命軍。三哥敦谷，是西洋畫家，畢業東京美術學校。弟贊喬，是醫生，畢業廣州光華醫學校，可說是一門俊彥。

地山的原配是台灣的林月森女士。繼室是北平師範大學理學士周俟松女士。周女士是湘潭周印昆（大烈）的女公子。印昆沒有兒子，地山就把他的兒子苓仲從母性為周苓仲，地山在北平的時候，因着研究佛學，常常實地去參觀寺院，印昆的夕紅樓詩集裏有兩首詩述及，如：

同許壻地山觀臥佛

「破瓦纔遮殿，扶危興汝登。歷階予已病，向榻佛難興。來去未曾礙，紛紛何所憎。暫游還暫息，不必喚庵僧。」

九日攜六壻許地山暨七女銘洗登石景山天空禪院塔臺。

「笑入東西天畔門，登臺攀塔塔猶尊。初知一佛肌骸散，更有千悲舍利存。屢舞尊盤身欲病，逢辰兒女氣纔溫。長河漸漸孤聲起，日夕奔遑到海渾。」

地山有兒女三人，長女楙新，是前室所生。次女燕吉，子周苓仲。卅二年以後，我在重慶，見着地山的哥敦谷。不久，又會地山的夫人周女士，現在他們在什麼地方，却不甚清楚了。

地山是五四運動的中心人物，學術深湛，中西新舊文學，都有深刻廣博的研討，致力文化教育工作，尤有極大的貢獻，在新文化運動時期，即運用他的清新簡練的文學技巧，用落華生筆名發表創作「命命鳥」是他的處女作。短篇小說集有「綴網勞珠」，「換巢鸞鳳」，小品文有「空山靈雨」等，曾經陶醉不少讀者的心靈，在文壇中有着相當的地位。對於歷史和宗教比較學，研究更加淵博與精微，著述有「達衷集」（是敍中英鴉片戰爭前之史料）「孟加拉民間故事」，「印度文學」，「中國道教史」，「扶箕迷信底心理」，「道藏索引」等。他在香港數年，創作小說，文字較長的，是在「大風」所發表的「玉官」中篇，論文較長的，是最後在大公報發表的「國粹與國學」了。

寫到這，我就聯想到胡愈之替他寫「扶箕迷信底研究」序文幾句來——

「老當益壯的蕭伯納翁近來說過這樣的話：『正為了是戰時，作家不應該把正在幹着的事停頓下來，欲要加工夫去做些與戰爭無關的事纔好。』我明白蕭翁是反對『抗戰八股』。

許地山先生就是像蕭翁所說那樣地幹着的。已經打了三年多仗了。這裏，一向是被看作高等華人的世外桃源的，現在也在忙着疏散婦孺，挖掘山洞，演習燈火管制。但是許地山先生還是和先前那樣地笑容可掬。他的鬍子並沒有比戰前加長一些。他對宗教學，土俗學的研究興趣，也沒有改變，當我這次來香港看到他的時候，他正寫完了一本『扶箕迷信底研究』。」

如果有人批評地山當年不實際去幹抗建工作，看了胡氏的話，也可以得着一個解答。其實他在香港六年，對於文化學術運動，做了不少工作，如中英文化協會連任會長二年，中華全國文藝界抗敵協會香港分會連任理事三年，中國文化協會連任常務委員二年，其他港大中文學會，廣東文物展覽會，文化講座，中國電影教育協會香港分會，新文字學會等團體，都盡過很多的力量。他日常起居生活都很注意也很儉樸。他是終年吃素，同時也吃點葷，所謂葷，只是水族的動物，其他陸上的空中的動物，他是不吃的。衣服也很樸素，通常的，冬天不離一件藍布大褂，黑呢帽，夏天是麻布長衫，白通帽。西服呢？我是沒有見他穿過了。常常笑口吟吟的對人，他感覺到怎樣的就說怎樣，待人接物，沒有用什麼的手段，都是抱着一片和靄眞誠。永恒地保持着青年的熱情，不斷地和惡劣勢力戰鬥。可是他在四十九歲壯年時期，戮力學術的時候，便霎然的與世長辭了！他的死，是在中國抵抗日本大規模侵略的第四年，也就是法西斯侵略的烽火燃遍世界的時候，文化運動的戰士許地山適在這時撒手人寰。他是富於責任的，該是放不下吧！然而在他逝世沒有幾年，中國抗戰勝利了，他沒有看見，這在他個人魂兮有知，是何等的難過呢？我想。

選自一九四七年上海《茶話》第十二期

太平山下一盛會：歐陽予倩先生六十大壽記／望月

（本刊香港航訊）五月十六日是歐陽予倩先生六十大壽，又是他從事戲劇工作四十年紀念，港九文化界由郭沫若、茅盾、宋雲彬、顧仲彝、夏衍、張光宇、馮乃超、葉以羣等發起，柬請文化、文藝、戲劇、電影、美術各界同仁，於是晚七時，假座六國飯店大禮堂舉行了一個盛大的慶祝會。港九所有進步，文化工作者藝術工作者都到齊了，到了二百餘人，還有若干平素仰慕歐陽先生之為人的也都到了。弄得豫備的座位不夠坐，臨時加了幾個圓桌的新座。歐陽先生一生的刻苦奮鬥，博得了今天的名譽，這是他個人的光榮，也是人民的光榮。

慶祝大會會場的佈置，是馬蹄形的茶座（每位來賓自備茶資二元），正中的座位是壽翁歐陽先生，左右是文化界的長者郭沫若、鄧初民、茅盾、陳其瑗、柳亞子、馬鑑、陳君葆等先生。司儀顧而已聲如洪鐘，當他叫出「開會」，儼如站在麥克風前說出一樣，嚇得大家一驚。跟着他請主席郭沫若先生致詞。郭先生說：歐陽先生從事戲劇工作已四十年，毫無疑問，他是我們的先驅者，值得我們學習，值得我們的景仰。今天歐陽先生是六十大壽，從事戲劇四十年，合起來恰恰是一百年，我們祝望歐陽先生活到一百歲，再給我們領導四十年，多為人民服務四十年。這穫得了異常熱烈的掌聲。跟着司儀請茅盾先生演說。

茅盾先生說：歐陽先生為戲劇工作了四十年。四十年前和今天的中國完全不同，戲劇也完全不同。歐陽先生走過一條漫長的道路，給中國帶來了新興戲劇。他不但在戲劇電影方面有偉大的成就，在改良地方戲方面也有極大的功績。所以歐陽先生本人就是一部中國現代戲劇史。郭先生祝望他活到一百歲，我則祝望他活到一百二十歲，到我們慶他從事戲劇工作一百週年紀念時，那時中國已是理想的樂國，一部「活歷史」仍坐在我們旁邊，慶祝的狂熱，必非我們所可想像了。茅盾先生說到這裏結束，大家又報以熱烈的鼓掌。

司儀請舒繼文小姐朗誦歐陽先生「六十自壽放歌」，舒小姐是誰？就是「一江春水向東流」裏飾交際花王麗珍的那一位女角。許多與會者都認識了王麗珍，却未曾見過舒繼文小姐，一叫出她的名字，在一見廬山眞面目的直覺下，大家的視線立刻集中在她的身上。她用清脆爽朗的聲調朗誦道：

我誕丑年湖南牛，畢生苦幹不抬頭；
食草擠奶一無惜，惟有穿鼻之繩不可留；
穿鼻之繩何所擬？譬如塵封故紙壓心頭。
少年飛躍向眞理，垂老愈為牛步憂。
五十年來何慘怛，浮沉磨折無自由！
願為川上橋，願為渡口舟，彼岸風光和且麗；
夕景未云短，何妨繼之（　），尚堪與君攜手共遨遊。

歐陽先生的青年氣概躍然紙上，詩文與朗誦相得益彰，掌聲塞滿了整個禮堂。

跟着是鄧初民、曾昭掄、陳其采諸先生演說，之後，郭沫若夫人于立羣女士朗誦郭先生「壽歐陽予倩先生」詩：

蓬臺春柳尚青青，南極大星今更明，冊載孟旃垂耳順，慵民依舊要先生。
吃人禮教二千年，弱者之名劇可憐，妙筆生花翻舊案，娜拉先輩續金蓮。
太平遺事費平章，革命潮流久斷航；縱有狂徒頌曾左，四方今唱李忠王。

不媚天家不頌神，繆司耑合為人民，荷鋤蠶來隨言後，努力同挖封建根。
予倩大兄努力劇運凡四十年，今垂耳順矣，旅港同仁獻壽於太平山下，奉此小詩，以侑菊觴。

于女士的聲調雖然沒有舒小姐的高朗，却也很婉轉悠揚。

次有陳君葆、顧仲彝、翦伯贊，盧敦及港九劇協代表李世雄等相繼講話，中間穿插有中原劇社的粵語祝壽歌和建國劇社的國語祝壽歌。前者是以粵戲曲調唱出，描寫細膩眞實，在此方言方學高唱入雲之際，這作品當又是寶貴的收穫。

最後由歐陽先生致答詞。他說他今天得到各位這樣熱烈的慶祝，很感謝又很慚愧。他自己謙說是「庸人有庸福」的「幸運兒」，所以得到今天的虛譽。並說，幹四十年戲劇工作並沒有什麼了不起，多少人幹了一生演員，耕了一生的田，當了一生的鐵匠，都抬不出頭。我搞了四十年戲，有什麼希奇？假如在這期間還有一點點成績，都是朋友們給他的幫助。跟着他又報告他如何在日本參加演戲，如何回國來組織春柳社，從事反封建劇運，及如何演舊戲及改良地方戲？最後他說出他如何藝術至上主義走到藝術武器論，認識沒有鬥爭就沒有戲。他希望大家還要策勵他，讓他能永遠趕得上時代。

在熱烈的鼓掌聲中，司儀宣佈了「散會」，時已十時過了，大家都喜氣洋洋，大家都充溢着溫暖，這很能給人以春天到了的深刻印象。

選自一九四八年五月二十九日南京《展望》第二卷第五期

來港作家小記——記文學系的作家招待會／阿超

一　在達德迸發的「火山」

「哇——誰的聲音這樣快活嘹亮！」當我剛走到民主禮堂門前的時候，我微笑着這樣想。

飛速的步子才跨進側門，就看見一個手舞足蹈的先生在那裡「開機關槍」。同學差不多都已到齊。我却遲到。原因是我接得臨時改期的通知太遲。

「機關槍」密密打着。……口音——我知道是北方的，可是老聽不懂它的意思。不，只聽懂「擁抱」——不，與其說是聽懂，倒不如說是看懂，因為那個躍越的擁抱姿勢是那樣的活現！我拍拍隣座同學，問他「那是誰？」他搖頭。問他「你懂他講什麼嗎？」他也搖搖頭。但大家都為他興奮激越的聲音和姿態所控制住。

「唔……他究竟是誰呢？」我叉着兩手，老這樣想。因為聽不懂，我的遺憾隨着他的說話的增加而增加。「他顯然是給燃燒起來了……要是我能聽懂他底話，怕自己也給燃燒了吧。」

側坐在講壇前面的黃先生，望望講者，又望望我們；滿足的微笑展在他來回轉動的臉上，時而向我們翹一翹下巴，好像是說：你看，他講得多麼得意！多麼好！

終于，掌聲結束了他的講演。跟着，黃先生站起來，說：「臧先生剛才講的聞一多先生的道路……恐怕大家聽不懂他的話，所以我特簡略的翻譯一下……」

哦——原來他就是詩人臧克家！哦——他講的原來就是聞一多！

我們請他朗誦他底最滿意的詩。他笑着搖手。掌聲啦啦響，他這纔站起來走向講壇。但仍說他沒有什麼詩是滿意的——撒開步，就想走回座位去。掌聲終扣住了他。于是他一個轉背，拿起粉筆，就在黑板上疾書聞先生那首遺作「一句話」。

「……有一句話，能點得着火……你不要發搥、伸舌頭、頓脚。」他朗誦着，好像急流的衝激。而誦到「迸一聲咱們的中國」的「迸」字時，可眞像獅子吼，炸彈的開花——全堂都給他「迸」出迎新爆竹似的掌聲來。全禮堂的心，都「點得着火」了！這個在上海因為「說出就是禍」而「緘默」了好久的「火山」，今天在達德終于「迸」了！——「火山」呵，你已「忍不住了緘默」！說實話，也不該緘默了，——久久悶在心頭的熱情要你「迸」出歌唱！「泥土」更要你「迸」出歌唱！

「再來！」的呼聲，迫他又漲紅着臉「迸」了一遍。（唔，虧他還連連說他「不會朗誦，只是唸唸而已」！嘿，好傢伙！對我們也撒謊！）

過了幾天，在大公報上，登了這樣的一首詩（自由、快樂。——達德學院歸來）

……

你說，幾年來
曾沒看見我
像今天這麼快樂過。

今天：
被壓得彎曲的身子和靈魂
重新直立起來了，

頂開了
逼人發瘋的千百種顧忌，
熱情
使我恢復了自己。
對着幾百個青年
我赤裸裸的放出了心裡的話，
我揭開胸懷高聲的朗誦詩。
這種自由，
這種快樂，
這種生命的基本權利，
離我太久了，太久了，
突然間，來得太猛烈，
使我有一種痛苦的感覺……

二　端木先生叫我們調查研究他

那時與臧先生一同來的，還有端木蕻良先生。

他接着臧先生的「火」，也講到聞一多；由聞一多而講及朱自清。他説（大意）：那時我是他們的學生：但當時聞朱的清高，我們却有點不滿。可是，後來，他們在發展的路上都為人民開了花，成了中國智識份子的楷模。

「現在講到文藝的新生的問題」他說「過去總有人以為文藝是清高的，是不牽涉到政治的，但是據我們所知，過去的皇帝是最喜歡利用文人來提高自己的地位，所以在過去，文藝也還是政治的。今天我們承認文藝是有政治的意義是一點也不足為奇的，我們說文藝要為人民大眾服務，這是對的……」

後來他在答覆同學關于他的「新都花絮」的詢問時，說了一個故事——他在四川歌樂山保育院的故事。「保育院分兩派。」他說，「一派是擁今上夫人的正統派，一派就就是我們這一派……在某次歡迎「媽媽」的會上，出現了兩條不同的標語。一條是「蔣夫人——我們偉大的媽媽」，一條是「蔣夫人，我們要飯吃！」他幽默地笑了。接着說：「就因為這，他們後來說我有漢奸的嫌疑。大概我的罪過，就是要飯吃！至于我是不是漢奸，讓諸位去調查調查，研究研究！」在全堂哄笑中，他幽默地這麼結束了他的談話。

三　老教授楊晦先生

楊晦先生是東北人，他這二十年來消耗在講壇上的時間，比他寫文章的時間還多。因為他是老教授，所以口若懸河，一說起話來就一直自由奔瀉。聽他的話，頗有令人發生汪汪若千頃波之感。

他說，自從五四以來，幾個大城市的文化如北平，上海，抗戰以後的延安，重慶，似乎都是因為地域不同，因而在思想上作風上有些不同，但其實這裡也隱約的表現出時代的不同。在上海方面，作家間的意見，不能說沒有出入，有人說這是因為住在重慶和住在上海，環境不同的關係，其實是並不能夠這樣簡單地去了解的。

後來同學們又問到他對於李有才板話的意見。他的大意是這樣：五四以來，我們把舊的東西「都」踢開……如果你提起章回小說，就要給嗤笑。我們把小說的標準固定在洋化上面。但那些舊東西却給張恨水們使用去了而獲得了很多的讀者。……今天李有才板話出來了，我們才恍然大悟，原來要給工農寫作，可要回過頭來，利用那些東西，提煉那些東西，改造那些東西。李有才板話如此強力地扭轉了我們的頭頸。

——「就我所理解」，他說，「它的最大價值便在這兒。」

四　蔣天佐先生談文藝創作問題

在給同學們團團圍住的先生們中，蔣先生是最清癯的一個，他口裡含着總煙，一個字一個字很清楚地吐出來。他説最近上海和香港的朋友們之間有些爭論，在他看來兩面都是有道理的。上海文藝界的朋友們認為，文藝需要大眾化，這是沒有問題的，文藝家需要改造，這也是沒有問題的，不過在上海這樣的地區，作家怎樣能夠到大眾中去呢？這是事實問題。所以我們認為，作家能夠投身到大眾中去改造自己，當然是最好，但改造亦不一定要投身到大眾中去，只要作家的脉膊與大眾的脉膊一齊跳動，也是可以收改造之效的，他舉出魯迅做例子。

蔣先生的話，非常之精簡，但對於他的看法，同學們都抱着保留的態度。比方，以魯迅來比我們今天的作家，這就有些不十分恰當。魯迅所處的時代，和我們所處的時代已經是有很大的不同了。

五　女詩人談詩

因為陳敬容先生是一個女詩人，同學們提問題也特別踴躍。有人問，她寫詩的經過；有人問詩是應該怎樣寫；有人問，陳先生出版了那些詩集；那一首詩才是她的得意傑作；有人問，她對於詩歌運動有什麼意見；有人問，今天中國的詩人是不是應該寫現代派的詩；有人問陳先生的詩是屬於那一派；又有人問：「陳先生你的詩，意識上是不是有問題？」

陳先生不慌不忙的對同學們的問題都不厭其詳地一一加以答覆。她還說到她如何在街上走的時候看見許多摩登的女子穿着古老的裝束，因而有所感觸，而寫出一首詩來。

陳先生穿得很樸素，而態度則又十分誠懇，所以同學們對於她都有一個良好的印象，雖然大家對於她的詩是並不滿意的，大家都希望她能夠轉變作風。

這幾位作家的招待會是分兩次舉行的。座談會結束時，黃藥眠先生代表我們同學，表示謝意，同時他還表示，在上海一部份文藝界友人和香港文藝界友人的爭論中，他個人認為香港友人的意見，基本上是正確的，儘管還有些缺點。

一九四八．十二．十三．

選自《海燕文藝叢刊》第二輯「關於創作」，香港達德學院文學系系會，一九四九年一月三日

贈劉火子／柳亞子

大好青年劉火子，索書火急似催逋。黎明在望須前進，榮譽從教屬我徒。

火子著《不死的榮譽》一卷，輯入黎明叢書。

選自柳亞子《磨劍室詩詞集》（上海：上海人民出版社，一九八五）

重遊淺水灣尋蕭紅墓／柳亞子

十一月二十二日偕佩妹暨蘊山、鯨文、舒翎重游淺水灣。鯨文言蕭紅埋骨灰處在石欄中大樹下，擬為題名之舉，詩以紀之。

真向蕭紅墓上來，參天大木異松槐。埋香壞土磁瓶好，劫火盧鴉（法蘭西女傑貞德受火刑地。）玉骨灰。椽筆題名憐後死，女權新史幾人才。漢皋解佩年時事，倘遣曹生有怨哀。

重與驅車攬勝來，風流人物屬吾儕。周郎顧盼饒英氣，老子婆娑遺壯懷。一妹虬髯終古恨，（蕭紅原名迺瑩，與張應春同姓。）冬花春卉並時開。小喬自美鴻妻健，更喜朱家驂乘才。

選自柳亞子《磨劍室詩詞集》（上海：上海人民出版社，一九八五）

黃冷觀先生傳（節錄）／馬小進

先生諱顯成。姓黃氏字。君達。別字仲弢。號冷觀。亦號崑崙。中山長洲人。父屺香孝廉。為吾粵大儒。同光間。與陳蘭甫。何小宋諸先生游。以經史詞章之學著。晚年主廣雅書院講席。先生歲十三。從學其中。英敏宿慧。造詣湛深。卓越儕輩。受知朱疆邨學使祖謀。彙攷之日。面譽其文思英雋。為後起秀。時先生年纔十八而已。餘事為詩。亦迥異凡響。古體多豪邁奔騰。於太白東坡為近。律絕諸作。早年綺麗。瓣香溫李。或偶法定庵。晚歲覃思精微。以深遠閒澹為意。則復頗思聖俞矣。

清季光宣之際。民族主義昌盛南中。先生著籍同盟。毅然以鼓吹革命為己任。與李憐庵。鄭岸父等。創立香山旬報。香山週刊，邑人景附革命。輸財捐軀。清社以屋。激揚之功。良足多矣。民國肇建。黨中號為文人者。多表功干祿。覬覦膴仕。而先生隱居閭里。淡泊明志。筆耕自養。蓋先生稟性耿介。少無宦情。故大元帥孫公任以參議。靖國聯軍總司令唐公聘以顧問。禮羅靡遺。皆不式序。但遙領虛銜而已。惟十三年討賊軍興。今粵省主席吳公建東路總指揮之節。先生以故人從戎軒。決策籌餉。若將有為。然事畢遄還香江。息影蓬廬。固未嘗與酬勛之列也。

袁氏竊國。將謀稱帝。先生時主持香山純報。發揮讜論。聲罪致討。為粵督龍逆濟光所忌。下令封禁。乃易名曰歧江日報。仍持正不撓。掊擊帝制。視前益烈。終遭緹騎誘逮。繫獄經年。幸免於死。先生雖在縲絏之中。而泰然自處。弗輟著述。十年舊夢。廿年心影錄。軍獄瑣記三書。皆先生於鐵窗土牢間。嘔心泣血而成者也。迨袁敗龍逃。獲釋來香江任黨報事。未幾。返邑主民華報。嗣再至香江。主大光報。兼司香港晨報筆政。餘如華字日報。循環日報。中華民報。中和日報。超然報。

莫不有先生之文章焉。先生著作等身。二十餘載。少日所為樂府歌謠。疊經喪亂。藁已無存。而撰述小說，不下三百。為世所稱。其中傳游俠者十之四。如大俠青芙蓉。滄溟俠影。里巷偉人傳。迺其傑構也。言情者十之二。如青萍芟恨記。桃花山莊。鴛鴦槍。情坎記。幽蘭懷馨記。今婦人傳等作。哀感頑豔。情文兼至。讀者美之。此外多為社會小說與閭里逸聞。若劍庵裨臏。檮杌新史。畸人獨行傳。人禽之判。詩人綠萍。是皆超超元著。禹鼎溫犀。固未可視為小言詹詹也。自九一八以後。先生作風。為之驟變。觀其野火。狼烟鵑淚。黃海之血。白狼河北。紅樓紫塞記諸篇。壯懷激烈。同仇愛國。情見乎詞。可以覘先生之苦心孤詣矣。先生平昔所作說部。雖喜用文言。但亦嘗撰新體白話小說。曰太平山之秋。曰牧人與犬。凡數十種。言近旨遠。流麗安詳。絕非時流支離褊淺之詞。粗製濫造之品。所堪望其肩背也。

吾曾與先生談論所謂通俗文藝。吾以為俗誠俗矣。通則猶未。苟非積學深思之士。必不能為俗而且通之文。先生亟稱。吾說甚衷于理。而自承所為稗官家言。率爾操觚。排日脫藁。抽絲作繭。煮字療饑。無足傳也。此雖為先生撝挹之語。然有以知其志不在此。而心良苦矣。世之人多以說部為先生所擅長。舊學為先生所殊能。而抑知先生於政治。經濟哲學。社會學。及國際問題。固靡不窮究也。吾曾見其為循環。華字。超然等報。所撰社論。批評政治之得失。經濟之利病。社會之臧否。國際之離合。無不特具卓識。深中肯棨。且著有近代思潮批判一書。都十餘萬言。於近代哲學思想。條分縷析。若數家珍。讀者稱善焉。蓋先生治學甚勤。博貫載籍。九流百家之言。古今中外之說。有得便讀。讀必慎思。推求閫奧。欣然忘食。故能發為文章。事信而不誕。義直而不回。情深而不詭。體約而不蕪。其旨遠。其辭文也。

先生夙以樹人為志。育英為樂。故當其主香山旬報時。亦曾受邑令鄭樸蓀之聘。兼任烟洲兩等小學校長。循循善誘。鄉人沐其教化者。至今猶稱道弗休。十五年春。爰在香江。立一學校。名曰中華。懸博學篤行四字。以作校訓。且嘗為文。用紀斯事曰。港居以來。時苦伊鬱。面目不諧於俗。性行復與世相乖。在此二十年中。所為劬志篤行。以為報社司纂事者。亦既五六。今所收穫。悉成稊稗。又未嘗不自笑耕耘之無當。而胼手胝足之適足以自苦也。故欲息影為童蒙之求。以稍獮其過而慰其情。乃育中華中學之設。蓋先生深感乎世變日亟。觳音孔繁。立言以覺人。固未若立學以覺人之深且切也。

立學伊始。值大罷工。港中華僑。相率避地。故門下著籍者。弗逮三十。然先生不以是而自餒。邁進勇前。辛苦搘捂。未及三年。徒已逾百。迨先生捐館之日。則復幾四倍此數。且諸生裴然成章。薪槱棫樸。蜚聲南服。微先生之訓迪有方亡繇及是也。

〔……〕

先生容貌魁梧。精爽壯盛。然繫獄之日。攖風溼疾。厥後久治弗瘳。寖虧血氣。益以累歲辛勤。鬻文講學。積勞成瘁。以民國二十七年一月十三日。病歿於香江。春秋五十有三。配楊氏。系出中山隆都望族。克相其夫。持家有則。男子子七。祖芬。祖貽。祖雄。祖耀。祖同。祖坊。祖民。而長男祖芬。出嗣乃兄伯英先生。次男祖貽。五男祖同。皆先卒。女子子二。寶珍歸順德左氏。寶羣歸南海梁氏。咸能讀父書。持躬淑慎。無忝所生。明德之後也。先生歿後二日。卜窆於香港仔之華人永遠墳場。適與熊鳳凰希齡窀穸比鄰。鳳凰固蓄德能文且工吟詠之士也。若其有靈。當不使夜臺無李白。沽酒與何人之嘆矣。

馬小進曰。自余所及見。吾黨蓄德能文之士。砥行立節。不以浮名苟得為務。終始若一者。厥惟二冷。曰潘冷殘。曰黃冷觀。冷殘以畫鳴其胸中不平之氣。晚年逃於禪。若冷觀。則以文鳴其胸中不平之氣。而晚年隱於儒。所趨雖殊。然肝膽照人。有如白雪。冰心一片。常在玉壺。是皆能善保其冷也。二子其名為冷。惟吾嘗讀冷殘之天荒。冷觀之野火。熱血熱淚。時從字裏行間流出。忽斷忽續。忽急忽緩。而有以知其憂世憫民之志。固未嘗一日去諸懷。於戲。此二冷之所以為冷歟。如冷觀者。則又熱其腸。而冷其眼也。二冷皆為吾之知交。冷殘歿後。吾嘗為文以叙其行誼。持藁就正於冷觀。冷觀笑語余曰。吾冷何如彼冷。他日吾或先子而逝。子其亦能勿忘吾冷乎。冷觀雖長余數年。然其精神壯盛。膚革充盈。亦數倍於余。遽料。其竟先我而休耶。

於戲。冷觀云亡。今既百日矣。中華中學諸生。屢請余叙述冷觀先生之嘉言懿行。使後來者有所矜式。義弗容卻。因取其嗣君祖雄所為行實。及余所知見者。編次為傳。寧詳毋缺。使後之徵文獻者有考焉。惟小進困頓於江湖之上。聲名不徹於鄉邦。而文又不足為一家之史。以傳先生。殊自恧也。吾為此傳。亦聊以慰諸生心喪之悲。且求無負吾友生前所託云爾。

選自許衍董總編纂《廣東文徵續編》第三冊(香港:廣東文徵編印委員會,一九八七)

五、記錄與報道

論日報漸行於中土／王韜

泰西日報。約昉於國朝康熙時。日耳曼刊錄最先。而行之日盛。他國皆厲禁。凡關國事軍情。例不許印。妄置末論者。輒寘諸獄。後禁稍弛而行亦漸廣。英法美各國皆繼之而興。僻壤偏隅無不徧及。而閱者亦日眾。然法國所刊閭閻隱密報。法廷聞之。立加禁斥。誡以日報之例。不得譏刺人之隱事也。

西國之為日報主筆者。必精其選。非絕倫超羣者。不得預其列。今日雲蒸霞蔚。持論蠭起。無一不為庶人之清議。其立論一秉公平。其居心務期誠正。如英國之泰晤士。人仰之幾如泰山北斗。國家有大事。皆視其所言以為準則。蓋主筆之所持衡。人心之所趨向也。美國日報。一日至頒發十萬張。可謂盛矣。大日報館至用電報傳遞。以速排印。夫豈第不脛而走也哉。

華地之行日報而出之以華字者。則自西儒馬禮遜始。所刻東西洋每月統紀傳是也。時在嘉慶末年。同時麥君都思亦著特選撮要。月印一冊。然皆不久卽廢。後繼之者久已無人。咸豐三年。始有遐邇貫珍刻於香港。理學士雅各麥領事華陀主其事。七年。六合叢談刻於上海。偉烈亞力主其事。採搜頗廣。同時有中外新報刻於甯波。瑪高溫應理思迭主其事。同治元年。上海刊中西雜述。英人麥嘉湖主其事。嗣皆告止。近則上海刊有教會新報。七日一編。後改為萬國公報。林君樂知主其事。而中西聞見錄亦刊於京師。艾君約瑟丁君韙良主其事。顧此皆每月一編者。兼講格致雜學。器藝新法。尚於時事簡略。

惟香港孖刺之中外新報。仿西國日報式例。間日刊印。始於咸豐四五年間。至今漸行日遠。其他處效之者。上海字林之新報。廣州惠愛館之七日錄。又港中西洋人羅郎也之近事編錄。相繼疊出。三四年間。又益之以德臣之華字日報。而我局之循環日報行之亦已二年。上海則設有申報。自申報行而字林之新報廢。去歲春間。粵人於上海設有滙報。旋改為彙報。近數月間。又有所謂益報。聞福州亦設有日報。但行之未廣。未得多見也。港中日報四家。上海日報兩家。皆排日頒發。惟於星房虛昴四日則停止耳。日報之漸行於中土。豈不以此可見哉。

顧秉筆之人。不可不慎加遴選。其間或非通材。未免識小而遺大。然猶其細焉者也。至其挾私訐人。自快其忿。則品斯下矣。士君子當擯之而不齒。至於採訪失實。紀載多誇。此亦近時日報之通弊。或並有之。均不得免。惟所冀者。始終持之以慎而已。

選自王韜《弢園文錄外編》，光緒九年鉛印本（《續修四庫全書》第一八五八冊，上海：上海古籍出版社，一九九七）

香港清平樂之新劇觀／小進

香港清平樂社者。實吾粵新劇之先河。其劇壇景色之美備。藝員言動之優長。久已膾炙人口。最近排演哀情艷劇愛河潮一本。猶為異彩。以日前出現於太平戲院。座因之滿。幕甫下而掌聲雷動。蓋此劇乃家庭教育之借鑑。自由戀愛之針砭。深合社會心理也。我國文藝界。洎乎輓近。漸露頭角。欲與世界列邦抗衡。洵是盛事。聞該社同人。日求進步。思以美感教育。締造共和國民之資格。此寥寥數幕。其為異日中華民國劇壇史之旭日乎。尚希勉旃。

選自一九一二年上海《真相畫報》第一卷第九期

香港的文藝／吳灞陵

一、引言

談起文藝來時，我們便感覺到上海方面異常發達，作者固然眾多，出版機關也特別發達。作者因此得到了一種鼓勵，努力工作。上海這一塊地方，因此形成文藝界之中心點。其次，便要算到廣州這一方面發達了。但廣州這方面，多少要受點上海這方面的影響，香港則在上海廣州之間，上海的風氣，應該先到香港，然後才到廣州，故此香港的文藝界，應該熱鬧一點，其地位非常重要；但是，因為香港是個重要的商埠，只是商業最發達，文藝，便不得不為環境戰勝而落後，不過，香港既在上海廣州的中間，自有牠的重要地位，這是值得觀察一下的。

二、出版機關

要觀察香港的文藝界狀況是個甚麼樣子，須向一般的書報裏尋求，因為書報是發表文藝的唯一重要地方。現在，找出下邊那五類出版物：

新聞紙　香港的新聞紙，以現存的而論，連早報晚報共有十二家之多。即是：循環，華字，大光，華僑，工商，新中國，大同，現象，南強，香江晚報，南中，華強等。這些新聞紙，各都闢有副刊——即是諧部——來容納文藝作品，多寡視其篇幅多少而定。

小　報　現存的小報，共有十家之多，即是：華星，荒唐鏡，微波——大光報副刊——，骨子，真報，又日新，針鋒，游樂場，探海燈，青春等。所載都是新近產生之小品文字，純文藝的作品，有時也發見一兩篇。

畫　報　畫報最少，以現存而論，只有非非畫報和東風畫報兩家。兩報的內容，除了刊載各類照相銅版之外，有許多文藝作品。

雜　誌　這一類出版物，也非常之少，現存有墨花，伴侶，脂痕，香聲，幾種。這一類的雜誌，多數偏重小品及其他文字圖畫，單純的文藝雜誌，可謂沒有。

書　香港的書局，多數沒有印刷書籍的，有就不過是上海總局印成運來的，像商務印書館、中華書局、良友圖書印刷公司等。近來已經有了一個出版機關，但也不是純粹香港的，是「港粵」的，這就是受匡出版部了。她所出版的書籍，關於文藝的，香港方面的作者做的，已有幾部，像黃天石的獻心，龍實秀的深春的落葉，鄭天健，謝晨光（書在印刷中）等。

三、文藝作者

香港既有這樣現存的出版物，雖不覺得熱鬧，但也不致於太寂寞；那末，衝破那沉寂的空氣的，就是一班文藝作者了。我們細把這班作者分析起來，就地域上的分別，就有廣州，香港，上海三派。但是廣州和香港比較接近，發生了密切關係，故此有幾個作者是香港的，同時又是廣州的。現在分開來說個明白：

香港的　先說香港這方面吧，作品比較多的現在就有曇庵，亞蓀，天夢，崑崙，言情，天石，冰子，天健，爾雅，實秀，靈谷，星河，卓雲，浩然，筱仙，憂時客，自了漢……等。其餘作品還少的作者很多，也都是努力文藝的青年。

廣州的　廣州和香港，向來有許多關係，所以香港的作者，多數担任廣州出版物的撰述，而廣州的作者也時常担任香港出版物的撰述。像：恭第，（本是香港的，但現在只任省方的撰述。）麟巘，阿修羅，沈懺生，平湖，健兒—等，都是省方作者而作品比較多的人。

上海的　報紙雜誌有時為着要揀幾個上海有名作者來號召讀者，也會找幾個胡寄塵、徐枕亞，王西神，程瞻廬，趙苕狂，吳綺緣，吳雙熱……等上海作者担任撰述，這也不過是一時的少數的吧了。

除開上面所說那三派外，有的就是轉載上海書報的作品，至於廣州的書報的作品是很少轉載的，因為地點距離得太近之故。

四、文藝作品

談到文藝作品，就有新與舊之分，創作與繙譯之別，現在就分開來說：

新文藝與舊文藝　從前文藝副刊的分門別類，總有幾十款的，大抵是這樣的順序；文苑——或諧文，小說，——包含長篇的與短篇的——筆記，遊記，歌曲，詩詞，燈謎，雜俎，等。現在的文藝副刊，依照新文藝的界說，只分開小說，戲劇，詩歌三大類；泛一點便是加入論文，散文，遊記幾類。但是，分門別類雖然如此，可是大多數副刊只登載多量的小說，和小報特有的小品文字，對於新和舊都沒有嚴格的判斷。

創作與繙譯　書報上的文藝作品　照現狀而論，多數是屬於創作的，繙譯作品，并不多見。本來，香港是英國屬土，作者對於英國文學應該比較別個地方進步，可是除了商學之外，文學是沒有多大人去注意的；況且，注意英文的對於漢文也沒有相當的程度，對於繙譯英國的作品，就更覺困難了。英國的名家作品，既然沒有人介紹過來，其他如日本，法，德，俄，美，……等國的有名作品，就更罕見了！這也是創作發達的一個原因。

五、結論

綜合上面所講的三方面來觀察香港的文藝，便覺得香港的文藝是在一個新舊過渡的混亂、衝突時期，而造成這個時期的環境，一方面就是上海和廣州的新潮流人。香港的地域，彷彿處在前後夾攻的位置，青年的作者，最受影響，這是造成新文藝的原因；一方面就是香港這塊地方，在現在以前，大家都不大注意漢文的，那一部分研究漢文的人，又不大喜歡新文學，更有一大部分的讀者，戴着古舊的頭腦，對於新文學，簡直不知所云，故此見了一篇白話文的小說或是戲劇，詩歌，就詫為奇觀，而熱心新文藝的舊作者，就不得不保守了。

現在，香港的書報上的文藝，就是新舊混合的，純粹的新文藝，既找不到讀者，而純粹的舊文藝，又何獨不然？所以書報上的文藝，就媽媽虎虎的混過去，很少打着鮮明旗幟的！

總之，文學的新潮，奔騰澎湃，保守的文學的基礎，已經動搖，這個混亂、衝突的時期，不久就會渡過的了。

十月十五號脱稿

選自一九二八年十月香港《墨花》第五期

關於香港文壇／康以之

一向都被人所忽視之香港文壇，在這裏我想向讀者報告一下。雖然香港是一個小島；但自從海員大罷工以後，一般人的確對這地方有了不可磨滅的印象，而其中所孕育更可觀的，便是在文化上有一種新的傾向。所謂新的傾向，那就是新文學之勃興。

最初揭起旗幟的，要算青年謝晨光與侶倫等，他們把大光日報之副刊作地盤。但是因為香港根本是一個十足的封建舊社會，故此對於所謂新文學是不得人們歡迎的，而同時他們又缺乏一種確當之理論，在充滿肉香的繁華都市把文學作遊戲，所以不久他們就消沉下來了。佔據香港文化界的仍屬一些古舊的文學作品。因失去地盤，他們便自動的出版刊物，計前後曾出過：「鐵馬」「島上」，但都是一兩期又夭折了。這種夭折的苦衷，稍稍辦過刊物的人，誰都會知道的。尤其處在英帝國主義統轄下的香港，辦雜誌要立案，繳三仟塊洋，並且所有的文章須被檢查過。（檢查員，人都稱之為高等華民（！））在這嚴酷的限制之下，想在文化上下工夫，確有點難。但是，事情並不如吾人所意想得到的，香港文壇並不怎樣沉寂。從一九二九年後，比較積極一點的報紙都爭相出版新文藝副刊，如：「文庫」（工商日報），「明燈」（天南日報），「洪濤」（新中日報），「鐵塔」（南強日報），「勁草」（南華日報）等。雜誌方面，則有「激流」，從廣州搬到香港去的動力社主編的「動力」和最近出版的「小齒輪」（羣力學社編）前者是半文字半圖畫式的雜誌，歌咏哥哥妹妹的文章居多，後兩者則全是文字，並且是頗有力量的文章。執筆的人是杜格靈，張吻冰，黎學賢等。當然，如果要說起香港文壇的話，這兩個刊物是不能泯沒的，因為它們確給予香港的青年有不少的影響。

說到作者，現在最為活動的，算是李心若，侶倫，黎學賢，這幾個人。李心若的詩散見于上海各雜誌，侶倫和黎學賢的小說，在上海南京各地都有登載，但近日在香港則很少見發表。自從謝晨光遠走南洋之後，所謂新文藝界的牛耳，差不多被這三數個人執住了。「戰線」的作者黑炎蟄伏着，據聞因為失業的原因，在報屁股上間也見其用筆名發表的文章。

選自一九三四年三月一日上海《出版消息》第三十・三十一期

看了現代劇團公演「油漆未乾」後／任穎輝

現代劇團於十月廿六廿七兩晚假香港青年會禮堂公演法國名劇「油漆未乾」，導演者是歐陽予倩先生，演員都是富有舞台經驗而努力於話劇運動者，因為話劇在香港一向被一般人丟在腦後，現代劇團這次毅然地作有準備的大規模的公演，無異是奇軍突起，在沉寞的藝術空氣中放了一把火。

在香港公演話劇不是容易的事體，我們不能否認在香港還沒有建立話劇運動的基礎，而一般民眾甚至受過中上教育者還不認識什麼是話劇，話劇于這裏一般人是那麼生疏的，一提起話劇，一般人以為就是從前盛行的文明戲，以為現在研究話劇的就是那些鬧鬧的文明戲子。而不知今日的話劇思想是前進的，批評人生的，表演是深沉而有生命的固定的，創作的，而是普遍性的藝術。

香港一般人之不能認清楚什麼是話劇，只能說是文化水準低下底所形成，也絕對不能責備一般人觀賞力的薄弱，一種新興事業的起始必要經過一個啟蒙時期，香港話劇運動的需要啟蒙的工作。經過了相當的灌溉與營養始能長出美麗的花朵。

現代劇團這一次公演「油漆未乾」，第一晚我曾看過來，那天晚上，青年會禮堂是充滿了藝術空氣的，每一個去看的人不出乎衣冠整潔的智識份子，在香港能夠看話劇的人只許是這些智識份子之一群。話劇在香港還沒有獲得廣大民眾的心是很顯明的。實在說在香港這樣的環境，根本只能演一些喜劇，在舞台裝置及演員的表演技術上做一番工夫，要是來得有意義一點，恐怕不要在這個地方。

從這一次現代劇團公演，是可以播散一些完美的種子的。看過「油漆未乾」的人，都能理解到話劇的美好處，而加深地認識戲劇與及文明戲的分界，現代劇團的這次公演，可說不是浪費的，在香港的話劇運動史中，可以寫上一行字：「美滿的收獲、光榮的一頁」。

「油漆未乾」是一個法國人寫的，歐陽予倩先生從英譯本中轉譯過來的，此劇是富于諷刺的，三幕喜劇內容的主要是描繪一個鄉村醫生的矛盾生活及其虛偽的道德的宗教的觀念而終免不了貪慾；對于靠「不勞而獲」的那些私利主義者，此劇是極盡其暴露的能事。香港是如何的一個社會，隨處都能聽到懦弱者的悲呼，隨處都能聽到榨取者的勝利的歡笑，也隨處可發現過着「團圓生活」的大人先生們套着道德慈善的假面具。「油漆未乾」的上演，我以為至少對于在物質文明過活的香港人，是一劑清涼散一針強心針。現代劇團此次的公演，我認為總比較那些書畫展覽或什麼即席揮毫的所謂藝術運動來得有意義。

有了好的劇本，又有了好的演員，而舞台裝置是那麼的輕巧，單純而能有劃一性，光線也算很調和，不過從左右的射燈光線過強，分支了觀眾的注視力，這不能不說是舞台的不能自由利用的原故，其次是演員的服裝大體都能助長劇中人性格及其思想的顯露。

本來表演一幕喜劇不是很容易，演喜劇在達到最高度的時候而不能使觀眾發出會心的微笑，正為演悲劇而反使觀眾鬨然大笑的一樣失敗，「油漆未乾」此劇從開始至閉幕都充滿了令人可笑的資料穿插極美麗，含有幽默與智慧；現代劇團的演出飾哈致醫生的盧敦君已可謂盡其能力地從一種有含蓄的內心的表演工夫，把哈致的個性與其貪慾活現無遺，動作是柔美的，手運用得很靈活，雖然有時候的舉止來得過于活躍，似乎把哈致演得年輕一點，可是對話的語語有力，始終能抓住觀眾的心，這是很成功的。其次飾達崙的章五凡君和飾羅遜的潘餘君都算很滿人意，不過潘餘君的化裝及其所穿的衣服不甚像是一個買賣藝術品的商人。飾安娜太太的李月青女士說話與態度都能活像是一個貪利而愛便宜的女人。至于飾長女的高偉蘭女士算是盡了責任，飾次女的馮美梨女士，活潑中不甚天眞，許多姿態是顯出了過於矯揉造作，不能在內心有力地發揮劇中人的個性，飾女僕的彭國華女士演來頗美好，從一開幕直至她的離去，都很能表露其愛說話坦直而眞摯，所穿衣服的合適更能暗示給觀眾她是如何的一個誠樸而高超的鄉村女人。飾但文波的駱克君聲音有時候過于低沈，對話因而沒有什麼力量，不能充份表現批評家的力量，很足以影響全劇的緊張空氣。飾柏魯斯的李晨風君，化裝似乎是年青一點，神態及舉止，形尚一個大學生，他的表演是忠直的，溫情的，一個油漆工人而又從事美術的，似乎要有比常人有一些獨特的姿態或個性。

上面拉雜地說了一堆話，都不出乎是自己的意見。我感覺到這一次現代劇團公演「油漆未乾」而能收獲美滿的成績，在表演方面是演員舞台經驗的充足而能體會劇中人的性格，傳導給觀眾的一種美的感覺，是表演上的成功，從第二幕開始至于劇終，演來沒有一點鬆懈，越演越精密，把觀眾的情緒燃到最高度，是整個的能合作的表現所促成，不過在第一幕的三個女演員的對話中，常常是把對話說得太急促，使觀眾不甚理解，而感到乏味，大體來說飾哈致醫生的盧敦都是始終能從各種小動作中，維持此劇發展的平衡，我們不要忘記此劇演來美滿，推動的力還是演導者……——歐陽予倩先生。

我們看「油漆未乾」在三點鐘的時間，使我們發笑的是數不清的次數，可是在發笑中還能使我們感到哈致醫生的矛盾和目前社會許多人的矛盾生活。

第一晚的表演已如此，第二晚許會能在熟習中更有美的成就，惜我沒有再看第二晚的機會。

現代劇團公演了「油漆未乾」，話劇空氣在香港當要濃厚起來。趁此一部份人對話劇已有相當的信任和理解的時候，話劇運動者能夠再接再勵的努力，香港何嘗不可以建立南國的話劇運動的基礎。

最後希望現代劇團再來一次公演，也希望一般從事話劇運動者都求一點進取，新聞報紙是文化工作中佔一最重要份子，對于話劇實有着力督促其展進及予以有力宣傳的必要。

選自一九三四年十一月四日香港《南華日報・勁草》

香港新文壇的演進與展望／貝茜

一、緒言

香港新文壇之已否存在的問題，不久之前，好像還有人斤斤討論；其實這一件類乎吹毛求疵的工作是多餘的，香港有沒有新文壇，只要從已有的一般文化工具如報章刊物等着目，都可以知道，香港新文壇的存在是顯然的事實。固然所謂報章與刊物的內涵是什麼，還得打一個折扣，然而新文學之漸被重視，和致力於新文學工作的青年們不斷的掙扎，要衝破這漆黑一團的氛圍，這一種精神的表現，我們實在不能輕輕抹去了着迹的一頁。

自然，香港正如別個地方的人所認定的香港一樣——一個商埠，而不是一個文化地點。但是文化這個東西並不是規定某種地方可以生存或滋長，某種地方就不能夠。文化究竟是一件人為的事業，一個分析者只能說某種地方文化發達與不發達而已，香港，跟着它所以成為世界商場樞紐的優越的地位，因為交通便利，一切的物質文明也站了優越的方便，隨着全世界潮流的總滙而輸進了來。文化方面也是一樣。自從「五四」運動以後，革新的空氣也微微的吹到香港來，新文學也漸漸在這裏萌了芽，雖然那時候只能說新文藝而不能說得上運動，而那些產品，在任何方面說都是幼稚這一點，也是意想中的。但是新文學之發生於香港，至少已不是最近幾年間的事了。

香港是一個特別的地方（雖然你如果認真地分析起來就不成其為特別），好些事情都是畸形的發展。正如有着時代尖端上的摩天樓，同時也有着香火供養的廟宇，在同一個報章的副刊上，或是一個刊物上，新舊文學的並行，正和前者成了恰好的比照。這種不尷不尬的情形，大概就是好些人所以憑藉為研究香港新文壇之存在問題的疑點。但是若果稍為嚴格分析一下，那支配在新文壇上的外在的勢力是什麼，便會明白奢求是多餘的事。不尷不尬的情形並不可怪，因為這是「香港」！

二、一般情勢

承認了香港文壇的存在，進一步，我們不妨承認香港新文學是在奮鬥。因為香港情形的特別，我們且先來看看特別的情形。

人說香港新文壇是建立在報章上，這是對的，本身沒有一種健全的刊物，一種有點壽命的刊物；是一個缺憾。但是形成了這個情形的，却完全基於客觀上的種種關係。當局方面的出版條例的限制，社會上一般人的思想的固執。都使新文學的生命在非常慘澹的空氣之下生存。前者是使有心無力的新文學者，根本沒有把一本純粹色彩的雜誌印出來的機會，而不能不依附於報章，或是資本家掬錢出來，為一已的利益而出版的商業化的刊物裏面。後者使新文學青年的工作，博不到一些同情與贊助，雖然這奮鬥是前仆後繼的，然而永然也只是前仆後繼，總豎不起一個健全的新型，這是可痛心的事件！

退一步說，報章又是怎樣一個情形呢？統計全香港的報紙共有十餘家，其中的副刊除了少之又少的幾個，刊載新文藝作品之外，大部分都是那每天刊幾百字，甚至幾十個字，往往一百幾十續還未刊完的古舊作品。新文學要想從其間不必說佔一個地位，就是透一絲氣也非常的難。這現象釀成的緣因，大半是報紙方面為着適應一般小市民的興趣的要求。這種既成的現象之發展，只有把文化拉向永遠死滅的路。固然暫且抽開時代的立場來說，新舊文學都各自有其本身的價值，但試問那些儘知號召讀者，把讀者的靈魂引向墮落之路的作品，有什麼價值和意義？這一點也許在作者是知道的。然而，當一篇新文藝作品，和一篇劍俠式或艷史之類的每天性交一次的小說，投在那懷了成見的編者的手上時，他自然不躊躇地知道取捨。

所謂文化的工具的情形是如此。在為社會環境迫成了始終都在萌芽情狀的新文學，沒有方法能夠抬起頭來，雖然有着在這方面致力的青年的屢次的吶喊，要衝破這個被目為「十六世紀城堡」的重圍；可是都無能改換這一類報紙的面目。無疑的，要希望那只知為本身的利益的老板，和只知腫腰包的多產作家的携手分開；是不容易的事。誠然這裏許多新文學青年是感着報章方面的失望，而自己出過許多刊物的。但都是在不獲得社會的同情與贊助這種種關係中，在非常短促的壽命之夭折。固然香港的刊物是多着，隨時走過街頭巷尾到報攤上，都可以看見燦然奪目的封面畫。紛然雜陳，但如果從這些刊物的數量上去估價香港文壇，會使你上當！在「文人固窮的」命運下的文學青年，要出版一個刊物，少不了要靠商人的告白的幫忙，的麼了呢的一本在他們看來是「佶屈聱牙」的東西，是令商人們搖頭的，因此純粹作新文學代表的雜誌無從印出，即使印出來也不能健全下去。而那些適應一般殘餘的封建思想的頭腦，和迎合一般人的低級趣味慾的刊物；在出版的機會上，便隨時比一個態度稍為嚴正的新文學刊物佔了上風。如今香港報攤上一部份當地所出版的街頭巷尾的點綴品，便是這一類。

所以，可以說：香港文壇是純然罩籠在殘餘的封建勢力之下，而香港的文化是畸形地發展的。新文學運動是在客觀環境的幾重壓迫中，支持着命脈。

這就是所謂香港文壇！

三、出發和演進

香港新文學所處的地位，既如上述，但是在那樣畸形與雜亂的情形中，我們也可以從中，分化出新文學運動着迹的一頁，找出一條系統的路綫來。這就是前面所說的新文壇已經成立並且在奮鬥，這兩點理由成立的憑藉。

現在為方便起見，簡畧地把它概括為前期近期兩個階段分述。以一九三〇年為兩期的分界。同時，因為說過香港新文壇是建立在報章上，因此叙述也只好以報章副刊為經，以獨立的刊物為緯；雖則後者也是極其重要的。

前期——由一九二七年至一九三〇年

上面講過，香港新文學的發生已不在最近幾年間，但是正式的發動期，却還不過是一九二七年間的事情，那時期值得提出來代表新文學的，是大光報的副刊「微波」和「光明運動」與及循環日報的副刊「燈塔」。這些副刊都是每天出版，而以嶄新的姿態，湧現於古舊的封建底氛圍瀰漫下的香港文壇，挺然地與舊文壇對峙。在幾個熱心於新文學運動的編輯人領導之下，用純正的態度，充實的內容，妥適的題材的分配，沉着地進行；博得不少青年熱烈底歡迎和傾向。而且有不少的文學青年在它們獎掖之下努力從事起文學工作來。總之這兩個報紙的副刊是刻劃了香港新文學發動期的光明的一頁，給人以忘不了的印象和記憶。

自然事情的表現，是有着它歷史底背景的。一九二七年的期間，正是中國國民革命狂飆突進的時代，為幾件慘案牽起來的當地的罷工潮又應時而起。在政治上是個興奮的局面，在文壇上，又正是創造社的名號飛揚的時期；間接受了國內革命氣燄的震動，直接感着大風潮的刺戟，不能否認的是，香港青年的精神上是感着相當的振撼。把這冥頑不靈底社會中的青年的醒覺反映於事實上的，是新的追慕和舊的破壞，而直接表現出來的正是文化。在事實上，諸種行動都失去自由的情形下，所能表現的也只是文化方面的行動。「微波」「光明運動」和「燈塔」所以獲得它們的時期與地位，也是必然的結果。

承着上述的情形而自然地演進的階段，是文學團體的產生。那時候，在上述幾個副刊發表作品的，都差不多是那一羣青年，為了彼此共同的需要與要求，為了強固本身的力量，為了要在新文學上做些研究與提倡的工夫，便着手組織一個文學團體，名字叫做「紅社」。人數有十多個，並沒有固定的社址，而是以大光報作通訊處，計劃每週開學術研究會，此外是出版刊物。可是成立不久，大光報因為某一件事情改組，紅社失了依附，而社員又為了生活或是學業的種種人事關係，大部分星散；這第一個的文學團體便曇花一現地消沉。雖然沒有做出過什麼工作，可是在大光報副刊上，進行向好些無聊的不通的刊物去攻擊和挑戰，是「紅社」僅有的勞績。

「紅社」消沉以後，從事新文學的青年已漸漸多起來，上述的副刊依然維持住它們的地位。接着出現起來的副刊，有南強日報的「過渡」，大同日報的「大同世界」和「三味」等，都是努力於新文學的提倡的，不斷地刊載了許多創作和文藝理論的文章。算是頗為熱鬧的時期。但是一個純粹的新文藝刊物依然沒有；直至一九二八年秋間，才有被稱為「香港新文壇之第一燕」的「伴侶雜誌」出現。「伴侶」的刊出，的確可以在香港新文壇史上刻劃一個時期。雖然態度是不很莊重，（因環境關係，不得不如此）。但形式與編排上，都是獨闢一格，給予人以新鮮的刺戟。她之所以獲得地位，並不因為其間有着國內作家的名字，而是因為她內容水準的嚴格和出版較長的命脈。至少從香港出版物中，要找一本同樣的質量，而銷行到國內去的文藝刊物，至今都還沒有。這雜誌出版未滿一年，至十四期就因維持不住而停刊；這是香港新文壇上的一件損失。

和「伴侶」同時期或更前一些時候已出版着的，有從廣州移植了來的「字紙簏」和香港出的「墨花」。前者正如它自己的名字一樣，內容雜亂，傾向低級趣味而帶幾分幽默氣，新文學運動是說不上。後者內容並不純正，只是幾個以辦刊物作消遣的有閒文人底玩意，對於新文學運動上亦無甚功績。承住「伴侶」的氣勢接住而來的是「鐵馬」雜誌，是純然幾個文藝青年自動出版的；內容有點仿模國內的「幻洲」。創作上幼稚。但裏面的一篇「第一聲吶喊」却第一次展起旗幟向灰黯的環境攻擊，可算是這刊物的精神的表現。因為不像「伴侶」的有着自營的印刷所的便宜，「鐵馬」只出了一期便夭折了。

近期——一九三〇以後

一九三〇年，是香港新文壇一個急激轉變的年代，卽是由消沉期而轉入興奮期。促成這一種努力底現象的，一半是新文壇本身的要求，一半是客觀環境上的驅迫。緣因是：新文學已經獲得一般青年底嗜好上的傾向，使從事於這件工作的人不感着寂寞；至少一個作者的作品有人歡喜看，作者的名字有人留意着，這樣的文壇都說得是走上軌道。至於客觀環境方面，這時期却起了一件不很尋常的變動，那是報紙副刊改變態度，拉起倒車來。「舊文學」的勢力又漸漸伸張，把新文學的影子蠶蝕似的蓋了過去。要分析理由，自然也不外乎報紙方面顧全它們的生意經，要迎合一般人的口味，而把那漸漸淘汰了的東西恢復刊載起來，一方面，那些以一個名號而跨幾種報紙副刊，以多產發財的土文豪，也不容易一下放棄他們的地盤，自然舊文學自有它的讀者，然而是否憑藉着它就能夠號召羣眾，而增加銷路？這一點局外人是不能知道，總之新文學受着重大的摧殘却是事實。在這期間，副刊中有的由純粹的新文藝而折衝為新舊文藝作品並刊，有的簡直完全改變了面目，有的是根本把新文藝欄取銷，雖然不是全數的報紙副刊都如此，至少一般的傾向都是非常的壞；這慢性的摧殘成了一個時期的流行症。但是在整個新文壇陷於消沉狀態中的時候，挺然出動而以「歡迎無名作者」作口號的，是南強日報的副刊「鐵塔」。它以嚴肅的態度，整齊的形式，沉毅地進行；雖然沒有了不得的成績，但是從中也常有一兩篇可觀的作品，至少「歡迎無名作者」這一種態度已經是可佩服；現在文壇上有一兩位青年詩人，他們最初的作品還是在「鐵塔」發表的。可惜這副刊當時似乎不很被人注意。

報紙副刊既然改變態度，這情勢是迫住從事文學工作的青年不能不另謀出路。在這頗長期間的沉悶中，打破了這死寂底空氣的，是「激流」雜誌。這是幾個文學青年的新組合的產物。在窮乏的新文壇上，這刊物的出版也可說是劃了一個階段；它不是如「伴侶」雜誌之以內容嚴整取勝，而是以態度之勇敢博得人的注意！在它的「香港文壇小話」一欄裏，毅然地向所謂香港文壇算舊賬，向「舊文壇」的盤踞者作正面的攻擊。氣燄可驚！這種勇敢態度，為前此的刊物所未見，而成為「激流」所特有，也是那時候所不得不有的精神！不過話分兩頭說，在態度上雖有可取的地方，在別方面却不能說沒有缺點，創作還平常，插畫却不免流於無聊與低級趣味，這是遷就一般告白僱主的商人，而為了保持刊物命脈所做成的這個刊物底污點。

只比「島上」出多了一期（共三期）便停刊，但「激流」總算有過它的時期。是它，才顯然地把香港文壇劃分新舊兩個壁壘。

已有的報紙副刊是沒落着了，但是新的副刊却跟住新的報紙產生出來；在不相上下的時期湧現的有：改組後的工商日報的「文庫」；南華日報的「南華副刊」；（後改為「勁草」）天南日報的「明燈」；新中日報的「洪濤」……等等，都是以純粹新文學的面目出現，雖然立場其姿態都各有不同，而精神與步驟却是一致。由於這幾個副刊的出生與行進，許多新作者集中到這些副刊來努力，於是多難的香港新文壇才漸漸奠定，而新文學的旗幟與陣線，才達到鮮明和嚴整的境界。這是一九三〇年至三二年間的事，可說是一個復興期。

選自一九三六年八月十八日至九月十五日香港《工商日報・文藝週刊》

香港文藝協會昨已成立選出理事九名

本港文藝界，為利便聯絡起見，特由一部份文藝作者，發起籌組「香港文藝協會」。自本月中旬召開籌備會議後，即推定籌備委員五人，負責起草會章及緣起，於昨日下午二時，在對海深水埗幼稚園舉行成立大會，結果除通過會章及緣起外，並選出第一屆理事九名、候補理事三名，通過入會會員四十餘人，四時許散會。爰錄各情如次：

到會人物

昨日到會者有劉火子、周延、張任濤、駱克、杜衡、李晨風、王少陵、穆時英、徐風、吳華胥、李游子、余魯衡、蔡藹怡、胡意秋、張一鴻、羅雁子等凡廿餘人。開會程序：（一）推選臨時主席及紀錄、（二）報告籌備經過、（三）宣讀會員名單、（四）討論組織緣起及會章、（五）選舉理事會理事、及候補理事、（六）茶會。

選出理事

選舉理事，結果選出理事會理事九名，計開：劉火子、張任濤、王少陵、李育中、吳華胥、穆時英、周延、杜格靈、李晨風；候補理事，林天任、駱克、胡意秋。

會員名單

該會會員芳名如下：計開為梁之盤、陳烟橋、杜格靈、陳鷗弟、侶倫、黎覺奔、謝晨光、佘魯衡、杜衡、張任濤、龍實秀、陳澤、余定康、李化、池塘、馮勁池、吳天籟、劉火子、王琮、王少陵、胡意秋、蕭邦、余所亞、陳丁尼、鄭風荷、梁蓓櫻、唐運珍、鈕昭、周延、李晨風、駱克、吳華胥、羅雁子、蔡藹怡、張一鴻、穆時英、徐風、李游子等數十人。

杜衡北歸

小說家杜衡，由滬南來已逾兩月，現以參加籌組香港文藝協會之籌備工作已告結束，現定本月下旬，偕其夫人買舟返滬。查杜氏於昨日參加文協舉行成立大會後，參觀深水埗幼稚園，由該幼稚園園長蔡藹怡女士引導參觀，並設筵為杜氏餞行，文藝界被邀請作陪者、有王少陵、胡意秋、杜格靈、穆時英等多人云。

選自一九三六年八月二十四日香港《工商日報》

三十年前香江知見錄・岑春萱嚴禁港報進口札文／馬小進

「照得報館之設。原以開通民智為宗旨。凡有言論紀載。自應主持公論。以免淆惑眾聽。乃查近來香港進口各報紙。如公益報、中國報、少年報、珠江鏡報、有所謂報、商報等。議論既多狂悖。紀載尤多虛謬。往往捏造謠言。顛倒黑白。甚至肆口簧鼓。希圖煽惑滋事。有關於世道人心。大碍於地方治安。亟應速嚴查禁。以免內地商民。為所蠱惑。除箚行各關稅務司。飭令華洋員役。遇有大小輪船渡船進口。嚴密搜查。如載有以上各報。卽行截留送關銷燬。並飭郵政司。分飭各局。不得代為郵寄外。派送報紙各舖戶人等。俟後不準代派以上所開之公益報等報。如敢陽奉陰違。一經查出。卽行從嚴究辦。以昭儆戒。此本部堂特札之件。該縣務宜留心稽查嚴禁。倘三五日後。仍有此等行銷市間。定為該縣是問。至香港進口報紙。尚有循環日報。華字日報。中外新報三種。持論尚屬平正。應仍准其派送。並飭令遵照。」此為光緒三十二年丙午五月十六日（卽公元一九〇六年七月七日）兩廣總督岑春萱禁止港報進口之一紙公文也。

按上文所列各報。共九家。查公益報刱辦於光緒二十九年。（公元一九〇三）在歌賦街。原名為世界公益報。中國報刱辦於光緒二十六年。（公元一九〇〇）在士丹利街二十七號。有所謂報刱辦于光緒三十一年。（公元一九〇五）在荷李活道七十一號二樓。原名為唯一趣報有所謂。後遷往德輔道三十五號三樓。商報刱辦于光緒三十年。（公元一九〇四）在上環海傍康樂道。珠江鏡報。未詳待考。循環日報刱辦于同治十二年。（公元一八七三）在歌賦街。華字日報刱辦于同治三年。（公元一八六四）在威靈頓街。中外新報刱辦于咸豐八年。（公元一八五八）地址待考。少年報于光緒三十二年。（公元一九〇六）在海傍干諾道一百〇八號。今尚存者。祇有華字、循環二報而已。

選自一九三六年十月十二日香港《工商日報・市聲》

三十年前香江知見錄・三十年前之香江新歲竹枝詞／馬小進

丙午歲首。（清光緒三十三年公元一九零六年）香山鄭道一先生貫公（與）予問客香江。貫公喜為通俗之文。鼓吹革命。餘事作詩。亦若白香山篇什。婦嫗俱解。予常錄存其所為香江新歲竹枝詞。凡十二首。及今觀之。可見三十年來此地風俗今昔不同也。其一云。三更半夜便裝身。迷信心誠好拜神。直向燈籠洲路去。拜完然後賀新春。其二云。長衫馬褂究何之。馳走三環苦不辭。相見恭維皆泛語。其餘話句好天時。其三云。聽如雷響視如烟。爆竹齊燒不吝錢。南北行街生意大。家家燃放萬千千。其四云。筵開春茗客紛紛。侑酒招花跌一文。（按文當讀作蚊、廣州俗語、猶言一元也）妓女不知遷寨恨。上廳猶着拜年裙。其五云。濶佬充成手段高。要尋老契去煎糕。封包利是層層剝。羊牯居然尚自豪。其六云。打鑼打鼓舞獅頭。炮仗堆埋亦不嬲。但望有懸銀紙賞。忙忙綠竹上騎樓。其七云。飲罷新年酒幾杯。興高又話發橫財。骨髀骰子闘門賭。一日人情亦爽哉。其八云。新春無事覺無聊。走去街頭睇戲招。院有四家隨便去。精神打醒看通宵。其九云。舖頭初五大開張。循例酬神不敢忘。香港商場情最重。紅飽燒肉送街坊。其十云。最近新聞寨要遷。拜年順便設離筵。水坑漫設深無底。此後誰人拚命填。其十一云。新年最是得閒時。賽馬于今已有期。預備逢場爭作興。電車齊搭快如飛。其十二云。聞道親王到港游。彩棚準備搭街頭。春宵從此增高慶。燈火笙歌景更幽。今香港已廢娼。詩中所言煎糕、上廳、等事。皆為歷史上陳跡矣。

選自一九三六年十一月八日香港《工商日報・市聲》

香港的戲劇／馮勉之

一　過去的陳跡

一九三六年，像長流的水流過去了。這一年來反映在戲劇的諸現象，都已成為歷史性的陳跡了。這些陳跡當「年代」轉入一個新的開始時有把它從新清算整理的必要，作為大時代中的一顆烙印。

無論在那一個場合，從政治經濟的過程，可以觀察出時代的思潮。同樣在戲劇的路線中，更可以觀察出時代的動態。由蘇聯的戲劇，可以看到蘇聯社會主義國家的建設，和它的文化水準。香港地方雖小，是動亂世界之一隅，香港的戲劇，去年是一個激盪的年頭，在劇運的發展中是一個劃時代的隆盛期，一向患着大熱症病的香港，受了祖國傳染來的刺激，作為反映現實的文學戲劇，都有很顯然的進步傾向。就整個的運動來談都有着長足的進展。但進展並不一定是成功的。所以去年的戲劇，仍是顯露出一片青黃不接的現象。這原因一方面是在短促的時間內，戲劇獲不到廣大的觀眾，他方面是由於劇團太小。因此，戲劇工作者正以整齊的步伐前進時，便節節碰到各種意外的阻撓，這其中以社會的不景氣為其致命傷，一個時期，他們簡直失去了原有的勇氣似地，陷在煩重的苦悶中，得不到解救。高度的熱情冷却了，當前正待解決的問題丟下了，他們便任性地來一個少有的冬伏期。

然而他方面，國內的戲劇，為了大眾切實的要求，有着蓬蓬勃勃的生氣。這原因，我不能不說到更遠些去。自九一八而後，生活的苦悶多方面的衝擊，使大眾從墮落的階層中，漸漸抬起頭來，儘可能的使他們不止注意到進步的文化工作，有時還提供他們認為需要當前解決的問題，要求文化界給以最切實的答覆。

「國防文學」的口號的提出，就是反映了這次事實。跟着作為民族解放運動有力的一環的戲劇的怒潮也衝到香港了，它像一陣颶風，把籠罩着香港劇壇的沉悶空氣漸次吹開。而工作者也吐出了含了許久的一片泥塊而再度發聲了。但在某種關係下，他們的聲，是不能無顧忌地直接播送出來的。所以非異常注意的人，很難看出這回的反響。然而在文字方面却也並不寂寞，在各報章的戲劇附刊中，不時可以讀到一些討論國防戲劇的文章，不過他們的呼聲，大體是極其輕微，激發不起更高的浪潮去推進國防戲劇的工作。從事戲劇工作的人，既不能正面發出反應國內的呼聲，只有在不大為某一種人注意的塲合中，有意無義地使人嗅到一種鮮活的氣息。雖然鐵和石相碰出來的火花，在空間所佔的時間是這麼迅速，但我們總算看到一剎那的美麗了。我相信不久的將來我們的工作者定能把這星星的火花，盡力地燃燒起沈悶的香港劇壇。

跟着來使人感到空虛的，就是一年來劇本在香港的產生，是比國內更是荒歉，各報館的副刊之不喜歡登載劇作，然而過分的鬧荒，却也引起一些人的注意。於是七月中旬，便有戲劇介紹社出現，而刊行了一本「劇本介紹」的不定期刊。這彷彿在大旱天洒下一陣甘霖。可是當我把整冊讀完時，不竟又有點失望。因為內中除陳世澤譯的一篇蘇聯卡泰耶夫的「體方用圓」外，其餘如「學校重地」，（何厭作獨幕劇）「陶老師」，（何厭作一幕劇）「羅名」，（魯容作一幕劇）「路燈下」，（何礎作獨幕劇）完全是些老舊的作品。第二期，卽告輟刊。

二　劇藝工作者的動態

去年存在的劇團，是寥寥若晨星，較為大眾所熟悉的，只有現代劇團，和青年戲劇社兩個。去年劇運的工作，是完全負在他倆的肩上，尤其是現代劇團，是不斷地為舊有封建的勢力所迫害，他們需要爭鬥——需要充實陣容和舊有的惡勢力不斷的爭鬥。

一種有目的有作用的爭鬥，不是三數人的力量所可能做的。於是在年初，他們便把社務鋭加改組和擴大。不久跟着「大眾日報」發表了「我們的旨趣」一篇宣言後，在黑暗的香港劇壇，他們首先燃燒起救亡戲劇火炬，引起青年藝術工作者的驚覺了。

隨着產生了青年劇社和在不給人注意中，醞釀着未明春潮等的幾個小劇社。這樣一來香港戲劇的空氣，多少的使人嗅覺到了。可是檢討一年來，青年社的工作，他們却太輕視了所負起的內在責任，和忽略了好些社會人士對他們祈望的殷情。在作戰的過程中，他們是取着任性的方式，興到時，便來一次衝鋒，興不到時，便又散漫的躺下。沒有一次演出前，是有過精密的計劃。無疑這是分薄了整條戰線鬥爭的力量，所以很多處於第二條戰線的青年，為他們感到不安，可是他們就忽略了這點。

此外還有從音樂社變形的南國社，和由文明戲出身的青年所組合的銀光社，後者在各社團中，是最缺乏修養和誇大的一輩。不過他們只是曇花一現，對劇運還不能佈散多大有害的毒素。

要想明瞭每個劇團的動向，我們有熟悉他們的內容必要。可以幫助我們理解他們在劇運中取什麼途徑。

第一現代劇團，是由廣東戲劇研究所出來的一羣青年組織的，所以他們每個的演技，都有着極高的修養，同時舞台經驗也極豐富。不過因此却反妨害了他們在戲劇戰鬥中，所應得的勝利。最初，他們也設法盡力去克服自己對純藝術太忠實的偏見。可是漸漸地，他們又不自覺地，復沉醉于為藝術而藝術的錯誤裏了。很多回，在他們的演出上看來，只為滿足一己的舞台藝術的創作慾，而固執地不肯投降到普通觀眾的欣賞水準去，不過這還不是他們失敗的主因，我們不要以為數十萬的香港小市民裏，就沒有能欣賞藝術的小有產智識者存在。但最糟糕的，便是他們滿足自己的創作慾也吧，可是却偏要搬演那些和觀眾隔膜的西洋劇，這與一般觀眾的生活隔膜得太遠，多數小市民走入戲院去的最大目的，在找求安慰，但在西洋戲中他們得不到安慰，他們找不到溫暖的同情，於是失望地走出劇場了。這樣便漸漸地失去他們的觀眾了。

在文化低落的香港，不去設法為戲劇爭取廣大的羣眾，而專為小數知識階級演劇，所以現代劇團漸漸感到苦悶與失敗的壓榨了。然而不能抹殺的是：一年來，他們的演技，却獲得了極豐富的收成。

反過來再看看青年戲劇社，也同樣的失敗了。他們對戲劇，雖有極高的希望和熱情，却可惜缺乏專門的人才，和能幹的演員，以致力量是非常的薄弱，因此就影響到他們的演出成績。一年來，恰恰和現代相反的，他們全搬演中國的劇本。這麼一來，最低限度，也可以扯回已走出劇場的觀眾吧，可是國內名家的成功作不去排，而輕率地搬演有着很多缺點的，自己編出來的台本。專上演過於拙劣的台本，這無疑也是關門主義。因為稍為前進的人，必不會花錢費時去看幼稚的東西。而普通的小市民，又為低級趣味的香港電影和粵劇所迷住了，因此，青年劇社比現代劇團所吸引的觀眾來得更少。

三　演出的幾個戲

現代劇團改組後的第一次公演，經過幾次會議，他們決定在新年演出：「白茶」，「利他主義」，「撫兒難」的幾個短劇。後來延至二月一二兩日，才改在民範中學四週年紀念游藝會中，獻演。劇目全改換了，演出的是美國約翰理斯的「自由」，俄國阿穆伯的「可憐的裴迦」，和法國薩都的「杜思迦」。

在這回的演出，「可憐的斐迦」是成功的，其餘也都在相當水準之上，在荊棘滿佈的前途，他們確是勇敢地做了開路先鋒。因為這次的演出，使香港的戲劇空氣格外地濃厚起來了。

緊跟着現代劇團的路線開展的，又有南國社的出演。因他們是在一個小範圍的游藝會演出的，所以引不到多數人的注意。節目為「夜快車」和菊池寬的「父歸」，聽說「父歸」演得不錯。

不久，青年社也漸漸發育長成了，便在夏天初試啼聲，舉行首次公演，（正確的日期一時忘却），節目為「哈哈」，「征鳥」，「飛龍子」三劇。

此後各劇團，相當的休養了一些時。直至六月六日，在教師節慶祝會中，現代又演出了「阿傑門王及其無名戰士」。

同月的廿號，連接又有銀光社在青年會禮堂，為菩提場義學籌款而演出：「誰去」，「留不住的青春」，「太陽沒後」三劇。

兩月後，青年劇社又舉行了第二次公演，劇目為：惜雲生的「軀壳與靈魂」，黑沙的「無罪的罰」。十月十日，在知行中學慶祝會中，現代劇團又演出「未完成的傑作」一劇，各方面俱獲得了極大的成功。給觀眾一個極好的印象。

相反地青年劇社，却逐漸落後了。在九月十六日青年會同樂會的演出，得不到較佳的成績。同樣十月十七日，為中西女校游藝會公演的「回春之曲」，劇本被删改的不合理，演員的玩忽態度，都不是好現象。

作為結束一九三六年香港戲劇工作的：是青年藝術工作者，在十二月十五日賑綏遊藝會中的演出。劇目為「利他主義」，「撫兒難」，「漢奸的子孫」。這次是一年來，獲得最高評價的演出。

四　新的展望

一九三六年悄悄的過去了，戲劇工作者步伐更結實了，現在一九三七年又橫在我們目前了，將來戲劇在香港的趨勢如何？要看我們的努力和爭鬥。

這是每一個劇團，想充實自己的戰鬥力量，應該有一次自我批評。無疑青年戲劇社，是需要更努力去刷除以往的弱點，而現代劇團，也要改掉單為滿足一己創作慾的成見了。希望他們在救亡運動的高潮中，取得深切的聯絡，能盡各自應盡的任務。

選自一九三七年六月上海《戲劇時代》第一卷第二期

香港文藝茶話／方紫

三月廿五日，在香港思豪酒樓的二樓，聚集着四十多個人，有的是長髯飄胸，道貌岸然，有的是西裝革履，英俊少年，有的在交頭接耳，有的在高談闊論。情形非常熱鬧，空氣極端愉快。

他們都是新近由滬來港的文化人。自我軍撤退大上海後，一羣文化人既不能在窒息空氣下從事工作，更不願做一個俯首貼耳的順民。終於絡絡續續地羣集在一向以商業繁華著稱的香港來了。最近，申報、大公報、中華日報、星報、（卽辛報）立報、文化建設月刊社、新生出版社、文摘社、論語社、宇宙風社、世界展望社、蔚藍書局、黎明書局、時代圖書公司、良友圖書公司等不少新製的招牌紛紛在香港懸掛起來，濃厚的文化氣氛正像朝霧似的籠罩着整個的小島。

這羣文化人，旅居異鄉，自然多少有點寂寞之感，更兼國難家仇，不無感慨。在這他鄉遇故知的情況之下，自然興高采烈，愉快異常。

四點鐘，主席「大華烈士」簡又文起立致詞，發言風趣，是東南西北風的一貫作風。他新辦大風雜誌，這兩個字，正象徵着他自己的風格。

沿着長桌，且來一個移鏡頭，那邊是樊仲雲，孫寒冰，薩空了，成舍我，林柏生，馬國亮，張正宇，朱樸，馮和法，陸丹林，陶亢德，張蓬舟，還有這邊是會唱大花臉的杜衡，畫金瓶梅的曹涵美，丈二金剛似的陳福愉，和星報總編輯姚蘇鳳，新感覺派文人穆時英，……正是幽默與嚴肅，翻譯和創作，書店共報館，北平同廣東，熙熙攘攘，和和睦睦，名符其實的「聯合陣線」。移鏡頭已過，再來特寫：丈二金剛陳福愉，默坐一旁，滿臉于思，不時用蒲扇一樣大的手掌去撫摸着；杜衡也坐着一聲不響，遠遠望去，又似老人，又似小孩；有着漂亮的小鬍子的是王道源：馬國亮，瀟洒小生，活像他編輯的良友畫報；張正宇時時去和杜衡搭訕，異常親熱；樊仲雲只文質彬彬，長袍皮鞋，一付「國際問題專家」的面孔，座中算他說話最多，正相反的是穆時英，始終不發一語，兩眼望着裊裊的煙圈發怔，也許三月的季節風，使他憶起有着椰子味的往事，在做着藍色的夢吧？

飽啖廣東叉燒包之後，大華烈士又起立講了兩只笑話，賓主盡歡而散。

在兩星期後的四月十一日，思豪酒樓又復聚集着幾張兩星期前的熟面孔。這次，是南華日報林柏生的主人，空氣和上一次一樣的活躍。

新近一個女兒不辭而別的落華生有簡要演講，他主張抗戰期中的文藝一方面固應正面作為武器，但又一方面也不能忽視在側面作為藥餌。

邵宗漢方自上海來，舟車勞頓，風塵僕僕，報告上海新聞界近況，他說文匯報已將老牌子的新聞報壓到了。

王道源說：「日本人表面上看似精強，其實却糊塗得很。」

來賓到者和上次一樣的多，有的談公，有的談私，無不議論風生，陶亢德四面為宇宙風拉稿，簡又文又有笑話演出，此公大有一肚子笑話之勢。張春風拚命邀人到華僑中學去演講……形形式式，詼諧百出。

當場決定：下次的主人是馬國亮，地點則仍在思豪酒樓。有人提議下次請許地山帶一個琵琶來獨奏一番，大概是毫無問題。

選自一九三八年五月上海《旬報》第一卷第一期

廣東戲劇家與革命運動／馮自由

廣東號稱革命策源地，世人咸歸功于新學書報之宣傳，然劇本之改良及維新志士之現身說法，亦與有大力焉。在庚子年（一八九九）拳亂以前，粵中風氣尚極閉塞，士大夫能稍言維新變法者，寥落如晨星。及庚子以後，清廷辱國喪師之罪，舉國同憤，民智因而大開，有心人士主張非實行革命排滿不足以救亡者，繽紛並起，或則以報紙鼓吹，或則藉演説倡導，然皆未能深入民間，使種族思想普遍于各級社會，以收實効。職是之故，革命主義之香港各報，遂有編撰戲曲唱本以引人入勝之舉。最先發起者為己亥年（一八九八）十二月出版世稱革命元祖之中國日報，該報首在附刊之旬報特闢「鼓吹錄」一門，由楊肖歐黃魯逸數記者撰作戲曲歌謠，或諷刺時政得失，或稱頌愛國英雄，莊諧雜出，感人至深。其後在香港出版者，有世界公益報、廣東報、有所謂報、東方報、少年報等；在廣州出版者、有時事畫報、羣報、國民報、人權報、南越報、平民報、天民報、中原報、齊民報等；均注重戲劇歌謠一門。其旨趣及作風略與中國報相彷彿。此外香港廣州保守派各報，以俗尚所趨，亦多踵而效之。歌唱之風，盛極一時。甲辰乙巳間（一九零四至零五）有陸軍學生前輩程子儀者，在陶模督粵時代，與鈕永建同辦陸軍學堂，夙有志於社會教育，時方賦閒家居，與興中會員陳少白李紀堂等過從甚密，以其時民眾識字者寡，徒恃文字宣傳，實難普遍收效。于是建議創設戲劇學校，編製各種愛國劇本，招收幼童，授以相當教育，俟其學業有成，乃使出而實行表演。如是方可以滌除優伶平時不良之習慣，一新世人之耳目。陳李深韙其議。陳允襄助編製劇本，李願捐助巨資以為之倡，定名采南歌戲班。訓育一年始成，乙巳冬在各鄉市及香港澳門等處開演，所排新劇頗博世人好評，實開粵省劇界革命之先聲。惜乎創設不及二載，而資本已折閱無餘，此幼童劇團遂不得已宣布解散，有志者咸為扼腕。未幾復有香港各報記者黃魯逸黃軒胄歐博明盧騷魂黃世仲李孟哲盧博郎諸人組織「優天社」于澳門，各欲親自粉墨登場，為社會現身說法，以棉力弗繼，未及出演，數月而散。黃魯逸志不少懈，更邀黃軒胄陳鐵軍等組織「優天影劇團」，慘淡經營，歷一載餘始克出世，是為新學志士獻身舞台嚆矢。粵人通稱新劇團曰志士班。示與舊式戲班有別。該班出演數載，成績斐然可觀，旋亦因事中輟。戊申年（一九零六）陳鐵軍等又組織一社，名振天聲，所編劇本多偏重推翻專制，及暴露滿虜虐政，時遭地方官吏之干涉，以當日民氣日強，清吏有所畏憚，倖免于禍。是歲十月清光緒帝母子相繼逝世。清制國喪期內禁止演劇，該班乃藉賑災募款為名，赴南洋諸埠遊歷演唱，所編諸戲本，名為勸人禁烟禁賭，實則暗中宣傳革命，於南洋華僑民智之啟導，厥功非鮮。自乙巳以迄己酉之四五年間，經報界之熱心鼓吹，及志士之現身說法，其影響所及，遂使在舊式戲班之諸名伶，亦漸有排演愛國新劇之傾向。就中最有力者為人壽年班主角梁垣三（蛇王蘇）豆皮梅新白菜等所演「岳飛報國仇」一劇。梁垣三飾宋徽宗后，豆皮梅飾李若水，新白菜飾岳飛，均能表揚忠義，喚起一般遺民之民族觀念，其收效之速，較新劇團之宣傳，有過無不及。中國日報嘗贈梁垣三等以「石破天驚」橫幛，用旌其功，洵非虛譽。同時廣州香港澳門各地志士組織新劇團者，有陳俊明等之現身說法社，李德興等之移風社，梁俠儂等之現身說法台，分道揚鑣，一時稱盛。振天聲社自南洋返香港，乃與現身說法社合併，易名曰振南天，未幾又解散。庚戌（一九零八年）後振天聲社諸同志得陳少白之助，另組一白話配景新劇社，剔除舊套，眼界一新，極受社會欣賞，是為白話配景劇之濫觴。繼起者復有「琳瑯幻景」及「清平樂」「天人觀社」諸社，均屬話劇團之錚錚者。此種劇團咸對腐敗官僚極嬉笑怒罵之能事，卒能引起人心趨向於革命排滿之大道。及辛亥革命軍起，諸劇員躬身參與義舉者，尤不乏人，是更由演劇之舞台工作，進而為實行工作矣。茲就各新劇團之歷史及人物依次述之：

（一）采南歌　此劇團原名天演公司，地點設於廣州河南海幢寺諸天閣，發起人為程子儀李紀堂陳少白，粵中富紳黎國廉鍾仲珏鍾錫璜潘珮瑜等多出資贊助之，資本共三萬元。公司先（一）戲劇學校，招收十二齡至十六齡幼童八十人，授以普通教育，次乃授以戲劇常識。所編劇本，如地府革命，黃帝征蚩尤，六國朝宗，文天祥殉國，俠男兒，兒女英雄等等，或破除迷信，或刺諷時政，或表揚忠義，或排斥異族，均為有益世道人心之作。開設二載，以資本折閱淨盡，因而閉歇。所訓育人材頗為鼎盛，諸童伶於解散後，多改就舊式戲班，無有能記憶本身劇團之如何宗旨矣。其後舊式戲班之名角，如李元亨戴謙吉利慶紅揚州安賽子龍余秋耀靚榮大眼錢新麗湘馮公平諸人，皆采南歌栽培之弟子也。

（二）優天影　此劇團為報界志士黃魯逸黃軒胄等所組織，初名優天社，設于澳門，數月後因經濟不支解散，未幾復活，更名優天影社，開演後大受世人歡迎。演員中以姜雲俠鄭君可為最著名。所排演劇本，最得人欣賞者為「火燒大沙頭」一劇，劇中首引清吏殺女俠秋瑾一事為導線，頗足發人深省。此外如黑獄紅蓮，夢後鐘等劇，均寓戒除烟賭之深意，於移風易俗，至有裨益。此劇團關係人物，僅就余記憶力所及，述載如下：

第一屆社員錄：黃魯逸、黃軒胄、黃叔允、鄭友廉、鄭笏臣、梁松之、陳鐵五、陳鐵軍、梁俠儂、李一天、何少榮、葉瑩堂、黃世仲、歐博明、盧騷魂、李孟哲、盧博郎、龐一鳳、衛滄海、劉漢在、吳仁甫、何侶俠。

第二屆社員錄：黃魯逸、黃軒胄、姜雲俠、鄭君可、陳錢軍、龐一鳳、徐懋之、黃自強、李冉、梁松之、鄭笏臣、鄭友廉、葉瑩堂、何少榮、區博明。

（三）振天聲　優天影社解散後，一部份社員陳鐵軍等於戊申年另組「振天聲」劇團以繼之，社址設於廣州荔枝灣彭園。所排劇本，有「熊飛（明末抗清之英雄東莞人）起義」博浪沙擊秦，剃頭痛，虐婢報等劇。就中以剃頭痛一劇，為最能動人觀聽，嘗惹起清吏之嚴重干涉，蓋一極有興味之滑稽歷史劇也。清初某遺民詩云：「聞道頭堪剃，誰人不剃頭！有頭皆要剃，無剃不成頭。剃自由他剃，頭還是我頭。請看剃頭者，人亦剃其頭！」此詩竟編入劇本唱白之內，可謂大胆絕倫。出演數月後，忽值清廷帝后同時死亡。清制國喪例禁演戲，陳鐵軍乃商諸陳少白，請其代向香港籌賑八邑水災公所建議，願率全體演員同往南洋各埠，為該公所籌款賑災。一為災民請命，二則暗中向華僑宣傳革命，陳少白力助其成，遂由該公所選派黃詠台帶領振天聲劇團南遊諸埠，所至各地，備受僑胞歡迎。抵新加坡時，同謁孫總理于晚晴園，其有未加入同盟會者，一律舉手宣誓，孫總理勗勉備至，諸人益為感奮。事為保皇會機關之總匯報所聞，遂著論反對該劇團之籌賑水災，謂該團員盡革命分子，華僑捐款賑災，卽無異贊助謀反大逆。革命黨之中興報因是與之筆戰經月，而南洋華僑對革命之認識，由此愈深，至今新加坡華僑前同盟會分會長張永福尚保藏卅一年前振天聲戲券一帋，誠一碩果僅存之紀念品也。該社社員錄如下：

陳鐵軍、陳鐵五、盧我讓、陳有全、黃叔允、黃少允、胡季白、彭瀛漁、何侶俠、衛滄海、梁俠儂、李一天、吳仁甫、劉漢在、梁煥熙、張志堅、張恨民、區壽山、黃詠台。

（四）現身說法社　此劇團為陳俊明等所組織，社址設于香港，成立未久卽與振天聲合併，易名振南天。其社員錄載如下：

陳俊明、黃子覺、黃志蘊、謝持久、駱鐵蒼、胡可為、胡孝思、劉俠民、謝沃波、黃目立、鄭校之、蔡忠信、陳甦亞、呂少初、韋勤。

（五）移風社　此劇團設于廣州市河南。發起人為李德興等。成立未久，旋卽解散，故效果不著。

其社員錄如下：

李德馨、梁醒公、李瑞莊、李鐵漢、雷漱石、鄭拔初、李少帆、廖十五、周少保、陳銅軍、范志揚。

（六）現身説法台　此劇團發起人為梁俠儂，社址設于番禺花埭，成立久暫及社員姓名不詳。

（七）振南天　振天聲劇團自南洋歸香港，以保皇黨曾向清吏告密，謂該團在南洋鼓動革命仇滿，故不能再在內地立足，因而宣佈解散；旋與現身説法社合作，更名曰振南天，未幾亦解散。

（八）振天聲白話劇社　辛亥春陳少白黃詠台等以振天聲社解散後，諸同志不可無所寄託，遂由陳少白向香港富商陳庚如商借一千元，另創白話配景新劇，粵省之有白話劇自茲始。初由陳少白手編自由花，賭世界，父之過，愚也直諸劇，情文絕佳，觀者嘆為空前之作。繼起者更有琳瑯幻境，清平樂，天人觀社等等，可與振天聲後先媲美。民國以後，諸劇社先後解散，惟琳瑯幻境巍然獨存，歷久不衰。該社社員胡津霖等之毅力，有足多者，除振天聲社員外，他社人物未能詳悉，錄載如下：

黃詠台、梁少偉、盧我讓、張恨民、陳甦亞、梁秀初、何侶俠、羅容甫、衛滄海、衛漢鐵、何少俠、劉漢在、歐壽山、胡孝思、邱錫源。

選自一九三八年六月五日香港《大風》第十期

如何集中文藝界的力量
——藝協文藝組座談會紀錄（節錄）／呂覺良

時間：五月廿九日下午七時至九時
地點：香港中華藝術協進會
出席人（以簽到先後為序）
杜埃　楚青　呂覺良　永思　葦霜　端人　談鋒　勁持　惠泉　子英　石堅　莫翟　謝鶴籌黎民
潘柱
呂覺良筆記

（一）為什麼提出這個問題

楚青：我們這一次座談會題目是「如何集中文藝界的力量？」我們為什麼提出這個問題來呢？因為抗戰以來，我國的文藝作品，無論質和量方面，都已經和從前有大大的不同了。同時，多數的作家，因為參進民族戰爭的主流去做實際工作而到農村，戰地去。給我們導報了許多寶貴的資料，這是目前國內文藝界的好現象。但他方面來說，因為作家們疎散到各地去，各自為戰，儘管打游擊，不能集中力量起來，向敵人下一次猛烈的攻擊，確實是一件憾事。所以「如何集中文藝界的力量」是全國文藝界切迫的要求。香港的文藝界一向都不很爭氣，就是現在，文壇仍然很沈寂，文藝工作者仍然非常的散漫，沒有整齊嚴密的組織。因此，當這全國文藝界正要展開大團結的當兒，我們各地方不妨先把各個小組織健全起來。比如今晚我們所討論的問題，當然是討論如何集中全國文藝界的力量，但因為我們現在住在香港，不妨側重於香港方面一點，請各位多多發表意見呀。

葦霜：我們未討論以前，先要把「集中」的意義確定一下，我以為「集中我們的力量」是精神上的集中而不是形式的。

楚青：從大體來說，自然是精神方面。我們沒有注意「集中」的下面有「力量」兩字麼？所謂力量，有時候要形式和精神統一才能發生的。

談鋒：我們看看題目就已經很清楚的那便是「集中力量」這一點。現在香港方面，還有許多作家寫着脫離現實，而有毒素的作品，他們的力算是出了，但于我們的抗戰是無多大裨益的，這個等于浪費了力量。其次有些發表力比較薄弱的作家，因為孤獨地自己摸索着，到了走不通，因而放棄了工作，這是不能夠充分地發揮力量，至于怎樣寫，寫什麼？假如單獨作戰，還是沒有把握，所以集中起來，在同一目標下幹下去，更是所必需的。

選自一九三八年六月八日香港《大眾日報・文化堡壘》

祝「時代劇團」／茅盾

「時代劇團」同人要我對於他們的工作，貢獻些意見。我於戲劇，實在是門外漢，有「幾句門外漢的話」，也早已說過，老調子不應該再唱了。

不過，善頌善禱，秀才人情，尚堪一獻。

有一句成語：「要了解一個社會，先去看它的戲院」。時代劇團草創伊始，定期公演尚不過每週一次，然而我預祝牠將是時代社會的顯微鏡，分光鏡，是羯鼓，是警鐘，同時是火炬。

又有一句俗諺：「眼前風光，最發深思」。時代劇團現在所公演的劇本還是現成的，然而我預祝牠不久的將來，就有根據了「眼前風光」自編的新作上演，更親切，也就更能喚起觀眾的興味，奠定起此間話劇的基礎來。

至於為救亡而努力，這已是時代劇團最主要的宗旨，不僅是我個人的禱祝，是我個人的喜悅，正所謂普天之下，人同此心，心同此理。

時代劇團萬歲！

選自一九三八年七月十日香港《立報・言林》

關於「前夜」——「時代劇團」第一次公演台本／盧敦

陽翰笙先生的創作「前夜」，我第一次讀牠的遠在前年，那時候我還在上海，陽先生寫好了「前夜」之後，就交給唐槐秋先生，因為「中國旅行劇團」預備把他排演，所以我才有一讀的機會。

那時候的「前夜」和現在的是多少有點出入的。陽先生寫這劇本的時候，「七七事件」還沒發生，那時候正是華北的走私風潮鬧得最起勁的當兒，「前夜」大概就是以這些事實作為寫作的材料的。

現在這單行本的「前夜」呢，「七七事件」已經加進去了，而且情節方面也因此而稍為改動了一點兒，可是主題還是暴露走私，和漢奸的罪惡。因此在現在看起來，似有點兒過了時，不過，在適合於都市劇塲上演的國防長劇異常地缺乏的現在「前夜」仍不失為一個好戲。

在戲本的結構上我覺得牠有點像 Melo drama，情節相當的曲折緊湊，很技巧而又充份地利用了戲劇的危機，這都是一般 Melo drama 所具有的特質，不過這類的戲，對於劇中人物性格的描寫，却往往是忽視了的，為了着重於情節之故，常常叫劇中人物的行為受情節所支配；比方沙都 (Victorien Sardou) 的「祖國」（Patrie）裏的女主角就犯了這毛病弄到這人物非常地不現實；不過在「前夜」裏却沒犯這種毛病，反之劇中人物的性格把握得很牢，比方白次山這一個自私自利，只管個人的陞官發財，不顧國家民族利益的大漢奸，林建平是個只有愛國熱情，但行動幼稚的青年……這些人物都寫得很不錯，這是「前夜」底成功之一點。不過寫文萱尚嫌不夠，尤其出走的一塲略嫌力量不足，青虹也寫得比較空想了一點，不過這些總可在演出上給以補救的。

總之，「前夜」從其內容，結構方面說來總算是一個很不錯的劇作，雖然在寫作技巧方面比不上曹禺的「雷雨」，「日出」，可是內容方面是比較地現實得多。而藝術的內容與形式的比重，內容是更為重視的，於是「前夜」就更叫人可愛了。

選自一九三八年七月十日香港《立報・言林》

說到「時代劇團」／洛兒

在一年以前香港的話劇運動還多半是停滯在學校的圈子裏，然而，神聖的民族解放戰爭爆發以來，香港的話劇運動已隨着客觀實際的需要，而打進了戲院。一年來，由於本港話劇界及外處來港的話劇工作者的努力推動，和沉着苦幹的結果，把話劇的社會地位特別是對於整個抗戰的作用，大大地提高了。直至最近「時代劇團」又成立了，而且建立了職業性的經常公演的工作。據説每個星期日上午在中央戲院演出。

「時代劇團」的份子，全是本港劇運最努力的人物，也可説，本港的劇運，他們還是播種者呢，過去他們組織過「現代劇團」華南戲劇研究社，最近又組成了「時代劇團」。他們這樣不斷地努力的精神，是值得我們敬佩的！不過，他們過去頗有點藝術至上的主張，這也可以説是他們過去失敗的原因，可是，這次他們重新組織，似乎已揚棄了從前錯誤的主張，而從事□□救亡工作，看他們上演的劇本吧，第一次演「前夜」，以後還演「祖國」，「夜光校」，就可想像得到了。

是的，現階段的話劇運動不單是一種藝術運動，而應當是教育大眾，組織大眾的宣傳煽動的武器藝術。

因此我們誠摯的希望「時代劇團」的全體戰鬥員，把□□的偉大時代的任務，特別是新啟蒙運動所課予話劇界的重大任務，以最大的努力去完成它！

選自一九三八年七月十日香港《立報・言林》

香港詩歌工作者初次座談會剪影／O.K

本港中華藝術協會文學組和廣州中國詩壇社這兩個團體的工作人員的約會，那消息是披露于珠江報的「光明」，大眾報的「文化堡壘」上面。

時間——七月十三日（星期三）下午三時；地點——深水埗長沙灣道夾在北河街與南昌街之間的中和學校。

那天的下午三時以後，中和學校裏，便陸陸續續的到來了二十幾個男女青年詩人。計藝協方面的有黃楚青，梁上苑，呂覺良，黎民等；中國詩壇社方面有陳適懷，吳舒煌，陳豹變，陸芬，譚聖南，胡冰等；還有許多是詩歌的愛好者，工作者。

按着簽到簿介紹了大家的姓名之後，被推為主席的梁上苑便開始談話了：——

「抗戰中，詩歌工作者所負的任務，我們已經曉得。香港詩壇一向都寂寞，詩歌工作者大都各自為戰，或是隨興之所至寫寫，一個有計劃的組織，還沒有過。尤其是當此解放的抗戰中，我們不能夠沒有一個好好的組織，所以我們以我們這兩個團體所發動的這個座談會，是有很大的意義的。希望各位提供意見，並儘量討論下去。」

楚青：「各位認為我們有組織的必要沒有？如認為必要，我們首先就來討論組織的辦法好吧？」

各人認為有組織的必要，而且很快地就成立了一個簡單的辦法：

以後每逢星期六開一次會；時間仍是下午三時；地點暫定中和學校；召集人，香港方面由陳適和負責，九龍方面由梁上苑負責。

主席：「好了，我們很快的就算組織好了，現在我們開始談談詩歌在當前任務的問題。我以為在先，有誰可以略述香港詩壇的過去呢？」

停了一會。

慢慢的，呂覺良站起來說：「我只談一個斷片，民國廿一廿二年之間，曾有一些愛好詩歌的青年，如張弓、劉火子，李育中，侶倫，和死去了的易椿年等寫過一些當時流行的「現代詩派」的詩歌，發表於南華副刊的「勁草」上面，後又出版過一兩種詩刊，「詩頁」，「今日詩歌」。還有「紅荳」也常刊載這幾個人的詩。這大概可算是香港詩壇的萌芽吧。以前可不知道，以後也一直沈寂下來。」

主席：「我們把各個問題開展討論下去吧！」

（一）新書不發達的原因

一致認為：一，不通俗；二，詩人不接近大眾；三，詩人只為自己抒情，不關切大眾生活。

（二）大眾化的問題

為了詩歌的前途，大眾化是應該的；在抗戰中，作為解放武器之一的詩歌，更不應該脫離大眾。

（三）關於朗誦詩

有人主張詩歌應該適合朗誦條件，有人說朗誦詩不能成立，前者的理由是：能夠念得上口的詩歌才能使人懂，而且寫詩的人隨時顧住要朗誦，所以力求通俗，力求適合大眾的要求，詩歌的朗誦是達到大眾化的必經階段。後者以為拿現在的新詩來誦給大眾聽，大眾未必聽得懂，而且寫詩時要受朗誦詩的條件，如旋律，聲韻等等的限制，詩歌不會有前途的。

（四）我們的任務

我們詩歌工作者應該深入大眾到農村去，戰區去，描寫活生生的現實，謳歌到身以捐國的戰士的英勇事蹟。作為我們解放武器之一。

熱烈地，坦白地，爭辯着，談論着，時候已是五時了。

主席：「時候不早了，我們可否暫告結束，下次再談。並決定下次的題目」。

於是什談了一陣，決定下次的題目是：「朗誦詩的理論與實踐」。並且由陳適懷自己擇取一首詩，預備在下次會拿出來朗誦。

「再會！」

「再會！」

一片誠摯的歡笑聲。

選自一九三八年七月二十日香港《大眾日報・文化堡壘》

建樹香港戲劇統一陣綫／辛英

——希望于香港話劇團聯合會議——

祖國，是多難的，然而，她就在多難中長大起來。

生活在冒險家的新樂園的香港，無疑是舒適而有詩意的，很易使人忘却祖國的艱辛與苦難，因于沉醉于〔糜〕爛的生活中。

直到最近，表現在香港文化工作上充滿了微薄的新的氣氛，雖然是〔脆〕弱的，但也足珍惜在這當中表現得夠强勁的是戲劇運動。

過去，香港劇壇曾有過一度光榮的階段，可是由于她本身的建築物——藝術至上主義是不易生存的，她沒落了，現代劇團代表了這階段，自然，游離不定的小劇團時起時沒的支持了長長的時間，生存力否定了牠們的生存，野草劇社等代表了這階段。

抗戰後，祖國一切文化工作都在抗日旗幟下加强了工作能力，但香港仍舊麻木着。踏進了一九三八年的今年，這麻木開始消滅了，速力雖然很慢，但如果時刻加以推動，這速度會增加的。

在這半年來，以一滴滴的力量去開展了她的新生命。

在最近統計，香港約有大小劇團達廿個之餘，雖然有許多祇是附設的，但這些新生的細微，我們也不忽略它的，祇要它的力量是有。

然而，我們在實際上能不因此就感到滿足呢？不，一點也不，反之，我們在任何時候在以看到互相間的沒聯絡，沒組織，多磨擦，多糾紛，在民族抗戰中，這種幼稚的現象還存在。

假如這樣，衹有減少我們共同的力量，削薄我們工作上的功能，為了抗戰，我們反對這種現象！

直到「中旅」來港，香港話劇界同人招待他們的會議，大家都感到這是需要擯棄的，更進一步需要有組織香港話劇團聯席會議這類組織的必要，結果無異議地通過了，並且產生了代表來。

這種力量是偉大的，是民族抗戰勝利的預徵，是香港話劇界同人的光榮。

自然，很易使人聯想〔這〕〔一〕種會的易于產生，也易于消失，——不，這悲劇的表現我們不需要的，同時我們站在客觀地位，對此會的負責人提出重要的要求，這時代表着大部份香港話劇界的意見的：

這個組織應當使他發生一種有力的作用，最少，成為推動香港話劇的大元力！

這個組織應當不單是一種純為演劇者的結合，應當成為在香港救亡運動中有力的團體，即是說，我們應當和救亡工作配合着！

這個組織應當加以密切的聯絡各劇團，真正地成為協組的表現，不為某部份人操縱，也不為虛設紙談的空洞的團體。

做成推運香港救亡運動，戲劇運動的團體，那麼應組織移動演劇隊到附近演出，經常舉行聯合公演，并輔助各小劇團的演出。

出版戲劇刊物，設立戲劇研究班等。

以上是我們最低的要求，希望大家繼而提出寶貴的意見，為了建築我們的新力量，這是需要的！

香港話劇界同志們，共同地建築我們的統一陣綫吧！

選自一九三八年七月二十六日香港《大眾日報・新戲劇》

活躍的香港劇壇

唐槐秋領導的「中旅」來了香港後，極得各方面的注意，現在他們定于廿七日起正式在太平戲院開始公演，首晚為阿英的春風秋雨，次晚為曹禺的雷雨，三晚〔間〕為尤競夜光杯，以後尚繼續公演各名劇。

時代劇團自「前夜」演出後頗得好評，于是在廿四號再度公演馬彥祥改編的「古城的怒吼」，成績亦甚好，聞第三次公演劇目為尤競的「夜光杯」。

由婦女兵災籌賑會主推的影界游藝籌賑會在廿三日起一連三晚，規模頗大，并每晚演出話劇一幕，首晚為「重逢」，由李綺年等主演，次晚為「團結一致」，由七七劇社演出，三晚藝協戲劇組的「烙痕」。

學生賑濟會戲劇組近排趙慧深的「自由魂」，由駱克導演；另〔選〕角段排洪深的「米」，由卓文彬，朱能導演，該會兒童劇團將演出「愛國三兄妹」，「中華兒童」等。

深水埔南風社于十九日為戲院職工會成立典禮，演「重逢」，成績尚佳。

文化中學將于八一三舉行獻金運動籌款，將演出「夜之歌」，「血債」等。

青年同樂社戲劇組近舉行徵募劇幕運動，并將于八月一日為中和學校演出「重逢」。

唐槐秋于七月廿五日晚下午七時半在青年會公開演講，題目為「非常時期的話劇運動」歡迎各界到會。

選自一九三八年七月二十六日香港《大眾日報・新戲劇》

談這裡的文藝運動／杜埃

香港的文藝運動，目前仍在沉寂的狀態中。我們看看，報紙副刊都差不多排滿了短論性質的文章，至於小說和詩歌就十分少見了。雖然詩歌一項比較的還能常見，然而，却也不見得如何活躍。

有些人認為這現象是必然的，因為當前的現實變動得的確太快了，人們所期待解決的問題太多，而這些問題又都是一些熱辣辣的問題，需要以最快的速度把它表達和解決。而文藝呢？却不能負担這種最迅速的表達任務。所以文藝便自然而然的沉寂下來了。連向來從事文藝運動的人，也只好改行寫他的時事雜感或政治論式的文章去了。

這意見是有着相當的理由。然而，徜以一個文藝工作者的立場來說，這就不能當作是文藝運動沉寂的原因，而衹能當作是文藝作品在這激劇變動的時代裏，必須改變和創造適當的足以迅速表達現實的形式的理由。

當然，戰時的文藝作品形式不能如戰前那樣的大模大樣，這原因也正因為在這緊張的鬥爭生活中，人們不能有那樣多量的閒暇閱讀，即連作家也因戰時生活的緊張，而沒有很好的寫作環境。可是，我們却不要認錯這就是文藝不能負起戰時任務的理由。事實是非常明顯的，自抗戰爆發以來，國內的文藝刊物正繼續的出現着，有好些文藝作品的確比一篇政治論文更能感動和啟發人們的。它不但具體的活生生的表現了抗戰中的某些事件，而且還指出了這事件前途發展的正確的路，對整個抗戰事業起了積極的作用。

所以，問題的焦點不在于文藝能不能表達和推動這急變的現實生活，而是在于這戰時底特別的生活方式下，去如何創造和運用這戰時文學的特別的形式和手法。而這些技術的問題，目前大致已經解決了，如抗戰以來所盛行的報告，速寫，通訊，短篇小說等等便是最好的例子。所以在這個時候，還對文藝發生懷疑，乃至認為此地文藝運動的沉寂是必然的無可如何的事情，這簡直是多餘的了。

至於文藝工作者著述政治論文，也決不是不合理。這說明他的創作活動有了一個發展，然而，我們如果將這「發展」脫離了作家的本身崗位，而只以著述政治論文為代替文藝創作，那於文藝運動本身也不是一個好〔表〕現。

選自一九三八年七月三十一日香港《立報・言林》

正告散佈國防電影失敗論者／蔡楚生

〔存目〕

選自一九三八年八月二十三日香港《立報・言林》，內文可參《散文卷一》頁二五三

敬告粵語製片商／彥之

讀了蔡楚生先生的「正告散佈國防電影失敗論者」之後，使我又想到了散見於本港日前各報的那一段令人痛心疾首的消息：

「……日本華南情報司長和知與其他重要文化工作份子村野神田等，已極力贊美香港之粵一部分語片，云已能一反從前之粗野意識，而入於王道精神，中國今日正宜多拍此種以神以佛設教之影片。言下極有得色云。」

而這一段新聞是令人啼笑皆非的！

雖則過去粵語片曾有過不少低級趣味的出品，但有一個時期却確然頗有好的傾向，這傾向是表現在其意識的相當正確，固然技巧方面尚有許多可議之處。最顯著的便是生硬的公式主義。然而這却不能當作因噎廢食，而大開倒車的理由。老實說，今日一部分大開倒車以後的粵語片，已經為有識的觀眾所唾棄。

在目前抗戰的時候，藝術作品思想之正確，比技巧之能引人入勝與否，尤為重要。如果不但思想上很有問題，形式上亦屬粗製濫造，那就更不足恥。何況又招來了漢奸的嫌疑？

今日中國的抗戰實無異是個火熱的洪爐，一切都要在這裏得到非常的鍛鍊，融解，消蝕，死亡，而進步。今天誨淫誨盜，誘導迷信，具有濃厚封建遺毒的粵語影片雖然還相當可以賺錢，但我敢斷言到了不遠的明天必不能如今日這樣賣座。我誠懇地敬告粵語製片商：你們為了國家民族，固極有馬上改變今日之反動作風的必要，即為你們的錢袋前途着想，亦何獨不然。

幾個月前，以色相肉感動人的某某歌舞團在香港還勉強可以賣座，但到了廣州，以及其他內地，却受了很大的排斥；這是一件事。「血濺寶山城」在漢口很受歡迎，那種萬人空巷的情形乃我所目見；這也是一件事。這裏説明了什麼呢？説明了目前正處在大時代的中國，一切都有了大的轉變，而這轉變便是光明前途的起點。

今天英勇地在用着他們的血肉去爭取自由的無數中國大眾，已有了很大的進步，他們完全覺悟了或者將要覺悟：什麼才是他們真正需要的東西。

目前的粵語片竟被□□大加讚美起來，□□□□□□□□□□□□□□。□□□□，我之所利也；□□□□，我之所惡也。這是一個正確的邏輯。

我希望粵語製片商馬上放棄那種「以神以佛設教」的「王道精神」之反動作風，而重拾「從前之粗野意識」，大胆地走上國防電影的前途！

八月二十三日

選自一九三八年八月二十八日香港《立報・言林》

留港文藝工作者的責任——遙祝文協總會一週年紀念／葉靈鳳

中華全國文藝界協會總會去年在漢口成立的時候，我恰巧在那裏。在總商會的會塲裏，旁的不說，僅是剛從香港秘密到漢口的鹿地亘，第一次以日本反戰作家的恣態出現在講台上的時候，那掌聲就使人永不能忘記。

抗戰是一座熔爐，他團結了一切的力量，他產生了新的力量。

明天，三月二十七日，是這盛會成立的一週年紀念。雖然當時會塲所在地的漢口已淪陷在X人的掌下，但我們從這上面看不出一點可悲觀的理由。相反地，僅從文藝本身上說，中國文藝工作者這一年間從砲火下所得的體驗，已經足以使世界任何一國的作家所艷羡。中國開始了她的新生，而我們恰是幸福地參加了這偉大時代的一羣。

為了慶祝這一個紀念日，留港的幾個文藝工作者在今天為大家佈置了一個彼此可以見面的機會。本港文藝工作者的團結問題，已經談論了好久，也許有人已經等得不耐煩，但我想在這裏指出，除了少數的漢奸文人以外，香港的文藝工作者是早已整齊的站在統一陣線旗幟之下，團結的工作，並不是從今天才開始。

但許多從紙上認識的朋友今天可以彼此見面，這總是一件高興的事。除這以外，我們便該一刻不要忘記我們的責任。遙對着祖國，留港的文藝工作者應該一面克服身邊的困難，說服爭取工作圈外的同伴，一面利用環境負起一個運輸站的責任，將淪陷區民眾的希望和世界的同情寄回祖國，再將祖國新生的氣息傳遞到黑暗的區域和全世界。

選自一九三九年三月二十六日香港《立報・言林》

香港的文藝界／簡又文

如果，我是個漫畫家，我只畫兩件東西便真真實實的可以把整個香港充分地表現出來。一是一枝竹桿——苦力工人挑擔謀生的工具；其次是一把算盤——商人操奇制贏計本算利的工具。真的，香港原是亞洲東南的大海埠，只是個重要的商業中心。以故，香港一向所有的文藝界的人物只有幾家商業化的日報的編輯記者們和適應環境所需的幾個舊式小說家或充滿地方色彩的作家而已。這都是較為高尚的筆者了。其下流者，則專靠寫作或發行「誨淫誨盜」與低級作品的小報小說為騙錢之具的。初到香港的人，眼見大街上報攤林立，遍地皆是，各陳列小報或雜誌二三十種，五光十色，奇形怪狀，必以為香港文化程度甚高。但偶買全份一看內容，如不是說某土匪某強盜的光榮史和某政客某軍人的秘密史，則連篇繼續刊登的和尚，尼姑，庸媪，姨太太，「奇女子」，娼妓，優伶，「交際花」，嚮導女，「茶花」（茶樓酒館的女招待），歌伶，電影明星，蕩婦，妖女，男娼，浪子，嫖客……等等的風流史，亦無不「繪影繪聲，維妙維肖」。因為普通的作品如此，所以「文藝界」這個名辭頗不得社會上「正人君子」甚至普通商人所看重或尊敬，只有對他們略有戒懼之心就是怕他們。勒索或暴露他們的隱秘而已。學生們和少數知識階級一向多愛買上海他處的讀物，而鄙視本地出版物，概有由也。

抗戰軍興以後，香港一般的生活狀態已大變了。粵、滬、漢、閩、浙甚至遠自魯、冀、平、津的上層階級紛紛逃難到南天這個安樂窩去。能舉家遠遷的「難民」，其資格當然非富則貴，或是有自立本領的智識階級，或是供人娛樂的男女，（由廣州及粵省內地遷來的不少窮民當是例外）十幾個月之間，一個平時人口不過幾萬的島國平白地加增居民一倍有奇，人人逃難的除行李鋪蓋之外都帶了些現款或金珠首飾之類而來，一時街市繁榮，生意興盛，房屋擁擠，滿街滿巷都可以聽到「外江話」，鋪子的東家，房子的地主無不利市三倍。投機的，新設的酒樓茶館，戲院，小吃店，嚮導社，跳舞場，娛樂所，雜貨鋪，醫藥鋪，……也紛紛開幕。生活條件完全變動，為香港開埠整百年來得未曾有的盛況。

在這大時代的生活動輪中，香港的文藝界也自然有一翻新景象了。上海的幾個期刊和畫報都搬到香港來發行。我們幾個朋友所創辦的「大風旬刊」也在此時應運而生，（逸經半月刊暫停，以此為代）揭櫫「擁護中央，抗戰到底」兩大原則以作文藝抗戰的陣地。其他如各種日報晨報，晚報，——如大公報，星報，立報，申報，星島日報，新華日報，中國晚報，時事晚報，紛紛開辦，有如雨後春筍，煞是好看，連同原有的數十家彼此鈎心鬥角出奇制勝，以競爭銷路於市場上。這又是香港開埠以來得未曾有的文藝界盛事。

逃避到香港的難民中有幾十位文藝作家。他們不甘留在淪陷區內伈伈俔俔以偷生或鬼鬼祟祟以作漢奸，寧願冒險南奔，以謀生活出路，及圖所以効力國家的地方，於是不期而大會於香港。大家都有「同是天涯淪落人，相逢何必曾相識」之感。無論素所相識抑素不相識，彼此呼朋引類，集合漸見。起初幾個月期間，「大風社」無形中成為許多文友們報到，介紹和約會的處所，殊為熱鬧。大家同是亂離中人，共具同感，又是同文，由是頓成患難之交，實行互助之義。初到香港時，各人生活維持頗感困難。湊巧那時有幾家本地人士投資創辦規模頗大的報館正要開辦，深感本地人才之不敷，藉友誼關繫均由「大風」同仁代為設計，並代為羅致兼介紹各項專才。此外，另為香港紛紛增設的學校聘用國語教員。文友因此得有棲身職業者十餘人。其餘則各新設報館自有人才同來，自然職業固定。其運氣不好不得職業者，或志圖上進者，或奔赴前方服務者，亦有些人陸續離港轉赴別處。約計現在留港的文友已有三四十人。

文友們初到香港時，大家談起來都有組織團體以聯絡感情和實行互動的興趣。由「大風社」召集旅港文藝界第一次座談會以之商量進行。記得在思豪酒店開會的那一天，幾十個朋友聚首一堂，各戴着啼笑皆非的臉孔和懷着悲喜交集的心情，互道契闊，各領肺腑，大家縷述逃難的經過。紅茶一杯，點心兩度之後，大家自由表示意見，公議以後每兩星期舉行同樣的座談會一次，並舉「大風」編輯人陸丹林君為幹事。自是以後，座談會一共開過十餘次之多，多半是由外處來港的作家或本地較有名譽，及作品正當的作家。中間有一次是與香港教育界聯合開會，共同討論文化問題。每次由幹事先約出版界或一家至某一文化團體，或某一文化界「名流」作東道主。於茶煙點心之外，皆預定一條題目，由大家傾心發揮言論，交換意見。座談會對於社會國家及戰事雖無多大貢獻，但在當時那一個奇形的環境當中，從聯絡感情，促進友誼，加增興趣，和刺激思想幾方面看來，那十多次的雅集可算是成功的。

本來文友們好些個人早已想正式組織一個「文藝協會」，但開過幾次座談會之後，大家看見當時環境過於複雜，遂終止進行。原因是這樣，另有一派人，自有組織，富有金錢，先已在香港設立機關——本地報人戲稱為「招賢館」——拚命的拉人「入股」。雖然沒有幾人上其圈套，但因其自有一部份力量，深恐如果全體果然組織起來，定然發生無理糾紛，或惹起暗鬥，甚或即行分裂文藝界抗戰陣線了。自是大家便把組織問題擱置起來，靜待時機。

迨至上言的幾個人因政治陰謀失敗銷聲匿迹之後，香港文藝界陣容大為肅清了。適於此時文協總會這邊委託幾位同仁在香港招集各文友籌備文協分會事，準備聯合外來旅港的和本地正派的作家，共八十餘人——正式組織起來。籌備經過極為順利，總會堂另有報告，茲不贅述。全國文藝界抗〔敵〕協會香港分會遂於三月二十七日——即重慶總會成立一週年之日——正式成立了。在那裏，以當地人士的資格，聲望和職位論，其足以領袖羣倫堪當「大龍頭」的，當然要推落華生許地山教授為首。在文壇上他是鼎鼎大名著作很廣的老將。在社會上，因他身居香港大學漢文學院掌教之學職深得社會人士紳士階級，工商界，教育界，文藝界的一致敬重，而尤其得香港政府及大學當局之信仰，對於會務進行必有莫大裨益。至如當地文化界名流如葉慕禪，馬鑑，許世英，歐陽予倩等同心同志一致加入可以號召起來。而樓適夷，陸丹林，葉靈鳳，戴望舒，蕭乾，穆時英，張春風，……等諸子皆當地文壇健將，足以擔任進行工作。我臨走之前，他們決定暫假「大風社」作為分會籌備，會集，通訊，活動，和發表的大本營，將來經濟充裕時，可另找會所，以後大家齊心努力進行得法，必可成非常之功。香港文協分會之成功，即是全民抗戰力量加增之成功也。如果我個人將來要回香港工作的話，自然加入陣線當一名「馬前卒」。

現在應該報告一下，文友們在香港的工作情形。以前大家團體雖沒組織，工作雖沒系統，進行雖沒一致步驟。可是除了幾個「別有會心的」離心分子之外，人人各秉良心，各絞智腦，一致以「擁護中央，抗戰到底」為最高原則。無論本地的或「外江」的作家皆一致主張抗戰的議論。前些日子，有主和分子提出外交路線問題，立論不利國家，大背民意，竟惹起一場大筆戰。最近又有主和問題再發生一場筆戰。香港大報小報晨報晚報。和各期刊均一致向主和的獨家日報集矢攻擊和駁斥，社會全體人心亦非常憤恨唾罵他們。好兩場惡戰，淋漓痛快，直打到他們體無完膚，辭窮理竭。只有一個日本人在香港辦的「香港日報」同情和響應他們，「互為犄角」這可反射香港同胞愛國抗戰擁護中央的情緒，更可看見香港文藝界以筆桿肅清後方指導輿論的努力，實足以對得起拿槍桿刺刀在前方殺敵致果保衛祖國的英勇將士了。

不過，香港的文友們一向既無組織，所有的只是各管各的，人自為戰的「打散隊」戰術。這樣自由自動的辦法當然有相當的力量和特異的彩色，但過於散漫，而無聯絡一致的行動，與中央各方面和總會這邊是沒有連系的關繫，則斷不能得到集團的力量和強大的後援的種種行為。所以我們對於此次的組織，應對香港分會絕特大的希望和加以厚力的援助，而尤盼中央各方面和總會這邊予以明〔慧〕的指揮和實際的補助，使將可奏奇功。我們要知道今日的香港不徒是一個外〔國〕殖民地和華南的商業中心，已經成為上中下三等百餘萬同胞僑居的要地，已成為文化中心，軍事重點，並且是中國內地溝通南洋安南，暹羅，星加坡，馬來羣島，菲律濱羣島甚至還如歐斐南北美四洲數十萬華僑「交通樞紐」，是則文藝界在香港工作的重要與責任之重大，不言可喻了，你看吧，如果中央各方面和總會這邊領導及補助得力，將見上下策應，內外合作，指臂一致，我相信遠居「南服」的文友們定必更為努力於以文章報國，以筆桿抗戰的工作，而且我更相信，在最短期間，開花結果，其貢獻於抗戰前途必比以前一年有半「打散隊」時的成績更為璀燦有效能的。

二十八，三，二十七，在重慶

選自一九三九年四月十日重慶《抗戰文藝》第四卷第一期

文協香港辦事處成立大會報告／許地山、樓適夷

留港本會會員，經三次的集議，決定依據總會指示，成立留港會員通訊，於本月二十六日在香港大學中文學院禮堂，舉行成立大會，到席七十一人：（依照簽到簿先後）葉靈鳳，樓適夷，陸丹林，方與巖，朱亞傑，李馳，鷗外鷗，征軍，沙威，樓棲，拉特，黃繩，文俞，杜埃，陳適懷，劉思慕，穆時英，杜衡，馮亦代，徐遲，喬冠華，黃菊圃，袁水拍，柳木下，黃魯，烈軻，黎青，張春風，戴望舒，溫功義，李殊倫，王劍鳴，葉恭綽，羅吟圃，吳景崧，李萬居，陳廷，麥穗，費穆，杜文慧，楊素影，唐錫如，蔡語邨，葉秋原，彭成慧，張居榦，馬國亮，陸浮，陳子殷，許地山，歐陽予倩（李化代），許世英（汪大燧代），熊琦，林憾廬，曾潔孺，陳烟橋，李化，莊重，周新，郭步陶（郭夫人），賀珍，毛子明，陳畸，黃達才，朱奇卓，蔡楚生，司徒慧敏（陸浮代），陳衡哲。

開會程序：主席許地山，司儀溫功義，紀錄陳適懷。一、全體肅立，二、靜默三分鐘，三、主席報告（許地山），四、籌備會代表報告（樓適夷），五、宣讀總會來電（陸丹林），六、講演，葉恭綽，許世英代表汪大燧，陳衡哲，劉思慕。七、朗讀宣言（見附張），（陸丹林朗讀）通過，朗讀致總會電（見附張）（陸丹林）通過。八、籌備案提案（提案見附張）通過。九、臨時動議，每月舉行星期旅行一次（方與巖提）通過。（以上通過議案，除組織幹事曾當場推選外，餘交幹事會辦理）。十、選舉。當場推出幹事九人（選舉方式先由籌備會介紹候選人二十九人，由選舉人〔圈〕定九人。候選名單附）選舉結果，一、樓適夷 47 票。二、許地山 45 票。三、歐陽予倩 39 票。四、戴望舒 39 票。五、葉靈鳳 35 票。六、劉思慕 27 票。七、蔡楚生 23 票。八、陳衡哲 22 票。九、

陸丹林20票。又候補二人，陳占元10票。簡又文13票。餘不具呈。散會，茶敍（無點）。

這次大會，事前發出請帖一〇二張，到七十一人，可謂相當成功，會場未加佈置，儀式亦力求簡單，這是為了適應環境的緣故。但全場空氣，莊肅熱烈。情緒甚好，只有少數人迫於職務，中途退場。

當天申報，立報，珠江日報均有文字慶祝總會週年紀念，及擁護香港文工的團結（大公星島事前本由該報副刊編者負責，沒有實現，是籌備會工作疏忽的緣故）何香凝，蔡孑民，宋慶齡諸先生或因事未到，或事先聲明不能出席未發請帖。

大公報當天晚報，有一新聞，時事晚報亦有記載。以上報紙剪括，及次日報上新聞，一並剪奉。

幹事會決定星期三日，由適夷負責召集。

附呈文件（略）

負責人許地山樓適夷報告　二十八年三月二十七日

選自一九三九年四月十日重慶《抗戰文藝》第四卷第一期

文藝統一戰線／陸丹林

在全民族對外偉大的抵抗侵略者的戰爭中，無論誰人都要站在自己的崗位，盡他應盡的責任，文藝工作者自然也不能夠例外。去年三月在漢口成立的中華全國文藝界協會，他的總則是：

「本會以聯合全國文藝作家，共同反對日本帝國主義的侵略，完成中華民族自由解放，建設中華民族革命的文藝為宗旨。」

宗旨是異常鮮明深厚和重大，切合大時代所逼切需要的集團。他的任務是：

「一，關於宣傳文字之撰製；二，關於文藝問題之研究；三，關於通俗讀物之改善與創作；四，關於抗戰文字宣傳計劃之擬定；五，關於青年學習文藝之指導；六，關於文藝作家之聯絡；七，關於歐美文藝的繙譯及介紹；八，關於中國文藝基礎的整理及建設」。還有「答復黨政機關之諮詢并接受其委託」，和「就有關於文藝運動及作家權益保障等計劃，得建議於黨政機關。」

這任務固然是文藝工作者在抗戰期間對國家的應有的工作，同時也是文藝工作者在抗戰期間切身的問題。成立一年以來，業務日加擴張，事工日加推廣，在抗戰踏入第二階段，深感到責任更加重大，會務更要普遍的發展，纔能夠和軍事堅強抗戰的配合。留港會員通訊處的成立，實在含有極深切的意義而適應時勢的需求，成立的一天，所發布的宣言云：

「中華全國文藝界協會，自從去年春間在武漢成立以來，到現在是整整一週年了。這個團體的成立，是全中國的文藝工作者在抗戰建國的共同目標下，空前未有的團結的開始。一年來秉具精誠無間，勇往邁進的精神，跟隨着政府抗戰建國的偉大國策展開了巨大的抗戰文藝運動。我們一部分留在香港的會員和其他一切文藝界同人，雖然遠離祖國的烽煙，寄居這個沒有炮火和血腥的特殊環境中，却未曾有一時一刻，自外于戰鬥的營陣，而不思以本位的工作，勉自盡力于民族生存自由的鬥爭。欣逢這個舉國歡慶的全文協週年紀念日，在熱烈祝賀，覺得要加緊本身的工作，必須變更過去留港同人們人自為戰的方式，而一致歸趨于全文協的旗幟之下，立刻團結起來。只有集體的力量，才能使我們充實健全，擴大文藝的事功，實踐以文藝動員全民的神聖任務，因此有留港會員通訊處的組織。全體會員抱守共同的信念，深感文藝工作在國民精神動員，國際同情爭取中之重要崗位；誓願在全國統一組織領導之下，策勵精進，奠國民文藝之基，齊一步驟，赴抗戰建國之路。謹掬至誠，宣告成立。」

留港會員通訊處所以要成立，和他的使命，在宣言裏已說的很詳細，用不着贅說。至會員的資格，是：「一、文藝作者，二、文藝理論及文藝批評者，三、文藝繙譯者。」我們知道除了漢奸文賊之外，凡是同情文協宗旨的，都希望在文藝統一陣線之下，從事為國家為民族解放和獨立的共同奮鬥，同時利用環境負起文藝交通的運輸，給祖國和海外做一個傳遞的樞紐，把正義感反侵略的氣息輸送到黑暗區域和全世界。

選自一九三九年四月香港《大風》第三十三期

文藝工作的開展／黃友秋

全國文協香港分處的成立，是香港文藝界的劃時期的大事。文藝工作者的大團結將決定文藝工作的有力開展，團結就是力量，這眞理將在這裏得到鮮明的證驗。

然而，我們前途的荊棘還很多，披斬的工夫有賴於我們強健的身手；同時我們所負的責任實在很重，寫寫意意，提提筆桿，來一兩篇文字，距離任務的達成還很遠。文藝宣傳的奏效，需要着組織的日漸擴大，工作的日趨深化，這已經使我們得通過重重的難關，遇到無數的阻障，何況我們還要作為鉅流之一支，在中國文藝向高度發展的途程上，作一番努力？

我們認為，香港是國際「航程」的一個出口，是南洋各屬和華南內地的一個中站。香港的文藝工作者必須認識清楚自己所站的崗位，確定自己工作的路線。

國際宣傳，我們分明要負起這個責任。自然，這是一件非常困難的工作，談何容易，工作者沒有運用外國語的能力，對於這件工作就衹好敬謝不敏；但我們難道沒有一個兩個做得了這好功夫麼？那我們就不讓他們避重就輕了。從抵抗線最小的路走，成為風氣，要使文壇滿日是閒花常草，沒有一朵奇〔花〕異卉。

香港分處要成為推進華南文藝工作的一個動力機關，這是我們的第二點意見。我們是全國文協的一支，的一環，我們要和祖國每一個文藝集團并流，緊扣，為着工作方位的接近，我們更要和華南——特別是廣東的文藝工作者差不多結成一體。在廣東，散佈着許多優秀的文藝作者，但他們還沒有構成聯繫，是散在的一小羣一小羣，加上其他因素，工作實在沒有暢順的開展。香港分處要把工作的觸角達到華南內地，（我們的力量不應困處香港一隅之地，要向內地發展，如向華南士民民眾輸送讀物等，都是必要的工作。）有在華南——特別是廣東建立工作站的必要。

自然，我們也要把目光投在自己的身邊的。表弛裏張的戰鬬階段中，僑居「安全後方」的同胞長養着苟安的惰性。有閒階級，落後文人，正在傾吐他的閒適的心情，誨淫的意欲，多量地產生有毒的文章，要教人頹唐，淫靡，想入非非。怎樣把人們的低級興趣轉化為高級興趣，怎樣把滋養的文藝食糧放進大多數人的腸胃，這就如前面所說，需要着組織的擴大，工作的深化，而目前是堅實地舉步。

最後，香港好比一個避風塘，不大有風浪，工作者可免奔波轉徙之勞，就正好加緊修養的工夫，担負最艱鉅的工作，比如外國名著的翻譯，文藝理論的精研，都有必要。香港的文藝工作者，不能是風雅文士，反之，應該做一個「精勤」的作者。

選自一九三九年五月二日香港《大公報・文協》

一個月的報告／適夷

文協留港會員通訊處的成立，到今天已滿一月。從三月廿六日的成立大會以後，接連着於三月三十日舉行第一次幹事會，會中決定先把週刊辦起來，定名「文協」每逢星期一出版，內容限定短論，批評，通訊，消息，報告；由李馳，陳占元，吳景崧，戴望舒，樓適夷等五人負責，並請袁水拍，陳適懷協助。

研究部由陳衡哲召集敍議，決定全體會員分四組：（一）藝術文學，（二）雜誌文學，（三）西洋文學，（四）電影戲劇，一組由許地山，陳衡哲主持，二組由劉思慕，陸丹林主持，三組由戴望舒，馬耳主持，四組由歐陽予倩，蔡楚生主持。各組每月開討論會一次，于每星期一舉行。

會刊編輯委員會于四月四日由戴望舒召集敍談，分頭和各報副刊接洽，占〔鬮〕決定每月第一次由大公報副刊，第二次珠江日報副刊，第三次申報副刊，第四次星島日報副刊。

四月八日舉行了一次全體交誼會，到六十三人。不用集會形式，自由談話，茶點；目的是使留港會員有共敍聯歡的機會。這個會中報告了第一次幹事會的決定。

四月十日港文化聯歡赴日菲學生代表敍會，本會由許地山劉思慕代表參加。

四月十五研究部一組開討論會，四月廿一日二組討論會。討論紀錄，將在會刊發表。

四月十六日舉行第二次幹事會，決定向重慶總會提出創辦英文刊物。書面警告為某派漢奸助編刊物，拉攏文人之某會員。聘請施征軍助理日常文案。

選自一九三九年五月二日香港《大公報・文協》

由「黃花崗」的公演說起〔節錄〕／胡春冰

〔……〕

（三）

香港的話劇活動，比較進展稍遲。由於時代不斷的公演，藝協的努力，中旅的南來，中藝的公演，香港青年劇協，廣東劇協留港同人會的成立，中救的到達，第一劇團的成立，救亡劇運已在加速度地展開。這裏，潛在能力的豐富和人才的眾多是無可比擬的！可是在自我批判上，大家有一種共同的感覺：

一，職業劇團的工作態度還不夠嚴肅；甚至於有商業化或自顧自地關門主義的趨向。

二，青年工作者所有的只是熱情，缺乏幹部人才，更缺乏技術的修養。

三，在人的比例或生意眼上看，香港的話劇團體和工作者可以說是供過於求，但工作尚未能強化，亦未能將領域急劇地擴展。

四，和內地的聯絡不夠，調劑部夠，供應不夠。

為了上述的缺陷，我們要建立共同的工作，使職業演劇家的青年學習服務和鬥爭的精神，使青年戲劇工作者學習一切的技術，和攝取工作經驗。使大家在共同的奮鬥，共同的困難的克服中，親愛精誠地團結起來。使大家通過統一戰線的方式，加強自我教育，服從並服務抗戰，隨時可以去內地，上火線。

黃花崗聯合大公演的發動，和工作的意義是如此。黃花崗之上演，並不是我們工作的終結，那正是香港戲劇界統一戰線加強並擴展的開始！

選自一九三九年五月三日香港《工商日報．市聲》

香港的詩運／袁水拍

如果一提及廣州未失守前，省城裏以及別的縣份的那種蓬勃的詩歌運動，或則更把遠些的重慶，昆明和西北來看，那麼香港的詩運可說是非常岑寂的。過去僅有「藝協」的少數次朗誦會，座談會。所表現在各日報副刊上的創作詩，多數是胆小地，局促地位置着一個不受人注意的篇幅。直到不久以前，新詩社有了「十日新詩」之刊出，詩月刊「頂點」之卽將出版，以及最近「中國詩壇」出版了復刊號，一個中斷的詩歌運動彷彿又開始了它的甦蘇，而且正在向着廣大的路途跑。

詩歌工作者目前所急於要努力的便是這個運動的推進，更深度地，並且要加闊它的發展。譬如普遍地接觸到羣眾，質的提高，通俗化歌曲的大量製作，舊形式的運用，（特別是粵語的曲調）朗誦的實踐等。

「口號標語式」的詩歌所以為論家訴病，原因並不在詩歌本身的意向不夠積極，或題材的不正確，而是詩作者技巧上沒達到成熟的地步。他們的創作態度和題材的選擇倒多數是很可取的，評論家一方面要指示他們脫離幼稚的創作積習，一方面應該更積極地鼓勵他們修養磨鍊那枝歌唱的筆桿。如果過份地苛責詩作者，要求捨棄口號標語，也許會發生我們所更不願意見到的現象，就是無關抗戰的作品，或則「並不十分違背抗戰」的作品。卽使沒有這樣不幸，那末發現太多量的凄婉的短調（雖則我們也需要這個）缺少了雄壯的戰歌，熱烈鮮明的口號式的作品，也並不很好的罷？如果我們覺得在一道詩歌中間需要明白強壯的口號，我們還是要毫不顧忌地插入。這個，雖則在某一特定處所，譬如城市裏，很遠的後方，很輕鬆的環境裏，我們假定它不會感到有吶喊式詩歌的需要，也許在別的環境，別的羣眾間，這些詩會發生極大的力量。我們不必偏廢各種歌唱的形式，我們要多樣地製作，作各種的試驗，各依着適宜的路途發展，只要是服役於抗戰，明快，或隱蔽的，長調，或短調，朗誦的，或低吟的，一切戰鬥性的詩歌都好。達到最高度藝術水準的詩我們需要，沒有達到的也需要。需要再多些的鼓勵，決不是要求詩作者歇手，或則使他們減少創作的勇敢。

此外，朗誦的實踐也是詩運中不可忽視的要點。用朗誦的方式來接觸羣眾是到達宣傳的效果的必要手段。並且詩作者也藉此可以教育自己。最準確的評論固然從評論家的書案上我們可以得到。但同時也有別的最好的批評，存在於傾聽你朗誦的羣眾的口中。Herbert Read 曾說過，英國詩歌的出路在播音上。詩讀者的逐日降低數目，是緣由於詩與羣眾間的隔離，日益深廣，有生命的文藝是大眾的文藝，詩也是如此。如果詩的意義衹限於供給少數人低吟上，恐怕這樣的詩會得逐漸走近牠的窄狹的路的吧？朗誦的執行，可以消弭這危機。「歌以永言」這句話最足以說明詩歌的地位與性質。不能歌的歌，非但不能「永言」，自身也有臨到最悲哀的境界的可能。過去的中國新詩很有取消歌唱的傾向。劉西渭在「咀華集」中云：「……來日如何演進，不可預測；離開大眾漸遠，或許是一個不可避免的趨止。一個最大的原因，怕是詩的不能歌唱。然而取消歌唱正是他們一個共同的努力。因為他們尋找的是純詩，歌唱的是靈魂，不是人口……」

過世不久的愛爾蘭詩人時常說，「一首詩一定要朗誦起來可以聽得明白，並且要具有一種力量來引動人，有聲音的美麗的迷人的力量。」

至於題材方面，我認為沒有機會上前綫的詩作者，在沒有砲火的環境裏，不一定便沒有權利寫前方，寫砲火。現實主義不會被曲解做「現於作者周圍的實事之描寫」。現實主義也有理想和想像的權利。「現實不僅包含事件，也包含着觀念，思想，關於未來的空想，計劃等。」沒有到過巴黎的人可以寫「雙城記」。沒有參加「鐵流」的人，可以寫「鐵流」。沒有做過漢奸的人，可以寫漢奸的心理，虛無的，不根據事實，調查或報告的材料的架空的妄想，才是要不得的。反之，則作者還是可以充份地運用他的想像力，雖則我並不否認這是比較艱難的工作。如果我們願意放棄這類題材，讓直接參戰者去做得更好些，那麼在沒有烽火的後方的詩作者還是有着很多樣的題材可以寫作，描寫後方，打擊汪派漢奸有賴於諷刺詩的作者——國際政治社會現象勸募公債，獻金，獻力等都是題材。在香港，粵語通俗歌詞的生產也是刻不容緩亟待詩作者努力的。

當歐美的經院的文藝批評家指斥窩脱·惠特曼的詩「不是詩」的時候，他們決不料這位叛逆的詩人成為後世革命的自由詩之始創鼻祖，他們認為惠特曼「提了一桶子污水到客廳裏面」，有些辱污了詩的尊嚴。今天我們都知道「這桶子污水」非但不「污」，非但是「詩」，而且是最好的詩之一。我們今天非但要提這桶水進到客廳裏，並且要把客廳的四壁打翻，請外面的人羣一塊兒來欣賞它。在十月革命期間，蘇聯的詩歌雖經達到一個無可比擬的狂熱的時代。「蘇聯詩壇逸話」中有這樣的記載：「革命給了詩歌一個極大的突進。……在餓饉中的一個對於韻律的沉醉——那些有詩人們唸他們作品的地方，是立刻被一大羣很複雜的羣眾所佔據了，他們到那些地方去的唯一的目的是聽唸詩。政治家，藝術家，往時的妓女，中學女學生，大學生，從一個遼遠的村莊上來的目不識丁的農民，勞動者，戰鬥員們和傷兵，都擠到那些廳裏去。……俄羅斯的一切地方，一切階級的羣眾是被那言語底崩雪，字眼底音樂，形式底炙熱的酒精所魅惑着……在一切環境，一切地方，用一切語言來吟誦……在咖啡店裏，在私人住所中，在工人俱樂部，在演講會中，在露天廣場上，在會議的開幕時候，人們都唸着詩。……」

多麼熱烈的盛況啊！在抗戰的革命的時代裏，我們也需要，萬分需要着，詩歌的宣傳，詩歌的狂熱。一切詩歌工作者聯合起來罷！歌唱我們的偉大的時代！貢獻我們的最大的力量！

選自一九三九年六月六日香港《星島日報・星座》

香港新書店舊話／林歌

〔存目〕

選自一九三九年七月五日香港《工商日報・市聲》，內文可參《散文卷一》頁三〇九

關於文章義賣／拉特

文人的唯一技能就是寫文章。因而文人在目前為抗戰服務的，也多般是以文章來做着他的工作方式。能以文章作為服務於抗戰的文人，他無疑是具有了愛國的熱烈情感，同時他也真正的明白到文章與現實有着不可分離的關係，真正的意識到文章與民族戰鬥的火烽有加強聯繫的必要。像這樣的文人，無論他們所創作出來的作品，還有程度上深淺的產別，還有優秀與拙劣的區分，但他們為抗戰服務的精神都同樣的為人所敬重，而表現了今天文人的作風最光輝的一頁。

現在文藝界的工作者們，為了紀念抗戰二週年，不僅要寫作關於抗戰的優秀文章，同時更來發動着文章義賣的工作。這應當說是文人出力又出錢的寶貴事實。在此，可說就是文藝界朋友們一件光榮的創舉的罷。文人能把他的唯一技能服務於國家民族，同時又能把他所獲得的多多少少的報酬獻給了國家，這縱然說對於國家的財力未必有多大的補助，但總說得上是文人願意盡了他們所可能負的責任，這是實情實話，絕不是在對於文人的恭維。

抗戰兩年來就沒有聽到「文章義賣」的呼聲，但今年却有了，這顯示了文人對國家民族更大的關心，顯示了文人在戰鬥中更加健全的成長，誰聽見了這事實還不會相信的呢？

然而這並不是說，僅僅做這點點的，三天的「文章義賣」，就算是盡了文人的光榮責任的。為要擴大文人的救國精神給各方更大的影響，固然是需要文人寫作更好的抗戰文章，然而假如我們能夠更從這次「義賣」的出發點上來奠定着我們長期「文章義賣」的基礎，這對於各方的良好影響固然是很大，卽對於捐輸工作，更能表示了文人的熱情，多少都補助着抗戰的物力。所以。我認這次「文章義賣」

運動，固然是有着非常的意義，但我們還須更進一步的規定着「長期義賣」的辦法。比如每個月應舉行義賣一天或兩天，作為經常的捐輸工作，那則意義的重大與價值的發揚，將表現着文人戰鬥性的澈底與積極。這可能走得通的辦法，我們的文人是沒有任何理可以拒絕的罷。其實也必要有「長期義賣」的決心，才顯得是文人對「文章義賣」的真誠擁護與推行的。我們應當這樣做罷。

選自一九三九年七月六日香港《工商日報・市聲》

言林文章義賣展期三天／靈鳳

本欄響應「文協」紀念「七七」文章義賣號召，原定舉行三天，現因參加義賣文稿過多，三天不能刊完，特自今日起再展期三天，以便本欄作者各人能獲得一次報國的機會。「紅翼東飛」的譯文謹附驥尾，共同參加。有人將文章聽憑編輯人編排義賣，比諸「壯丁抽籤」，但言林的作者却是「自動投軍」，而且逾額，真使人感奮也。

選自一九三九年七月十一日香港《立報・言林》

香港的戲劇藝術／李殊倫

戲劇在香港是有其特殊的發展的形態的。基於此，香港戲劇藝術的領域還沒有過極大的擴展；這即是說：在香港，被戲劇征服的基本觀眾還是有限的。其次，一般戲劇藝術的集團，除了職業性的之外，非常缺乏經常作演劇活動的能力。再次，港上某一些觀眾觀劇的水準提高了，一般說來，某些演劇集團本身的技術還沒有提高了許多，這，對於觀眾的影響也是很不適宜的。

三個月來，香港的戲劇藝術總算是踏上平穩的階段，在演劇的數量上來估價，那是一天比一天的增進，做成香港戲劇界一股激熱的高潮。在質的提高上面，許多劇團都已警覺地接受觀眾的情緒，而加以努力的克服。

至於留港劇團演劇的方式，每每因為劇團組織性質的不同，工作關係之不同，以致在整個演出的方式和方法上亦各有差異。

比較地說，職業演劇是港中演劇最強固的一環，「中旅」和「中藝」兩個國語粵語的演劇部隊都在這裏作經常的大演出。此外，廣東的職業劇團，則有「時代」，「紅白」，「鐵流」以及廣東戲劇協會屬下的「第一劇團」。

自從「中旅」和「中藝」做了個體的分裂以後，兩個戲劇的細胞都在演劇工作過程中，生長以至於健強着，「中旅」自分家後，經過補充和重建，首次便假座皇后戲院，為婦聯會籌欵義演吳祖先的「鳳凰城」（張雪峯導演）和正式的演出；粵語部隊也在六月廿三晚公演章泯的「五羊城」（「我們的故鄉」改編）。「中藝」自成立後，每月在中央戲院作三天六場的演出，已經演出過的戲：曹禺的「雷雨」，魯藝的「流寇隊長」（易名「正氣歌」），陳白塵的「魔窟」（易名「得意忘形」），托爾斯泰的「慾魔」，胡春冰之「中國男兒」，郭戈里的「欽差大臣」，莫里哀的「偽君子」，雨果的「狄四娘」，歐陽予倩的「屏風後」「曙光」，這些戲都為歐陽予倩導演。最近，粵語組也相繼成立了，決定在六月廿八日演出于伶的「花濺淚」。

使用粵語演出的時代劇團，曾在港演出的有曹禺三部曲：「雷雨」，「日出」，「原野」。陳白塵的「魔窟」（易名「新官上任」），尤競之「夜光杯」，陽翰笙的「前夜」，導演者為盧敦。紅白劇團從六月五日開始，一連四場在普慶戲院，公演陳卓猷的喜劇「天下太平」（淩可導演），七月二日在利舞台演出吳祖光之「鳳凰城」（徐國瑛導演）。第一劇團於七月初旬演出胡春冰之「中國男兒」（胡春冰導演），夏衍之「自由魂」（胡春冰鍾啟南導演），莫里哀之「情仇」（鍾啟南導演），于伶之「女子公寓」（鍾啟南導演）。

職業演劇外，義演也是各大劇團主要的工作，因為這是留港劇人們最澈底的抗戰服務，五月間，最先見諸行動的，是全港戲劇界聯合大公演，為賑聯會籌欵撫恤前方陣亡將士家屬而演出的「黃花崗」（廣東劇協集體創作，歐陽予倩等集體導演）。前後一共演出兩次。最近「中救」從桂林轉道過港，一連六天在利舞台為賑聯會義演了陳白塵宋之的之「民族萬歲」，「保衛祖國」（包含「賊」「鬼夜哭」「死裏求生」「逃難到香港」四獨幕劇），以及「中救」集體創作的「台兒莊之春」，金山導演。此外，「紅白」義演了「魔窟」，「中旅」義演「鳳凰城」，「中藝」曾替各學校社團義演了「雷雨」，「放下你的鞭子」，「曙光」等。

除開了職業演劇和義演，學校演劇也是香港戲劇中的一股強勁的支流。這其中，卽如廣大劇團演出之「三江好」，流火劇社的「咖啡店之夜」，實用會計學校劇社的「狂風暴雨」及「血洒情空」等。

革命的五月以後，香港的戲劇藝術已經是向上的邁進着，不遠的將來，香港的劇場上，一定還更有偉大而緊張的新的演出。

選自一九三九年七月上海《劇場藝術》第九期

續談香港〔節錄〕／陸丹林

我發表了「上海人眼中的香港」之後，有幾位朋友寫信叫我繼續寫下去，尤其是擷華寫了三封信來都勸我寫些出來。因此一來，我就再閒談一下。

去年我到香港，是辦刊物，就先談談刊物吧。在香港出版刊物（大報小報定期刊等），根據它的「印刷業及出版業條例」先要辦理登記，以前只須找一位殷實商家作保證人，便可通過。在「八一三」以後的新出版物，就非要三千元現幣做保證金不行，因之在香港辦出版物很不容易。雖然有些人還是暗中偷印，但一經查出，印刷所便要處罰三千元，甚至於沒收印刷機器。有些取巧的，在別地排好寄紙版在香港印刷，較為便利，但能澆版的印刷所也不多。

大小報紙和雜誌的稿件排好後，要送華民政務司署的華文新聞紙檢查處檢查簽字之後，纔能夠付印。有許多稿件，在英文報紙可以發表，在華文紙報是不准登出，問他的理由，他也沒有正當理由答復，至多是說「不准登是不能登」罷了。有時報紙上不能登或被檢查去的字句，但在雜誌上可以發表，似乎雜誌的檢查沒有比報紙來得認真，或者是因為看雜誌的人比看報紙也有些不同，所以能放鬆點。有時一篇文稿送檢，也不能即時決定准登與否，而把稿子「留問」，一天或兩天再決定准登與否，有時間性的文稿，往往因此而失掉了他的時間性，新聞也變了舊聞了。

打開一張報紙，在論著，新聞，通訊等的文字裏，東也ｘｘ，西也ｘｘ，或者全段空白開天窗。這種ｘｘ，一部分是關於描寫日軍方面的，一部分是關於政治上議論文字中的惡劣名詞，或涉及英國方面，如「鴉片之役」之類，還有一部分，是關於描寫性慾猥褻圖文，他們為着不顧意惹起讀者的興奮或不良的印象，故不得不把它刪節，以免惹起意外的糾紛。因為日本駐香港的領事，常常和香港當局交涉，取締抗日文字。他是以香港是屬於第三者，應該中立，不應該有袒護某一方的文字的宣傳。因之華民政務司就印了一張小紙，交給各刊物的負責人，請他在文字上特別注意，即是不能用，免使排字的檢查的，多一重手續，我今不易一字把原文鈔錄如左：

「敵，倭寇，倭奴，倭夷，蝦夷，島夷，東虜，日寇，暴寇，暴日，獸行，獸性，獸兵，強盜，無恥，焚刼，姦淫，擄掠，屠殺，」并附帶一句「以及其他類似此等字句者。」

這種華文刊物的檢查，不是專檢查華人所辦的刊物，就是日本人所辦的像「新申報」一類的「香港日報」也同樣的要送檢查，因之「香港日報」文稿裏 x x 的發現也很多，這是還算公平的辦法。

敵字不能用，於是有許多刊物聰明的編者就把狄字來代替，也有用侵略者三字來代替。但許多報紙，還是用 x 來表示，不肯改用別文字。有一個時期，星報特鑄一 x 字，它的形狀，是兩條枯骨的交叉形。用了一兩個月，不知怎的就沒有用，恐怕是受了檢查的勸告罷。

香港辦刊物最難發展的原因，是，印刷費貴而不好，（同樣的貨色，香港比上海要貴三分之一）郵費太貴。一份報紙，無論寄本港或中國內地，起碼要郵費二仙，（折合國幣時價要六分六厘左右）除了印刷費編輯費房租雜用消耗之外，還要繳納三千元的保證金。因此有些過氣的或已停刊不久的小報，便把招牌頂給別人。因為舊招牌說是復版，可以不要保證金。

香港的報紙，特別發達，派別和背景及出版方法，各有不同。有的只出日報，如申報，珠江日報，大眾日報，南華日報，天演日報，中華時報等，有的只出晚報，如中國晚報，星報，時事晚報等。有的出了日報，又出晚報，如大公報等。有的出了日報，又出晨刊晚報，如星島日報，工商日報（晨刊名天光報），華字日報（晨刊名華星早報），循環日報（晨刊名香港朝報），華僑日報（晨刊名南強晚報名南中報）等，其他兩日刊三日刊的小型報，則有三十份左右。聽説有幾份小型報，每期出至三萬份上下，可見它的讀者眾多，但它的內容，將來有機會時再談。而晨刊也有一次版二次版的，每張只賣一仙（一分），一般勞動階級清早上茶居飲茶，多人手一張，因為價廉而每日的重要新聞大致已備，算是大眾的讀物。

〔……〕

選自一九三九年八月上海《宇宙風（乙刊）》第十一期

「文協」成立文藝通訊部／豊

文藝通訊員運動過去在南中國本有相當成就，總站設在廣州，在各地展開通訊網，吸收各階層的文藝愛好者，以報告文學方式報導各種典型的生活和活動，提出種種討論問題。廣州淪陷後遂告停頓。最近總站已開始在桂林恢復工作。留港「文協」一部份會員為響應起見，特成立文藝通訊部，並謀與桂林總站取得聯絡，展開海外僑胞與祖國在文化上的連繫，提拔新的文藝工作後備軍，並擬舉行「八月文藝通訊競賽」，詳細工作綱領不日即可公佈。

選自一九三九年八月十一日香港《立報・言林》

談本港文化界的新組織／葉靈鳳

（文藝工作者應該更加緊團結為抗戰努力）

最近報載本港文化界發起組織協會，並擬設置一大規模的文化俱樂部，在香港的地位在中國抗戰中顯着日益重要的今日，文化方面這樣綜合的組織實是必要的，而作為文化的一部門——文藝工作者的我們，對於這消息，也感到在工作上多了一位友軍的欣慰，因為本港在文藝界方面雖然是有了「文協通訊處」的組織，但這祇是中華全國文藝界抗 x 協會留港會員的聯絡站，而且限於文藝方面，經濟能力又薄弱，工作的對象和範圍都有限制，未來的文化協會一旦成立，想來都可以免除這樣的缺點。

關於過去的文化界的一般組織，如目前已經停頓的「中國文化建設協會」，當時就運用了「文化」這兩字的廣義的涵義，容納會員的範圍頗廣，本港文化情形，一般初來此地的外界人士雖然喜歡魯莽地說是「文化落後」，但在香港特殊的環境下，自有其特殊的文化。組織中的「香港文化協會」，顧名思義，當然要包羅本港的騷人異客，藝苑名流，以至才高詠絮的閨閣名媛，對文化事業樂於贊助的達官貴人，將來會員們濟濟一堂，「意志集中，力量集中」，能於詩酒吟咏之中不忘抗戰，再拿出一點錢辦一間「大規模的文化俱樂部」，有助於本港文化發展自非淺鮮。

關於設立「文化俱樂部」，簡又文先生最近已經有過很具體的建議：「會所裏，應設一供應部，廉價發售茶點，咖啡，茶烟，糖果等，有此設備，會所便可成為文化界「沙龍」，足與外國的文藝沙龍比美了」。「沙龍」雖然是中世紀的宮庭文學主子豢養奴才的進化，但對於養成社會一般人士對文藝的認識很有影響而且有時也是一條文壇的「登龍」捷徑。過去南京的中國文藝社，就是「文藝沙龍」性質，有很漂亮的會所，有「世界文藝名著」，有「名畫」，也有咖啡糖果，每星期舉行「文藝之夜」，帶了留聲機片在玄武湖上或是總理陵園聚會，談談文藝問題，高興時開了留聲機婆娑起舞，當時確也曾造成了首都濃厚的文藝空氣，點綴了不少太平景象。如今「時代」雖不同，但香港究竟還是太平世界，乘了春秋佳日，文友們爬上宋皇台或是扯旗山巔，遙望白雲珠海，愴懷故國離黍，就事論人，自有其本身的意義。

在本港文化界的這樣一致動員下，我以為我們文藝工作者實有加緊團結，加緊工作的必要，尤其是留港的「文協」會員們，更應該認清自己在文藝工作前衛上所負的重任。可告〔慰〕的是，「文協」的會員們雖然窮，以致要影響會務本身的進展，但在「七七文章義賣」的號召下，會員們的稿費獻金已經超過了一千元。這數目並不大，但可告慰的是，這數目並不是少喝一杯咖啡所得，而是從將以維持各人每月生活必需的費用中拿出。「文協」至今還租不起一間小會所，更談不到圖書館和旁的供應，但會員們在對抗戰建國工作的推動上，在打擊x人漢奸的言論上，是無時無刻不緊緊的站在一起，而各人更能在艱苦的生活中，從現實上，從一冊更大更豐富的書本學習汲取一切，我以為這情形早已是夠填補了我們物質上的缺欠。

剩下來的祇有更加緊的團結，更加緊的工作！

選自一九三九年八月十九日香港《星島日報．星座》

廣東戲劇協會第一劇團與香港劇運：招待港文化界座談紀錄

以時間性來說，這篇座談的記錄，已經可以是「明日黃花」了，但我們却決定依舊把它介紹給「孤島」的劇運者，第一，我們覺得，被稱為「孤島」的上海，是和被稱為「天堂」的香港，是有它近似的地方的，這個座談很足以給我們參考，第二，我們時常關懷內地的劇運近況，而這篇記錄中多少，可以使我們窺見廣東的一部份，第三，那就是雖已隔了一月，却還未為上海的戲劇愛好者所見。因此三點，我們乃決定把它付刊於下，惟因原文過長，所以祇得分數天刊登，尚請原諒。（編者）

日期：七月廿四日下午三時

地點：勝斯酒店

參加者：葉前幹　楊靜之　溫弼嘉　符汝榆　吳劍公　費　穆　彭　飛　甄燦堃　張　晶

楊　紀　汪　鞏　重　生　陳在韶　鄺　華　楊　曼　梁積臣　王次龍　陸丹林　卜少夫

成舍我　張雪峯　雷　勵　歐陽予倩　吳簡寰　陳穆琳　胡卓英　簡又文　黃素民　李　馳

蘇　怡　劉石心　李　化　曾潔孺　胡春冰　鍾啟南　唐叔明　黃國欽　怒　潮　方　克

繆志芸　何壁堅　梁福和

（一）

胡春冰：

各位文化界先進和戲劇界的戰友們，今天的招待會，得各位蒞臨指導，我們很榮幸，現在我們把工作情況略為報告，希望報告之後，各位多賜教言。

我們的第一劇團是隸屬廣東戲劇協會的一個直屬劇團，它不過是第一個單位，而這個第一只是先後次序上的第一，並不是普通所謂「第一」。自從七七以後，廣東劇協的成員增加了許多，自去年十月廣州棄守後，許多同志分配到韶關各縣內地去；我們這集中香港的一羣只是其中一小部份。現在我們在學習中，在自我教育和訓練期間裏；可是我們已經預算着直到一個可能移動的時期，我們就把一部份人分配回內地工作去，同時也留一部份人在這裏服務，這一次我們以職業的姿態演出，自忖力量和經驗是非常不夠，不過我們肯耐苦和虛心去學習，我們更不掩飾自己的缺點，還希望人家看到不對的地方指示出來，使我們得到借鑑，這樣，我們相信第二次的演出才會比第一次進步，在這一次演出是初次和社會人士見面，多望各位給我鼓勵和指教，關於今後劇運和各方的問題，還請各位多加以討論。

劉石心：

我是廣東劇協最先的發起人之一，今天第一劇團得到各先進的光臨與幫忙，眞感榮幸，回想在廣州時因各同志的努力，在飛機轟炸下，舉行過幾次大規模的義演，博得觀眾無限的贊美，籌得不少的款項，深得難民傷兵的感激，曾在加緊轟炸進攻中，同志們仍在推動劇運，換句話說他們在殘酷的彈丸下，絕沒有稍稍放鬆過文化戰鬥的任務，兄弟是門外漢，不能把戲劇成就所有的好處介紹出來，只能把我所目擊的那種青年刻苦勇敢的精神介紹出來，如今第一劇團這一個水準較高的單位在這「天堂」下工作成績一定會比在粵時更好，希望劇團中的同志，聯絡全港人才，齊一步伐，共同前進，並組成堅強的隊伍，預備隨時回國服務，但如何能夠健全我們，如何能夠發揮更大的服務力量呢？這就得有計劃有力量，盼望各先進各工作團體同志指導幫忙。

簡又文：

我幼時便喜愛戲劇，看到大家努力戲劇工作，便見獵心喜，我們必須知道，戲劇是文學一種主要的形式，西洋人把「莎士比亞」的劇作當做課本念，可見戲劇在文學的重要，而且在社會上也佔有重要的位置，同時牠又是一種藝術，看一國的戲劇，便可知道一國的文化程度；牠是改進社會的利器。

（二）

簡又文：

民國紀元前的革命志士，就用牠來現身說法，喚醒同胞，抗戰後，文化工作者更加注意戲劇，香港的劇運也達到了高潮，可是，外江文化人演劇者和廣東籍的大眾却有了一些隔膜，因為語言的不相通，所以深入困難，感效局限於一定的範圍，為着深入民間，為着擴展戲劇領域，所以粵語話劇，牠將能以婦孺能曉的語言，將抗戰的最高的文化藝術，煊染給居留香港的百分之九十的僑胞，第一劇團團長胡春冰先生和全體同志對國家對工作，均有澈底之認識，對服務工作分外努力，願廣大的同志羣，負起社會教育的責任，把文化落後的社會改良，努力提倡文學藝術，博得廣大羣眾的同情，謹以萬二分熱誠祝福第一劇團。

歐陽予倩：

民國十八年我們在廣州辦戲劇學校時，所有的學生都是廣東人，我和春冰先生都不懂粵語，排戲的時候都是和學生學習，那時只有粵語話劇才有觀眾，在香港演戲更是非常困難，一九三三年時僅演了一次「油漆未乾」，并不受人歡迎，只有少數學生看，結果虧了四百餘元，一九三六年廣東的戲劇工作者，成立了「廣東戲劇協會」，人數由四百多人增至七百五十餘人，他們在猛烈的空襲下工作，經濟非常窘困，只憑着青年的熱誠，刻苦的不斷去幹，得到無限的讚美，去年十月，他們在廣州淪陷前一剎那才退出，一部分到各地，一部分經內地來到香港，集中起來，配合這兒工作的需要，有人說香港是紙醉金迷，醉生夢死的地方，但那僅只是舞場的一方面而已，你看那義賣的小販，熱情的青年，不是不斷地在嚴肅地工作着嗎？香港也需要戲劇工作，問題是在與內地合理的分配，目前香港劇運正是空前苦悶的時代，第一劇團在這時公演，更是具有特殊的意義，戲劇界的同志要共同做我們極需要的工作，我們要爭取大量的觀眾，收穫大的效果，希望第一劇團打破目前劇運僵局，從吃虧受苦中達到勝利的前途。

費穆：

聽到了剛才胡先生的報告和各位偉論，我對第一劇團同志十二分欽敬，正像簡又文先生說高漲到寒暑表也要爆裂一般，在他們的宣言上說，本身是一隊輕騎隊，這樣，我想輕騎隊隨時有攻擊之準備，進攻到觀眾去，話劇這件東西，形式與觀眾距離太遠，尤其是用不同的語言來演出，更會使此地觀眾不起勁，可是粵語的演出，比較容易刃解這點問題，而更會容易爭取觀眾過來，最希望這一隊輕騎隊把理想和其他的要求放在第二，把爭取觀眾放在第一。

（三）

蘇怡：

歐陽先生和費先生的話，引起了我幾點感想：（一）明知話劇是會虧本而仍然幹，工作者這種吃苦精神是很可敬，不過最低限度的生活，依然要爭取到的。（二）客觀上許多苛刻條件，形成話劇開展的困難，然而再接再厲幹下去，會獲到熱心者的同情與贊助，不難將困難克服。（三）我們爭取觀眾，絕不是說和粵語影片一樣採取神怪下流的故事，迎合一般低級趣味的心理，今後我們應該好好地把觀眾組織起來，增強教育作用，這是我們很重要的使命。（四）劇本缺乏，應發動大量同志寫作，並動員專門人材從事集體創作，務求產生好的劇本。

張雪峯：

話劇以前只給一部份智識份子來欣賞，很不普遍，最近職業劇團才逐漸組織起來，在困難環境之下，我們不宜過於冒險，否則弄到吃不消。反不獲到人家的同情，不過上演的次數不妨多，因為多演一次，成績自然進步一點，第一劇團的演出，是負有偉大的使命的。

李化：

香港的環境，不特比不上內地，而且幹起來比內地還苦，不過，我們並不應逃避困難，而要針對困難去做，第一劇團以英勇姿態演出，在困難下長成，任務更是重大。

（四）

鍾啟南：

各位不單對我們有過份的愛護，還給我們許多正確指示。謹以萬二份熱誠向各位致謝。

我們並不忘記自己的崗位，在物質充份的地方恰是我們好的練兵區，同時我們也是內地各姊妹團體的供應站，隨時隨地和內地聯系起來，因此我們準備隨時可以回到內地去。在這裏的工作困難我們是曉得的，唯其知道困難，我們只有以「笨做」的精神幹下去，因此更希望各先進團體及各文化界領袖領導着我們好好地「笨做」。

胡春冰：

蒙各位指示，萬二分感謝。剛才各位所給我們的珍貴意見，也正是我們想獲得的。我們決心做一個抗戰劇運的工人，在特殊環境下，配合有利的條件，我們加強自我教育，便能夠增多鬥士。我們願意在同一呼吸下把有血有肉的現實表現出來，配合到僑胞生活方面去，雖然我們力量是不夠和渺小，倘使隨時隨地得到各先進團體的提攜和指示，這個一定可以減少我們的困難。各位除了今日給我們指示外，還希望以後不斷的賜教和帶領着我們工作。

選自一九三九年八月二十四日至二十七日上海《中國藝壇畫報》第七十六期至第七十九期

旅港文人新組合中國文協會成立

葉恭綽勗勉忠於本位職責
通過會章選出第一屆理事

中國文化協進會，為旅港文化人士之新組織，由簡又文，陸丹林，葉淺予，黃祖耀，歐陽予倩，胡春冰，李應林等發起，昨日下午三時假座勝斯酒店舉行成立典禮，到文藝界陸丹林，簡又文，葉秋原等；學術界葉恭綽，馬鑑等；教育界鍾魯齋，張瀾洲，郭兆華等。新聞界金誠夫，賈納夫，李紹清，袁錦濤等；繪畫界高劍父，吳公虎，趙少昂等；電影界羅明佑，蘇怡等；戲劇界胡春冰，李化，姜明等；漫畫界黃鼎等；音樂界伍伯就等；一共七八十人，濟濟一堂，異常熱鬧，公推葉恭綽，李應林，簡又文，胡春冰，陳炳權，吳經熊，羅靜予，楊素影等為主席團，如儀行禮後，葉恭綽致詞，闡釋文化界人士對於抗戰應負之責任，及文化協會組織動機，繼之胡春冰報告籌備經過，簡又文宣讀會章草案，旋提付討論，予以修正通過，並選舉第一屆理事廿七人。此外又議決分電林主席及蔣委員長暨前方抗戰將士致敬，至五時許散會。會章修正如下：

文協會章

第一條，定名：本會定名為中國文化協進會。第二條，宗旨：本會以集中文化界人士，聯絡友誼、促進新中國文化之發展為宗旨。第三條，會址：本會會址暫設於香港。第四條，任務：本會任務如左：﹝一﹞關於文化問題之研究與批判；﹝二﹞關於文化事業之創造與推動；﹝三﹞關於文化人士之聯絡與合作；﹝四﹞關於國內外文化之溝通與服務；﹝五﹞其他屬於文化事業之工作。第五條，會員：凡屬中華民國國民，致力國內外文化事業各部門工作，恪守國家法令，贊同本會宗旨者，經會員二人以上之介紹，及理事會之通過，皆得為本會會員。第六條，大會；會員大會每半年舉行一次，由理事會召集之，如必要時得經理事會之議決，或會員二十人以上連署之請求，得由理事會召集臨時會員大會，以全體會員三分之一出席為法定人數。第七條，理事由會員大會選舉理事廿七人，組織理事會，主持會務，理事任期一年，連選得連任，理事會之組織法及辦事細則另訂之。第八條，特會：本會經理事會之通過，得設置特種委員會，以謀會務之發展。第九條，會費：本會會員每年須繳納會費若干，由各人自由認定之，如遇必要時，經理事會之通過，得舉行募捐以充經費。第十條，附則；本會簡章自會員大會通過之日施行，如有未盡善處得提交會員大會修正之。

理事名單

第一屆當選理事名單：伍伯就，朱昌梅，李馳，李應霖，竺清賢，胡春冰，梁朝威，袁錦濤，馬師曾，許地山，溫源寧，陸丹林，陳良猷，陳炳權，陳疇，黃祖耀，葉秀英，葉恭綽，葉淺予，楊素影，鮑少游，戴望舒，鍾魯齋，薛覺先，簡又文，羅明佑，羅靜予。

選自一九三九年九月十八日香港《國民日報》

香港紀念魯迅先生／袁水拍

魯迅先生逝世三周年了，香港居然也來紀念他。這也可說是香港的進步罷。在一九二七年二月十六日魯迅先生在青年會的演説辭報紙上就沒有刊登。

人死了，什麼也管不着啦！孫中山先生的「和平奮鬥救中國」的遺言，漢奸得利用它，三民主義被盜竊，總理的心血可以當作遺產使，汪精衛不妨照樣可以上總理陵墓去三鞠躬，日本兵也可以説為了總理故鄉的關係而撤兵。「賣屍骨」，其斯之謂歟？紀念死人，原是為了活人的緣故。如果「為紀念而紀念」，為場面而紀念，那是毫無益處的。

豈但如此，人們早知道死人不能復生，聽便你把它割裂，裝點，拉扯，歪曲，甚至於辱罵，誣蔑，他也莫奈何。這是活人的能耐！

紀念魯迅先生的人們當心給這位老人掌嘴巴，他的遺言始終輝煌地存在着，宵小無所遁形。只要把這面鏡照一照他們的尊容。今天你可以講一切你願意説的話，現實與歷史會判決你。

一位英國詩人為今年逝世的愛爾蘭詩人所作紀念詩中有云：

死人的言語。

被活着的人們的腸胃所改易。

我們把消化器官去閱讀一個死人的著作。這是有失「為人的道德」的罪過。我們今天來紀念魯迅。一羣之中，一定不缺乏魯迅的敵人。我們的思想正好要他來針灸。魯迅曾經引用某俄國作家的話説，

（大意是）：「與其被不瞭解的蠢材稱讚，不如戰死在他手裏。」魯迅先生就是戰死的。他沒有再想下去：戰死以後呢？

選自一九三九年十月十九日香港《立報・言林》

文協一年來／袁水拍

到下月的二十六日，文協留港會員通訊處的生命已經滿周歲了。為了草擬周年報告給總會，筆者有機會把這一年中文協所做的工作翻檢一通，如像翻檢一家生意並不興旺，財源也不很通暢的店舖的流水簿。其中固不乏熱情的顧客來照顧，殷勤的朋友的幫忙，可是作為店夥的我們，說也慚愧，竟沒有竭誠做工，總顯得有氣沒有，實在無法酬答各位的雅意與屬望。這是當我們檢討一年工作時，每一個文協的工作者所最容易感到的罷。筆者把個人的私見陳述出來，盼望諸位會員來批評一下，作一詳盡的檢討，為它立一個來歲怎樣就道的準則。

首先我們感到的是工作人員的推選，還有加以注意的必要。幹事中流動性太多的，和事務太忙的，往往不能多多為本會努力。幹事如不幹事，對於事的本身，就難於進行，不易收效。在一個龐大而團結不堅固的組織中，幹事是槓杆，而握槓杆的還是全體會員們。文藝作家多少有點「專談文藝，其他不問」的風度。對於開會·演說·報告·發信·銀錢出入·跑街接洽等等「齷齪」的日常雜務，莫不搖頭。於是任何文藝人的組織大都顯得鬆懈。文協也逃不開這毛病。好在第二年的駕駛者，要另選賢能了，在推選的時候，我們都得留神這個。

組織剛開始，轟轟烈烈雖不，至少也熱熱鬧鬧，一過半載一年，難免懶散敷衍起來，這虎頭蛇尾的根性，亟應克服每一工作者，每一會員都不應對組織採旁觀的態度，更不必說有意拆台了。會員中熱心工作者很多，對本會具有期望的也不少，祇是不曾施展各人的能力。這也許是組織不好，那麼我們可以說，文協是絕對民主的，大家來振作它好了。

文協和外界的聯繫太差，經費太少（簡直談不上經費），以致像去年一度提出來討論的回國作家訪問團的組織，就沒有成功。好些愛好文藝的青年願意參加文協的組織，要求寫作方面的指導，文協除掉若干次座談會和文藝通訊部的建立以外，便無法滿足他們的需要。舉行文藝座談會的次數也不夠，文通部也因為經濟條件的困難，不能盡量的發展，和外埠已成立的文藝通訊分部和其他相同的組織之間，也缺少應有的聯繫。這些都是亟需改善的。

香港在抗戰以後所處的地位相當重要。文協的文藝策略在除了和總會相同的以外，更由於所在地域成為僑胞和祖國紐帶，香港文協必須達到牠溝通雙方聲氣，對海外宣傳祖國抗戰的任務。關於對外宣傳的刊物，文協出版的「中國作家」是必須持續的。

關於文藝運動，去年文協提出了通俗文藝運動和文藝通訊運動，對於抗戰直接幫助的是文章義賣運動，關於文藝工作者本身的，是響應增加稿費運動。又由於地域關係，文藝漢奸論調得以公開露面，香港文協必須繼續它的打擊漢奸運動。

在三月杪的第二次全體會員大會以前，我們希望大家運用自我檢討的「安全瓣」來調整，來健全我們文藝工作者的共同的組織。

選自一九四〇年二月二十七日香港《大公報・文協》

香港的文藝界／陸丹林

香港屬於華南出入口的樞紐，吸收外來的文化，或輸出本國的文化，按理應該比較其他商埠來得活躍和成績好，然而事實上却相反。從前有人描寫香港的心臟，只寫一個算盤和一根扁擔。無疑地是說它是商業和運貨工人，就可以代表香港，其他可以推想了。

「七七」抗戰以前，香港文藝界的情形怎樣，我不知道，故無從寫起，其實也不必寫。我是二十七年二月七日到香港，至今恰值兩週年，在這兩週年中的文藝界是略知梗概，而且當中有些文藝團體，也有參加，做些搖旗吶喊工作，故可以拉雜的說了。

上海失陷以後，居住在上海南京等地的文藝工作者到香港來的很多，辦理報紙，有大公報，申報，立報，星報等，定期刊物，有東方雜志，大風旬刊（現改半月刊）等，畫報有良友，東方，大地等，（良友出版數期卽停，現在上海所出者與前不同。）這些報紙雜誌的主持人和工作者，多是由上海來，故他們好像是「外江派」，和香港原有的文人，因為言語或其他關係，大家很少往來。而這一班「外江派」的文友，每週（旬）就有一次座談會，大家見面，說說談談，弄了幾個月，纔停頓下來。

二十八年三月，「中華全國文藝界抗敵協會留港會員通訊處」成立了，它不稱分會而叫通訊處，是因避免當地政府的立案。這一個團體，會員有一百多人，幹事是許地山，樓適夷（樓去上海後，由袁水柏代），陸丹林，戴望舒，葉靈鳳，簡又文，陳衡哲，劉思慕，歐陽予倩，吳景崧等。成立以後，舉辦過幾次座談會，晚會，聯誼會，和招待國內外的過港作家，放映抗戰電影等，每逢星期一出版「文協」週刊，輪流在大公，星島，珠江，立報，（申報，大眾兩報也經一度登載，因停版故停，國民也曾登過數期）等登出。後來又成立港九文藝通訊部，亦在上列各報及大風旬刊，文藝陣地等發表。最近每逢星期四再在「中國晚報」出版「文藝通訊」。關於外國文的刊物，有「中國作家」及有世界語刊物印行，這些都是文字上的工作。

經過了幾個月的艱難工作，因為經費很缺乏，又因不是正式立案的團體，對於許多業務，都不能夠順利的循序推行。會員也散漫，說不到健全，又因沒有會所，推進工作，也多棘手，團結方面，自難如願了。因之在上月的幹事會議，議決組織調整委員會，推定楊剛，葉靈鳳，戴望舒，袁水拍，劉思慕，陸丹林，寒波，林煥平，陳畸，李馳，簡又文，許地山，黃繩，杜埃等，為委員，負責重新登記會員及改組為正式分會等任務。

中國文化協進會，現在香港文藝團體中，它是比較活躍的，事工也較多的。它是在二十八年九月成立，會員有一百多人，旅居香港文化界各部門工作人員，大致都在該會，且已正式立案，經濟也很充足，租有會所。他的常務理事，是簡又文，溫源寧，陳炳權，鍾魯齋，許地山，陸丹林，李應林，陳良猷，胡春冰等，還有楊剛，戴望舒，羅明佑，羅靜予，伍伯就，袁錦濤，鮑少游，楊素影，葉淺予，黃祖耀，伍伯就等二十餘人是理事，葉恭綽是顧問。并聘有祕書幹事駐會辦事。每兩週出版「文化通訊」一次，在國民日報附刊「文化界」（陸丹林主編），刻下又籌辦「眞光周報」，本月可出版。座談會，交誼會，學術講演，讀書運動，抗戰歌曲比賽等，不時舉辦。又和中英，中美兩文化協會聯合舉辦「藝術觀賞會」，每月一次，溝通中外的文化。目下并籌辦「廣東文物展覽會」，徵集廣東歷代文物二千餘件，定於二月廿二至二十六日在香港大學馮平山圖書館舉行。同時并徵集論文，刊行紀念專集。聞他預算經費須用港幣數千元，這一種會集，可說是南中國破天荒之舉。其他會務，則陸續舉辦。

漫畫協會香港分會，是由葉淺予，黃苗子，張光宇，張正宇，任眞漢，黃鼎等漫畫家辦理，每星期有一次的敍會，并舉辦過幾次展覽，對於蘇聯中國藝展，及全國籌募寒衣的藝展，徵集異常努力。有許多工作，常和「文藝協會」合作。

中國青年新聞記者學會香港分會，是二十七年成立，會務推進，異常努力，并辦有新聞學院，第一次畢業的有四十多人，并在星島日報每週附刊「青年記者」，會員是「外江派」各報新聞從業員居多。金仲華，林煥平，劉思慕等都是職員。座談會也不時舉行。這一個團體和香港原有的新聞記者公會是分道揚鑣，各有它的業務與會員，大家不大聯絡的。

中國教育電影協會香港分會，這一個團體，成立得很遲，羅明佑，王雲五，葉恭綽，許地山，高廷梓，李應林，王棠等是理事，他們是從事電影的清潔運動，因為在港所攝的粵語影片，多屬於淺薄荒唐無聊，它是設法去改良這種不良影片。有些工作，是和文化協進會合作。

文藝界工作者在香港的寫作，除了幾家報館的副刊外，很少有出版單行本書籍，大地畫報大風半月刊等定期刊物，也常常發表若干文藝。而純文藝的定期刊物，直到現在也沒有出現，香港究竟是香港。

旅港文藝界，不必諱言，也無庸諱言，是有派別的，從大體説來，是分本地和外江兩派。所謂外江，不管他是否廣東人，要是他是從京滬平津等地到港的，他們也把「外江佬」三字加在你的頭上，所以簡又文，嚴既澄，馬國亮，陳占元，陳畸，溫源寧，和我等是十足道地的廣東人，都給他們説是「外江佬」。外江和本地雖然不是劃有鴻溝，但是彼此很少往來，尤其是報館中人。這一種隔膜，不知幾時纔能夠消滅。

在香港發表文稿，和在內地不同，一切的報紙雜誌都要經過政府特設的機關去審查批準之後，纔許付印。有許多字是不能用的。如：敵，蝦夷，倭寇，奸淫，獸性，強盜，強寇等字，絕對不準用。

又如描寫日軍的暴行文字，也不準登，因之刊物上的文字就要設法避去，否則成了空格（開天窗）很難看的了。

還有要說的，就是旅居香港的文藝工作者，擁護中央抗戰的固然很多很多，而斯文敗類，替敵人做走狗，替漢奸賣國賊吹喇叭的也不少，這種害羣之馬，大家都知道的，總有一天，和他們總算賬。

更有一種不能算是文藝界，但他們自己却肩着文藝作家的銜頭，天天寫淫蕩肉麻下流無聊神怪等小說，戲劇，歌曲，這一種壞坯子，不特是文藝界的罪人，簡直是國家民族的蠹蟲，但是他們的幫很大。非用政治的力量，不能夠把他們的陋習改變。

香港是商業的出入口樞紐，平常的人們都是好讀英語，以為識得幾句英語，就天上地下古今中外無所不通了。對於新文藝欣賞的人就不多，抗戰以後，雖然多些，但也不見得怎樣活躍。舉一例就知香港文化水準，香港的中小學，差不多都用「東萊博議」「秋水軒」做國文的必修本，大學（前幾年而言）及其他中小學都要請有所謂翰林進士舉人秀才之流教國文，纔易招收學生，家長們以為科舉中人就是了不得的讀書人，他教出來的學生，自然學問好。於是有了科舉中人當教員的學校，一羣「番書仔」也如蟻附羶了。試想這樣，香港的文化水準是怎樣？

香港沒有一所公立的圖書館，給民眾看讀書報。其他暫且不談了。

二十九年二月六日。

選自一九四〇年二月西安《黃河》創刊號

詩朗誦——記徐遲「最強音」的朗誦／袁水拍

抗戰以後的歌詠運動，一般地說，是相當成功的。如把詩歌運動和牠比較起來，前者就顯得不夠——各方面的不夠。但也可以從歌詠運動的蓬勃發展上，看出詩歌的前途來。固然，老百姓接受詩歌比接受歌曲要難得多。在性質上，歌曲的音樂的要素像流水一樣能夠順着水媒植物的種子跑路，無遠弗屆，即使這首歌詞包含着最難明瞭的語言，由於音樂的幫助，牠可以傳誦一時，詩歌是沒有這便宜的幫助的，也正為了這個原因，詩歌運動如果要推動得好，詩歌工作者必須充份地發揮詩歌本身的優勢之點，使它更接近人民大眾，從他們之間創造出最完美的詩歌，洗脫它的歷來的士大夫氣，消閒氣，和書齋氣，恢復了民間詩歌的光榮領域。

要做到這地步，目前大部份詩人的意見是：把詩歌還歸到一種口頭的藝術，並不是印刷在紙上的詩，而是歌在口上的詩；並不是看的，或低吟的詩，而是朗朗地誦讀的詩——即所謂「朗誦詩」。詩要它適合朗誦，就必然地使詩人們捨棄他們過去作詩時用的大部份的器具。一枝筆開始要當牠是一個青年漢子，或者大姑娘的，或者農民的，塗着煤灰的工人的嘴巴，那樣地使用。詩人必須忘記他還是用着「手錐」在寫，他必須記牢他是在記下一個詩的「譜」而已。

在這樣的意義下，詩人首先考慮到一首詩的內容是不是羣眾所能接受，所要接受。其次再要顧到他所用的語言是否羣眾所能接受，所喜歡接受。如果這詩的內容是他所預期的一般聽眾所要的，用最簡單最具體的話說，就是這內容使他們的生活向好的路上走，這首詩就「要得」，如果不，乾脆「要不得」。假使可能用這最單調的說法，那麼我們容易判斷任何一首詩，在內容上，它的成功的程度。

第二，關於語言，這個問題彷彿最使詩人們和批評家們感到嚴重。從事文學者沒有技巧，或則僅有一副很成問題的器具，手段欠高明，那末，藝術品和他的作品之間的距離是遠得很的，老百姓雖則我們會誤會他們不必吃得好，但是非藝術品的東西，詩也在內，自然而然他們要拒絕，空間方面不會傳得廣，時間方面，也不能留得長。解決這問題，我們必須學習老百姓的說話。詩人竟須學習老百姓講話。一點不錯，詩所以今天走不動，走不遠，就是為了詩人學的是死文字，而不是活言語：

朗誦詩的成就，必須依靠上面說的兩點，朗誦詩的成就就是詩的成就。這成就一定要不斷的試驗、失敗、改善、再試驗、失敗、再改善，才可以獲得。

我們記得說書，歌謠等等民族的口語藝術的形式，到現在（印刷術發達的現代）還擁有大羣的愛好者。當一個「巧言」的人，運用他的迷人的語調的高低，頓挫，加上面部，身體，手勢的幫助，他可以當場抓牢全場人的呼吸。用精鍊詩，最豐富的含蓄的美麗的口頭語的詩，鼓動人民，牠的力量不一定會比唱一支歌曲小，有時，歌曲依賴了音符寄生地存在，難解的文言，或簡陋的反覆一個標語口號絲毫也不曾表達了歌詞的意義，我們的朗誦詩既不叨光音樂，也不會由於音樂的依賴，而自己偷懶起來的。

朗誦的時候，差不多可以說是決定一首朗誦詩的失敗與成功的時候，朗誦者應該是作詩者本人，其次是有詩歌素養的旁人，再不然是一個演劇家，或歌唱家。當然最好的朗誦者是具有演劇的天才，歌唱的喉頭的詩人自己。這樣他就可以用他的熱情把一首詩第二次燃燒起來。

這次在孔聖堂我們聽到詩人徐遲朗誦他的嘗試作品「最強音」，在香港這還是第一次的詩朗誦在廣大的觀眾面前正式演出，由於這一百數十行的作品內容所描寫的各側面相當多樣，美麗的抒情部份還能夠抓住聽眾的感情，並且相當充份地運用了舞台上的便宜（如燈光熄滅，非常戲劇性的幕後的插話式的女聲朗誦），使香港的智識份子聽眾對於朗誦詩得到一個很成功的初次會面的介紹。詩人朗誦時所用的語調並沒有像一般誦詩者那樣極度地誇張，過火地運用手勢（據説有些朗誦者甚至在台上奔走……）相反，他以詩句本身的聲調和色彩，自然流露的感情，有節制地，同時又坦白地傳達給了聽眾。

作者對於「最強音」的朗誦原是有一個企圖的，他把這初次試驗作為他的希望的奠基石。他計劃中的「詩抗宣」的工作是包括詩歌朗誦，合唱朗誦，詩播音，詩劇等等部門的。

選自一九四〇年三月二十二日香港《星島日報・星座》

再斥所謂「和平救國文藝運動」／葉靈鳳

現汪記傀儡班因了叫座無力，徬徨苦悶的當前，在侵略者的軍事進攻已達力竭聲嘶的現階段，他們再踏上「和平攻勢」的末路正是必然的，這祇要看近日各方面的謠言突然加熾，就知道這類陰謀活動已在開始。配合着這，一兩個變節的無恥文人，也在妄想對「抗戰文藝」採取攻勢，進行所謂「和平救國文藝運動」。

我前次已經拾起這些傢伙的尾巴，自將他們的嘴臉指示給大家看，指出這類的「夢囈」固然是他們自身的愚昧私墮落，但同時也是在「主子」指使之下的「文化陰謀」的一部分。近來，也許是領到「開班大吉」的「紅包」了，像是注射了強心劑一樣，他們又恬不知恥的說是「和平救國文藝運動」已經有了「初步的成功」（這成功也許就是指領到了主子所頒賞的紅包！），現在該「步伐齊一，力量集中」，組織一個「中華全國和平救國文藝作家大同盟」了。

我不想在這裏仔細地駁斥他們歪曲抗戰現實，誣衊抗戰文藝成就的種種無恥言論，反正一個喪盡廉恥，認賊作父的傢伙是什麼話都可以講得出，而一個文藝界的敗類也儘能生吞活剝的將許多文學術語似通非通的堆砌起來的。正如全國民眾在每一次「謠言」證澈之後，愈加熱烈的擁護抗戰，加強團結一樣，這類「文化陰謀」也絕對不能動搖始終站在文化戰線最前列的今日中國作家的抗戰意志，反而祇有加緊我們打擊漢奸言論，撲滅漢奸文藝的決心。政治上的內奸早已自己感到無法容身，露了本相夾着尾巴先後一個一個的溜走了。在文藝營陣裏，落伍投降的也早已竄進了自掘的墳墓，構成今日文藝陣線的已是組織得最嚴密的一隻堅強的筆部隊。

所謂「和平救國文藝運動」，他說今日中國文藝作品的「任務」該是暴露戰爭的殘酷，該是「反戰」的。這類「不聰明」的「理論」，我見了眞為他們「寒心」；這不是指他們故意不提目前正在進行這侵略戰爭的罪人是誰，誰使得中國民眾〔忍〕受了三年的戰禍，這樣的損失該由誰來負責，而是說在他們的「太上主子」正在無法支撐這失敗了的侵略戰爭，國內「反戰」高潮已漸漸無法遏止的當前，這樣「暴露」、「反戰」的言論一旦被他們的主子發覺之後，沒有肉的骨頭不僅不會擲到他們的跟前，他們難免還要狠狠的挨上幾脚的。

除了這類可笑的「矛盾」之外，更可笑的是：模仿着「主子」們的伎倆，實行「魚目混珠」政策。除了居然要組織「中華全國和平救國文藝作家大同盟」之外，也提出了給漢奸作家以「生活的保障」的要求。他們的理由是：「就是因為在這抗戰空氣還是瀰漫社會的今日——尤其海外各地——假如他明白地參加到我們的陣營裏時，那麼他的一切社會關係，就會發生變化，跟着他的生活也就發生問題了……」。保障作家生活的口號竟被剽竊了這樣來運用，眞使人覺得可氣又可笑。

還有，誰都知道是抨擊革命的敵人和奸細最有力的蘇聯詩人瑪耶訶夫斯基，他的詩句竟也一再地被這些「文藝奸細」所引用，而且還說和他們的理論不謀而合，神經麻痺到這樣眞是少見。也罷，你們既然單戀着瑪耶訶夫斯基的詩句，我率性再摘譯幾句給你們去吟咏罷：

好的，
讓他們的編輯們
去瞎吹。
讓他們去
漫天的撒謊。

在他們的咽喉中
　是恐懼的驚慌的喊叫；
那慘白的閃光
　正是恐懼的汗流；

那請求
　乃是被驅逐者的哀泣。
不久，喂，
　在歷史的耳中
　　這一切都將死滅
　　　從消逝了的
　　　　遼遠的微弱的回聲中。

選自一九四〇年四月三十日香港《大公報・文協》

會務報告／總務部

四月十四日下午二時，本會全體大會假堅道二十號三樓舉行，到四十餘人。許地山主席。議決事項：一、通電向蔣委員長致敬，慰勞前方將士，並聲討文化漢奸；二、穆時英違反本會宗旨，開除會籍。繼通過章程，並選理事，當選本年度理事者：許地山、喬木、楊剛、戴望舒、葉靈鳳、施蟄存、袁水拍、徐遲、黃繩九人，候補理事馬耳、端木蕻良、林煥平、陸丹林、劉思慕五人。

四月十七日召開第一次理事會分配各部工作如下：

總務部——許地山、袁水拍、徐遲。附設經濟委員會，委員七人：許地山、陸丹林、簡又文、郁風、馬耳、馮亦代、徐遲。

組織部——葉靈鳳、黃繩。附設文藝通訊部，由黃繩負責。

宣傳部——施蟄存、戴望舒。附設編輯委員會，推出葉靈鳳、陳畸、楊剛、戴望舒、馬耳五人分別擔負會刊編輯及國際宣傳工作。

研究部——喬木、楊剛。附設文藝座談會，喬木、陸丹林負責。文藝研究班：施蟄存、端木蕻良負責。文藝指導組，楊剛負責。文化服務部：袁水拍、馮亦代負責。

四月十九日理事會召開第二次會議，通過，一：總務部請馮亦代擔任本會會計；二：本會租借全國漫協香港分會餘屋為會所；三：接受上海某出版家建議，出版本會會刊；四：接受中國文化協進會邀請開聯誼會；五：定期開座談會，並歡迎耿濟之、周煦良；六：發行英文文通訊報，由馬耳負責計劃。

四月二十三日，研究部開會，討論組織文藝研究班及座談會事。

四月二十五日，宣傳部開會，議決本會會刊定名為「南綫」，第一期即日編印。本會英文「文化通訊」預算決定，即日起籌備出版。又，接受「今日中國」社建議，每期供給英法文之文藝作品譯文兩頁。

四月二十七日，理事會與中國文化協進會開聯誼會。

同日下午六時經濟委員會召開第一次會，議決舉行第一次募金。

四月二十八日，第一次座談會在本會會所舉行。討論「如何肅清文化漢奸」問題，並歡迎周煦良先生耿濟之先生來港。

總務部

選自一九四〇年四月三十日香港《大公報・文協》

在香港辦刊物／陸丹林

香港是英國的殖民地，平常的人們，以為英國人是最重法律及自由，而且極開通的，但他們儘管是最重法律和自由，可是對於殖民地，便用一套治理殖民地的政策了。他們的政策是怎樣，我現在不想多說，我們是因為辦刊物纔來香港，就談談在香港辦刊物吧。

在香港辦刊物，第一步手續，就要先向華民政務司署請求，繳納三千元港幣（目下折合國幣，就要一萬一千一百元）。做保證金，聲明督印人是什麼，編輯人是什麼，館址在什麼地方，那一家印刷所承印。之後，約四五天，他就請督印人去談話一次，發出幾張證書，凡是表上有名的都有一張，同時他也通知印刷公司說某刊物已經正式備案，可以承印。如果印刷公司私自承印未備案的刊物，一經查出，起碼要處罰三千元。

這三千元的保證金，是繳給庫務署（卽財政局）Treasury Department 由他發給收條，週息兩厘，每年結算一次。若果你能夠設法向在「八一三」以前在香港曾經出版的報館（不論大小）承頂一個招牌，說是復版，那三千元保證金便可以不必繳納，因為在「八一三」前在香港出版刊物，只須找一個紳耆或商場有名望的人担保便可，後來就定了一律要現金担保。所以在最近兩年來，想在香港出版刊物，實在不容易。大風半月刊，也是照例繳納三千元保證金的呀。

香港的刊物，除了季刊或社團內部佈告式非售品者以外，一切定期刊物，不論日報，晚報，三日刊，週刊，旬刊，半月刊，月刊等，所有全部分圖文稿件，排好之後，必要送樣兩份，給華文新聞紙檢查處檢定之後，纔能夠付印，從前檢去之字還可以用□□來代替，現在則不准了。

他們檢查稿件，對於淫蕩肉麻的小報稿件，還不十分的注意，最注意的有兩種，一是關於英國的，如鴉片戰爭或英國人在印度怎樣之類，二是關於日本的，如果對於日本或日軍有些刻劃，都不能發表。去年他們油印好一張小紙，分給各刊物，聲明「敵，倭奴，倭夷，蝦夷，島夷，東虜，日寇，暴日，獸行，獸性，獸兵，強盜，無恥，焚刦，姦淫，擄掠，屠殺，以及其他類似此等字句者。」都一概不准用。這些字在香港不能用，而在星加坡的刊物，則隨便用。又這些字只限於華文報紙，若果英文刊物，則不禁止的。甚至今晨英文報有稿一篇發表，你如把他漢譯想着轉載在華文報，也常常遭受檢去的，試問這樣，在香港辦華文刊物難不難？

我曾用「狄」字去代替「敵」字，「日閥」代替「日本軍閥」，凡是用「他們」兩字，來指日本人的，我都改用「牠們」（他字不從人旁而改用牛旁），因此後來有些刊物也跟着我的辦法去做，果然行得通，不過日報還有些不准用，尤其是「狄」字。

還有香港的刊物或廣告上，是不准用白濁「濁」字，故濁字多用□代替，或用蜀字毒字代替。通經之「經」字也不能連用，要用京字。故外處人初到香港見着「白蜀丸」，「通京水」等，實在莫明其妙，然而這就是香港維持風化的善政（？）。

刊物出版以後，每一天（期）都要由督印人簽字在一張（冊）的刊物上，送到華文新聞紙檢查處存查。

刊物的督印人，不限資格履歷年齡，張三也可，李四也可，十居其九是偽造姓名，這個人沒事可做，只有準備有什麼法律上的糾紛，由他出面而已。因為在香港的刊物，發生事故，不找社長，不找總編輯，只找督印人的。

香港排字印刷等技術，都比不上上海，但他們工錢要比上海貴五分之二，有時且貴一半，刊物成本既重，銷售更難了。

說到寄費，不論本港或寄國內，照大風半月刊計，每本郵費要港幣二仙，目下折合國幣，就要七分。無論單冊寄或打包寄，都是二仙遞加，這樣一來，印刷費成本既重，郵費又高，在香港出版的刊物，寄入國內發賣，百分之九十九，是虧本生意。在廣州未淪陷敵手以前，我們把刊物運到廣州寄售，手續雖然麻煩些，但可減省寄費不少，現在則無從辦理了。

發表文字和廣告，都要十二分的謹慎，無論你是有意或無意，甚至沒有指明那一個人，而他說是指他的，他都可以向官廳起訴你，結果，不論報館方面有什麼充分理由的反辯，都必定敗訴，賠錢和道歉纔能了事，這又是特殊地方的特殊習慣不可不知。

在國內可以不費一文而辦一個定期刊物，只要能和印刷公司商量就得。但在目前如果想在香港刊一個定期刊物，就要準備好二萬元的國幣纔能夠動手，有些國內文友曾寫信問我，順便一起總答復。

選自一九四〇年四月西安《黃河》第三期

肅清賣國文藝特輯／陳畸、黃魯等

〔存目〕

選自一九四〇年五月十四日香港《星島日報》

反抗戰文藝特輯／娜馬、檳兵等

〔存目〕

選自一九四〇年五月十八日香港《南華日報・一週文藝》

南海的一角／馮延

誰曾路過這海南的一角——香港嗎？誰曾在這裏躭過一些日子；住過某一家闊綽的旅店，或可憐的窄小的租屋嗎？當他從尚未淪陷的廣九路搭車回去，或買了歸航祖國的船票，或者乘輪往沙魚涌，繞道濱海的游擊區，重新踏上我們自己的泥土之時；我想我們不難聽到他深深的透口氣，揮手向這艱難的殖民地告別，希望他不要再來——或是願意這裏改變了樣子之後，抗戰勝利之後，再來。

這裏有句口頭禪：「我們聽不到祖國砲聲。」這裏曾被比方做一張大沙發。如果上海要想和它並肩兒比一比。不錯，牠們在好些處所是很相類似的。可是上海有「四行倉庫」，上海的文藝工作者正在「四行倉庫」裏向周圍敵人瞄準着，衝刺着。他們緊拉着各個的手戰鬥。這裏是逃難所，這裏並沒有「四行倉庫」。如果能夠貿然地把地域來規範各地的文藝，我們也許可以把上海稱做孤軍作戰的抗戰文藝大隊中之一支，而這裏則多少帶一些「流亡」，「僑民」的意味在裏面。

抗戰以後，主要的是上海的文藝工作者有一部份跑到了這裏，加上內地流亡來的作家，和極少數的進步的「土著」便形成了這裏今日的抗戰文藝界的陣線。又因為這裏處在南中國與海外的交通樞紐，形勢上逼迫它繁榮，重要起來。文藝工作者把這裏當作旅店的多，作家的流動性，使文藝運動比較難於一貫地持續，有計劃地開展。這情形尤其表現在組織上，不夠健全。再加上合法出版刊物的困難；（向此間政府登記，正式承認一個刊物在此出版，先決問題是保證金港幣三千元，別的限制且不談）。以及根深蒂固的特殊的殖民地文化教育檢查制度；中國的封建社會和西方最高度資本主義社會攪揉所產生的那種最落後倒退的怪物；在這等等條件之下，抗戰文藝的菓樹的生活姿態，將是怎麼樣的，我想各位關心到它的，不難想像一二。

戰前的這裏文藝界是怎樣的呢？像今日人類社會中，還存在着許多歷史的殘留一樣，我們可以從這裏垃圾箱的渣中榨檢出那最荒誕的「文藝」做樣本，來推測以往。教會，中國的神道，宗教學校，無恥的神怪電影，封建戲劇，淫靡文字與音樂，儘量地麻痺僑民。生活的困苦，大部份僑民的赤貧化，使他們至多衹有這些廉價的毒藥可以接觸。人們手造了他們的愚昧無知，就把這愚昧無知廣告到西洋去，證明自己的方法為「合法」的，為「合乎良心的」的。

抗戰以後，首先是幾家「外江」報紙南遷，重新在此出版，像大公報申報（其後又停刊）立報等。它們都有文藝副刊：「文藝」（「大公」），「自由談」（「申報」），「言林」（「立報」）。另外再有「星島日報」的「星座」：最近又有「僑南日報」的「熱風」。這些文藝副刊雖則內容並不相同，像「文藝」注重創作（牠把其他文藝部門之論文，批評刊入週末的綜合版）「自由談」比較是一般性的；「言林」注重雜文，以短小精桿見長；「星座」登載作品，也登載翻譯，論文，詩歌（最初有「十日新詩」特輯，其後是「半月新詩」）以及長篇小說連載；「熱風」對於文藝各部門輕重相等；總括起來，他們都屬於抗戰文藝的陣營。牠們的編輯者是：楊剛（起先蕭乾）「文藝」，吳景崧「自由談」，葉靈鳳：（以前是茅盾）「言林」，戴望舒「星座」，潔孺：「熱風」。這些編者都是（或曾經是）中華全國文藝界抗敵協會香港分會的會員。

文協港分會最先用通訊處的名義在香港建立是在一九三九年三月廿六日。迄今已逾周歲。在本年四月的第二次會員大會的時候，通訊處在港政府登記，正式成立分會。「文協」一年來的努力，一年來的工作，可以說也就是香港進步的文藝界的全貌。所以我們不能不把「文協」的情形說一說。

在一個晴朗的南國春日，香港文藝作家，與青年們首次團結起來。一百多個赴會者至今恐怕還能記得他們爬上那建築在山上的香港大學中文學院的山級吧。那兒他們舉行文協留港通訊處的成立大會。當時的主持者是許地山，適夷，劉思慕，葉靈鳳，戴望舒……等。成立大會以後，會刊文協週刊舉辦了。在香港幾家日報的文藝版上附刊。這個週刊到現在已出版了五十餘期，還在繼續。

「文協週刊」由袁水拍，黃繩等主持以「文協」機關刊的資格，先後倡導了香港文藝界的通俗文藝運動，文藝通訊運動，並努力推動香港文藝界與內地的文藝工作者拉手。發動七七紀念日的文章義賣運動，保障作家生活運動以及最近的文藝界肅奸運動。

黃繩在「文協週刊」首先揭起了「推進華南通俗文藝運動」的旗幟。他說：「廣州失陷後，華南的通俗文藝運動失了領導中心。……我們目前急迫的任務是工作戰線的重新鞏固，重新策動，一方面士腔小調，民間劇的調查，整理，和研究，一方面是通俗讀物的寫作，印刷，和流佈……這裏不是沒有通俗作品，但大都是含有毒素的，牠的作者有一部份甚至意識地為漢奸服務，那些通俗作品，當不是我們意味着的教育民眾的通俗作品，而唯其在這樣的情勢之下，舊形式新內容的通俗文藝的寫作，就有了迫切的需要。……」跟着「文協」和香港的報紙合作了一個通俗文藝的副刊舉行座談會，其他很少建樹，顯然是失敗了，直到今年，才又開始了民族形式文藝運動，現正在發展中。

關於文藝通訊運動，去年的八月文藝通訊競賽是嚆矢，也是「文協」發動的。競賽之後，組織了香港和九龍的文藝通訊部。並先後成立了惠州，台山，中山的文通支部。文藝通訊部逐漸變做了香港文協青年們的獨立組織。他們自己辦刊物，舉行座談會，演講會，和其他集體活動。

本年度的「文協」大會帶來了新的興奮。大會開宗明義第一件事就是發電向蔣委員長致敬，慰勞前線將士，聲討文化漢奸並即席開除了穆時英的會籍（去年「文協」開除杜衡）。大會選出的理事及候補理事共十四人：許地山，喬木，戴望舒，楊剛，葉靈鳳，施蟄存，袁水拍，徐遲，黃繩，馬耳，端木蕻良，林煥平，陸丹林，劉思慕。在此，我們可以知道，香港的文藝工作者不少已離港返國，同時也有新的同志們到來。

在新的工作者策動之下，「文協」進一步地和本港的青年們聯繫起來。文藝通訊部的組織進一步地擴展和緊密。研究部於六月末將舉辦文藝講習會。研究部的廣告上寫着這些講座的名目：

一、中國文學與印度文學　許地山
二、集納與文學　劉思慕
三、巴爾札克研究　戴望舒
四、文藝的民族形式　黃　繩
五、本港文藝青年的寫作問題　喬　木
六、創作方法　端木蕻良
七、青年文學修養　簡又文
八、新寫實主義　楊　剛
九、抒情與紀述　徐　遲
十、日本昭和文學　林煥平
十一、短篇小說研究　葉靈鳳
十二、抗戰中的戲劇運動　馮亦代
十三、文學欣賞　施蟄存
十四、抗戰詩歌　袁水拍
十五、抗戰文藝運動　林　琮

汪逆的香港機關報「南華日報」緊跟着文協本年會員大會聲討文化漢奸，發動肅奸運動之後，馬上來了一個所謂「中華全國和平救國文藝作家大同盟」，提倡所謂「和平救國文藝」，以邀寵於他們的豢養者。非常可笑地提出給漢奸「作家」以「生活的保障」的要求。請看這輩無恥的口吻：「就是因為在這抗戰空氣還是瀰滿社會的今日，尤其是海外各地，假如他明白地參加到我們的陣營裏時，那麼他的一切社會關係，就會發生變化，跟着他的生活也就發生問題了……」在他們卑劣狂妄的文字中竟出奇地引用了瑪牙可夫斯基的語句，來「證實」他們的漢奸謬論！對付這批文化界的敗類，我們絲毫沒有和他「嚴肅地理論鬥爭」之可能與必要。倒是在我們自己的陣線中，我們必須不懈怠地互相批判，消滅惡劣的傾向。正如喬木在「文協週刊」「肅清賣國文藝特輯」中所說的：「因此文化肅奸的問題不在漢奸的原形出現以後，而是它還裏在偽裝中蠕動的時候。……第一，我們必須從這一羣的生活關係當中去識別他們，一有見證，立刻暴露。第二，我們必須從一切和抗戰無關，「但和抗戰亦無害」的理論中指出套理論潛在的危險性。第三，我們必須積極的展開更廣泛的和更深刻的理論鬥爭。……」目前，香港文藝運動的中心應該是這個。

至此，我還沒有把香港其他文藝團體寫出來。戲劇方面去年有「中旅」，「中藝」，「中救」等，現在話劇界極度衰落。只一二業餘劇團偶然公演。救亡歌詠團體自從武漢合唱團來港演出後，成立的一共有數十個。加入「歌協」的計十八個。全國漫畫界協會在香港的工作成績相當良好。他們有「漫畫研究班」的開辦，以及好幾次的展覽會。全國木刻家協會在香港也舉辦了「木刻研究班」。其他像新藝社（出版過「珂勒惠支版畫集」等）耕耘社（出版「耕耘」月刊）香港文藝生活社（出版「文藝生活叢刊」）海燕社（出版「海燕叢刊」）都是香港抗戰文藝陣地上的幾支生力部隊。（六月五日）

選自一九四〇年七月十六日香港《文藝陣地》第五卷第一期

香港的戰文醜／陸丹林

中國的抗戰，已經三個整年，香港雖然是英國的殖民地，而居民百分之九十強是中國人，這百多萬的中國人，就劃分兩條陣線，一是擁護中央的國策，抗戰到底的，一是提倡「和平」，甘心做日圓奴隸。不過前者的人數多，後者的人數少之又少。然而賣國賊們却在這裏活動，只就定期出版的日報，直接間接的也有好幾家，因之言論方面，雙方就起了鬥爭，常常的筆槍墨砲前交鋒了。

在最近中華全國文藝界抗敵協會香港分會，在他的周刊「文協」發表肅奸賣國文藝特輯，執筆的，有陳畸，黃魯，溫功義，麥穗，陸丹林，馬蔭隱，施蟄存，戴望舒，喬木，徐遲，馮亦代等。還有祝秀俠，葉靈鳳，林煥平等都是向着那所謂「和平救國文藝運動」而斥責的。大風半月刊陸丹林的文化界清潔運動，自在的什麼，陸丹林的作旅生活，文化界余蘊清的斥所謂和平運動，文藝文丐的無恥與無聊，（蔭空了）悍干的現階段新聞界應有的精神。文化通訊也徵集了許多作家對於討伐偽組織汪兆銘的作品，如陳斯馨，蔡介公，蘇醒之，楊素影等十餘人，都是對着漢奸文丐作討伐的目標，這些是齊一步驟，站在正義感方面來口誅筆伐的。

反轉來說，那些漢奸言論，就在南華日報（汪兆銘的機關報），天演日報，和日本人所辦的香港日報來替日閥偽組織等吹喇叭了。南華日報每逢星期六有「一週文藝」，文字多用「娜馬」出名撰作，不用說，這是漢奸的文學，對於葉靈鳳，林煥平，陸丹林，施蟄存等曾經反攻，但葉等靠着有幾個良好地盤，如大公報，星島日報，珠江日報，立報，大風半月刊等，本着正義光明崇高偉大的精神與人格，向他們總攻擊，俗語說得好，邪不能勝正，惡不能勝善，何況我們這方面大家是用眞姓名發表文字，他們呢却畏頭畏尾閃閃縮縮的蠢動，從這一點事實看來，便可以知道這些壞東西作僞心勞日拙的了。

中國文化協進會與中華全國文藝界協會香港分會理事聯席會議，曾經通過「文化肅奸運動」議案，舉定戴望舒，葉靈鳳，陸丹林，徐遲，袁錦濤，陳良猷等辦理，同時又議決「文化清潔運動」，舉葉恭綽，簡又文，陳炳權，林煥平，黃繩，馮亦代等辦理，據此實情，目下香港的文藝界，已經披上戎衣齊向漢奸賣國賊等開仗了。

香港是南中國出入口總樞紐，那些賣國賊靠着在外國人的烟幕掩護下的蠢動，但許多的眞正愛國不甘做奴隸的人們，豈肯把這批（一）東西放過，擁護祖國抵抗侵略者，筆伐和平文藝醜類，是共同的目標。文醜沒落與自殺，不用說，就在不久的將來實現。

選自一九四〇年七月西安《黃河》第六期

香港文藝縱橫談／蕭天

一　三年前的荒漠

香港歷來就很少文藝活動。當上海戰事尚未西移，長江正被封鎖的當兒，留港作家主要者僅許地山先生一人，他在香港大學教書，不常問外事。愛好文藝者雖不少其人，但可憐當時的香港文藝環境太對不起他們了，那時的香港簡直是一片美麗的荒漠！

「學堂」授詩云子曰，出題不是「秦始皇漢高祖合論」，就是「試論文言與白話孰優孰劣？」等等，學生們出了校門還不會寫一張便條。如果你再要瞧瞧當地報紙副刊的話，那末街道道口儘是報攤，而且多，呵，天呀，是怎樣的啊！晨報（早晨四時出版），日報（八時出版），晚報（下午三時出版），以至于小報中的三日刊，五日刊，隔日刊，鋪滿了一地，還得上架子，至少也有四五十種，這可眞夠全國報界失色了。但你一份份打開來能看到些什麼樣的副刊呢？除了絕少數刊登一些平凡的白話雜論外，其餘大小地盤儘為文言長篇章回小說所包辦着，題名若「豔婦浪跡」，「深宮祕史」，作者如「閣主」「老叟」一流，莫不古色古香，逗人心癢。而且此類才子的才氣也幽深無底，數十種副刊小報紙只見經常十數人的大名。一揚橫陳，幾番吞雲吐霧，靈感就如泉水一般的湧出來了。可惜我報導的不是他們的文藝，否則恐怕要有趣得多。那些副刊的大編輯們也是才子之流，因此無怪乎新文藝找不着篇幅，白話在香港佔了下風，而文藝青年要大倒其楣了。

報紙副刊如此，那末文藝雜誌又如何呢？

那是更不用談了，算來算去，除去外來的幾種外，本地出版的一份也沒有。這原因是：第一是沒有人編，第二是沒有人看。沒有人看就是看的人絕無僅有，無論什麼刊物非蝕本關門不可，這也就足見當時港地文化水準如何。

再有一點也攸關于香港文藝不振的，那就是書店太少，商務中華的書不合青年脾胃，而一般小而老的舊書店又專賣標點書，于是青年浸淫于愛情武俠小說中，益發難以自拔。

新文藝被這偽裝美麗的都市所驅出，既無大將坐鎮文壇，更少有搖旗吶喊的卒子，偌大一片肥地竟荒蕪了百年，沒有人下種，沒有人施肥，舉目遠矚儘是沙礫不毛的黃土帶，空空盪盪，好荒涼啊！

二　綠芽

荒涼的時候一直延續到廿七年春。

而綠芽透露，且也蓬勃成長了。

上海戰事西移，滬港通航，作家們要到內地去的，有不少經過香港入粵，這小島頓時像樣起來，成了非常重要的交通站。來往既多，當然也不乏安居下來的。其中最主要者厥惟茅盾先生。四月間「立報」南遷在港出版，他就負責編輯「言林」，同時又手創至今發生廣大影響的「文藝陣地」半月刊。雖然僕僕港粵道上，心力交瘁，却把一個垂死的病人刺激醒了，「言林」和「文陣」開始在青年中間起見了同化作用，「文陣」教育他們，「言林」是他們惟一發表思想的地方。另外幾家副刊也因此開始經常的採用文藝作品，而且茅盾，許地山先生等還在同年十月召開了一次魯迅先生逝世紀念會，這完全是劃時代的，值得誇耀的。促成這一成功的社會背景是：

〔一〕大動亂之後，外鄉人帶給香港居民以戰爭的具體感念，青年們漸漸知道國家大事，渴求新的刺激，而古老的漸遭拋棄。

〔二〕各方聚集來港的人數陡增，文化水準提高，經濟生活也起了變化，轉利于雜誌報紙的創辦。

〔三〕原來的文藝青年被壓抑過久，如今一旦有人領導。自然汪瀾了他們喜悅的感情。

但這時候情形還未可樂觀。舊勢力依然龐大，新文藝是很難擺成對抗的姿態的。不過好日子終于到了，廿七年八月接連新出了兩份大報——星島日報，和大公報香港版。稍後是申報，立報也擴充篇幅了，此外還有星報（上海辛報化身），星島晚報和大公晚報。新型報紙頓時聲勢大振，將原有的直壓下去，以致于銷數銳減——停刊的事件也頻頻發生。

報紙實在可以說是很有影響于文藝活動的，新添了報紙，自然也新添了副刊和編者，得，這一來，地盤有了，人也有了，就先打定了基石。上述各報的文藝副刊在廿七年底是這樣情形：茅盾編立報的「言林」，蕭乾編大公報的「文藝」，戴望舒編星島日報的「星座」，吳景崧編申報的「自由談」。由于作家的增多，新文藝篇幅的擴大，新鮮空氣的轉換，再加上外來的文藝刊物書籍如「七月」，「戰地」、「烽火」……的教育作用，青年作家開始嶄露頭角，他們以前還是文藝的愛好者，到香港後才執筆學習，如今却已獲得常識了。那時香港的文藝空氣確是蓬勃一時的，因為廣州失後，作家來港的極多，而原來的還沒有離開，便十分熱鬧。可惜不久，茅盾先生就赴新疆教書去了，「言林」由適夷轉讓葉靈鳳接編，「文陣」則由適夷代編至今。他們都是剛從廣州來的，廿八年一月適夷于「言林」發表的「一點意見」一文，可喜的替「文協」打下江山。

三　文協——由草創至式微

這打江山的工作可也夠費氣力；百年來香港無所謂「文壇」，最近一番盛況，喜則可喜，却還有問題。大概知道抗戰文藝使命之重要的朋友該不會抹殺文藝界分化渙散的罪過吧，如果從飛機俯瞰，那末當時的香港文藝界非常像中國古老的農村，這兒一堆，那兒一座，稀稀的分佈廣袤的原野上，隨處都是空隙，說過份點，恐會老死不相往來。為了強化文藝工作，香港文藝界團結的需要早已有人感到了，但沒有人做：「這事多麻類呢！」一個人說。「是的，」那個人就回答。「隨它去吧，」于是就隨它自由到二十八年一月。

此後是新時代到了，「一點意見」發表後，響應的紛至沓來，表白了一般人的需求，于是留港的作家們着手籌備一切，推適夷，許地山主其事，并且為了便利起見，立即由他們和副刊編輯者們推舉了一百另幾位會員，分函通知，一面就準備向香港政府登記。登記的時候用「文協香港分會通訊處」的名義，可是仍有警署的暗探向一家書店盤詰文協的負責者們。

可記念的日子到了。廿八年三月廿六日下午，香港文藝界創世紀大團結的在勝斯酒店舉行了第一次文協成立大會，到會的共達七十餘人，會議結果都在「抗戰文藝」上發表過了，計即席選出幹事許地山，適夷，戴望舒，陳衡哲，簡又文等，候補幹事葉靈鳳，陸丹林，等多人，其餘事件均交幹事會議辦，這時期是香港文藝界最活躍也是一般人對于文協期望最殷的時期，果然不久，文協內部各組幹事和工作綱規定了，「文協」會刊也于每星期一在大公、星島、立、申四報上輪流發刊了，五月九日又再度分函各會員舉辦登記手續，方期蓬勃飛躍，幹點成績出來，不料出力最多的適夷却于是時因「文陣」關係離港，眞正的文藝運動從此暫斷，文協黯然無色。

一個時代的文藝運動雖各有其社會背景，但究竟是有賴于人的推動的。文協先天的遺憾就因為濫了一點，把非文藝界和對于抗戰文藝認識不清的人都網羅在內，前者如簡又文，陸丹林，蔡楚生，歐陽予倩，陳衡哲，後者如穆時英，杜衡，唐錫如等，以致濫竽充數，非但無人幹事，且有從暗中加以阻撓的。由廿八年六月至廿九年三月，文協愈幹愈令人失望，其間尚可一提的是與重慶文協會合編對外的英文宣傳月刊「中國作家」，但因經濟沒有辦法，又是專人負責，出了兩三期就銷聲匿跡了，最後一期還把穆時英的一篇小說譯成英文，頗有問題，當時穆雖未附逆，其平日思想行為，該是至親好友們所共覩的。文協工作，除此以外不過開了一次魯迅先生逝世三年祭會和由陸丹林邀一位女明星來唱曲的晚會（這事曾大受蕭乾的抨擊），以及幾番迎來送往的例會而已。大公報文藝副刊由楊剛接編後，曾發動一次「文藝的民族形式的討論」，總算聊勝于無，居上者既棄文協于腦後，祇得由幾位青年傻子出來幹些事，費盡氣力才擠出兩個運動來——通俗文藝運動，和文藝通訊運動，此外還出了一個代表青年作家活動的刊物「文藝生活叢刊」。直到此時，香港才算正式有了第一本文藝雜誌。

追究既往是我們不願的，縱然「第三種人」在過去如何如何，而現在又叢集于香港，祇要工作對得住人，便不應再翻舊賬，可惜有幾位太對不住人了，杜衡，唐錫如等先投奔汪逆于前，穆時英繼之于後，這批人雖先後為文協所開除，仍不免予人以惡劣的印象，「第三種人」的前途怎樣呢？香港文壇大都掌握在他們手裏，為了香港文藝界的幸福，希望他們珍重。

而文協由草創以至于式微，他們是應負相當責任的。

四　還是文協——中興了（!?）

說來好笑，連我也不知道本題應該用「中興了！」呢，還是「中興了？」。

按理，文協到廿九年三月廿六日是一週年了，一週年就得開會改選第二屆幹事，重整一切，諒無疑問，可是這時候的文協有幾個人在辦事呢？除了袁水拍代表適夷外，名義上幹事僅有戴望舒和葉靈鳳，簡又文和陸丹林丟下文協去管他們「大風社」自己的事了，楊剛是中流砥柱，但來遲了，還不是幹事，于是一再因循，直至四月十四日下午才完滿的舉行了文協第二屆年會，出席者五六十人。

恰巧最近新來了幾位作家——蕭紅，端木蕻良，以及也被稱為「第三種人」的施蟄存，表面上文協又興隆大吉了。這次會議首先決定將「通訊處」改為「文協香港分會」，其次是一致通過開除穆時英的會籍，并且另組委員會專事肅清化漢奸和漢奸文化的工作，因為當地漢奸的南華，天演日報和敵人辦的香港日報等副刊都是無謠不作，恣意放毒，以破壞抗戰文化的；最後就要選本屆理事（取消幹事名稱），至天黑始唱票，計選出理事許地山，楊剛，喬木，戴望舒，葉靈鳳，施蟄存，袁水拍，徐遲，黃繩等九人，候補理事陸丹林，林煥平，劉思慕，端木蕻良，馬耳等五人，前任幹事簡又文落選，這樣一來，文協陣容似乎嚴整了一些，各位理事也都有幹一番的決心，第一次理事會決定創辦許多新的文藝事業和活動，又租了一間會所，已舉辦文藝講習班一，招收學員四五十人，由各理事每晚轉流講授，計分小說，詩歌，報告文學，文藝的民族形式，文學史等十餘科目，每科講兩小時以上，似甚熱鬧。此外文藝通訊部又積極的改了一下，三月間文協在一次話劇義演中參加一個詩歌朗誦的節目，最近八月三日又表演蕭紅編的劇本來紀念魯迅先生的誕辰，還出了會報「南線」，這都可看出香港文藝界是漸有起色——中興了。但這畢竟是一層表皮，如果不客氣的替它揭去的話，能看到些什麼呢？一部份人惰性的返復，虛空的敷衍，生活窘迫者的意志的動搖，與漢奸文人的牽連不清，思想認識的貧乏，捧戲子與出風頭主義的懷抱，啊，再寫下去，也太傷厚道了，但事實如此，教我又怎樣下筆？

正因這樣，我才躊躇于「中興」下面的一個符號。香港目前處于國際局勢震盪飄零的當兒，若干作家離港，環境也愈加艱難，文協會所將要退租了。不過文藝講習班和各報副刊仍維持下去，以後將是一個奮鬥的時代，香港文藝界的試金石！

五 文藝活動

廿八年七月十八日晚八點鐘光景，霓虹燈明亮了夜幕，人行道上出奇的擁擠，其間有幾個青年行色匆匆的從各處趕來，先後搭上港九渡船，默默的沉思着，等渡船在九龍靠岸後，他們就或此或彼的急急穿過人眾，在幽蔭的彌敦道旁一間樓房門口站住，并且輕輕叩門了，片刻，燈光一閃，一個座談會的景象讓人看得清清楚楚，三五個年輕人圍在桌旁，新來的被瘦長的主人邀坐，而愉快熱烈的交談起來，討論，計劃，紀錄，思慮……一直繼續了三小時。

這是在袁水拍家中舉行的集會，出席者杜埃，黃繩，袁水拍，寒波，溫功義等，決定了「文藝生活叢刊」的發刊，也預示了他們將是香港從事文藝活動最有力的一個集團——「文藝生活社」，但他們倒也從不曾以社的名義來標榜門戶之見，他們年輕，能說肯做，文協式微時期完全由他們主催一二文藝運動來渡過的。

文藝生活叢刊第一輯「最初的勝利」于廿九年二月出版，印費全由各人自墊，這留到下節再說，當決定發刊「文生」的時候，上述一班朋友已發動了一個「通俗文藝運動」。每遍借大公晚報篇幅出版

「香港風」一期，容納各種形式的通俗文稿，如小說、鼓詞、歌謠，時事解釋、地方戲等。後來于八月六日又成立「香港文協文藝通訊部」，由黃繩、胡危舟、袁水拍、寒波、杜埃、文俞、溫功義等負責、分組織、編輯、指導、服務四股，卽席決定舉辦一次「八月文藝通訊競賽」，來吸收文藝青年，提高當地寫作水準，并于八月十四日在「文協」會報上出版「文藝通訊特刊」，此後經過不斷的宣傳策動，終于收到港九和廣東內地的卅幾篇通訊，數目雖不多，已非易致了。十月，「香港文通分部」首先成立，借中國晚報出「文藝通訊」週刊，通訊員旋增至七八十人，現在港九各市區分設支部了，此外廣東內地又有惠陽、台山、惠來等分支部，可以說，廣州文藝通訊總站時代的任務，他們已做到了一部份，南洋各埠也有文藝同志向他們接洽成立分部的。

文藝通訊部是香港文協的「台柱」，也是香港文藝運動最有成就的一種，通訊員寫作水準較前提高了許多。廿九年三月寒波擬定了「香港的一日」的徵文計劃，與文生社同人共同發動後，至四月底竟收到近二百封應徵稿，這就足以證明三年來香港文藝啟蒙運動究竟沒有白費。

廿八年七七紀念日，文協也曾主辦了一次文章義賣運動，一連三日，共收到一千多元國幣，戲劇運動在廿八年上半年曾蓬勃一時，職業劇團有「中國旅行劇團」，「中華藝術劇團」，「中國救亡劇團」等三個，業餘青年劇團如雨後春筍，煞是可觀。後來「中藝」夭折，「中旅」赴滬，「中救」至南洋一帶宣傳後歸國，逐漸烟消雲散，一蹶不振了。

此外足可興奮的是廿九年四五月間一次肅清漢奸文化和文化漢奸的運動，這事首先在文協年會中通過，不久就仿桂林文協辦法，指定各會員每人寫幾句痛斥「文奸」們的文句，陸續在各報副刊發表，這一來可引得南華日報方面惱羞成怒，信口謾罵，引起一場小小的論戰——當然，正義是在我們這邊。

六　文藝刊物

截至最近為止，副刊有這幾種文藝刊物（依出版日期先後）：

雜誌：文藝生活叢刊　耕耘　南線

副刊：言林　星座　文藝

可惜雜誌都是不定期刊，而副刊每週又祇有三四次，「言林」雖日日見面，却又太少了。

1　文藝生活叢刊

如前所述，這是文藝生活社編印的，第一輯名為「最初的勝利」，計卅二開本一百二十頁，有袁水拍，戴望舒的詩，寒波，孫鈿的小說，杜埃、黃繩等的論文，以及翻譯高爾基的論文等等，因為都是外行，編得並不整齊，內容也不能說如何精彩，但有一股新鮮的朝氣是在他處難得見到的。由于經濟出版等困難，原來規定是月刊的，現在就成了不定期了；第二輯「香港的一日」早已集稿，正在設法接洽出版銷售等事，內容除「香港的一日」數十篇外，並有適夷的譯文等等。

2　耕耘

這是一個大型的綜合藝術刊物，廿九年三月創刊，十六開本六十四頁，包括木刻，彫刻、塑像，繪畫及文藝諸部門，目標是文字與美術完善的配合。因為主編是女畫家郁風，編委又是葉淺予、張正宇、黃苗子等輩，第一期出版後就以漂亮精美頗受歡迎。其實美術部門也的確不錯，非惟抗戰後所僅見，在戰前亦所罕覩，但文字方面是太弱了，較美術遜色多多，第二期現在尚遲遲未出。

3 南線

南線原名「海燕文藝叢刊」。是香港海燕出版社請葉靈鳳和林煥平合編的，後來香港因被封鎖，商業不振，書商無意經營，就改名「南線」，定為香港文協的機關刊物，但不知怎麼後來還是用葉林二人名義編輯。南線的班底還是文藝生活社同人，（海燕欲與文生合併未果），第一期于廿九年六月出版，版式與「文生」同，有「憲政筆談」特輯，黃繩、林煥平的論文，袁水拍等的詩，寒波等的小說，以及戴望舒，楊剛，葉靈鳳等人的文章，都是留在香港的人寫的，內容不差，可惜第二期仍未續出。

4 其他雜誌

純詩歌月刊「中國詩壇」曾在香港出了三期，是努力于詩歌大眾化的同人刊物，各期有蒲風、雷石榆、陳殘雲、胡危舟等詩，後來因港政府禁止刊印，不得不改于桂林續出。此外還有一個「風」字輩的小弟弟「大風」月刊，也得提上一提，此刊社長簡又文，主編陸丹林，經常登些超塵出世的歷史掌故，小品隨筆，閒情逸緻，實可敬佩，捧讀之餘，大可渾然忘却抗戰！

5　言林

立報由上海遷港後，初由茅盾先生主編，轟轟烈烈，替香港文壇建下殊勳，繼而適夷接收了一個短時期，轉讓于葉靈鳳編，可惜限于篇幅（每天僅容二千餘字），又因稿費無着，寫稿無人，愈編愈差，已無人顧及；經常登雜文的時候多，并插些文壇情報，麻雀五臟雖全，却已無復當年短刀精神的舊觀了。

6　星座・文藝

為什麼要將這兩個副刊並列呢？這因于它們篇幅（每期約五六千字）、刊期、質量方面都旗鼓相當，大可比較一下。

「星座」與「文藝」同樣刊登長篇連載，同樣以厚酬招致內地作家的短篇，同樣在香港文藝界中佔一地位。可是難道就不分上下嗎？這倒也不，由于歷史傳統的關係，「文藝」的作風比較端莊嚴謹，「星座」活潑自由，「文藝」偏重于小說報告散文，「星座」却較多譯文，詩歌插圖和雜論，「文藝」經常寫稿的有沈從文、何其芳、卞之琳、蕭乾、李廣田……「星座」則為端木蕻良、艾青、施蟄存、葉靈鳳……等等，大致各有千秋，要絕對分出這兩大副刊孰優孰劣是很困難的，須視文章而定。不過「文藝」似覺呆板枯燥，「星座」又太散漫，是美中不足。兩年來這兩大副刊登出的長篇連載有端木的「大江」、「新都花絮」、「蒿壩」，蕭紅的「後花園」，沈從文的「湘西」、「長河」，沙汀的「賀龍將軍」，葉紫「菱」的斷片……較之國內各大副刊實無愧色。

7 其他

香港報紙副刊除了滿紙章回小説之外，也還有許多，但主要不過上列三種。「自由談」在港時期並不怎樣好，比「星座」「文藝」差了許多，旋于廿九年初遷滬，現在則由黃嘉音接編，變成「西風」的乾兒子，毫無文藝可言，回念當年的光榮傳統，實不勝今昔之感。副刊可提的，還有已停刊的珠江日報的「光明」和不幸夭折的時事晚報的「晚鐘」，其他都不足道了。

香港是國內外交通要道，當地刊物雖少，外來的却應有盡有，作家看書是很便利的，不過生活程度太高了，作家生活沒有保障，一部份雖高官厚祿，一部份却清苦異常，改行他就的時有所聞，轉往內地者也不少，這是香港作家的不幸，恐怕也是全國作家們的不幸吧！

一九四〇、九、五日

選自一九四〇年十一月永安《現代文藝》第二卷第二期

一年來的香港文化事業／陸丹林

抗戰以後的香港，由於文化工作者來往頻繁，而且又因香港是華南出入口的樞紐，就無形的形成了文化的交通站了。香港在最近三年來，文化事業，似有長足的進展，文化團體，也異常活躍，凡是稍稍留心文化事業的都可以知道，國民日報因出版新年增刊，要我重述一年來的香港文化事業，就在百忙中拉雜的談談。

一、書報出版

「文協」這是中華全國文藝界協會香港分會所出版的周刊，每月輪流在幾家報的副刊登出。現在已出到七十六期了。

「青年問答」，是中國新聞青年記者學會香港分會，每周在星島日報附刊的。

「文化界」，是中國文化協進會每周在國民日報附刊，現已出至三十期。

大風「半月刊」是中國文化協會與逸經社合辦的綜合定期刊物，已出至八十一期。

「眞光」，初出版時，屬中國文化協進會辦的，後來由中國教育電影協會香港分會繼續出版。

「廣東叢書」，是中國文化協進會所編印，第一集當中所選定的書目，如（一）張曲江集，另溫汝適曲江集考證。（二）余襄公奏議，武溪集。（三）陳子壯禮部存稿。（四）梁朝鍾喻園集。（五）黎遂球蓮鬚閣文鈔。（六）屈大均翁山文輯，（七）黃公輔北燕巖集。計共九種二十五冊，各書均已付印。

不日可出版。

「廣東文物」，這是中國文化協進會所辦的廣東文物展覽會閉幕後的專輯，內容有圖片四百多件，文字八十多萬，是研究廣東文獻不可少的讀物。本月底可出版。

「語文」，這是香港新文字學會，星島日報附刊的半月刊。

「文通」，這是文藝分會文藝通訊部所編，每周在中國晚報附刊。

「詩與木刻」，是全國木刻協會香港分會與香港十月詩社聯合編輯，每周在國民日報附刊一次。

二、教育事業

「中國新聞學院」，是中國青年記者學會所辦，第一期數十人畢業後，繼續舉辦第二期，教師以現在新聞從業員居多。

「文藝講習會」，是文藝分會所辦，第一期結業後，刻下又續辦第二期，講師多屬文藝著作家。

「文化講座」，是文化協會所辦，講題分國際，社會科學，文學三部門，講師以本港各大學教授居多。

「巡回演講」，是文化協會特請學術界担任講題，應港九各中等以上學校或團體之聘請演講。

其他如青年會，世界語學會，新文字學會等，也有講習班的舉辦。

三、座談會

文藝協會，文化協會，青年記者學會，青年會，業餘聯誼社等團體，不時舉行座談會，相談各種問題。

四、藝術觀賞

漫畫協會分會舉辦漫畫展覽。中國文化協進會聯同中英文化協會，中美文化協會，舉行過幾次藝術觀賞會。後來中美協會停頓，由中國，中英兩文協繼續舉辦。

五、音樂與繪畫

「歌詠比賽」，是文化協會所舉辦，團體參加的十二隊，個人參加的六十一人。比賽結果，團體獎三名，個人獎五名。

「音樂欣賞」，是文藝，文化兩協會聯同舉辦，參加者不收費，為本港舉行音樂會之盛大會集。

漫畫協會舉行學生漫畫比賽，文化協會舉行中學生繪畫比賽評判結果，所收錄的都頒發獎品，以資鼓勵。

六、文物展覽

這一個展覽會，是文化協會所主辦，他們為着地方需要及文化工作對象，十九為粵人，經濟的來源，又多為鄉邦人士所資助，故對於廣東文化，當有特殊推揚的工作；抗戰以後，外省人寓港尤多，亦不見得良好機會以認識廣東文化。故他們乃有創辦廣東文物博覽會之舉，舉定九十人為籌備委員，分組辦事。去年二月廿二日，展覽遂告開幕，借馮平山圖書館為會場。出品者共一百五十餘人。出品共有二千餘件，分圖像、金石、書畫、手蹟、典籍、志集、文具、器用、古蹟、製作、太平天國文物、革命文獻等十二類陳列，編有出品目錄并附載廣東名人小史，參觀者日凡數千人。開會八日，綜計觀者達五萬人以上。港報如星島、華僑、大公、中國晚報、眞光週刊等均發特刊，可說香港文化活動的空前大舉了。開會期中，為着使學生界注重研究鄉土歷史實際材料起見，於會前擬定題目為：「參觀廣東文物展覽會述評」，徵集學生論文，閉幕後，評定等第，取錄十名，分別獎以現金及獎狀。論文在「廣東文物」發表。

七、其他

香港文化事〔業〕，除上述的之外，還有許多工作，如戲劇運動，文藝指導讀書運動，介紹工作。接待往來文化人，特別演講等，或其他名人的紀念會，代內地徵集文化的文物，和答覆諮詢問題等。有些工作，是聯合友會共同合辦，一方面是表示合作，一方面也是聯誼，故各種事業，大家雖然分道揚鑣，其實當中有些是互助合作。而且有許多職員是一人而兼任兩三個團體的職務，如理事之類，故表面上似屬許多團體，實際上都由幾十人通力合作，故各種事業，得以呈着活躍狀態。雖然各團體有許多還沒能夠循序施行，而設施的或有未能切合大多數人的企望。這一點，當然有許多原因，然而由於經濟與環境等種種牽阻，自然免不了推行難得順遂，這是無所諱言。但從大體上一年過去的工作，已是較之前年進步得多了。

選自一九四一年一月一日香港《國民日報‧新壘》

彭耀芬將被解出境

文藝青年彭耀芬，去月廿三日上午，在德輔道中某號三樓，由警方傳去問話，迄今二十餘天，迭經警方查詢，認其犯有不利本港之文字嫌疑。根據戰時法例，已送交華民政務司，一度錄訊，將於日間遞解出境。查彭原籍東莞，現年十八歲，喜歡寫作，常有作品在各報副刊發表云。

選自一九四一年五月二十日香港《華商報》

小說家成立版權會

年來本港各報副刊之長篇連載小說、風靡一時、市上遂有不法之徒、專以盜取版權、翻印該類小說之單行本為業、使作者與正當之出版家、均蒙絕大損失、故一般作家、為確保著作版權起見、昨已由傑克、望雲、平可、丁英、孟津等、成立一「香港小說家版權會」、該會辦事處設於德輔道中某銀行大廈、並聘請某著名律師為法律顧問、現已進行清查工作、一經查獲即控以（一）侵佔私有權益，及（二）盜用私有名義等罪名、至所採辦法、則為（一）查究盜取版權人、（二）查究承印者、倘上述一二兩造不能獲得時、即向經售該類非法刊物之書店報攤、控以承售贓物之罪、故一般消息靈通之書販、近兩日來、紛將翻印書本藏匿、不敢買賣云、

選自一九四一年七月二十一日香港《工商日報》

藝壇筆錄／志紘

抗建大合唱的演唱

廣州禺山中學附設小學的歌詠團，是本港力量雄厚，演唱次數最多，而有組織的歌詠團體。他們在黃沛生，曾（）成等氏的領導下，工作成績日佳。他們又於八月二日晚假座香港青年會舉行「抗建大合唱」了，這個大會唱的樂曲，正如「黃河大合唱」，「生產大合唱」，「青春大合唱」的一樣，有雄偉的鋼鐵般的力量。禺山附小歌詠團這一次的賣力演唱，無疑地是給香港歌運以波動的。

第三次畫學座談會

旅港澳畫人，一方面為聯絡大家感情，一方面為研究畫學起見，日前曾舉行過兩次座談會。聞他們又定於本月三日假座六國飯店，舉行第三次座談會。屆時並展覽收到獻呈　蔣委員長繪圖多件。各畫家均攜帶作品出席云。

塞上風雲的重演

嶺南大學日前曾演出「塞上風雲」一劇，導演，燈光，佈景，化裝等均佳，頗得社會人士好評。

今該較為籌募建校基金起見，特將此劇再次公演，將所得收入盡撥作此項基金。聞演出日期定本月七日。地點在利舞台。

台青的演出

台青劇團排演熊佛西的「藝術家」，相當成功。日前在「台青會舍」演出時，頗收喜劇效果。前二日（星期六）該劇團又特為深水埗鑰智女中演出此劇，惟適因雨未果。聞決改於短期內重演云。

中業劇團動態

中華業餘劇團對於本港戲劇運動，是一支有力的新軍。聞該團最近又排練「兩代的愛」五幕長劇，決於日內演出，由團長詹歌奮担任導演。今各同志均以高度的工作熱情參加排演工作，去迎逢這一個新的工作任務的到臨。

選自一九四一年八月五日香港《國民日報・藝術》

周恩來關於香港文藝運動情況向中央宣傳部和文委的報告（一九四二年六月二十一日）

文藝運動情況報告如下：

一、香港新四軍事件前，香港文藝活動只限很小的下層活動，自渝大批文化人到港，才有新的發展，主要是：

香港文藝活動的組織：（甲）組織（內部組織）文委廖、夏、潘、胡繩、張友漁五人，下分組：（一）文藝小組夏衍、于伶、章泯、楊剛，夏負責。（二）學術小組，由胡負責。（三）新聞小組，張負責。小組外有座談會：（1）文藝座談會夏衍、胡風、戈寶權、葉以群、張友漁、楊剛、茅盾，後擴大增加黃藥眠、袁水拍，有時連葉靈鳳、戴望舒、徐遲也參加。（2）戲劇座談會宋之的、于伶、章泯、司徒慧敏、蔡楚生、舒強、沙蒙、鳳子、葛一虹。

香港文藝團體及刊物：（乙）文藝團體及刊物：（一）新美術社有丁聰、特偉、葉淺予、郁風等人。（二）文藝通訊社有戈寶權、以群、茅盾（名義上負責）等人。（三）電影有大觀公司（黨員四人）。（四）報紙副刊有大公報文藝欄、光明報副刊、華商報燈塔等。刊物有青年知識、大眾知識（文摘）及大眾生活。

香港文藝活動工作情況：（丙）工作情況：（一）文藝活動。廣州失守後，香港雖有幾個自由主義色彩的報紙，但由於沒有一個領導機構，所以文藝方面甚少活動。文協只是一個有名無實的組織，只有廣東文藝通訊社香港分社可以做一點事情，團結一部分青年文藝愛好者，組有文藝研究社和文藝講演會等。該會刊物有《文藝青年》，內容進步，到新四軍事件時，香港各報登的消息非常壞，只有《文藝青年》主持正義，因此被封，後雖曾數度擬復刊未果。《文藝青年》共出十二期，渝文化人到港後，文藝活動即被推動。幾個主要的副刊都是進步的，能起相當作用，並從此時文協改選也有積極的活動。而座談會研究會的組織產生，開始是各部門座談會，主要討論業務上的事宜，後來擴大為上層的茶話會，每星期一次，討論文協工作及文藝政策諸問題。同時談及一些時事，但是大家都很不積極，不到會不發言的事很多。後來改為每二星期一次，仍是如此，終改為三星期一次，並擴大到各部門，如戲劇、電影、美術也加入，但又內人事糾紛，所以也沒有好好繼續。文藝方面能起頗大作用的是文藝通訊社，是將各種稿子發到海外，幫助海外各地文藝運動，並聯絡國內及海外文藝作家，發稿在新加坡、菲律賓、爪哇、檳榔嶼、美國、桂林、衡陽、河內、昆明等地。每周發稿兩次，每月發字三十萬，在各地起作用甚大。

香港工作的幾個階級，新四軍事變後，主要為爭取時局好轉，文藝以揭露國內政治黑暗為主，茅盾、韜奮寫的文章影響極大，五、六月份後，各方面工作都較有基礎，方開始以建立國際及反法西斯運動為目標，並組成中蘇文化協會，提議中英美蘇文協□□，曾出反侵略詩集小説等。以後則着重國內民主運動的提倡和聲援。

港文藝界發生之爭論。文藝界在港稍有爭論，開始時是因為戰後之文藝理論與文藝批評之缺乏，而要提倡，從戈寶權到港後，曾經介紹過蘇聯文藝〔理論〕問題，而引起爭論的是楊剛寫的文章，戰後文藝作品檢閱，及國內時局問題影響到文藝活動，這兩篇文章在大的方向上是有些小毛病；這篇文章登載前後，曾在座談會中討論，其主要爭論內容：（一）目前文藝運動應強調世界途徑還是個人情感問題。（二）對過左革命文學的潮流問題。（這問題的爭論有多半是帶着人事問題在內的）。後來亦曾討論過文藝創作作風問題，主要談話是反對公式主義及抗戰八股之類。

港對文藝活動之限制。以前香港文藝活動是在虛弱的狀態中的，政府不很注意檢查，通過並不是一件困難的事情，只要不妨害香港政府及有傷風化的就都載出。後來海外部派五人專門進行調查工作，不久中宣部亦派海外團至港〔調查〕在當時是多半注意汪派活動的。後來華商報發現左傾，特別是茅盾、韜奮的文章登過後，引起很大注意，檢查也就嚴格起來了。隨便可以扣文章，有關港府及國內政治的文章都不能登，而延安消息及戰報，仍可通過當時定的檢查標準，而有關領袖的生活之悲觀言論及暴露黑暗等文章均不准登，開始時對華商特別嚴格，到民主政團同盟宣言發表後，則對華商較寬，對各黨報則嚴，如□□□□□光明等都受到壓迫。並有中國評論出版，以與大眾生活對戰。然大眾生活却照舊毫沒有受到打擊（大眾生活韜奮編，每月銷一萬x千份，為港雜誌站之最大銷數）。

港戲劇電影活動情況。戲劇電影在香港：話劇活動是因娛樂展開的，一貫如此。在抗戰後曾有中國救亡劇團，中華劇社（歐陽予倩）、中國旅行團（唐槐秋）到港也曾演話劇，但成績都不甚可觀。在港本地，有業餘友誼隊，它是由銀行界青年業餘組織（他們也常常演，但總是虧本）。自渝劇人到港後，第一次上演「霧重慶」得到空前的成績，連演五場都滿座。後來以孫夫人發動以反戰大同盟〔名義〕□□□□□演出「馬門教授」，極得外國賓客的讚賞。這次演出不只起了上層統一戰線作用，並且對外介紹中國演劇的開始。第三次演「北京人」後即失陷。電影在廣東整個都是落後的，崇尚的是民間的舊傳說，意識非常壞，只合地方的報紙趣味，後來司徒慧敏、蔡楚生到港拍了「孤島天堂」、「白雲故鄉」皆起了新作用：在南洋各地極受歡迎。但由於攝影場無着，工作甚難展開；後大觀公司願拍電影片，且為進步人士預備某些好的片子，不久戰爭即發。

港音樂活動及其情況。音樂活動：廣東音樂（歌詠）運動，一向是較活躍的。在以前香港歌詠活動成為文藝活動的主流，但無人領導。後曾發動響應反法西斯運動，舉行一次音樂會為英蘇將士募捐。太平洋戰爭後，文化運動工作〔停止〕。現文化人雲集桂林，無看中桂林亦成文化活動中心。

（原件存中央檔案館）

選自南方局黨史資料徵集小組編《南方局黨史資料・文化工作》（重慶：重慶出版社，一九九〇）

新香港的文化活動／葉

——香港放送局特約放送稿——

如果是戰前離開香港的人，現在再回到香港來看看，旁的不用說，第一件使他們吃驚的是，馬路上以前觸目皆是的英文招牌，現在一家也沒有了；這一點，就不啻說明了。今日的新香港和過去的香港，在文化上有着怎樣的變遷。

本來，嚴格的說，過去的香港本身是沒有文化可言的。勉強的說，也不過祇有一點很低落的殖民地文化。因此，百年以來，英國人在香港雖然也想利用中國的舊文化來籠絡民心，提倡讀經尊孔，可是結果所產生的祇是「如要停車，乃可在此」之類的貽笑大方的「香港式中文」而已。

現在，香港已經進入大日本皇軍的掌握，已經成為東亞人的香港。過去英國殖民地政策的毒素一律要澈底的加以掃除，因此英國殘餘的文化遺毒當然也在掃除之列。新香港文化的趨向，不僅將發揚中國固有的東方文化，而且要介紹日本的新文化，使她能在大東亞共榮圈內，担負起中日文化交流總站的任務。

目前香港的文化活動，就按照着這樣的方針，正在積極的逐步做去。她不僅早已恢復正常狀態，而且還被注入了新生命，超越了舊有的範圍，向着新的目標發展。

新香港的文化活動情況，可以分作幾方面來講。第一，先從報紙說起：

報紙是民眾的喉舌，過去香港的報紙太多太雜，而且背景複雜，一方面在新聞上盡是雷同的報導，一方面在言論上却又是互相衝突，每天打筆墨官司。這樣的報紙不僅浪費了人力和物力，而且浪費了讀者的精力，這是英國人有意這麼縱容的。新香港在新聞事業上當然不容這種畸形現象的存在。所以在香港和平秩序恢復後，這情形已加以調整，誨淫的黃色小報的已無從復刊，一面各大報則進行合併的商洽，這計劃已在五月一日加以實施。目前香港共有四家日報，一家晚報。就是：香港日報，香島日報，華僑日報，南華日報，以及東亞晚報。這都是中文的，此外還有一家日文的香港日報，一家英文的“Hong Kong News”。中文報紙每種每天出紙一大張，一律賣軍票五錢。

合併後的中文報紙，因了人材集中，內容都比以前更加緊湊精彩，而且為了營業競爭關係，各人都在努力發揮自己的特長，所以一方面步驟是一致了，一方面也並不流於單調和枯燥。

文化團體方面，戰後最先成立的是東亞文化協會，其次是華南電影協會。東亞文化協會是在三月間就組織的，當時差不多網羅了留港的文化界全體知名之士，正會長是楊千里先生，副會長是馬鑑先生，對於初期的文化工作，盡了很大的推動責任。現在已進行改組，擬成立新東亞文化協會。

本港戰後各學校的複課情形，談起來比較有一點複雜。這因為在過去英國人統治下，整個的香港教育，從大學以至小學，不是「洋化教育」，便是「奴隸教育」，而且對於課程的選擇和師資的標準也荒唐得嚇人，因此非澈底加以推翻，根本從新做起不可。為了適應這需要，特地成立了教員講習所，先從訓練師資入手，一面將教員的資格重行加以檢定。目前教育講習所學員畢業的已有兩期，私立的和教會設立的中小學校復課的也有數十所。新的課程標準和教課書正在審核編印中。

因了事實上的需要，本港居民對於日語的學習十分熱烈。有一時期，日語速成班和日語學校成立的非常之多。但本港教育當局並不遷就這樣的現象，而對日語學校的設立採取放任的態度。相反的，對於日語教員資格的檢定十分嚴厲，對於不合標準的學校都加以取締或淘汰。同時，為了加強推廣日語教育，一方面設立義務日語學校，聘請專家在各機關開班義務教授，一方面更在放送局的播音節目中插入日語講座節目，以便住民能有普遍的學習機會。

關於出版物方面，本港現在已經有一家規模宏大的大同圖書印務局成立，是由胡文虎先生，何東先生合資創辦的，已出版的刊物有「新東亞」月刊和「大同畫報」，無論在內容或印刷形式上，都打破本港過去任何出版物的紀錄，這是新香港文化活動上最值得誇耀的一件事。該局更在着手編輯介紹中日文化的叢書，不久卽可陸續出版。

藝術活動方面，留港的國畫家，洋畫家鮑少游，王道源等，曾組織了香港美術家協會。簡琴齋先生曾在前月舉行了一次大規模的金石書畫展覽會，搜羅了本港收藏家珍藏的古今金石書畫名作，參觀者愈萬人，這是香港藝術界稀有的一次盛舉。最近，港九藝術家又舉行了一次恤孤藝術展覽會，徵集出品變賣救濟孤兒，也獲得了社會人士熱烈的同情和贊助。

其他文化各部門，也都面目一新的在活躍着。電影和戲劇眞正的携了手，雙方面的從業員聯合組織了劇團在各戲院輪流公演。新編的劇本有描寫香港戰時生活的「香港第一百回聖誕節」。巴金的名著「家」也搬上了舞台。音樂方面，留港各國音樂家組織了香港交響樂團，已經舉行演奏會一次。香港能有大規模的樂團出現，這還是第一次。

舊時的馮平山圖書館，也在盡力搜羅本港戰後散出的公私藏書，加以整理，不日就可開放閱覽，成為本港市民的公共圖書館。

這就是本港戰後文化活動的大略情形。配合着其他方面的活動，在陽光燦爛的天空下，在波濤不興的南中國海面上，在大日本皇軍萬全的拱衛之下，新香港正肩負着建立大東亞共榮圈之一環的歷史的使命，和平愉快的向前邁進着。（葉）

選自一九四二年九月一日香港《新東亞》第一卷第二期

香港粵劇最近的變遷／筱韞

近年來，香港的居民一切都能夠從節約方面着想，在這戰時的艱辛環境裏，能夠欣賞藝術的有閒階級，自然是極少數，所以香港近來粵劇營業的狀況，由盛而衰，最近更是每況愈下，大有不能支持之勢。現在留港粵劇界唯一擎天柱石羅品超，亦已經申請渡航，不久要上省獻藝了。今後本港劇壇，將更見沉寂。回憶香港戰事初了後的粵劇團蓬勃狀態，眞使人有不堪回首之感。

戰前，香港原有的粵劇團中，最得觀眾擁護的，該是薛覺先上海妹領導的「覺先聲劇團」。戰後，「覺先聲」亦以新的姿態，在娛樂戲院登台上演，那時上海妹已經脫離，但其他演員依舊能夠保持舊時的精華。同時還有其他新興的「共榮」，「鳳凰」，「大江山」，「平安」等劇團出現，人材方面有譚蘭卿，唐雪卿，衛少芳，新馬師曾，陳錦棠，李海泉等著名藝員，後起新人材中，亦發現不少優秀藝人，像剛從海外載譽歸來的羅品超，余麗珍，蝴蝶女等，當時也都能夠吸引不少觀眾，這是新香港粵劇的黃金時代。後來薛覺先，譚蘭卿，新馬師曾等相繼離港，劇團多數解散，祇有平安劇團依然實力雄厚，主要演員有李海泉，羅品超，余麗珍，區倩明等，為適應環境需要，從新調整改組，成立了兩支新的生力軍：「大東亞」與「新香港」兩大劇團。「大東亞」有羅品超，靚次伯，衛少芳，蝴蝶女，王中王，崔子超等，「新香港」有李海泉，余麗珍，陸飛鴻，區倩明，張活游，白駒榮等兩班人材勢均力敵，演出落力，輪流在港九各戲院上演，盛況歷久不衰。尤其是大東亞劇團，編演羅品超成名傑作「羅成寫書」，接連五集，賣座成績更打破紀錄。半年後，兩班內部發生意見，終於解體。不久，又產生了新香港最理想的新劇團「光華」，聯合了羅品超，李海泉，余麗珍，靚次伯，蝴蝶女，崔子超，六大台柱。演技各有千秋，羅余合作更見成功。同時新起粵劇編劇家李少芸，亦貢獻了不少有力劇本，更奠定了「光華劇團」的聲譽。這時其他「大時代」，「新中國」等劇團為應對「光華劇團」的優勢，合併為「大中國劇團」，以電影紅星鄭孟霞，廖山笑主演，唐滌生編選的電影化新型舞台劇，一時亦有相當號召力，這是香港粵劇團第二個穩定時期。經過了這一個過程後，粵劇班次，已走上了衰落之路，「光華」，「大中國」兩大劇團，終於又告解散，港中藝人又不少離港他去。羅品超自組超華劇團，與鄭孟霞唐滌生夫婦合作，全班人材，除了二三主角外，其他配角演技不夠水準，以致演出缺少精彩，雖然努力支持，經過了九個月的長期新紀錄，終因營業上的失敗而停頓。在這時期內，廖山笑曾向廣州方面聘請藝員來港，集中人材，組織一大公司，以陳錦棠，沖天鳳，李海泉，余麗珍等分配成「錦添花」，「大榮華」兩班，結果營業上又告失敗。後來廖山笑再主持組成「百福劇團」，羅品超余麗珍再度合作，雖然博得好評，但亦不能挽救將近垂危的粵劇命運，同時余麗珍又因生理關係，須作短期休養，羅品超感覺合作無人，已在計劃去省另謀新發展，一切條件已經斟酌成熟，不久就可實行了。另一班李海泉等所主持的大富貴劇團，亦因不能維持而停止，現在香港粵劇界，可說已入沉寂狀態，未來再有如何變化及新發展，須待事實來證明了。

選自一九四五年七月香港《香島月報》創刊號

人民的文藝：卅五年四月十六日在香港文化界歡迎晚會上的演講記錄／茅盾

〔存目〕

選自一九四六年六月一日天津《魯迅文藝月刊》第一卷第三期

關于蕭翁在港大的演講／華尚

今早看到樹先生「蕭翁的話補正」，捧讀之下，很為感激。有了他的補正，使蕭翁在港大演講的幾句話得到更正確的解釋，是大好事。不過，我怕引起誤會，特來補充解釋幾句。

當時我是在廣州，我也不是親耳聆聽的，甚至連紀載的原文也沒有讀到，的確是只憑着記憶得的大意，可能當時口傳訛誤，因此與原語有不符之處。但是，讀了樹先生補正的原文，我想來想去，不覺得和我寫那幾句話精神上有什麼「相反」。

照樹先生的說法，意思是青年必須成為革命者，倘不，老年就變成化石了。我的意思是青年必須研究共產主義，倘不，老年就「沒有飯吃」了。這「沒有飯吃」是說將來共產主義實現，「不勞動不得食」，是鼓勵青年人向正確方向走的意思，怎麼可以解釋做「發財享福」呢？拿「沒有飯吃」四個字大做文章，似可不必。我承認這幾句引話只是「傳神」，不是「如實」，但我覺得這「神」還不致傳成「相反」！

很希望有人能找出原文借刊，翻翻舊案，也未嘗不是件好事。

選自一九四六年九月十二日香港《華商報・熱風》

詩人節宣言／黃藥眠、馮乃超等

列名在本文上的，是曾經致力過，或現在醉心於詩歌事業，也有已中止寫詩而新的工作仍不忘情於廣義的詩的幾個人。以這種種關係，在紀念偉大詩人屈原沉江殉國二千二百二十四週年祭的時候，對於當前饑餓，流血以及一切不公平的事實和詩的連結的問題，公開發表一個共同的意見。

我們認為：一切悲劇的發生，根源於最多數的生產者勞而無獲，最少數的浪費者坐享其成。最多數人的辛勞的果實被掠奪，受盡千辛萬苦，求生不得，被迫起而作自衛的反抗。而最少數人掌握着統治的極權，視奴役眾人為天賦權利，不惜採取高壓手段，以屠殺，放逐，監禁種種野蠻的行為，加之於勞動人民的身上，甚至出賣祖國，出賣最多數人的勞動成果，以博取外力的援助，來延長它殘暴的統治。這是歷史的不幸，這饑餓的時代，血的時代，比起屈原的時代還要慘苦，更為黑暗。但又不同於屈原的時代。那百姓起來點燈，不准州官放火的信號上升了。這是悲劇時代裏的福音。由於最多數勞動人民愛國的忠心，和戰鬥的神勇，已經取得勝利的保證。

無論在純粹的詩歌事業，或是廣義的詩的工作，我們自問是學習屈原，繼承他的優良的精神的。他生長在那襤褸陰濕的國土上，憂天下之憂，而行吟澤畔，顏色憔悴。我們以他的憂天下之心為我們的心。祇是二千多年以前的屈原，沒法看見二千多年以後的事實，而我們已經聽見看見福音的實現，那未來在招喚我們。今天，我們有比屈原更慘的遭遇：被放逐，被侮蔑，行吟海濱，有國難投。但心神是爽朗的。在這方生未死之間，那勞動人民的戰鬥是一個英雄的榜樣，堅定我們拼死求生的決心。殺身死諫是對最少數人的忠貞，是絕路；唯有對最多數人的事業的獻身，才能絕處逢生。

這是大的震撼，大的澎湃的時代。屈原的詩章，教給我們以「生活的本身就是詩」的道理。我們的詩，必要記錄這大的震撼的主題，大的澎湃的音節，謳歌這巨大的前進的潮流。這潮流豈是暴力的鞭笞可以阻斷？這潮流必將沖毀阻礙它行進的一切！

我們順着這潮流，跟着最多數人的步伐前進。我們是歸屬於這最多數裏的，那代表着光明、進步，和健康的最多數。

謹此宣言。

黃藥眠　馮乃超　洪　遒　呂　劍　陳殘雲　黃寧嬰　胡明樹　蘆　荻　金　帆　許穉人

樓　棲　符公望　懷　湘　周鋼鳴　黃慶雲　呂志澄　高　天　華　嘉　秦　似　許戈陽

李　揚

選自一九四七年六月二十三日香港《華商報・熱風》

文藝節在香港／林煥平

（本刊特約文藝通訊）五月四日第四屆文藝節，港九文藝作家們舉行了一個空前盛大的紀念。

首先，是日下午二時，中華全國文藝協會香港分會假座六國飯店的大禮堂裏舉行第三屆會員大會，到會員七十餘人，一入會場，每人得紀念刊「知識份子的道路」「憤怒的話」等四書，皆大歡喜。旋公推黃藥眠做大會主席，周鋼鳴做大會祕書，黃氏致詞，略稱五四運動當時份子頗為分歧，有資產階級民主，有人民的民主，如今前者已沒落，只有後者在迅速發展。又指出當時缺點，如所提倡的白話，是上層的官話，並非人民的口語，運動範圍局限在知識份子圈內等等，如今均已被克服，故今日紀念五四，實在已是新五四了。旋由周鋼鳴報告一年來會務，主要點是：（一）舉行青年文藝創作競賽，成績甚佳；（二）文藝函授班；（三）方言文學的推進；（四）建立進修圖書館；（五）建立漁區考察小組等。

報告完畢，郭沫若，茅盾，鍾敬文，繆朗山，宋雲彬等先後發言。郭氏盛贊文協香港分會成績極佳，青年文藝，兒童文學，方言文學都做得極好，唯有一樣做得不好，就是婦女工作做得不好。他説「到會七十餘會員，竟無一個女作家」，引起全場大笑，他又説「以後要向婦女去『運動運動』。」茅盾説「香港文協有會員九十餘人，是文協各分會人數最多的一個，當年在重慶，也不過如此。」他又附議郭氏意見，沒有女作家參加，實在減色，希望大家作「婦運」，使明年的大會有一半的女會員，才算是平均發展云云，又引起轟堂大笑。周鋼鳴報告説，我們有四位女作家，只是今天都沒有出席吧了。鍾敬文説「十九世紀歐洲有所謂移民文學，有許多作家在黑暗政治之下，不能在國內生活，就跑到別國去。今天我們也是移民作家了。只是我們已算比較幸福，因為我們就可以回到祖國去了，而歐洲的移民作家則老死於異邦。」宋雲彬說「他附議郭先生的主張，把五四定為文化節，文藝節則另定一個日子」。記者執筆至此，附提一個建議，卽定魯迅先生誕辰為文藝節，不知道文藝界的朋友們以為如何？

各人致詞畢，討論提案，通過議案主要者有：（一）繼續舉辦青年文藝創作競賽；（二）會員分組研究；（三）舉辦文藝講座；（四）設立文學顧問會；（五）加強與南洋各地文藝運動的聯系；（六）以大會名義電慰國內文藝界等。

旋卽選舉下屆理監事，結果如下：

理事：郭沫若，茅盾，黃藥眠，周鋼鳴，洪遒，馮乃超，夏衍，邵荃麟，葉以羣，鍾敬文，華嘉，司馬文森，胡仲持，周而復。候補理事：瞿白音，聶紺弩，陳殘雲，孟超，林林

監事：陳君葆，宋雲彬，歐陽予倩，王任叔，劉思慕，鄧初民，柳亞子。候補監事樓適夷，顧仲彝，林默涵。

在大會裏經郭老加以潤飾而當場通過的慰問國內文藝作家電，原文如次：

上海文協總會轉國內文藝界同人台鑒，今天是光輝的「五四」紀念日，同時是文藝節，我們在這裏舉行第三屆會員大會，熱烈地慶祝我們的節日，首先想到的就是你們。此時你們正處在……國土上，在是夜裏渡過春時，但你們能緊守崗位，堅持工作，為我國人民開拓民主的新文藝的血路，充分地表現了我們文藝工作者堅貞不拔的精神。我們在這裏謹向你們獻出最真誠的兄弟敬禮。現在「暴風雨卽將過去，曙光卽在前面」，我們應互祝健鬥，芒勉前程云云。中華全國文藝協會香港分會第三屆會員大會叩。

晚上七時，則在孔聖堂舉行第四屆文藝節紀念大會。未到開會時間，整個會場已被擁塞得水洩不通，四邊走廊站滿了人，台前地板也坐滿了人。盛況也可算是空前的。節目先有郭沫若，茅盾，陳君葆，歐陽予倩的演講。郭老講紀念五四的任務在澈底反帝反封建，爭取眞正的科學與民主。只有眞正的科學精神，才能建立眞正的民主；只有眞正的民主，才能褒揚科學精神。茅盾講當前文藝工作者的任務是擴大統一戰線，向人民學習，大眾化。陳君葆講語文改革的辦法，是先簡化漢字，第二個步驟是拉丁化。注音字母那一套是使兒童顧得漢字顧不得注音字母，顧得注音字母顧不得漢字，是根本行不通的。歐陽予倩講滿清末年模仿日本明治維新的新戲到目前國內的「沒有戲劇」。他說「假如國內有戲劇，我就不會站在這兒講道理了。」不過他又作結論說：「沒有鬥爭，就沒有戲劇。」

游藝節目開始了。第一個節目是李門唱廣東木魚書「三姑回門」，唱得全堂哄笑不已。第二是黃志章唱客家山歌。第三是葉素獨唱「再談一次天」，第四是一羣鄉巴老和四個穿牛頭褲的小孩演唱潮州曲。這些都充分表現了發展方言藝術，在普及的基礎上提高的基本精神。最後由建國劇藝社演出瞿白音新作「2＋2＝5」。這是以新鮮熱辣的「國大」做題材，諷刺「自由主義者」的，深得觀眾好評。直至十一時半才散會。郭老茅公諸人也興緻極濃，到終場才走，足見大家情緒的熱烈。

（五月五月寄自香港）

選自一九四八年五月十五日南京《展望》第二卷第三期

我們的話——紀念詩人節／郭沫若、柳亞子等

我們今天紀念人民詩人——屈原和他與日月爭輝的偉構。屈原離開我們已經二千多年，但他憂國憂民的情緒還耿耿如在目前。他用嘔心滴血的言辭，呼籲着人民的疾苦，詛咒着統治者的顢頇，而警惕着暴敵的侵略。他雖以身殉國，但終竟使楚國人民奮起，收到了「三戶亡秦」的實際。屈原是永垂不朽的，他那用民間形式寫成的詩歌是永垂不朽的。

我們所處的時代和屈原時代頗相彷彿，人民的疾苦，統治者的顢頇，和暴敵的憑淩，尚有過之而無不及。我們也被迫流竄，寄身於祖國的邊緣，無時或刻忘記得了我們曾經生活過、歌唱過、鬥爭過的祖國。但我們却懷着歡欣和熱愛，歡迎祖國的新生。

我們聽見，看見：祖國三分之一土地上的兄弟和姊妹，他們曾經遭受着舊制度的壓迫、剝削、侮辱和損害的，今天，他們已經勇敢地用他們自己的手、血和生命的代價，擊敗了盤根錯節的封建制度，建立起新民主的政權。豐衣足食，經濟繁榮。平等、自由在那裡開花，文化、藝術在那裡結果，人性在那裏眞正獲得了解放。一切美好的，在那裡新生；一切朽腐的，在那裏死亡。而且，全國範圍的革命勝利就要到來，在亞洲大陸上，一個新的中國，就要誕生！

這是中國歷史上，經過三千年封建社會的黑夜，第一次浮現在黎明海面上的，一輪無限新鮮、無限瑰麗的紅日。

我們慶幸我們有這千載難逢的看見這紅日初界的一瞬，我們願意和全中國的人民、全中國的詩人，一起舉起雙手，對這新生的紅日歡呼。

但是，我們也知道：化雪的前夜有澈骨的寒冷，誕生之前有劇烈的陣痛。中國封建地主、官僚資本集團，在這總崩潰的退卻中，是更無恥地、更瘋狂地迫害着，屠殺着中國的人民大眾。美帝國主義也更露骨地支持着這垂死的反動集團，還要把殘害了我們八年的日本法西斯魔鬼復活，企圖延遲中國人民勝利的日子。可是全中國革命的炬火，不僅已經洞燭了這種陰謀，而且一定會焚燬了這緊緊扣結着的鎖鏈。這一年來，英勇無比的，青年學生「反饑餓、反迫害、反扶日」運動，暴露了統治者亘古未有的一切醜惡、罪行和殘暴，也顯示了青年們無限的勇敢、壯烈和至善。千萬的中華優秀青年男女，在鬥爭中，創作了詩歌，用朗誦和歌唱，團結了伙伴，激勵了士氣，瓦解了敵人，使詩歌成為有力的武器。更用血肉和生命，創造了新中國壯麗的史詩。

我們在這裏，謹向這千萬戰鬥着的青年詩人，致最大的敬禮。

同時，我們也要向那些在生活煎熬和政治壓迫下，依然熱愛自由和正義，堅貞不屈，不斷歌唱的詩友們，致親切的慰問。

舊中國在滅亡，新中國在前進。在這大風暴的日子，大解放的黎明，作為一個詩人，他不僅要帶着他的歌唱來參加人民革命的行列，而且更要帶着他的為人民服務的點滴實際工作，來共同創造人民大解放的史詩。我們願意跟隨着中國所有進步詩人的後面，一起向人民學習，學習他們創造文化的經驗、鬥爭的經驗、勞動的經驗，為鬪創、建設新中國，而齊步前進。

明天，我們要手挽着手，歌唱着，走向自由、幸福、民主的大花園，那裡開放着人民世紀裡美好的花朵，閃耀着歷史上最新鮮的陽光。

郭沫若　柳亞子　鍾敬文　黃藥眠　馮乃超　孟　超　張殊明　思　慕　林之春　洪　遒

周鋼鳴　胡明樹　樓　棲　陳殘雲　林　林　黃甯嬰　沙　鷗　蘆　荻　華　嘉　劉火子

李　淩　葉　素　金　帆　符公望　麥　青　蕭　野　馬蔭隱　鄭　思　薛　汕　戈　陽

凍　山　方　焚　葉夏子　黃　雨　海　蒙　丹　木　犂　青　力　揚　杜　埃

選自一九四八年六月十一日《華商報・熱風》

文壇一年間

·筆談者·

胡仲持　樓適夷　默涵　端木蕻良　林林　杜埃　蔣天佐　顧仲彝　陳敬容　林煥平

從一九四九年回顧一九四八年的中國文壇

一九四八年歲末，我們給在港的作家們，發了一封徵稿信，提出下列五個問題，請求大家答復，那五個問題是：（一）你覺得一九四八年，在小説創作方面有甚麼成就，那一個作家成就最大，那一部作品成就最好？（二）你覺得一九四八年，在詩歌創作方面有甚麼成就？那一個作家成就最大，那一部作品最好？（三）你覺得一九四八年，在戲劇電影方面有甚麼成就，那一部作品成就最大？（四）你以為一九四八年的文藝運動，有一些甚麼特點？一些甚麼偏向，以後該如何發揮和克服？（五）一九四九年的文藝活動中心，應該放在那兒？蒙大家寄了不少寶貴意見給我們。這一期「文生」雖因年關和春節關係，不能按時出版，好在大家所發表的意見，很少有時間性的限制。至于大家的意見是否一致，有無商榷地方，我們且不表示甚麼，却希望本刊讀者如果有意見的話，也可以寫給我們。我們是樂意于給大家發表的。（編者）

一

胡仲持

一九四八年是在光輝的解放戰爭中間，中國人民顯現了歷史上空前偉大的力量的時代。從事文學工作的知識份子群，一般地感覺到本身的努力趕不上時代所要求的前進的程度。尤其是寄寓在香港的我們，受了生活上所接觸的現實社會的限制，不能充分地實踐為人民服務的主觀願望。如果珠寶商人對於珠寶，在戰爭中間不容易估計價值，那麼我們對於這一年來文學創作的成就，也是有同樣的感覺的。但我不妨就一九四八年自己涉獵過的一些閃耀着珍貴的光彩的作品，作一番粗畧的推薦。在小說方面，茅盾先生的「鍛鍊」第一部，連載于文匯報，用現實主義的手法表現着抗戰期間錯綜複雜的社會的面貌。這可以說是他精心的傑作。谷柳先生的「春風秋雨」描繪着香港勞動社會的實際生活；顯然是根據了透澈的觀察寫成的。周而復先生的「白求恩大夫」，連載於小說月刊，刻畫着國際友人為中國人民服務的高尚精神，也是出色的作品。在詩歌方面，我所讀過的很少。我覺得甯嬰先生的「潰退」，和沙鷗先生所作的一些政治諷刺詩是值得注意的。至于在戲劇和電影方面，我對於戲劇缺少接觸的機會。但是看過不少好電影。其中我最佩服的是陽翰笙先生編劇由沈浮先生導演的「萬家燈火」。就結構的謹嚴和表現的深刻來說，這是使國產電影的藝術推進一步的。

文藝運動方面的成就，可注意的是大眾化和為人民服務這兩大原則的確立。出現於各雜誌的一切文學的論學，主要是歸宿于這兩大原則的。在香港方面，方言文學的提倡尤其有出色的效果。有些本來不會寫作的工人開始養成了用方言來表現他們眞實的思想和情感的興味。單在這一點上，方言文學運動就顯出夠大的意義來。

二

默涵

承問各點，謹答如下：

（一）一九四八年的小說創作，我讀得太少，因此，沒法說那一部作品最好。

（二）對於詩歌也是一樣。

（三）劇本看得更少。至於電影，我認為是「松花江上」和「萬家燈火」最好。它們都不賣弄什麼噱頭，也沒有膩人的感歎，而是以眞實的生活和鬥爭來打動人，看了不是使人消沉，而是使人奮發。「松花江上」是第一部寫了草野小民的深沉的愛與仇、憤怒和抗爭的影片。

（四）解放區的情形，我不清楚。以蔣管區來說，我覺得，一九四八年文藝運動的主要缺點，依然是跟不上現實。這是中國社會發生最深刻最劇烈的變化的一年，是新生的和垂死的兩種勢力進行最酷烈的鬥爭的一年；可是，這一切，在文藝上的反映是太少了。文藝和現實之間，有着太大的罅隙。自然，這是有客觀和主觀的各種原因的。

但是，另一方面，文藝上的許多問題是提出來了，也多少有一點批評的空氣，雖然提出的問題離解決還遠，批評也還有許多缺點；但至少引起了我們的注意和思考，特別是深切感到了自我改造的必要，這總是一個可喜的現象。

（五）今年文藝活動的中心應放在那兒？那是隨各地的具體情形而不同的。以香港來說，我們所能做到的，恐怕還是：一、繼續加強文藝工作者的思想鍛鍊，把政治上和文藝思想上的許多問題，弄得比較清楚，我以為。這是展開新的進軍的必要前提；二、儘可能培養許多能夠眞正到群眾中去做文藝宣教工作的幹部（特別是做戲劇、音樂工作的），給他們正確的文藝觀點和一要的技術知識，以應局面開展時的大量需要。

三

樓適夷

x x兄：

你所提出的問題，簡答如下：

（一）周立波的「暴風驟雨」。

（二）不知道。

（三）「萬家燈火」。

（四）一、思想領導逐漸加強。二、組織性不夠。

（五）推進羣眾性的文藝組織，加強出版工作。（十二月廿四日）

四

端木蕻良

（原題：不及格的答案）

一九四八年的最偉大的最成功的作品，不管是長篇也好、詩也好，劇本也好，都是人民的勝利！

但是這一個現實在作家筆底下表現的還不夠。這也是寫作落在現實後面的一個明証。在作家怎樣能配合起現實的速度，而能具體的表現這偉大的課題，在一九四九年會得到光輝的回答。

作為一個作家，必須要服從政治的發展，順從政治的號召來體認眞實，那麼這歷史的新頁才能在他的筆底展開。

自然在將來自由的民主的國家裏面，一個作家願意寫人生的枝葉，而不願意作到向人生做全部的獻身，祇要是沒有毒素，那當然也會被允許的。但是要是放棄了最重要的命題，而去追尋那些完全不重要的問題來大作文章，那不也就是離開作家太遠嗎？

準此，我以我的有限的閱讀範圍，我以為一九四八的長篇作品，值得特別推薦的，是「紅旗呼拉拉的飄」，（不管它是那年寫作的，反正我是去年看見的）第二是茅盾的「鍛鍊」，第三是何漢章的「南洋淘金記」。假設我如果過份肯定的來下結論，那是十分危險的，因為這三篇作品，我都無法看見全貌，我現寫出我的最初的感覺，也可以說是大胆的假設，至於「蝦球傳」，我沒有看，所以不能談。

關於理論文章，我特別注意到荃麟的「論主觀問題」，我覺得不管在那方面講，都是好的。

電影方面，我還維持我原來的意見，以為「萬家燈火」好。

假設還允許我粗畧的說，那麼，我以為趙樹理的「小二黑的結婚」比他別的作品生動。

我在一個嘈雜的茶館裏，寫出以上的話，我是十分局促不安的。

五

陳敬容

（原題：簡畧的印象）

平日雖然讀書不多，但是有好的文藝作品，無論小說、詩歌、戲劇，卽使買不起，借也得借來看看。離開上海的時候，僅有的一點書也沒有帶。這時要回憶一下那些作品是在一九四八年出現的，一時竟弄不大清楚。只好就記憶所及，簡畧一說。

先說小說吧。印象最深的是駱賓基的長篇「混沌」。這是作者計劃中的三部曲之一，不過當然可以獨立起來自成一部的。書中雖然只寫了主人公的童年，但是東北的風物人情和少年主人公獨立的個性，都活躍紙上。筆觸是粗獷中帶細膩，但並不瑣碎，洶湧着一股生活的熱力。像這樣的作品是近年少見的。——但是這部書也許是一九四七年出版的。

詩歌方面，這一年裡諷刺性作品更多起來。現實環境的壓迫愈大，自然諷刺性的作品也愈多。北方想來有大量的歌頌新生活的詩作產生，可惜我們能夠看到的究竟有限。大部分詩作都散見於報章雜誌，出版的詩集不多。

舞台劇在這一年裏似乎絕少，劇作家們大都改寫電影劇本去了。這方面有一個顯著的成就，就是能夠用比較新的手法多方面地反映現實。最好的我以為要算「松花江上」，「乘龍快婿」和「萬家燈火」。「艷陽天」雖然有太濃重的理想主義色彩，但，還不乏激勵人的作用，而且結構嚴密，人物凸出，首尾一氣呵成，仍不失為一部好影片。

一九四八年文藝創作的收穫不能算豐富。而臨反動政治的崩潰前夕，作家們掙扎在愈來愈殘酷的生存綫上，或則貧病交迫，或則轉徙流亡，創作怎能不受影響。希望新的一九四九年能有更多更好的收穫。

六

林林

（一）以華南說，谷柳的「蝦球傳」，取材突進了另一種地盤，爭取了很多黃色文藝的讀者。
（二）還沒有比較研究。
（三）也是以華南說，公演了「白毛女」，「小二黑結婚」，使觀眾了解祖國的新社會建設；「同是天涯淪落人」，「此恨綿綿無絕期」，以至「富貴浮雲」等片，表現了粵片的新氣象。
（四）加強了文藝思想，加強了讀眾觀點，但這中間，對小資產的智識份子作家，似乎照顧得不周到。有點心急。
（五）A·注意文藝思想教育，從品質，觀點和手法（包括運用俗話）的改造。B·培植文藝青年。C·寫飛躍的「生」重于掙扎的「死」。D·改良舊劇。

七

林煥平

（原題：粗淺的答復）

一、一九四八年的小說，解放區的看不到；上海的看到也不多，頗有貧乏之感；香港的看得比較多。短篇如茅盾的「驚蟄」，張天翼的「老虎問題」，是寫的同一個問題；西戎的「喜事」，以群的「路」（以上均見小說月刊），都是難得的佳作。長篇如谷柳的「蝦球傳」，周而復的「白求恩大夫」都是值得注意的。谷柳在新形式採求方面的努力是有結果的。以「蝦球傳」而言，第二第三兩冊所表現的，已不若第一冊所表現的生活那麼熟悉了，這倒值得提出來供作者寫第四冊的參考。

二、詩歌方面，看得少，也零碎，不敢說話。

三、一九四八年的電影，當然要推「萬家燈火」和「一江春水向東流」為最佳了。前者以完整，精煉，樸素無華見稱；後者的沉厚，博大，氣概雄偉見長。吹毛求疵，當然也不是沒有缺點，但在南京政府的統治地區，竟能產生這樣卓越的影片，該向這二片的藝術工作者們致崇高的敬意的。

劇本看得很少，「白毛女」和「小二黑結婚」在香港演出的成功，那是「演出」，而非指作品而言。不過從此可以得到一個鮮明的啟示：觀眾喜歡看以解放區生活為內容的戲。

四、一九四八年的文藝運動，以上海說，幾乎是沒有「運動」（雖然這句話頗欠周詳），以香港說，應該是以方言文學運動為最顯著特點了。這是從「文藝服務工農兵」，從「在普及的基礎上提高」的原則出發的。這個運動雖然以廣州話和潮州話為主，但隨着國內局面的轉變，文藝將獲得眞正的自由，故這個運動可以而且應該向其他的方言地區擴大和發展下去的。

在這一年內，有些朋友，如胡明樹，加因等，專向兒童文學方面做工夫，弄出了好些成績來，這從未來的遠處大處看，是非常值得稱許的事。文藝界應該有一批人向這方面去努力。

說到偏向，首先當推主觀主義的囂張了。這種理論，歸根結蒂，成了主觀決定客觀，違反了歷史唯物論的基本定理了。這在荃麟的「論主觀問題」中已有透澈的指摘和批判。

五、一九四九年，將是推翻幾十年來的封建專制，消滅百年來的帝國主義壓迫的一年。全國要大解放了，人民民主政權要成立了。今後全國人民急迫地需要文化，需要文藝。文化和文藝本身又獲得了民主政權的保障，可以自由發展，通行無阻。因此，廣大人民需要大量的讀物，這是可以想像的。這些讀物，主要不是大部頭的名著，不是高不可攀的理論，而是阻淺的大眾化的作品，是通俗小冊子，這也可以想像得到的。怎麼樣適應這樣的需要，以提高廣大人民的知識水準和認識水準，培育為新民主主義建設的幹部？這不是擺在文化界和文藝界面前的緊急任務嗎？從這一點想，則我們在一九四九年的文藝活動中心，究竟應該放在那兒？就可以思過半矣了吧。

八

蔣天佐

（原題：我的看法）

所謂一九四八年的文藝運動，跟四七年以至四六年下半，是分不開的。但是當然不妨姑且把這一年作為話題。

一九四八年的文藝運動——不成問題，這是就非解放區而言——一般是消沉和零亂，儘管有個別的成就和普遍的努力。當然這主要是政治的和經濟的惡劣條件所致。例如在上海、北平、廣州、重慶等等地方，文藝刊物紛紛被迫停刊，出版社大半被迫關閉或停頓，文藝工作者相率逃亡，以及不幸而被捕入獄；就性質和範圍而論，這是新文藝運動史上一個空前的黑暗時期，苦難時期，比大革命失敗後延續十年四大反動時期尤有過之：這自然又是因為兩個歷史階段不同的緣故——一句話，現在是革命勢力和反動勢力進入最後決戰的階段。那末，在這樣嚴重的客觀形勢之下，個別地區例如香港的活躍表現，彷彿深夜疏星，固然顯得格外光明，却也不免寂寞之感的。

但是這一般的消沉和零亂，在另一方面却也是文藝運動的深入和發展的預告。反動的政治和經濟的壓力祇能夠改變新文藝發展和表現的方式方法，並不能夠摧毀它的戰鬥——反而祇是加強。就運動而言，集中的轉變為分散的，浮現的轉變成沉潛的，這是文藝與各階層羣眾的結合進了一步，或者至少是作了進一步的準備；就作家們而言，思想意識上的轉變和加強，生活的擴大和改革，工作崗位的轉變，戰鬥力和戰鬥意志的提高，這也是進一步和羣眾結合的表現。這些正是除了無數大大小小好好壞壞的作品之外的更重要的成就。

一九四八年已經成為過去，但是四八年的形勢還沒有成為過去，雖然大家都相信和預料這形勢的結束就在今年——四九年。在它結束之前，文藝運動的性質和形態當然大致不會發生多大的變化。這就是說，對於成就或成績不能存着過高的奢望；但是同時，並不是應該觀望和等待。任何坐等新形勢到來的思想對於新中國的文藝事業都是一個罪過。我以為我們努力的重點主要是這兩者之一：從生活的改造求思想意識的澈底改造；或者，把目前的文藝實踐作基礎，在健全的原則指引之下力求精進，更深入更透澈更盡善盡美的搞下去。兩者同時並進，對於某一個人大概是不合理的；但是對於整個文藝運動是合理的，甚至必要的，正好殊途而同歸。例如，由於各自的條件不同，甲把努力的重點放在前者，乙把重點放在後者，我以為這完全符合於文藝運動的利益的。有人或許覺得運動要求一致性，因而就必須規定一個唯一的重點。這是把方向和重點搞混了；方向當然只能有一個，重點却能有一個以上的。其次，更重要的是這幾年的情形跟從前不同了，不能因為從前曾經如何如何，現在也就非如何如何不可。這幾年來的情形，早已是，現在更顯然是中國劃成了兩個世界，兩個世界有兩個方式上迥不相同的文藝運動，并且這邊的要在某種意味上服從那邊的發展規律。而這種劃分已經不可能再維持長久；反動的舊世界馬上就要完全崩潰的。

當然，這裡又必須避免兩種毛病。一是改造生活的有名無實，變成浮萍般的實際失去任何生活根基。二是加強文藝實踐的脫離了健全的原則的指引，變成鑽牛角尖、躲老鼠洞，實際是抱殘守缺。唯有克服這兩種嚴重現象，我們迎接日益逼近的偉大新形勢的準備才是成功的。

文藝有它自己的發展規律，而基本上又是客觀的政治經濟等等物質力量規定它的發展道路。把這兩點都不要忘記，這對於我們是很重要。而更重要的，就是如何恰當的引導文藝自己的發展去適應和輔助客觀形勢的發展，使這兩種雖然大小不等然而骨肉相連的力量充分的滙合成一個，一點不浪費，不互相牽掣。這就是文藝運動的藝術。

九

顧仲彝

（原題：一九四九年，戲劇電影專業的展望）

今年應當是我們有生以來最高興的一年！人民的革命經過幾十年的困苦奮鬥，終於快將反動勢力殲滅殆盡，中國的人民眞正抬了頭，眞正的光明快將照臨到我們的頭上。「將革命進行到底」不但在政治軍事經濟上應當如此，並且戲劇電影上也應當「將革命進行到底」。

戲劇電影的運動在中國雖不過短：四五十年的歷史，但經過了最艱苦困難的旅程，顛沛傷害到幾乎斷了氣。戲劇到今天已成了淹淹一息，電影事業也支離散落，只剩了幾支游擊隊伍，勉強支持着這殘破局面。戲劇電影搞成這樣局面果然由於在外的原因——政治的壓迫，社會經濟的枯竭，專門人才的缺乏……等等——多於內在的原因——戲劇電影圈內的封建法西斯思想的遺毒，和派別系統的互相殘害。等到人民革命成功新中國統一的一天，戲劇電影事業一定會像雨後春筍般蓬蓬勃勃的興建起來。外在的阻力完全沒有了，可是內在的毛病必須還得經過一個相當時期的鬥爭，才能漸漸克服而加以肅清，才能創造出眞正的人民的新中國戲劇電影來！

我們把握住勝利之後，不可憑着一往向前的熱情而忽畧了內在的毛病，讓牠繼續存在繼續發展，否則其後果一定是很可怕的。外來的暴風雨容易對付，內在的細菌腐蝕是使人最感棘手的病症。「將革命進行到底」是一句我們應該牢牢記住的金箴！

我在教育界服務二十三年，去年離開了而正式踏入電影界，最感遺憾的是辜負了青年學生們對我的熱情。他們依依惜別的神情，熱烈的聯名寫信要我回去的眞誠，太使我感動了。但環境廹我離開上海，而踏入這完全生疏的香港電影界來。在這一年內，我敢老老實實說眞話，生活上感到非常煩悶與痛苦，時時使我懷念學校環境中的可愛與舒適（精神的）。我在電影界所遇到的是冷淡，歧視，偽裝的敷衍，與上等的禮貌。我發現影界裏有很多小圈子，其間的隔陔比銅牆鐵壁還要堅固。這種界限分清，鬥爭尖銳的小圈子把電影事業永遠停留在「陰謀」「勾結」的封建的人事糾紛裏，使具有雄心的電影投資人看了害怕。使眞正想在電影藝術上求進步的人有英雄無用武之地的感觸。我在戲劇電影界用業餘姿態也混過十多年的人尚且如此，一班有志向的新人只好站在後門外面望而興嘆了。

電影界內的大人物們演說起來總是說電影需要輸新血，需要新人才，需要新題材，需要新技術。但是演員們翻來翻去還是幾塊老牌「明星」，在電影院裏演的還是「風花雪月」或抗戰八股一類的東西，技術手法還是從外國電影上學來的一套。難道中國眞的沒有新人才麼？難道中國技術人員都是呆子不懂得研究麼？其實新人才和肯研究的人，不懂得用什麼「高明」策畧打進這銅牆鐵壁去，永遠只好站在圈子外面。

其次是製片人沒有一定方針，沒有製片的標準，隨着興之所至，或因人事關係而製造些某一種片子。「生意眼」是個最捉摸不定的影子，但一般製片人都喜歡去追這影子而墮入深淵裏去。

我覺得中國的藝術家和事業家浪漫派多於現實派。浪漫派的人憑着五分鐘的熱情想像出一個偉大的計劃，開頭時候轟轟烈烈，計劃遠大，情緒熱烈；但事過境遷，熱情消失了，計劃擱淺了，參加的人各自打着自私的算盤，求得自私的利益，於是糾紛迭起，人事擴展，大部份的物力人力消耗於消極無益的人事上，而把積極的計劃擱置着無閒顧及了。開會也是如此，第一次會人人到個個到，第二次會只到一半，第三次會只到幾個傻瓜，以後便無定期延會了。

現實派是脚踏實地的幹下去，一步步向前進。他們心裏沒有私心的存在，只有偉人的中國電影事業在引着他們前進。新民主主義的新中國需要現實派的藝術家！

上面所說的毛病可以說是小資產階級的劣根性，如果不設法革除剷盡，一切計劃都會變成紙上空談。我希望進步的戲劇電影家團結起來，檢討自己，打破這些外在與內在的障礙，而建立起正的新民主主義的戲劇電影事業！

十
杜埃

（原題：文藝思想和作家改造）

知識份子的改造，知識份子應走的道路，這問題在過去一年中，曾廣泛地引起了注意。與這個問題有血肉關聯的是各種形態的中間思想和中間路綫的逐漸破產。現實形勢的偉大發展，比理論上的追擊還要來得有力；中間路綫不僅在國內遭受致命的潰敗，即在國際也同樣此路不通，那些從現實的鬥爭游離，企圖「孤芳自賞」，獨樹一幟的人們，自己可以清楚認識這種思想和路綫，是必會走到反人民的泥坑去的。今天，全國絕大多數的知識份子已（一）清了這種有害的思想，重新站定立場。我覺得這是一九四八年在思想鬥爭上，一個最偉大的收獲。

在文藝領域來說，思想鬥爭和知識份子本身的改造，也被提到主要的議事日程。首先是「大眾文藝叢刊」發表了「對當前文藝運動的意見」，接着是對「主觀主義」的文藝思想加以檢討及對某些作家創作發起了批評。這是一個複雜的工作，陣營內部的思想鬥爭比之對陣營外部的思想鬥爭更為複雜艱苦。這工作雖還沒有達到更深入細微的階段，而且也許其間還存在某些偏向和缺點，但是，一個主要的思想問題無疑地被挖出來了。雖然這工作還在開始，但在過去一年文藝領域的思想運動來說，是一件極可注意的事。這不是幾個人而是關繫到所有從事文藝工作的人的大事。希望一九四九年能把論爭澈底解決，取得共同步調，迎接偉大的新現實。

主要的文藝思想必須搞好，大家一致，新民主主義的文藝方針才能普遍地實施起來。除文藝思想之外，作家的意識改造也不可忽視。思想問題解決了，當可消除許多不必要的副產品，如宗派主義，小圈子等等。然而，却也要提防解決了大的思想問題而沒有解決微妙複雜的意識問題，因為個人的思想意識，往往比之大的問題如政治觀點，文藝思想等還要不易克服。

一般的說，知識份子的偏狹，本位主義，小山頭主義，地域觀念等等壞習氣，恐怕很多人都有一些。不能因為大家都有一些，而覺得不足為患，或者自己安慰自己。善於批評他人的人應該更能嚴格檢查自己。善於認識自己的人，一定能比較正確地認識別人。人人都能擯絕偏狹和自大，互相學習，取長補短；人人都能抱着改造自己同時也是幫助改造他人，把自己當作他人，把他人當作自己。確立這種態度，我們就能不斷地改造自己，同時大家也獲得了改造。

小資產階級思想意識的改造，是一種艱苦的自我鬥爭過程，這過程可能相當長，但祇要時刻注意，至少我們將獲得一寸一寸地進步下去。改造自己，我覺得要有一種「修煉」的精神，每個人的反省，應該是「修煉」的最好方法。

說到一九四九年文藝活動的中心應該在那裡？應該放到內地去！放到農村去！作家要改造自己，克服思想意識上的偏狹，首須打破生活上的小天地，與羣眾在一起，最理想的也是到內地去，到農村去。一九四九應該是全國解放的一年，許多的新人新事要了解，許多的工作要參與，許多的事業待創造，這就是擺在文藝工作者面前從來未有的寶庫。大家到內地去，到農村取寶去！

希望一九四九將有更多光輝之作反映我們這個豐富多姿的現實，在這緊張的大轉變的一年，表現新人新事的報告文學，獨幕劇，紀事詩和革命抒情的散文和通訊，應該被作為主要的文藝形式吧！

選自一九四九年二月十五日香港《文藝生活》總第四十五期

戲劇節在香港

一九四九年戲劇節那天，香港的戲劇工作者，電影工作者，文化工作者共四百多人，在石塘咀金陵大酒家，舉行了一次慶祝大會，由歐陽予倩先生主席。當主席宣佈了開會理由後，卽相繼由蔡楚生，曹禺，陽翰笙，史東山，蘇怡，吳楚帆等人講話，情形至為熱烈，為香港三年來影劇界盛大空前的大集會。會中并有「中藝」的各種演出助興，各節目中以「阿細跳月」至為精彩。

選自一九四九年三月十五日香港《文藝生活》總第四十六期

方言文學創作上一個小問題／白紋

方言文學運動，在華南已有了輝煌的成就，大家都在讚揚文協方言文學研究會領導這一工作，領導得好。文協香港分會的代表，且已把「在全國各處發展方言文學運動」的提案，正式帶到北平的文工大會上去。為什麼這一運動值得那樣重視，會有那麼大的成就？是因為它走了和工農兵城市小市民結合的道路。今天，我們來回顧這一運動的展開及其實效，我們還不該自滿，這僅是開步走的第一步。但這運動意義的被肯定，從理論的研討進而到實際創作，有了作品出現，且已打下華南的方言文學發展的有力基礎，是一大成就。

試翻文協方言文學研究會所出的刊物，及散見各報章的方言創作作品，我以為成就最大的還是在對廣東民間文學的研究上和粵謳，龍舟等形式作品的創作，談到方言小說，有人在嘗試，却還不怎樣成功。為什麼不成功呢？創作者似乎還沒有摸清民間形式的作品，有其內容的特色，也有其表現手法的特色，用我們知識份子原有的一套調調，去寫方言作品，儘管你用的是廣州方言，也是要失敗的。而大家在創作時候，似乎還沒有去掉寫「新」文藝的那種手法，如冗繁的心理描寫，如過分的人物刻畫，景物描寫等等，這和人民「熟習」的，所能接受的，還有一段距離。其實，要一個搞慣了新文藝的人來寫「新小說」是容易的，要他去寫方言小說却不就那麼簡單了，語言並不是主要的，其中還有內容，和表現手法等等問題。至于這些問題要怎樣去解決呢？還有待于方言文學工作者來共同研討。

選自一九四九年五月十五日香港《文藝生活》總第四十八期

香港文壇的現狀／黃藥眠

我從香港來，所以知道香港文藝界的情形比較多些，現在就我所知道的一些事情扼要叙述如下。

自從國民黨反動派撕毀政協決議發動內戰以後，國民黨統治區的政治情形一天天惡化，對文藝界同人的迫害一天天加烈，於是作家們一部份是到解放區去了，而有一部份人不能不南走香港，因此香港成了極大的文藝中心。然而香港雖然聚集了這許多人，却並不能夠完全發揮牠的作用。這原因是：第一、香港究竟是一個殖民地，在那裏雖然有若干的自由，但也還有許多的限制，比方在香港，我們就不可能有大規模的政治運動、群眾行動，其次香港還是帶有地方性的城市，牠不僅鄰近廣東而且絕大多數的居民都是説廣東方言的廣東人，這就更使得外省來的朋友很難和大眾接近。

不過在這內戰兩年間，香港作為文藝的中心還是起着相當大的作用的。

第一、當國統區的文壇異常沉寂的時候，是香港首先掀起了文藝思想上的論爭。比方關於主觀主義問題的論戰，關於文藝與人民結合問題的辯論，關於抗日戰爭以來的文藝運動的估計，關於方言文學諸問題的討論等，在這些問題的爭論中，雖然還有些個別問題沒有得到一致的結論，可是一般的説，牠已給予文藝運動以一個正確的方向，在思想上確定了作家的世界觀和人生觀。牠對於華南一帶國統區的文藝青年的影響是難於估計的。

其次，是方言文藝的提倡。大家都知道，在廣東福建這一帶，是方言最複雜的地區，過去在太平洋戰爭前夜，香港的文壇雖然也曾熱鬧過一個時期，可是大家都還沒有注意到如何使文藝在該地區生根的問題，對於普及於下層人民的方言、口語，根本就是忽視。可是這一次不同了，由文藝大眾化更具體化為方言文藝，這是一個很大的進步。這使得許多有才能的本地作家下層群可以獲得更多機會以他們自己的熟悉的語言來表現自己。到了最近，這個運動已由理論提倡，和青年作家的試作走到下層人民自己動手寫作的時候了，而在文協方面，則由方言文藝研究組擴大為方言文藝研究會，並出版大型的期刊「方言文學」作為理論上的指導。在各報副刊則出版方言文學，發表方言文學的作品。這亦可以表示香港文協對於這個問題的重視了。

第三、在普及運動和青年文藝教育方面，我們也做了些工作。在創作上，我們有黃谷柳的蝦球傳，在組織上我們有小型的圖書館，一年間，借書的讀者有四千多人；舉辦了一九四八年度的青年文藝創作競賽，出版了好些青年文藝學習的小冊子。此外通過了個別的作家關係，還建立了許多青年文藝團體，舉行小組會議，吸收了許多職業青年，及青年學生參加組織。

還有一點值得提出的，就是香港的兒童文學方面做得有相當的成績。自從一九四七年香港文協創立了兒童文學研究組以後，經過兩年的努力，在創作、出版，和讀者的組織活動上說都有顯著的進步。出版的刊物有「新兒童」「兒童週刊」「兒童文學連叢」「學生文叢」等，其傳佈範圍遠達華南和海外各地。這一部門的文藝工作，一向都只注意於學校的兒童群眾，今後恐怕更要深入到工廠、作坊、商店裏面去。

總括說起來，香港的文藝運動可說已初步的完成了思想準備，在發動華南游擊戰爭中也的確曾動員了不少的文藝青年下鄉和人民結合，進行文教工作。不過在種種客觀的困難情形之下，在組織作家去和人民結合上還是做得很少的。直到了最近，城市工人的文教運動才被人注意，作家進一步和人民結合，已經是在開始做了。

選自一九四九年五月二十六日北平《文藝報》第四期

向前跨進一步——一九四七年的香港文藝運動／華嘉

一

一九四七年這一年，如果就文藝創作方面說，那是歉收，但就整個革命的文藝運動來說，却又是開始掌握了正確的文藝思想，加強自我思想教育，開展了羣眾性的活動，培養了不少的文藝新軍，擴大了整個革命文藝運動的影響，實實在在播下了良好的種子。如果在未來的一年，再能不斷努力的灌溉和耕耘，豐收是可以預期的。

二

現在，請先從創作方面談起。

這一年，香港出版的文藝作品單行本並不多，而居留在香港的文藝工作者的却又是這一年寫得很少。出版的困難固是事實，許多文藝工作者寫得很少發表得更少也是事實。為什麼呢？由於這一年的新形勢的發展，文藝工作者在思想上有很大的變化，同時也加強了自我的思想教育，一方面嚴格的檢查和批評過去自己寫下來的作品，另一方面在集體的座談會上相互批評相互檢討，在思想的反省和改造過程中，思想的覺悟的程度開始提高了，因此越感到生活的體驗貧乏，下筆較為慎重，甚至暫時的擱下筆來。於是，表現在創作方面，這一年是歉收了。但這是不是就說不好呢？也不完全是。因為這也可以說是向前跨進一步之前的醞釀，和創作前的沉默。

但，我們香港的文藝工作者，這一年也不完全沉默。一部份文藝工作者已開始認識了文藝大眾化的工作的重要，他們在思想的過程中，在文藝思想上已起了大大的變化，決心拋棄了過去的「亭子間生活」，跑到勞苦人民和其他的生活部門裏去，學習改變了自己的生活，嘗試着作較深入的生活實踐，和寫出了一些還不十分成熟的大眾化的文藝作品。這一部份的作品，在這一年的上半年，還不怎樣被大家所重視，只有一部份的方言詩歌已和音樂結合起來，而且流行在廣大的工人羣眾和學生羣眾中。後來有「聽不懂怎樣辦」這一問題的提出，並引起了「高低論辯」並發展成為「方言文藝」的爭論，才喚起了大家對文藝大眾化的注意。由於這兩次爭論，大家都是以實事求是的精神去爭辯，所以一方面固然引起了文藝工作者的自我反省，另一方面也擴大了文藝大眾化工作的影響。經過這兩次熱烈的爭辯，廣東方言文藝運動被重視了，吸引了許多的工人和學生成份的文藝愛好者，投身於這個運動，而且在很短的時期就產生不少作品，有自由體的新詩歌，也有運用民間本來的形式的各種各樣的作品，如講古、唱書、龍舟、木魚、和鹹水歌等等。此外還有在上半年改造了民間的「獅舞」，下半年更進一步研究了粵北農村的「唱春牛」並創作了比較完整的作品。這些作品雖然在藝術性上比較粗糙，但却得到比較廣大讀者的歡迎。這一年的創作活動是在方向改換之中，而朝着新的方向努力的結果，又確曾產生了一些新作品，雖然還未成熟，但在未來的新的一年，如果堅持為人民的正確方向，再加以努力，却可能是豐收的。

三

因此，我們不能忽視思想教育所給予文藝運動的影響。

在這一年的上半年，由於對沈從文的批判引起了對文藝思想的重視，跟住在幾次座談會上，研究了和批評了在香港的一些作家的作品，這樣開始了文藝工作者的自我思想教育，對於文藝運動的幫助是很大的。思想的覺悟是開始提高了，而文藝工作者到羣眾中去就成為响亮的號召。表現出下面的幾件事實：

第一，通俗文藝座談會，從座而談到起而行，從「北方文叢」的研究到廣東方言文藝的創作，從文藝工作者的小圈子創作活動，擴大成為工人、學生、自由職業者的文藝愛好者的集體創作活動，這都說明了文藝思想正確的在領導着文藝運動和創作實踐，這是一九四七年這一年的一件大事，但它還只是一個開頭，要向前跨進一步，就還需要新的一年的努力。

第二，由於方言詩歌和音樂的結合，在音樂部門也起了很大的變化。「聽不懂怎樣辦」的責難，引起了音樂工作者的思想反省，跟着就產生了大批新的年青的作曲家，和大量的產生了方言歌曲，而且很快的流行開去了。通過這些適合此時此地歌唱的方言歌曲，由於容易聽得懂和聽得進，便很快的被群眾接受了，同時也就在這歌聲的周圍團結了起來，開展了羣眾性的新音樂運動。這也是一九四七年這一年的一件大事，不能被忽視的。但，正因為這些新的歌曲已為廣大的羣眾所接受，我們在新的一年，就應該嚴格的予以檢查，把漸漸流於內容貧乏，甚至庸俗的某一部份歌曲改正過來，創作出更健康的通俗的歌曲來服務於人民，和創造中國的民族音樂。

第三，在戲劇方面，也起了同樣的變化。過去的大劇場演出的勞而無功，而且虧蝕很大，這些錯誤在這一年是被澈底的清算了。戲劇工作者在思想改造的過程中，認識了此時此地的觀眾，拋棄了「大劇場的夢」，走到露天劇場，甚至漁區廣場，去為貧苦的觀眾演出，立刻獲得了很好的效果，雖然在技術上還有些地方尚待改進，但至少演劇的走羣眾路線這一方面是走對了。同時，戲劇工作者在這一年，還特別努力於演出的輔導工作，幫助了很多的學校劇團，培養了很多新的演員和後台工作者，大大的開展了學校戲劇運動。這也是一九四七年這一年的一件大事。

從這幾件具體的事實，說明了這一年的香港文藝運動是向前的，進步的，並且有了開展了。當然，這並不是說沒有缺點，相反的，缺點還很多，但只要我們在新的一年能夠把握着正確的文藝思想，不斷的努力改進，革命的文藝運動的前途是無限的。

四

此外，這一年的香港文藝運動，還有一個特點，應該被提出來的。這就是文藝隊伍的擴大。

除了上面提及的方言文藝、音樂、和戲劇增加了大批的文藝新軍之外，還在下面幾件事實上表現了更多的文藝愛好者投身到文藝運動中來，幫助了文藝運動的擴大和開展。

文協在這一年做了兩件很有意義的事，一件是開設文藝函授班，一件是舉辦暑期文藝競賽。文藝函授班幫助了一百以上青年文藝愛好者的學習，這些人們分散在國內和海外，散佈的區域範圍相當廣大，教育程度和社會成份是各方面的，但對革命的文藝運動的熱誠，却是非常使人感動。他們在一年內寄來了一千篇以上的習作，提出了和解答了二三百個文藝的問題，可惜在人力財力的困難之下，就在這一年的十二月不得已的宣告暫時結束，但它還是有它的收穫的。暑期文藝競賽，也是有着同樣廣大的文藝愛好者的參加，其中不少創作了優秀的作品。這兩項工作，對培養文藝新軍和擴大了文藝運動，都有其實際意義。

其次，這一年香港的青年文藝團體也生長起來了。這些青年文藝團體，包括一些歌詠團，和一些職業部門的業餘學習的社團，在這一年都很活躍的做了很多事，他們都很努力於自我教育，能夠團結了更多的文藝愛好者在一起，和提高了一般的文化水準。可是也有缺點，他們只有學習沒有創作，把研究工作孤立起來，和生活實踐脱了節，近來已經部份的改正了這些偏向，決定利用寒假期間，深入到勞苦人民的生活去加深體驗，以配合研究學習加強創作的準備。這是對的，在新的一年，這些青年文藝工作者，將有堅實的作品發表出來，以擴大革命的文藝運動的影響的。

五

總結起一九四七年這一年的工作，我們清楚的認識：這一年香港文藝運動是向前開展了。

為什麼這一年的香港文藝運動能夠這樣的開展呢？正確的文藝思想在這裏起了積極的領導作用，使得香港文藝運動在這一年朝着這兩個方面去努力：一方面是文藝工作者的思想改造，一方面是文藝運動走羣眾路線。這完全是對的，已經在走向人民的文藝的康莊大道上跨出了第一步，雖然，我們還有了若干急待克服的弱點和偏向，但畢竟方向是走對了的，弱點是可以克服的，偏向也是可以糾正的。所以，在新的一年，我們香港的文藝工作者，還需要不斷的努力，團結得更牢靠一些，和展開積極性的建設性的批評，隨時檢查我們的缺點，隨時克服和隨時糾正，那麼，我們相信，在新的一年，我們的文藝運動必有更大的開展，我們的文藝新軍必可更壯大，而我們的文藝作品的豐收也成為可以

期待的了。讓我們迎着新的一年的到來，勇敢地向前邁步吧！（正報）

（一九四七年十二月）

選自華嘉《論方言文藝》（香港：人間書屋，一九四九）

華南兒童文學運動及其方向／黃慶雲等

〔存目〕

選自中華全國文藝協會香港分會主編《文藝三十年》

（香港：中國全國文藝協會香港分會，一九四九），內文可參《兒童文學卷》頁一一四

一九四八年度全年會務概況／秘書處

一九四八年五月四日——一九四九年四月三十日

這一年來，本會的經常工作，主要的有下列幾項：一、按照第三屆年會的決定，將原有的廣東方言文藝創作組，擴大改組為方言文學研究會，積極推行，求方言文藝運動的發展。二、充實在本會主持下的進修圖書館，以利港九窮苦讀者們的需要。三、按照第三屆年會的決定，繼續舉辦青年文藝創作競賽，設立獎金，普遍徵求反映當前人民現實生活之作品，以提高海內外青年對文藝寫作的興趣。四、加強對兒童文學的研究和活動。五、招待由蔣管區被迫來港的各地會員和文友。以上五者，除前四項後文分別敘述外，關於第五項，在本會能力所及範圍內，減少經常利用會所的活動，將會所撥充招待各地來港會員和文友住宿之用。對於貧病會員，亦經常酌給經濟上的暫時援助。

出版方面，除了後文敘述者外，今年五四，在華商報出版紀念專頁，和出版了第十屆文藝節特刊「文藝三十年」（單行本）。

一般活動：一、紀念會和座談會，重要的有歐陽予倩戲劇工作四十年及六十大壽的慶祝會（五月十五日），朱自清追悼會（九月十一日），魯迅先生逝世十二週年紀念會（九月十五日）「迎春接福」春節聯歡大會（二月三日），保衛世界和平座談會（四月十日）以及各次招待來港會員和文友的歡迎茶會。二、募捐，為了支援華商報，發動會員徵求介紹訂戶。

對外活動：和紐西蘭工人教育協會作家俱樂部（原名 Worker’s Educational Association Writer

Club這個團體對孫夫人的福利基金會頗為熱心）建立友誼，作初步的文化交流。

經費方面，前存的建立會所基金已經用完，雖然按月向會員收取會費，（上年度是不常收取的）亦不敷支出。經常開支（房租、水電、什支），依靠一筆去年由總會撥交郭沫若茅盾二先生保管而本會有權使用的福利基金，到三月間預算，這筆基金可能再用兩個月。急需開源。本會推定陳君葆，蕭乾，劉思慕，黃甯嬰，張殊明，吳祖光，杜埃，適夷，洪遒等九人，於四月初成立籌欵小組，開始推動會友樂捐，預期在五月底突擊募足第四年會務全年預算的開支。這工作正在進行中。

本會會員，現在香港者，計共七十四人，包括原來是總會和各地分會的，以及在港參加的會員。會員最多的時候，達一百三十人上下，為四年來最盛期。今年新參加的會員共有九人。

方言文學研究會

這一年的方言文藝工作，由於正式成立了方言文學研究會，推鍾敬文為會長，秘書華嘉，理論研究組黃繩，林林，創作組，谷柳，黃甯嬰，蘆荻，陳殘雲，丹木，黃雨，資料組符公望，薛汕，編輯組樓棲，而更加正規化的積極進行了。在前半年，大家埋頭於收集資料研究工作，羣眾性的工作做得比較少，但一般從事方言文藝創作的朋友，還是繼續努力創作，在報章副刊及雜誌，亦常發現有新的作者和新的作品，到今年年初，羣眾性的活動又再趨活躍，整理研究的結果，由於編定了「方言文學」第一輯，並發表了「方言文學運動的綱領」，及總結了兩年來的理論與創作的活動，同時把方言寫作的範圍擴大了，不止局限於龍舟、木魚、說書等民間形式，而且發展了用方言寫理論、雜文、小說，以至電影腳本。寫作的人更多了，新的作者多數是來自實際的產業工作部門中的，他們平常不大敢寫文章，現在却已成為方言文藝創作的骨幹作家了。可惜的是，本會還不能好好的聯絡他們，並幫助他們，這是這一年工作中最弱的一面。現，各副刊雜誌都經常有方言文藝的作品發表，華商報副「茶亭」還出過「方言文學」的專輯。另外，還以會的名義在大公報主編了一個「方言文學」雙週刊，已出版了五期，在方言文藝運動盡了一點推動的作用。至於理論活動上，最近發表的文章，都已偏重於實踐工作的探討，較前也深入了。

進修圖書館

進修圖書館是前年雙十節創辦的。創辦的宗旨，完全在於為港九貧苦讀者服務。在這一年中（自一九四八年三月至今年三月止），讀者人數較前年增加，總計約有四千二百人，平均每月在三百五十人之數，其中繼續借書在兩月以上的長期讀者，平均每月保有二百人左右。讀者成份以職業區分：學生佔第一位，約百分之四十五，最多為初中學生；工人居第二位，約佔百份之十五；商人及教員佔第三位，各佔百分之十；其他如公務員佔百分之七，新聞界人士百分之五，小販佔百分之三，警察及海軍航員佔百分之二，其他職業佔百分之三。

這一年圖書借出總次數為九千三百八十四次，平均每一讀者借書二次強。以文藝創作借出次數最多，這與讀者中學生的成份佔多數有些關係。但對文學批評及理論的趣味不濃，社會科學書藉（如歷史、哲學、經濟學等）頗受高中學生和職業青年的喜愛。至于技術及自然科學書藉借出次數極少。宗教哲學的書籍可說從無有人借過。按照本館讀者人數看，這一年圖書的借出次數不算理想。可能本館存書數量和種類不敷讀者要求，是其原因之一。

本館現存圖書總數三千八百冊左右。一年來增加新書約在一千五百冊以上，新書來源分：現金購入，各文化團體出版社贈送，私人及讀者贈送等三類。第三屆年會決定充實本館，曾發動上海各書店，經常捐寄新出圖書，頗有成績，後因幾家書店被查封，此項來源便告斷絕。

收支方面：經常收入是讀者圖書費，（每人每月一元）暫收欵有保証金（數目不定）。一年來總收入港幣二千三百六十七元四角五分。經常支出是管理費，去年六月以前每月一百元，七月起增至一百二十元，此外尚有文具，購置等什支，全年支出（連退保証金）為一千九百七十九角一分，結存三百八十八元三角五分。可謂小小的盈餘。

讀者對手續簡單，收費低廉，都有好感。但有許多讀者要求組織讀書會，請名人演講，舉辦旅行，組織唱歌隊等……本館由於種種限制，無法使之滿足，尤其讀書顧問會。沒有確切地建立起來，不能幫助讀者解答疑難，更是使讀者失望。假如在下一年，能夠做到從多方面設法增添本館的圖書，擴充設備，并且加緊努力，健全讀者顧問會。相信業務的前途，會有更好的發展。

青年文藝創作競賽

本會繼續舉辦一九四八年度青年文藝創作競賽，徵文範圍分詩歌、小說、戲劇、文藝理論等四類。這次收到稿件共七十五篇，其中小說三萬字以內的有二十九篇，十萬字以內的有二篇，舞台劇本七篇，電影劇本一篇，詩歌三十五首，（詩輯亦作一首計），文藝理論一篇。

本會聘請會員，組織評閱委員會分組担任評閱工作，除文藝理論方面因收稿成績太差，故未設組外，詩歌組為林林，陳殘雲，黃甯嬰，小說組為周而復。葛琴，林煥平，黃谷柳，戲劇組為章泯，瞿白音。由於此次應徵成績，不符理想，原定在一九四八年十二月底發表入選作品，到時不得不重加審定，延期發展。按照評閱委員會商議決定，將原來「作品入選篇數，不按種類平分，依評選結果，總取十名」的辦法改變為按種類分組取選，經再次評閱結果選出詩歌六篇，小說三篇，戲劇及文藝理論全部落選。下面是各該兩組對入選作品的評閱意見：

詩歌組：丁予君的「我們底歌」，是一首以學生運動為題材的抒情詩，有些叙述和抒發頗欠簡煉，以致削弱詩的感動力，一些句子也流於空喊，但主題明朗，句法自然，聲音响亮，氣魄雄壯，四百行詩，就像是一瀉千里的長流，顯出了在勇敢而堅決的民主鬥爭中，新中國的學生們底雄姿，應列一名。丁力君的「做莊稼」，是三百行的長詩，深刻地暴露了忠厚純良的農民底苦痛，作者用樸素的筆法，眞實的情感，叙說這中國農村的慘淡故事。手法相當洗鍊，口語的運用也至為靈活。只是結尾欠有力，結構上頭重尾輕而單把那讀了書就可以解決一切的思想放在最後，也削弱了主題的積極性，列第二名甲。茁芽君的「那個沒有背包的同志」，為近千行的一部詩集，共收短詩三十章，多半是戰鬥的生活小唱；有金子，也有沙石。一貫地都具有着清新，活潑，愉快，健康的特點。表現方法，相當圓熟，但常常因為語調過於輕快感情就流於浮薄，且大部分從個人的思想感情出發，現實的面貌被作者的美感美化了，反而使人看不出戰鬥生活的眞實情況，列第二名乙。朱華君的「王大哥的故事」，為超過五千行的叙事詩，用近似廣東木魚的形式寫成，七字一句，押韻。作者企圖用王大哥這個農民的怎樣受苦又怎樣覺醒為中心，繪畫出民國以來直到今天的中國農村底面貌，他的組織力和氣魄都值得讚美。但主要毛病在不簡鍊，重複，囉嗦，繁瑣，調子過於單調，語言的運用也欠熟鍊，不容易一口氣唱下去。人物的性格刻畫也是失敗的，同時對農村的叙述有些地方也欠眞實。至於整個故事的發展，前半部寫得還好，後半部就太多牽強的編排，列第三名甲。尼蘇君的「窓」，包含六首詩的詩輯共約四百行，富於形象性，手法新鮮，活潑，足見作者底閃爍的智慧，可是仍不能掩飾其內容的空洞，其中較長的和思想較強烈的「苦難的日子」一詩，為明顯的例子。「窓」是意境最高，技巧最圓熟的一首，他能借一件平凡的東西說出那不平凡的道理，含蓄着非常深刻的意義，這是可貴的收穫，列第三名乙。王正風君的「流亡者之歌」，這是一首四五百行的叙事與抒情兼而有之的長詩，寫一個受迫害的莊稼漢底憤恨，思想是夠強烈的。跳動而緊壓的感情配合着一段使人激動的故事，將帶給讀者一種新鮮有力的感受。叙事與抒情並用，如處理失當，就易破壞作品的完整性，在這一點上，作者特別暴露了他的弱點。全詩句法也差，能多注意句子的修飾與錘鍊就好了。至於那在夢幻中向閻王告狀的一段，極不自然，列第三名丙。

小說組：夏完耘君作的「王么娃的死」，暴露國民黨特務殘害無辜，主題健康，描寫深刻，特選為首名。飄雁君作「江帆」，寫一個在城市享樂慣的小姐，把她那種只空談理論不從實際去工作的性格，寫得相當成功。缺點是結構和材料組織得不好，表現一個懦弱無能的青年，掘發得不深。列第二名。村人君作「林曼」，刻劃一個地主家庭出身的知識份子的性格，頗為到家，文筆簡潔。缺點是議論太多，未能從人物本身生活展開來寫，因而缺少說服人，感動人的力量，列第三名。

給獎仍採獎金辦法，惟數額已稍加更改，原定第一名一人一百五十元，第二名一人一百元，第三名一人五十元，(其他七人不給獎金) 現改為第一名二人各給港幣五十元，第二名三人各三十元，第三名四人各二十元。中選作品將由本會介紹發表，其稿費版權歸作者所有。

兒童文學研究組

兒童文學研究組的產生是由於本會會員從事兒童文學工作者的增加，也是由於香港——華南兒童文學的興起，更是由於兒童——少年需要大量的精神糧食。兒童文學研究組是在一九四七年文藝節本會年會上產生的，至今是二週年，在第一年可說是着重於創作及出版書刊方面；進入第二年，則着重於與讀者的聯繫，接觸他們。教育他們，了解他們的生活與心理。一年來雖甚少正式開會，但幾個兒童——少年刊物的負責人及寫稿人是經常有聯絡，各堅持自己的工作崗位的。

今年二月底三月中為了籌備慶祝兒童節，工作才入緊張階段，決定在各報及各刊出版兒童節特刊，並對成立規範更大的「兒童文化工作者聯誼會」起了推動作用，於兒童節日發表宣言號召社會人士對於兒童文化的注意與支持。

四月三日旅行香港仔，為「新兒童」、「兒童週刊」、「兒童文學連叢」、「學生文叢」、「香港學生」五刊物之讀者共約五百餘人之聯合大旅行，並借漁民學校舉行遊藝會，各單位均有歌、舞、傀儡戲、講故事等節目，這是香港兒童刊物的創舉。

近來該組正着重於創作理論研究及批評工作（包括自我批評）之展開，及交換對於兒童組織工作的經驗。

本會第三屆理監事姓名

理事：茅盾、鍾敬文、黃藥眠（兼組織）、周鋼鳴（兼總務）、馮乃超（兼研究）、胡仲持（兼出版）、洪遒（兼秘書，以上七人均為常務理事）、郭沫若、夏衍、邵荃麟、以羣、司馬文森、周而復、華嘉、黃寧嬰、瞿白音、聶紺弩、陳殘雲、林林。

監事：陳君葆（首席監事）、王任叔、劉思慕、歐陽予倩、顧仲彝、樓適夷、林默涵、宋雲彬、鄧初民。

選自中華全國文藝協會香港分會主編《文藝三十年》（香港：中國全國文藝協會香港分會，一九四九）

赴達德學院送舊迎新聯歡大會有作／柳亞子

十二月卅一日赴青山達德學院除夕送舊迎新聯歡大會，登壇誓眾，頗具激昂慷慨之風。會畢香池招食狗肉，復返院與敬文傾談，晚由汝棠伴歸史樓有作。

誓眾登壇又此回，潮音獅吼掌心雷。光明已見前途近，配合還期努力來。屠狗風流燕市俠，談龍文藝竟陵才。歸途更喜陳蕃伴，猶及荊妻餞歲杯。

選自柳亞子《磨劍室詩詞集》（上海：上海人民出版社，一九八五）

作者簡介

駿　男（1877-1929）

原名胡子晉，別號哮公、椎鐵。廣東南海人。一九〇四年參與創辦《廣東日報》並擔任主筆。一九〇五年任《反美禁工拒約報》督印員，曾主《東方報》（前身為《有所謂報》）筆政。辛亥革命後遷居大連灣，與黃偉伯等共結嚶鳴社，後出任新疆實業廳長，國民政府農商部秘書，並於營口經營實業。著有《廣州竹枝詞》，合著《嚶鳴社詩鈔》等。

林文驄（1864-1919）

又名仲騆、仲堅、仲肩，廣東新會人。曾中秀才，任岡州中學校長。曾與文友合辦《新小說叢》。一九一五年至一九一八年在加拿大域多利華僑公學任教。著有《避庵詩存》，與李淡如等合著《廣話國語一貫未定稿》、《省話九聲古詩：附迴文體》。

周夏明

生平資料不詳，曾任《英華青年》總編輯。

黃炎培（1878-1965）

生於江蘇川沙，筆名抱一。一九〇二年中舉，後回川沙辦學，因演講被視為革命黨而一度流亡日本，一九〇五年經蔡元培介紹加入中國同盟會，並任上海分會會長。民初任江蘇省教育司司長，組織東南、暨南等大學，一九一六年組織職業教育研究會，次年與蔡元培、梁啓超等人創辦中華職業教育社，成為中國職業訓練教育的濫觴，又曾在五四運動期間發動罷課罷市。一九二一年拒任中華民國教育總長，後來創辦《生活周刊》，一九二七年清共期間遭蔣介石以「學閥」罪通緝，在一二八事變時組職「上海市民地方維持會」，一九三二年創辦《救國通訊》。抗戰期間至重慶任國防會議參議員、國民參政會參政員，一九四一年發起中國民主同盟並任主席。國共和談期間以民主黨派身份促進和解，會談破裂後辭任國民議會職務。中共建國後任中央人民政府委員會委員、政務院副總理，輕工業部部長。中國人民政治協商會議第二、三、四屆全國委員會副主席。

羅　士（1876-1923）

ROSS Stewart Buckle Carne，英國人，一八九六年獲曼徹斯特維多利亞大學英國語言及文學文學士，一八九九年派駐馬來聯邦，一九〇〇年往廣東習廣東話，一九〇一年轉往香港任職，一九一五及二一年曾任香港華民政務司，一九二三年於英國倫敦逝世。

黃守一

筆名秀逸、慳緣、誰憐、情子、亞嘅。生卒年不詳。一九二四年，任《小說星期刊》督印人兼總編輯，專心編務和著述。寫評論，連載小說，是黃守一從文最輝煌的時期。

天聲

《華僑日報·香海濤聲》編輯。

功拔

原名林功拔，一九二七年至二八年間就讀（或任教）於香港衛之英文學校，為該校「藝術研究團」成員，一九二七年參與創辦《藝潮》。

魯蓀

生平資料不詳，作品發表於一九三四年《東方日報三週紀念特刊》、《激流》、《香港華商總會月刊》，一九四六年在《現代文叢》發表〈郭沫若的另一面〉。

亞子

廖亞子，一九三二年一月創刊的文學雜誌《新命》之督印人。

湘

一九三三年間香港《南強日報·電流》編者，文學團體「三三社」成員。

霖臨

一九三三年間香港《南強日報．電流》編者，文學團體「三三社」成員。

白冰

生平資料不詳。

魯衡

本名梁煌濤。年輕時於美國當苦工，患上嚴重風濕以致雙腳癱瘓。一九三三年，在香港自資出版期刊《小齒輪》雜誌。一九三七年，與李育中合編《南風》雜誌。為港澳左翼文藝組織「群力學社」的主力成員。一九三〇年代在香港發表的作品見於《大公報》、《工商日報》及所編刊物等。

簡又文（1896-1978）

筆名大華烈士，廣東新會人。一九一七年畢業於嶺南學堂，赴美留學，獲歐柏林大學文學士學位，芝加哥大學宗教教育科碩士學位。一九二四年受聘為燕京大學宗教學院副教授，後經孫科保薦投身軍政界，官至國民政府立法院立法委員，曾創辦《人間世》、《逸經》。抗戰期間在港創辦《大風》旬刊，任國民黨中央黨部港澳總支部執行委員，並組織中國文化協進會。香港淪陷後至桂林擔任省政府顧問，戰後任廣東省文獻委員會主任委員兼館主任。一九四九年定居香港，獲聘為香港大學東方文化研究院名譽研究員，活躍於港台歷史學術界。著有《太平天國全史》、《西北從軍記》。

薩空了（1907-1988）

本名薩音泰，另有筆名了了、小記者、艾秋飆。蒙古族人，生於四川成都。一九二七年在北京開始從事新聞工作。一九三五年九月，受邀往上海主編《立報‧小茶館》，以「了了」筆名撰寫時事短評。一九三六年任總編輯兼經理。一九三七年十一月初，日軍攻陷上海，月底《立報》宣布停刊，薩空了南下香港。翌年四月一日在香港復刊《立報》，再任總編輯及總經理，仍主編「小茶館」及發表短評。一九三九年赴新疆，任《新疆日報》第一副社長。翌年轉往重慶，任《新蜀報》總經理。一九四一年初受鄒韜奮、廖承志邀請出任新辦香港《光明報》總經理。香港淪陷後回到內地，一九四五年重到香港，出任《華商報》總經理。一九四九年六月再返回內地。

端　人（1909-1938）

原名葉國彬，一名端人，筆名默君，中華藝術協進會第三屆常務理事，曾任香港《大光報》、《大衆日報》、《生活日報》等報編輯。

李迫樊

生平資料不詳，一九三八年香港《天演日報‧文藝》編者。

胡　好（1919-1951）

福建永定人，生於緬甸仰光，成長於新加坡，南洋虎標永安堂胡文虎第三子，曾就學於廣州嶺南大學華僑班，一九三七年奉命到香港創辦《星島日報》、《星島晨報》及《星島晚報》，自任社長，愛好足球，成立星島體育會，有「香港足球教父」之稱。香港淪陷後到昆明創辦《星島畫報》，戰後回港主持星島報系復版，兼任虎標永安堂總經理。一九四七年卸任星島社長，帶領星島體育足球會赴英比賽，同時考察歐洲新聞事業。一九四九年創辦香港《英文虎報》並自任社長，一九五〇年兼任《星洲日報》社長。因為業務分散星港兩地，一九五一年與星加坡虎報總編輯馮國楨等人於泰國新芝巴地山地墜機喪生。

鄭天軾

廣東中山人，一九三一年任吉隆坡精武學校校長，曾任吳鐵城秘書。著有《納稅須知》及《現行貨物稅稅法輯要》。

馬蔭隱（1917-）

原名馬任寅，筆名火蒂士、薩克非、浪客，廣東台山人。一九三五年開始文學創作，一九三八年加入中國詩壇社，一九四〇年參加中華全國文藝界抗敵協會香港分會，一九四四年任教於嶺南大學，一九四八年與樓棲、黃寧嬰等在香港《華商報》聯署發表〈我們的話——紀念詩人節〉。三、四〇年代在香港《大眾日報．大地》、《星島日報．星座》、《大公報．文藝》、《中國詩壇》、《立報．言林》、《華僑日報．文藝》、《華商報》等刊物發表詩作及評論，著有詩集《航》及《旗號》。四九年後在華南文聯文學部和出版部工作，一九六〇年後在廣州暨南大學中文系任教。

靈鳳

參下文「葉靈鳳」條。

白　浪

生平資料不詳。

呂一湘

生平資料不詳。

戴望舒（1905-1950）

祖籍江蘇南京，生於浙江杭州，一九二三年入讀上海大學中國文學系，一九二五年進入震旦大學法文特別班，一九三二年至一九三五年間留學法國。一九二六年與施蟄存、杜衡創辦《瓔珞》旬刊，同年加入共產主義青年團。一九三六年與馮至、卞之琳等創辦《新詩》雜誌。一九三八年來港，擔任《星島日報》副刊「星座」主編。一九三九年中華全國文藝界抗敵協會成立文協香港分會，當選幹事。一九四二年曾被日軍逮捕，保釋出獄後，任大同圖書印務局編輯。一九四四年以後，和葉靈鳳主編《華僑日報》副刊「文藝周刊」及《香島日報》副刊「日曜文藝」。一九四五年，出任《新生日報》副刊「新語」主編。一九四六年返滬教書，一九四八年再度來港，一九四九年三月北返，赴華北聯合大學工作，後調任新聞總署國際新聞局法文科主任。著有詩集《我的記憶》、《望舒草》、《望舒詩稿》、《災難的歲月》以及譯作多種。

歐陽白水

生平資料不詳，一九三〇年代在香港讀書。著有《海的迷戀》。

韋　蕪

一九四六年得到葉聖陶的幫助，加入《文匯報》作編輯、記者，曾任香港《大公報》編輯，曾在上海《文藝春秋》、《人間世》、《詩創造》等發表小說、詩歌、評論。五〇年代初在臺灣《聯合報》副刊、《文藝春秋》、《寶島文藝》、《當代青年》等發表作品。合著有《人性的恢復》。

王　韜（1828-1897）

原名王利賓，學名翰，字蘭卿，一字嬾今。報人、翻譯家、政論家、作家。蘇州昆山縣甫里鎮人。年少攻舉業，屢試不第，乃以授徒維生。後赴上海協助西人麥都思、艾約瑟、偉烈亞力翻譯西洋典籍。同治元年（一八六二），化名「黃畹」上書太平天國，被清廷通緝，逃至香港，改名韜，字仲弢、子潛、紫詮，號天南遁叟、甫里逸民、淞北逸民，晚年號弢園老民、蘅華館主等。居港期間協助英華書院院長理雅各翻譯中國儒家經典。同治十二年（一八七三），與友人成立中華印務總局。次年，創辦《循環日報》。光緒八年（一八八二），獲准返回蘇州。著有《遯窟讕言》、《淞濱瑣話》、《淞隱漫錄》、《蘅華館詩錄》、《弢園尺牘》、《弢園文錄》、《瓮牖餘談》等。

陳鑣勳（?-1906）

又名曉雲、惠勳。廣東南海人。一八九五年間於文咸西街四十二號的濟安洋酒保險有限公司擔任司理，一九〇一年成為萬益置業公司、廣運輪船公司、咸北輪船公司的司理人。一九〇四年任東華醫院總理。著有《香港雜記》，並與譚子剛出版《保險須知》。

梁　淯（1861-1919）

字又農。廣東東莞人。光緒十三年（一八八七）來香港經商。能詩能畫，刻有《不自棄詩集》。

鄭貫公（1880-1906）

原名道，字貫一，筆名自立、仍舊、死國青年等。報人、作家。廣東香山人。十六歲東渡日本當買辦傭工，後就讀梁啟超任校長之高等大同學校，任《清議報》編輯。其後思想漸脫保皇。一九〇〇年創辦《開智錄》，與孫中山往還，思想趨革命，加入興中會。光緒二十七年（一九〇一）孫中山函介赴香港任職《中國日報》。光緒三十年（一九〇四），先後創辦《世界公益報》、《廣東日報》。次年，創辦《唯一趣報有所謂》（簡稱《有所謂報》），並加入中國同盟會，任幹事。翌年五月病逝。著有《瑞士建國誌》，編有《時諧新集》等。

吳道鎔（1852-1936）

原名國鎮，字玉臣，號澹庵，光緒六年進士，廣東番禺人。曾任翰林院庶喜士及編修。中年辭官回廣州以教書及講學為業。先後在三水肄江學院、惠州豐湖書院、潮州金山書院、韓山書院、廣州應元書院等主講。一九〇四年兩廣大學堂改為廣東高等學堂，擔任監督。又出任學部諮議、廣東學務公所議長。辛亥革命後以遺老自居，隱居於九龍城，專注詩文著述。著有《澹庵詩存》、《澹庵文存》、《明史樂府》，又曾編修《番禺縣續志》，編選《廣東文徵》、《勝朝粵東遺民錄》等。

稗　援

鄧紫援，廣東南海人，香港文學研究社國文函授部教員，在香港任職報界多年。

林焕平（1911-2000）

廣東台山人，筆名石仲子、方東旭、望月，三〇年代初加入左聯，三三年赴日，曾任左聯東京支盟書記、左聯東京支盟機關刊物《東流》主編。抗戰爆發後來港，曾任文協香港分會理事。一九四七年再度來港，曾任南方學院院長、《文匯報》社論委員。五一年返回內地，先後擔任廣西大學中文系主任、廣西師院中文系主任等。三、四〇年代在香港《星島日報．星座》、《立報．言林》、《大公報．文藝》、《天文台半週評論》、《大眾日報》、《時代批評》、《華商報》等刊物發表詩、散文、評論、譯作等，另著有《抗戰文藝評論集》、《茅盾在香港和桂林的文學成就》等書。

望　雲（1910-1959）

原名張文炳，筆名張吻冰、望雲，一九二〇年代中就讀於香港聖約瑟書院，早期香港新文學團體「島上社」成員，曾任文藝雜誌《鐵馬》和《島上》的編輯。著有小説《人海淚痕》、《黑俠》，散文集《星下談》與《星下談第二輯》等。三〇年代起任職香港電影界，一九三七年與關右章合作導演《委曲娥眉》，三八年執導抗戰電影《氣壯山河》，戰後執導的作品尚有《小夫妻》（一九四七）、《黑俠與李青薇》（一九四八）和《情賊》（一九五八）等。

平　可（1912-）

本名岑卓雲，筆名卓雲、平可。生於香港。一九二五年進育才書社，後入讀華仁書院。「島上社」成員。二、三〇年代有新詩、短篇小說發表於《香江晚報》、《大光報》及《鐵馬》雜誌等，戰後業餘譯文，擔任《讀者文摘》特約翻譯十多年，後定居美國。一九三九年以筆名平可於《工商日報》連載長篇小說《山長水遠》，其他曾經連載但未完成的小說包括《錦繡年華》和《滿城風雨》等。

葉靈鳳（1905-1975）

本名葉蘊璞，另有筆名任訶、佐木華、柿堂、雨品巫、秋生、秋朗、亞靈、南村、秦靜聞、葉林豐、燕樓、鳳軒、霜崖、臨風、曇華、靈鳳、L.F. 等。原籍江蘇南京，上海美術專門學校肄業。一九二五年加入「創造社」，開始寫作，期間與周全平合編《洪水》半月刊。一九二六年組織文學團體「幻社」，與潘漢年合編《幻洲》半月刊。一九三〇年加入「中國左翼作家聯盟」。一九三七年參加《救亡日報》工作，後隨該報遷到廣州。一九三八年廣州失陷，轉到香港定居，此後歷任香港《立報．言林》，《星島日報》的「星座」、「香港史地」、「藝苑」等副刊編輯，並參與《大同雜誌》、《大眾週報》、《新東亞》、《萬人週刊》等刊物的編務。三〇年代於上海出版有小說集《女媧氏之遺孽》、《時代姑娘》。一九四〇年在香港出版散文集《忘憂草》。

賀　若

生平資料不詳。

黃藥眠（1903-1987）

原名黃訪、黃恍，廣東梅縣人。一九二七年在上海創造社出版部工作，並在《創造周報》、《流沙》發表文章。一九二九年在莫斯科共產國際工作，一九三三年返回上海。一九四一年來港，在八路軍駐港辦事處擔任國際抗日宣傳工作，四二年返回內地。四六年再來港，與陳其瑗等在香港成立達德學院，任國文班主任。四七年與陳殘雲、胡明樹等在香港《華商報》聯署〈一九四七年詩人節宣言〉，四八至四九年曾任中華全國文藝協會香港分會理事。四〇年代在香港《華商報》、《大公報．文藝》、《星島日報．星座》、《小説月刊》、《文匯報．文藝週刊》、《中國詩壇》等刊物發表詩作、評論等。一九四九年到北京，任北京師範大學教授。

黃　雨（1916-1991）

原名黃遺，筆名丁東父，廣東澄海人。一九三七年參加汕頭青年救亡同志會，同年加入中國共產黨。一九四七年來港，曾任教於香島中學及中業學院。一九四七年參加中華全國文藝協會香港分會「方言文學研究會」，四〇年代在香港《華商報》、《華僑日報．文藝》、《文匯報．文藝週刊》、《中國詩壇》等刊物發表詩作。一九四九年後回廣州，歷任華南人民文學藝術學院講師、《廣東文藝》執行編輯和中國作協廣東分會專業作家。

沙　鷗（1922-1994）

原名王世達，四川重慶市人。一九四四年與王亞平、柳倩等組織春草社。四六在上海與薛汕等合編《新詩歌》，四七年到香港，參與《新詩歌》在港的復刊工作，並任文協屬下青年組織「文通」的顧問，在香港《文藝生活》、《中國詩壇》、《新詩歌》等刊物發表詩作及評論，四八年出版詩集《百醜圖》，同年返回內地。

谷柳（1908-1977）

原名黃顯襄，筆名黃谷柳、黃襄、丁冬、冬青等。一九〇八年生於越南，一九二七年來港，入新聞學社修讀新聞學，後進《循環日報》任校對，開始文學創作，在《循環日報》發表第一篇小說〈換票〉。一九三七年隨軍回國參加抗日工作。一九四六年舉家重回香港，居於九龍城。代表作《蝦球傳》於一九四七年十月至一九四八年十二月在夏衍主編的《華商報》副刊發表，由三個既有關聯又能獨立成篇的小說組成，分別為《春風秋雨》、《白雲珠海》和《山長水遠》，一九四八年，由新民主出版社在香港出版第一部和第二部單行本，一九四九年出版第三部單行本。一九四九年六月，黃谷柳回國參軍，後定居國內，先後擔任廣州南方書店《文藝小叢書》編輯、《南方日報》記者、中國作家協會理事等。

侶倫（1911-1988）

本名李林風，筆名林風、林下風、貝茜、李霖等。廣東惠陽人，一九二九年在香港與謝晨光組織島上社，出版《島上》雜誌。一九三一年任香港體育協進會書記，並在《南華日報》擔任編輯工作，曾主編文藝副刊「新地」和「勁草」，三五年與易椿年、張任濤等合編《時代風景》，三六年與劉火子、李育中、杜格靈等組織「香港文藝協會」。一九三八年任職於香港南洋影片公司，曾擔任編劇及宣傳工作，編撰多種電影劇本。四六年主編《華僑日報．文藝周刊》，五五年創辦采風通訊社。三、四〇年代在香港《大光報》、《紅豆》、《南華日報．勁草》、《華僑日報．文藝周刊》等刊物發表詩作。

江　萍（1923-1993）

原名鄭雲鷹，廣東佛岡人。鬧鐘劇社成員，一九三八年加入中國共產黨，曾參與廣東的學生運動及地下工作，戰時加入東江縱隊。一九四八年十月起在香港從事工人及學生運動，擔任西營盤勞工子弟學校校務主任，同期開始在《華商報》等發表作品。中共建國後歷任省縣級的宣傳部要職，曾任廣東省政協委員。著有《馬騮精》、《長路》、《港九槍聲》等。

司馬文森（1916-1968）

本名何應泉，小説家。原籍福建泉州，一九三三年加入中國共產黨，擔任泉州特區黨委會委員，主編地下刊物《農民報》，同時開始發表作品。一九三四年到上海，加入中國左翼作家聯盟。中日戰爭其間，隨《救亡日報》撤至桂林，創辦《文藝生活》；桂林失守後，留守當地從事武裝鬥爭。一九四六年一月，在廣州復辦《文藝生活》，不久移居香港，任香港文委委員。一九四七年出任達德學院文學教授和香港協常務理事。一九五一年一月被香港政府逮捕並遞解出境。返穗後，任中共華南分局文委委員、中南文聯常委、《作品》月刊主編。一九五五年起，先後擔任駐印尼和法國大使館文化參贊和對外文委三司司長。著作甚豐，主要作品為小説《南洋淘金記》、《風雨桐江》。

潘範菴（1900-1978）

筆名老範，生於廣東新興。一九二九至三三年主編香港《大光報》文藝副刊。曾經營小書店及在工商界、法律界工作，並為「香港文化界座談會」及「香港華人革新協會」成員。一九三三年出版《飯吾蔬菴微言》（香港：大眾書局），收錄主編《大光報》副刊時以老範筆名在該報發表的雜文，據說是第一本在香港出版的雜文集。該書在一九五四年增訂再版，改名《範菴雜文》（香港：大方書局）。

陳君葆（1898-1982）

學者，祖籍廣東香山，畢業於香港大學，曾赴新加坡、馬來亞工作。一九三一年「九一八事變」後回國。一九三四年受聘於香港大學，任教翻譯課程，兩年後改任馮平山圖書館主任，兼文學院中國文史系教席。抗戰期間參加「中華全國文藝界抗敵協會香港分會」、「中英文化協會香港分會」、「香港新文字學會」等。一九四七年獲英皇喬治六世授予勳銜，表揚在香港淪陷期間盡力保護馮平山圖書館及香港的珍貴文獻。一九四〇年代在香港發表的作品見於《星島日報》、《華商報》、《華僑日報》、《香港新文字學會報》等。

柳存仁（1917-2009）

又名柳雨生，生於北京，一九三九年畢業於北京大學國文系，曾在上海擔任「中日文化協會」等親日組織成員，並兩度出席「大東亞文學者大會」。一九四六年移居香港，曾任教於皇仁書院及羅富國師範學院，一九五七年考取倫敦大學哲學博士學位，一九六二年赴澳洲任教於澳大利亞國立大學中文系，亞洲研究學院院長。一九九二年獲澳洲政府頒發Order of Australia勳章。著有創作《西星集》、《懷鄉記》，學術著作《和風堂文集》、《論明清中國通俗小說之版本》等等。

吳灞陵（1904-1976）

原名吳延陵，筆名雲夢生、吳雲夢、看月樓主、銷魂、白蓮、解鈴、差利、百勞、馬迴、鰲洋客、行者、土行者、萬報樓主人等。作家、報人、報刊收藏家。廣東南海人。一九二三年投入報界，歷任《香江晚報》、《大光報》、《中華民報》、《香港南中報》、《南強日報》編輯、戰後版《循環日報》總編輯，三〇年代加入《華僑日報》，任編輯、港聞版主任逾四十年，曾主編副刊「香海濤聲」。二〇年代任《小說星期刊》特聘撰述員、《墨花》撰述員，勤於筆耕，新舊文學俱涉獵，小說、散文、隨筆甚夥，惜未見成書。一九三二年創辦本地旅遊組織「庸社行友，著有《香港風光》、《九龍風光》、《新界風光》、《離島風光》、《今日南丫》等，俱由《華僑日報》出版。編有《廣東之新聞事業》，《港澳尊孔運動全貌》。

馬小進（1887-1951）

名駿聲，號夢寄樓。廣東台山人。生於香港。宣統元年（一九〇九）赴美肄業於哥倫比亞大學。同盟會會員、南社社員。民初返國，擔任中華民國眾議院議員、大總統府秘書，兼財政部秘書。後南下任大元帥府參事、廣東督軍府參謀。三十年代任香港華僑學院中文系主任，並與友人合辦「南方電影制片廠」，在報紙連載詩文。勝利後，曾任廣州大學文學院院長。一九五一年卒於香港。著有《夢寄樓詩草》、《知神隨筆》等，俱未刊行。

李　爾（1911-2013）

原名李育中，筆名李爾、方皇、白廬、李航、李遠、馬葵生、韋舵等。廣東新會人，生於香港，童年在澳門生活，一九二二年到香港讀英文。一九二五年因省港大罷工而被迫回到內地，幾年後重回香港。一九二九年在香港《大光報》開始發表作品。一九三三年在《天南日報》連載所譯海明威小說《訣別武器》（A Farewell to Arms），為中國最早譯本。一九三四年與張弓合編《詩頁》。一九三六年與侶倫、劉火子等組織「香港文藝協會」，並加入中國共產黨，後來退黨。一九三七年與魯衡合編《南風》雜誌，與吳華胥為《大眾日報》主筆。一九三八年回內地工作，曾隨軍入緬，擔任英文秘書兼戰地記者，並於內地報刊發表戰地通訊。戰後在廣州從事教育工作，任教於華南師範大學中文系。三、四〇年代在香港《大光報》、《天南日報》、《南強日報》、《南華日報》、《工商日報》、《星島日報》、《今日詩歌》、《紅豆》、《時代風景》、《南風》；廣州《烽火》、《文藝陣地》；桂林《野草》、《詩創作》、《文學批評》等刊物發表作品。

丘　亮

生平資料不詳。

芬　平

生平資料不詳。

柳亞子（1887-1958）

原名慰高，字安如；後改人權，字亞盧，又改名棄疾，字亞子。江蘇吳江人。南社社長。曾任國民黨江蘇省黨部執行委員會委員兼宣傳部長、第二屆中央監察委員。一九四〇年底，自滬來港避難。四十年代後期重來香港，一九四九年二月從香港出發返回北京，曾任中央人民政府委員。著有《磨劍室詩詞集》。

靈簫生（1906-1963）

原名衞春秋。報人、小說家。一九三三年為《天光報》撰文言鴛鴦蝴蝶派小說，其後本此勤寫不懈，著作等身；奠定名聲者為《海角紅樓》，還改拍成電影。一九四九年前，創辦《春秋》、《泰山》、《銀晶》等小報；一九五八年辦《靈簫》報。著作除《海角紅樓》外，尚有《香銷夜百合》、《冷暖天鵝》、《香夢未曾温》等。

思　慕（1904-1985）

原名劉燧元，曾化名劉希哲，筆名劉思慕、劉穆、尹穆、劉君木、居山、小默等，廣東新會人。一九二六年畢業於廣州嶺南大學，期間與梁宗岱創辦廣州文學研究會，出版《文學旬刊》。一九二六至二七年間就讀莫斯科中山大學，回國後任北新書局、上海遠東圖書公司編輯，一九三二至三三年間到德國和奧地利遊學，回國後任共產國際遠東情報局地下工作，一九三六年經馮玉祥保護流亡日本，抗戰軍興回國，三八年到香港參與新聞工作，一九四〇年至四五年間任各報主筆，戰後在廣州美國新聞處工作，一九四六年出任《華商報》總編輯，一九四九年回到上海歷任《新聞日報》、《解放日報》等要職。著有國際關係叢書《戰爭途中的日本》、《歐戰縱橫談》、譯著《馬克思主義的經濟危機論》、《歌德自傳》，隨筆《歐遊漫憶》、《櫻花和梅雨》、《野菊集》等等。

馬凡陀（1916-1982）

原名袁光楣，筆名袁水拍，江蘇吳縣人。一九三五年就讀於上海滬江大學，三九年三月在香港出席中華全國文藝界抗敵協會香港分會成立大會，任《文協》周刊編輯委員，四〇年任文協香港分會理事，並於三九至四一年間擔任文協香港分會所屬文藝通訊部的導師。一九三九至四一年在香港《星島日報．星座》、《大公報．文藝》、《立報》、《頂點》詩刊等刊物發表詩作、散文、評論及譯詩。一九四一年到桂林，四四至四八年在上海任《新民報》、《大公報》編輯。一九四六至四九年在香港《華商報》、《星島日報．文藝》、《華僑日報．文藝》、《文匯報．文藝週刊》、《中國詩壇》發表詩作及譯詩。四九年後在《人民日報》文藝部工作，兼任《人民文學》、《詩刊》編委。

惜餘生

生平資料不詳。

陸丹林（1896-1972）

書法家，掌故家。字自在，號非素、楓園。曾有筆名紫楓、長安老人、蹇翁、雋君等筆名，廣東三水人。早年參加革命，南社社員，以收藏古今名家作品出名，二、三〇年代著名的編輯，曾主編《逸經》等，又在《申報》、《宇宙風》等發表作品。一九三八年來港，創辦《大風》。一九三九年在中華全國文藝界抗敵協會香港分會成立大會上朗讀宣言，同年當選中國文化協進會理事，一九四二年離開香港到韶關，一九四八年任職上海工務局秘書室。中共建國後留在上海，一九六七年文革期間受到衝擊。著有《革命史譚》、《革命史話》、《當代人物志》、《孫中山在香港》等等。

望　月

參「林煥平」條。

阿　超

一九四八年至四九年間就讀於香港達德學院文學系。

小　進

參「馬小進」條。

康以之

生平資料不詳。

任穎輝（1914-1972）

廣東惠陽人。畢業於日本東京中央大學與廬山中央訓練團黨政高級訓練班，曾於廣東戲劇研究所學習戲劇，一九三〇年任職香港《天南日報》編輯主任，編輯副刊「明燈」，及後擔任《新聞早報》總編輯，七七事變後參與抗戰，任各級軍官，廣東省文化運動委員會專任主任，兼重慶《中央日報》、《世界日報》兵役專欄主筆。一九四五年退役，先後任惠陽及化縣縣長。一九四八年移居香港，為沙田中學創辦人之一，聯合書院教授，兼職各報編輯。著有小說集《夜香港》、《好事多磨》、《婚後》等。

貝　茜

參「侶倫」條。

馮勉之

生平資料不詳。

方　紫

生平資料不詳。

馮自由（1882-1958）

原名懋龍，字健華，後改名自由。祖籍廣東南海，出生於日本橫濱一華僑家庭，早年曾被父親馮鏡如送回中國學習。一八九五年在日本橫濱加入興中會。同年入東京早稻田大學深造，與鄭貫公等創辦《開智錄》半月刊，鼓吹革命。一九〇五年首批加入中國同盟會，被推為評議員。同年孫中山派馮自由赴港，與陳少白等組織中國同盟會香港分會，陳少白任會長，馮自由任書記及《中國日報》記者。翌年升任中國同盟會香港分會會長、《中國日報》社社長兼總編輯，組織南方的革命活動，直接參與籌劃指揮中國西南各省歷次起義。一九一二年任孫中山臨時大總統機要秘書，後任北京臨時政府稽勳局局長，彙集革命史料。一七年參與護法之役。二五年因反對聯俄容共被開除國民黨黨籍，二七年不滿蔣介石發動四一二政變轉而經商，二八年在上海任新新公司經理。一九三三年任國民政府立法院立法委員，三五年經孫科提議恢復國民黨黨籍。三六至四八年間撰寫《革命逸史》。四八年移居香港，五一年偕妻赴台灣，五三年後任總統府國策顧問。五八年在台北病逝。著有《革命逸史》、《華僑革命開國史》、《華僑革命組織史話》、《社會主義與中國》等。

呂覺良

香港中華藝術協進會成員，曾出任該會研究委員會委會，一九三〇年代在香港《大眾日報．文化堡壘》、《立報．言林》、《大公報．文藝》等刊物發表文章。

茅　盾（1896-1981）

本名沈德鴻，字雁冰。原籍浙江嘉興。一九二一年參與創立「文學研究會」，把《小說月報》改為新文學發表重要園地。同年加入中國共產黨，成為最早的一批黨員。一九二七年開始使用筆名「茅盾」。一九三〇年加入「中國左翼作家聯盟」。抗戰期間獲選為「中華全國文藝界抗敵協會」理事。一九三八年二月底到香港，任《立報．言林》及《文藝陣地》主編，發表作品，積極參與文藝活動，如擔任「中華業餘學校」的「文藝科」講師，在「中華藝術協進會」舉辦的「怎樣紀念魯迅」座談會上發表演講。一九三八年底離港往新疆，在新疆學院任教。一九四一年三月中旬第二次來港，獲選為「中華全國文藝界抗敵協會香港分會」理事，任《大眾生活》雜誌編輯委員，主編綜合性文藝期刊《筆談》，在上述刊物及《華商報．燈塔》、《青年知識》雜誌、《時代文學》雜誌、《時代批評》雜誌等發表作品，數量龐大。一九四二年一月回到內地。一九四七年十二月至一九四九年一月，第三度較長期居於香港，除主編《文匯報．文藝周刊》、《小說》月刊外，也參與了大量文學、政治活動，並發表了數量可觀的作品。

盧　敦（1911-2000）

廣州新會人，二十年代末與李晨風、吳回就讀廣東戲劇研究所，一九三一年創辦時代劇團，一九三二年加入廣東合眾影片公司主演《炮轟五指山》，一九三六年來港，翌年開始編導工作，抗日戰爭以後組織「明星劇團」在華南及南洋一帶演出，戰後與白燕、吳楚帆成立華南電影工作者聯會，晚年創辦「香港影視劇團」，編導作品有《烽火故鄉》、《羊城恨史》、《父慈子孝》、《十號風波》、《此恨綿綿無絕期》等三十多部作品。

洛　兒（1914-1993）

杜埃，本名曹傳美，又名曹芥茹、曹芥如、曹家裕，另有筆名杜洛兒、拜士、T.A等。原籍廣東大埔。幼年家貧，只讀過三個月中學，在家鄉任小學教師。一九三〇年到廣州，投稿廣州《國民日報》和香港的報紙，最初的作品在香港刊出。一九三二年因在廣州出版左翼文藝刊物《天皇星》而被追捕，暫居香港，期間與樓棲等協助蒲特（饒彰風）主編《天南日報・水門汀》週刊。一九三三年就讀於廣州中山大學，參加「中國左翼作家聯盟廣州分盟」活動。一九三六年加入中國共產黨，獲任命為「中共香港工委」代理宣傳部長，兼港九文化支部書記，為香港《大眾日報》撰寫社論、主編文藝副刊「文化堡壘」，並任「中華藝術協進會」文藝組負責人。其後調往「八路軍駐香港辦事處」，負責統一戰線聯絡工作，在香港各種報刊撰寫政論、文藝理論等，並在《立報・言林》、《文藝陣地》發表作品。一九三九年受命回到東江。一九四〇年初赴菲律賓建立抗日宣傳基地。一九四七年重來香港，先後負責出版《華商報》和《群眾周刊》。一九四九年十月返回內地。

O.K

生平資料不詳。

辛英

生平資料不詳。

杜埃

參「洛兒」條。

蔡楚生（1906-1968）

原籍廣東潮陽，在上海出生。一九二五年在汕頭參加店員工會，組織「進業白話劇社」，擔任編劇、導演、演員，並開始寫作。一九三一年任聯華影片公司編劇及導演。一九三七年十一月底到香港，繼續電影編導工作，包括參與製作《血濺寶山城》、《孤島天堂》、《前程萬里》等影片，以及撰寫五幕話劇《自由港》等。一九四四年五月離開香港，轉往柳州、重慶。一九三〇、四〇年代在香港發表的作品見於《立報》、《華商報》等。

彥之

生平資料不詳。

許地山（1894-1941）

本名許贊堃，字地山，筆名落華生。原籍廣東揭陽，生於台灣台南。燕京大學文學院及宗教學院畢業後，留校任教。就讀大學時曾參與五四運動。一九二一年與茅盾、鄭振鐸等發起成立文學研究會，在《小說月報》、《新社會旬刊》等發表作品。一九二三至一九二七年間赴美國、英國深造，返國後繼續任教於燕京大學。一九三五年到香港，任香港大學教授，主持中文學院，推動課程改革。一九三八年「中華全國文藝界抗敵協會香港分會」成立，獲選為理事，並積極參與香港「中英文化協會」、「新文字學會」工作。童話《桃金孃》與《螢燈》刊於《新兒童》，收入香港進步教育出版社「新兒童叢書」。

樓適夷（1905-2001）

本名樓錫春，另有筆名樓建南、樓適夷。原籍浙江餘姚。一九一九年到上海，開始寫作，最初發表於「創造社」的《創造日》、《洪水》等刊物。一九二七年後從事地下工作及文學活動。一九二九年赴日本。一九三一年回到上海，參加「中國左翼作家聯盟」。抗戰開始，先後到過廣州、香港。在香港協助茅盾編輯《文藝陣地》雜誌，茅盾離職後接任主編，其後到上海。一九四七年重來香港，與周而復等創辦《小說》月刊。一九四九返回內地。一九三〇、四〇年代在香港發表的作品見於《大公報》、《立報》、《星島日報》、《筆談》雜誌等。

黃友秋

生平資料不詳。

適　夷

參「樓適夷」條。

胡春冰（1906-1960）

浙江紹興人，畢業於北京大學，曾加入中國左翼作家聯盟。一九二九年從上海經香港到廣州，創辦戲劇研究所，曾任知用中學、越山中學、廣州市立第一中學國文教員，廣州中山大學外文系教授，同期在廣州新華戲院工作，又創辦第一劇團。一九三五年出任西北區綏靖區參議，一九三七年任《中央日報》總編輯，戰後任社長，後返回廣州任《中山日報》社長。一九四九年來港，在樂聲戲院主持宣傳部工作，業餘從事劇藝工作，亦是中英學會及藝術節的發起人及創辦人之一。作品包括劇作《愛的革命》、《狂歡的插曲》、《情人四萬萬》、《紅樓夢》、《美人計》、《李太白》、《錦扇緣》、《愛國男女》等等。

袁水拍

參「馬凡陀」條。

林　歌

生平資料不詳。

拉特

一九三二年在香港與陳光、黑炎等組織「新興讀書會」，主編《天南日報》副刊「前哨」，倡導普羅文學，三九年出席中華全國文藝界抗敵協會香港分會成立大會，三八至三九年間在《大公報·文藝》、《立報·言林》、《大眾日報》等報刊發表散文及評論。

李殊倫

戲劇及電影工作者。一九三九年出席「中華全國文藝界抗敵協會香港分會」成立大會。一九三九至四一年在香港《大眾日報》、《立報》、《華商報》、《電影與戲劇》發表戲劇評論，一九四二年離開香港撤退至桂林。著有一幕劇《生死之間》（南方出版社，一九四〇年五月）。

豐

參「葉靈鳳」條。

陳畸

本名陳紹統，另有筆名田芝。原籍廣東海豐。一九二七年來香港，初期在《天文台》報發表評論。其後歷任香港《珠江日報》、《立報》採訪主任。一九三八年「中國青年新聞記者學會香港分會」成立，任理事。一九四〇年任「中華全國文藝界抗敵協會香港分會」屬下「宣傳部」附設「編輯委員會」委員。香港淪陷，在韶關《建國日報》任主筆兼採訪主任。一九四九年重回香港，曾任《星島晚報》港聞版編輯。一九三〇、四〇年代在香港發表的作品見於《大公報》、《星島日報》等。

黃魯（1919-1951）

另有筆名黎明起、孔武。三〇年代中在廣州參加廣州藝術工作者協會（廣州藝協）詩歌組及廣州詩壇社的活動，其後廣州詩壇社改組為中國詩壇社，出版《中國詩壇》，黃魯也是當中的主要成員，稍後再和陳殘雲、黃寧嬰、鷗外鷗等合辦《詩場》，出版詩場叢書，著有詩集《赤道線上》。抗戰期間從廣州來港，在《星島日報．星座》、《大公報．文藝》、《國民日報．文萃》、《華僑日報．華嶽》發表評論、詩作及散文，香港淪陷後留居香港，四二年一度遭日軍拘禁，後曾與戴望舒在中環合營「懷舊齋」舊書店。四四年至四五年間在《華僑日報》副刊「文藝周刊」及《香島日報》副刊「日曜文藝」發表散文。戰後仍居香港，一九五〇年在《華僑日報》發表〈回憶望舒〉一文，五一年病逝。

娜馬

生平資料不詳。一九四〇年代在香港發表的作品見於《南華日報》。一九八二年十一月十四日《華僑日報》李文（即主筆馮連均，另名李志文）〈抗戰文藝之「民族形式」論戰——悼念吾友馮明之先生〉提到，廣州淪陷後，馮明之（即曾潔孺）抵港，與茅盾、李素、成舍我、黃繩、戴望舒、李馳、李子誦、馬鑑教授、源克平、林擒、袁水拍、葉靈鳳、吳其敏、林煥平、平可、高雄、望雲、吳娜馬諸位先生遊，共同致力推進海外抗戰文藝運動。據此娜馬或姓吳。

檳兵

生平資料不詳。

馮延

生平資料不詳。

蕭天

生平資料不詳。

志紘

生平資料不詳。

葉

參「葉靈鳳」條。

筱韞

生平資料不詳。

華尚

生平資料不詳。

馮乃超（1901-1983）

筆名馮子韜、馬公越等。祖籍廣東南海，生於日本。中國現代詩人、文藝活動家。創造社和左聯等文藝社團的領導人。曾任中共中央人事部副部長、中山大學副校長、廣東省政協副主席等職。一九四六年一月任中共中央南方局統戰委員會文化組副組長，五月任上海工委委員、文委書記。同年十月，赴香港，任中共中央華南分局香港工委委員、文委書記。一九四七年七月編選了瞿秋白著《論中國文學革命》和詩集《毛澤東頌》，由中共在香港的出版社海洋書屋出版。一九四九年春，率領香港文藝界二百多人，出席了中國人民政治協商會議第一屆全體會議。中華人民共和國成立後，應葉劍英要求在二月降級出任中山大學副校長，後曾任中山大學黨委第一書記。

郭沫若（1892-1978）

幼名文豹，原名開貞，字鼎堂，號尚武。第一屆中央研究院院士。一九四九年以後，曾任中國科學院首任院長、中央人民政府政務院副總理兼文化教育委員會主任、全國人大常委會副委員長、中國文聯首任主席、中國科學技術大學首任校長。一九四七年十一月抵達香港，擔任中華全國文藝界協會香港分會的領導工作。一九四八年八月二十五日，香港《華商報》副刊《茶亭》開始連載郭氏的《抗戰回憶錄》（後改名《洪波曲》）持續三個月。並發表了不少關於文藝問題的意見。

白　紋

生平資料不詳。

華　嘉（1915-1996）

本名鄺劍平。原籍廣東南海。一九三〇年代初在上海參加左翼文藝活動。抗戰期間在廣州《救亡日報》任戰地記者。後到桂林參加「中華全國文藝界抗敵協會」，任桂林《救亡日報》記者、副刊編輯。一九四一年「皖南事變」後，隨夏衍到香港，在《華商報》任記者，積極參與香港的文藝活動，如擔任「虹虹歌詠團」的「暑期文藝講座」講者。香港淪陷後赴內地。國共內戰期間再到香港。一九四九年返回內地。一九四〇年代在香港發表的作品見於《大公報》、《星島日報》、《華僑日報》等。

黃慶雲（1920-）

筆名慶雲，另有夏莎、宛兒、昭華、是德、安彌、敏孝、杜美、慕威、芳菲、特行、齊苑、羅蘋等，因在《新兒童》設「雲姊姊信箱」與小讀者通信，有「雲姊姊」之稱。原籍廣東廣州澄海，幼年曾在香港居住，十一歲返回內地，十五歲考入廣州中山大學文學院。一九三八年廣州淪陷，借讀於遷往香港的嶺南大學。後升讀嶺南大學教育系研究生，研究兒童文學，期間擔任《新兒童》主編。同年十二月香港淪陷，《新兒童》輾轉於桂林、廣州、香港復刊。一九四七年獲助華協會（China Aid Council）獎學金，到美國哥倫比亞大學師範學院學習一年。一九四〇年代主要在《新兒童》發表兒童文學作品，另有兒童文學理論研究文獻多種。

《香港文學大系一九一九—一九四九》編輯委員會鳴謝
以下人士及單位，資助本計劃之研究及編纂經費：

李律仁先生

・

香港藝術發展局

・

香港教育學院　中國文學文化研究中心

香港藝術發展局
Hong Kong Arts Development Council

藝發局邀約計劃
香港藝術發展局全力支持藝術表達自由，
本計劃內容並不反映本局意見。

The Hong Kong
Institute of Education
香港教育學院

中國文學文化研究中心